10
18

12, AVENUE D'ITALIE. PARIS XIIIe

Sur l'auteur

De mère allemande et de père juif hongrois réfugié
en Allemagne en 1956, Timur Vermes est né à
Nuremberg en 1967. Après des études d'histoire et de
sciences politiques, il devient journaliste et collabore à
de nombreux journaux et magazines. Succès colossal
en Allemagne, vendu dans trente-cinq pays, *Il est de
retour* est son premier roman, bientôt adapté au cinéma.

TIMUR VERMES

IL EST DE RETOUR

Traduit de l'allemand
par Pierre Deshusses

**10\
18**

BELFOND

Les actions, les personnages et les dialogues contenus dans ce livre sont totalement fictifs. Toute ressemblance avec des personnes existantes et/ou avec leurs réactions, avec des entreprises, des organisations, etc., serait le fait du hasard dans la mesure où, dans des circonstances analogues, il est impossible d'exclure dans la réalité d'autres comportements des personnages agissants. L'auteur tient aussi à préciser que Sigmar Gabriel et Renate Künast n'ont pas réellement parlé avec Adolf Hitler.

Titre original :
Er ist wieder da
publié par Eichborn Verlag in der Bastei Lübbe
GmbH & Co. KG

Réveil en Allemagne

C'est le peuple qui m'a le plus surpris. J'avais pourtant fait tout mon possible pour empêcher que la vie puisse se perpétuer sur ce sol profané par l'ennemi. Ponts, centrales électriques, routes, gares, j'avais donné l'ordre de tout détruire. J'ai même vérifié à quand remontait cet ordre, c'était en mars, et je pense avoir été on ne peut plus clair. Toutes les installations servant à un quelconque approvisionnement devaient être détruites : centrales hydrauliques, centraux téléphoniques, usines, ateliers, moyens de production, exploitations agricoles, tout ce qui avait une quelconque valeur matérielle, tout, et quand je dis tout, cela veut dire *tout* ! Un tel ordre doit faire l'objet de la plus grande attention, il ne doit laisser aucune place au doute, sinon on sait bien que le simple soldat, embourbé sur sa ligne de front, n'ayant aucune vue d'ensemble, ignorant donc tout des différentes implications stratégiques et tactiques, va se pointer et dire : « Faut vraiment que je mette le feu à ce… à ce truc… à ce kiosque ? On ne peut pas le laisser aux mains de l'ennemi ? C'est vraiment si grave que ça, si ce kiosque à journaux tombe aux mains de l'ennemi ? » Évidemment que c'est grave ! L'ennemi lit aussi les journaux. Il en fait commerce, il va utiliser ce kiosque contre nous, comme tout ce qu'il trouvera ! Il faut tout détruire, et j'insiste encore une fois là-dessus, il faut détruire tout ce qui a une quelconque valeur matérielle. Pas seulement les maisons mais aussi les portes. Et les poignées de porte. Et aussi les vis, et pas seulement les grosses. Il faut retirer toutes les vis et les tordre sans pitié. Quant à la porte, il faut la broyer, la réduire en sciure. Puis la brûler. Sinon l'ennemi, impudent comme il est, va utiliser cette porte pour entrer et sortir à sa guise. Mais avec une poignée de porte foutue, des vis tordues et un petit tas de cendres, je lui souhaite bonne chance, à M. Churchill ! Quoi qu'il en soit, ces exigences sont la brutale conséquence de la guerre, pour moi cela n'a jamais fait l'ombre d'un doute, donc mon ordre était limpide, même si la raison première qui m'a poussé à le donner ne l'était pas, elle.

Au départ en tout cas.

On ne pouvait plus nier que, dans l'ultime combat épique qui l'a opposé à l'Anglais, au bolchevisme et à l'impérialisme, le peuple allemand a eu le dessous, gâchant ainsi, je le dis sans détour, son droit à la survie, même une survie au stade le plus primitif, celui des chasseurs-cueilleurs. À partir de là, il a aussi perdu le droit d'avoir des centrales hydrauliques, des ponts et des routes. Et des poignées de porte. Voilà pourquoi j'ai donné l'ordre en question – et un peu aussi par souci de perfectionnisme, car j'avais bien sûr eu l'occasion de faire, à l'époque, quelques pas aux alentours de la chancellerie du Reich, et une chose était indéniable : avec leurs forteresses volantes, l'Américain et l'Anglais avaient déjà accompli, et à grande échelle, une part considérable du travail. Évidemment, par la suite, je n'ai pas vérifié dans le détail la bonne exécution de cet ordre. Vous imaginez bien que j'avais d'autres chats à fouetter : écraser l'Américain à l'Ouest, contenir le Russe à l'Est, veiller à la poursuite du projet Germania, future capitale du monde, et j'en passe. Mais j'estime que la Wehrmacht aurait dû se charger des poignées de porte qui restaient. En conséquence de quoi, ce peuple n'aurait plus dû exister.

Or je constate qu'il est toujours là.

Voilà ce que j'ai un peu de mal à comprendre.

D'un autre côté, je suis bien là, moi aussi. Et c'est une chose que je comprends tout aussi peu.

1

Je me souviens : je me suis réveillé, ce devait être en début d'après-midi. J'ai ouvert les yeux, j'ai vu le ciel au-dessus de moi. Il était bleu, légèrement voilé ; il faisait chaud et je me suis tout de suite rendu compte qu'il faisait trop chaud pour un mois d'avril. On pouvait presque parler de canicule. C'était relativement calme, pas d'avions ennemis au-dessus de moi, pas de grondements de canons, pas d'explosions à proximité ni de sirènes annonçant une attaque aérienne. J'ai également noté qu'il n'y avait pas de chancellerie, pas de bunker. J'ai tourné la tête, j'étais allongé sur un terrain vague entouré par des maisons dont les murs de brique étaient en partie barbouillés par quelques vauriens – cela m'a mis en rogne et j'ai voulu aussitôt convoquer Dönitz. En même temps, je me disais, dans une sorte de demi-sommeil, que si Dönitz était là aussi, allongé quelque part, il régnerait forcément ordre et discipline ; et j'ai vite compris toute l'étrangeté de la situation. Je n'ai jamais eu pour habitude de camper à la belle étoile.

Je me suis mis à réfléchir : qu'avais-je fait la veille au soir ? Aucune raison de m'inquiéter d'un quelconque excès d'alcool, je ne bois pas. La dernière chose dont je me souviens c'est que j'étais assis avec

Eva sur un canapé recouvert d'une couverture. Autre souvenir : une certaine atmosphère d'insouciance ; j'avais sans doute décidé, pour une fois, de laisser de côté les affaires de l'État. Nous n'avions pas de projets pour la soirée, il n'était bien sûr pas question d'aller au restaurant, au cinéma ou ailleurs, les possibilités de se divertir dans la capitale du Reich s'étaient déjà joliment réduites – et l'ordre que j'avais donné y était pour beaucoup. Je ne pouvais pas encore dire avec certitude si Staline allait entrer dans la ville au cours des prochains jours, mais, à ce stade de la guerre, ce n'était pas totalement impossible. En revanche, ce que je pouvais affirmer, c'est qu'il aurait autant de chances d'y trouver un cinéma qu'à Stalingrad. Je crois que nous avons encore un peu bavardé, Eva et moi, et je lui ai montré mon vieux pistolet. À part ça, aucun autre détail ne m'est revenu en mémoire. Il faut dire aussi que je souffrais d'un magistral mal de crâne. Non, inutile d'essayer de rameuter d'autres souvenirs de la veille.

J'ai décidé de prendre le taureau par les cornes et de faire face à la situation. Au cours de ma vie, j'ai appris à regarder, à observer, à saisir les moindres détails que certains intellectuels négligent voire ignorent complètement. Or, pour ma part, je peux dire sans me vanter que toutes ces années marquées par une discipline de fer m'ont permis d'avoir encore davantage de sang-froid dans les périodes de crise. Mon esprit s'affûte, mes sens s'aiguisent. Je travaille avec une grande précision, calmement, telle une machine. Méthodiquement, je rassemble toutes les informations qui sont à ma disposition : je suis allongé par terre. Je regarde autour de moi. À côté de moi, il y a un amas de détritus, des mauvaises herbes, des brindilles, ici et là un buisson, il y a même une pâquerette, un pissenlit. J'entends des voix, elles ne sont pas très éloignées, des cris, des impacts répétés, je tourne mon regard vers l'endroit d'où viennent ces bruits ; ce sont des gamins qui jouent au football. Ils sont trop âgés pour être enrôlés dans les Pimpfe, trop jeunes encore pour le Volkssturm, la milice du peuple ; ils font sûrement partie de la Jeunesse hitlérienne, mais, de toute évidence, ils ne sont pas en service pour le moment. On dirait que l'ennemi a fait une pause. Un oiseau sautille dans les branches d'un arbre, il gazouille, il chante. Certains n'y verraient qu'un signe de bonne humeur, mais dans une situation aussi précaire, où chaque information compte, même la plus infime, le spécialiste de la nature et du combat quotidien pour la survie peut en déduire qu'il n'y a pas de prédateurs à proximité. Près de ma tête, une flaque d'eau semble déjà s'amenuiser. Il a donc sans doute plu il y a un moment, mais, depuis, le temps est resté sec. Au bord de la flaque, j'aperçois ma casquette. Voilà comment fonctionne mon esprit aguerri, et c'est ainsi qu'il travaillait dans ce moment d'intense confusion.

Je me redressai pour m'asseoir. J'y parvins sans problème. Je pouvais bouger les jambes, les mains, les doigts, je n'avais apparemment aucune blessure ; mon état physique était satisfaisant, je semblais être en pleine forme, abstraction faite de mon mal de tête. Même ma main ne tremblait pratiquement plus. Je baissai les yeux pour me regarder. J'étais habillé, je portais l'uniforme, la capote du soldat. Mon uniforme était un peu sale, sans plus. Je n'avais donc pas été enseveli. Il portait des traces de terre et des miettes qui ressemblaient à du biscuit ou du gâteau ou quelque chose du même genre. L'étoffe de mon uniforme dégageait une forte odeur d'essence, du benzène peut-être. Eva avait probablement essayé de le nettoyer en abusant du détachant et on avait l'impression qu'elle avait déversé sur moi tout un bidon. Elle n'était pas à mes côtés et mon état-major ne semblait pas être dans les parages non plus. J'étais en train d'épousseter mon manteau et mes manches pour enlever le gros de la saleté lorsque je perçus quelques paroles :

« Eh, mec, regarde-moi ça !

— Eh, d'où il sort ce *loser* ? »

Je devais donner l'impression d'avoir besoin d'aide et ces trois membres de la Jeunesse hitlérienne ne s'y étaient pas trompés. Ils s'arrêtèrent de jouer et s'approchèrent respectueusement. C'était bien compréhensible, voir soudain de près le Führer du Grand Reich sur un terrain vague servant généralement à la pratique du sport et à l'entraînement physique, allongé entre un pissenlit et une pâquerette, voilà qui était, même pour un jeune garçon à peine mature, une expérience plus que saisissante. Pourtant le petit groupe s'approcha d'un pas rapide, tel un bon chien prêt à porter secours. La jeunesse, c'est l'avenir !

Les gamins firent cercle autour de moi, à quelque distance malgré tout, et me considérèrent avec attention. Puis le plus grand, sans doute le chef du groupe, m'adressa la parole :

« Ça va, m'sieu ? »

En dépit de tous mes ennuis, je ne pus m'empêcher de noter qu'aucun d'eux n'avait fait le salut nazi. Certes, le ton éminemment désinvolte, la confusion entre « monsieur » et « Führer » pouvaient être mis sur le compte de la surprise et, dans une situation moins perturbante, cela aurait même pu déclencher une vague d'hilarité, de la même façon que les plaisanteries les plus saugrenues sont parfois faites

14

au beau milieu des tranchées, sous un impitoyable orage d'acier. Mais même dans les situations les plus inhabituelles, le soldat doit pouvoir réagir selon certains automatismes, c'est là tout le but de l'entraînement – si ces automatismes font défaut, une armée entière ne vaut pas un clou. Je me relevai, ce qui ne fut pas chose facile car j'avais dû rester étendu un bon moment. Je rajustai néanmoins ma capote et nettoyai un peu les jambes de mon pantalon par quelques tapes légères. Puis je me raclai la gorge et demandai au chef de meute :

« Où est Bormann ?

— Qui c'est ça ? »

Incroyable.

« Bormann ! Martin !

— Connais pas.

— Jamais entendu parler.

— Il ressemble à quoi ?

— À un gouverneur du Reich, sacrebleu ! »

Quelque chose ne tournait vraiment pas rond ici. Certes, et selon toute évidence, j'étais encore à Berlin, mais tout mon appareil d'État s'était comme volatilisé. Il me fallait retourner d'urgence à mon bunker, et il me paraissait évident que ces petits jeunes n'allaient pas m'être d'un grand secours. Avant tout, il s'agissait de retrouver mon chemin. Le terrain vague où je me trouvais pouvait être n'importe où dans la ville. Mais une fois dans la rue – l'arrêt des tirs semblant se prolonger –, il y aurait sans doute là assez de passants, d'employés, de conducteurs de taxi pour m'indiquer la bonne direction.

Aux yeux de ces membres de la Jeunesse hitlérienne, je ne devais pas avoir l'air de quelqu'un qui avait besoin d'aide. Ils donnaient l'impression de vouloir retourner à leur partie de football, et quand le plus grand se tourna vers ses camarades, je pus voir son nom. C'était sans doute sa mère qui l'avait cousu sur le dos de son maillot d'un jaune vif.

« Jeune Ronaldo, au rapport ! lançai-je. Comment accède-t-on à la rue ? »

La réaction fut plutôt mince et je dois malheureusement dire que le groupe ne porta qu'une très légère attention à ma requête. L'un des deux plus petits esquissa quand même un vague geste de la main vers l'un des angles du terrain où l'on pouvait en effet discerner une sorte de passage. Je me fis intérieurement une remarque : « Démettre Rust ! » ou « Virer Rust ! » – Bernhard Rust était en poste depuis 1933, or, dans le domaine de l'enseignement, il n'y a aucune place pour ce genre de laisser-aller. Comment un jeune soldat peut-il trouver le chemin de la victoire qui mène à Moscou, au cœur du bolchevisme, s'il n'est même pas capable de reconnaître son propre commandant en chef !

Je me penchai pour ramasser ma casquette et, la remettant, je partis d'un bon pas dans la direction indiquée. Je tournai à l'angle, empruntai ensuite un étroit passage entre de grands murs et aperçus au bout la clarté de la rue. Un chat farouche me croisa en rasant le mur, il était tacheté et mal soigné. Encore quatre ou cinq pas et je me retrouvai dans la rue.

Je faillis suffoquer devant un tel déferlement de lumière et de couleurs.

La dernière fois que j'avais aperçu la ville, je m'en souvenais très bien, elle était grise comme la poussière ou comme un uniforme militaire, avec partout d'énormes tas de décombres et des ruines. Or ce que j'avais devant moi était totalement différent. Les décombres avaient disparu ou du moins ils avaient été soigneusement déblayés, les rues avaient été nettoyées. Elles étaient maintenant bordées de chaque côté par un nombre incroyable de véhicules de toutes les couleurs, qui devaient être des automobiles, mais elles étaient plus petites, même si leurs lignes indiquaient qu'elles devaient toutes sortir des usines Messerschmitt. Les immeubles étaient crépis de neuf et peints selon une palette de teintes qui me rappelaient les sucreries de mon enfance. J'avoue que j'eus un peu le vertige. Je laissai errer mon regard à la recherche de quelque chose de familier lorsque je vis un banc public sur une maigre bande d'herbe, de l'autre côté de la chaussée. Je fis quelques pas dans cette direction et, à ma grande honte, je dois bien reconnaître qu'ils n'étaient peut-être pas très assurés. J'entendis une sonnerie, un crissement de pneus sur l'asphalte et une voix qui me criait :

« Dis donc, ça va pas, le vieux ! T'es aveugle ou quoi ?

— Je… Je vous demande pardon… », m'entendis-je dire, à la fois effrayé et soulagé. À côté de moi se trouvait un cycliste et son aspect avait au moins quelque chose de familier – de doublement familier même. Nous étions quand même toujours en guerre, il portait en effet un casque, et vu les trous qui le perçaient, celui-ci avait sans doute été fortement endommagé par les attaques précédentes.

« Ça va pas de vous promener dans un tel accoutrement ?

— Je… Pardonnez-moi ! Il faut que je m'asseye.

— Tu ferais mieux de t'allonger un peu. Et même pas qu'un peu ! »

Je me dirigeai vers le banc public comme on se dirige vers une planche de salut. Je devais être un peu pâle au moment où je me laissai tomber dessus. Même ce cycliste ne semblait pas m'avoir reconnu. Une fois de plus, aucun salut nazi. On aurait dit qu'il avait simplement failli renverser un quidam quelconque. Et cette désinvolture semblait être devenue monnaie courante : un homme d'un certain âge passa devant moi en secouant la tête, puis une femme corpulente qui poussait un landau futuriste – nouvel élément familier mais qui ne semblait pas non plus apporter de solution à ma situation désespérée. Je me levai et m'approchai d'elle en arborant un maintien assuré.

« Excusez-moi, cela va peut-être vous surprendre mais je… je voudrais connaître le plus court chemin pour rejoindre la chancellerie du Reich.

— Vous êtes de la télé ?

— Pardon ?

— Je veux dire, c'est pour une émission ? C'est une caméra cachée ? »

Ma nervosité grandissante me fit sans doute perdre un peu patience et je saisis la femme par le bras.

« Reprenez-vous, madame ! Vous avez des devoirs en tant que citoyenne du Reich ! Nous sommes en guerre ! Que croyez-vous que le Russe va vous faire, s'il arrive ici ? Vous croyez que le Russe va jeter un coup d'œil sur votre enfant et dire : "Oh, une jeune mère allemande ! Par respect pour son enfant, je vais remballer mes bas instincts !" La pérennité du peuple allemand, la pureté du sang, la survie de l'humanité, voilà ce qui est en jeu en ces heures, en ces jours. Vous voulez être tenue pour responsable devant l'histoire de la fin de la civilisation, simplement parce que vous êtes bornée au point de ne pas vouloir indiquer au Führer le chemin de sa chancellerie ? »

Le fait de ne provoquer aucune réaction ne me surprenait presque plus. L'idiote fit un mouvement brusque pour dégager sa manche que je tenais encore. Elle me jeta un regard stupéfait et, du plat de la main, fit plusieurs mouvements circulaires entre son visage et le mien, geste de nette désapprobation. Il était désormais impossible de le nier, quelque chose ne tournait pas rond ici. On ne me traitait plus comme un commandant en chef, comme un Reichsführer. Les gamins qui jouaient au football, le monsieur d'un certain âge, le cycliste, la femme à la poussette – tout cela ne pouvait être un hasard. Ma première impulsion fut de me dire qu'il fallait tout de suite en informer les organes de la sécurité pour rétablir l'ordre. Mais je me retins. Je n'en savais pas assez sur ma situation. Il me fallait davantage d'informations.

De nouveau, mon esprit fonctionnait de façon méthodique et je récapitulai avec une froideur de glace. J'étais en Allemagne, j'étais à Berlin, même si rien autour de moi ne m'était familier. Cette Allemagne était différente, mais certains éléments ressemblaient à ceux que l'on trouvait dans le Reich : il y avait encore des vélos, il y avait des automobiles, il y avait sans doute aussi des journaux. Effectivement, juste sous mon banc se trouvait ce qui pouvait ressembler à un journal, même s'il était imprimé de façon un peu trop ostentatoire. Le journal était en couleurs et ne me disait rien du tout, il s'appelait *Media Markt*. Même avec la meilleure volonté du monde, je ne me souvenais pas d'avoir autorisé une telle publication, d'ailleurs je ne l'aurais jamais autorisée. Les informations qu'elle contenait étaient totalement incompréhensibles avec des mots visiblement pris à l'ennemi comme « computer » et des photos qui montraient des appareils et des machines dont je n'avais absolument aucune idée de l'utilité. Qu'en cette période de pénurie de papier on dilapide de façon insensée les précieuses ressources du peuple pour produire ce stupide torchon me plongea dans une colère noire. Funk allait m'entendre quand je serais de retour à mon bureau. Mais pour l'instant j'avais besoin de nouvelles fiables, il fallait que je trouve un vrai journal, un *Völkischer Beobachter* ou un *Stürmer*, je me contenterais même d'un *Panzerbär* dans un premier temps. Non loin de là, j'aperçus un kiosque, et même à cette distance je pouvais me rendre compte que le choix était exceptionnel. Comme si on était en pleine période de paix ! Je me levai, impatient. J'avais déjà perdu trop de temps, il s'agissait de rétablir la situation au plus vite. La troupe avait besoin d'ordres et on devait déjà déplorer mon absence ici et là. Je me dirigeai vers le kiosque d'un pas rapide.

Le premier regard porté sur cet édicule permettait d'en tirer quelques conclusions intéressantes. Beaucoup de journaux présentés à l'extérieur étaient en turc. De toute évidence, de nombreux Turcs circulaient donc depuis peu dans la capitale. J'avais dû rester un certain temps inconscient, et c'est sans doute durant cette période que les Turcs étaient arrivés à Berlin. C'était un fait très intéressant. Aux dernières nouvelles, le Turc, qui s'était toujours comporté en fidèle allié du peuple allemand, avait cependant tenu à sa neutralité, en dépit de tous les efforts déployés, et il n'avait jamais été possible jusque-là de le faire entrer en guerre aux côtés du Reich. Or tout laissait à penser qu'au cours de mon absence quelqu'un – Dönitz sans doute – avait réussi à convaincre le Turc de nous soutenir. Et l'atmosphère paisible qui régnait dans les rues permettait de penser que l'engagement turc à nos côtés avait provoqué un revirement dans le cours de la guerre. J'étais très étonné. J'avais toujours respecté le Turc mais jamais je ne l'aurais cru capable d'une telle prouesse ; il est vrai que je n'avais pas pu, faute de temps, suivre en détail l'évolution politique de ce pays. Les réformes de Kemal Atatürk avaient dû donner une impulsion phénoménale. Cela m'avait tout l'air du miracle auquel même Goebbels avait raccroché tous ses espoirs. Mon cœur était maintenant plein de confiance. Nos efforts surhumains avaient fini par payer : le Reich, même à l'heure prétendument la plus sombre de son histoire, n'avait jamais désespéré de la victoire finale. Quatre ou cinq journaux en langue turque et imprimés de couleurs vives attestaient de façon criante l'existence de ce nouvel axe promis à la victoire : Berlin-Ankara. Mon plus grand souci – l'avenir du Reich – étant désormais quelque peu apaisé (bien que de façon étonnante), il me fallait à présent savoir combien de temps j'étais resté étendu sans connaissance sur ce terrain vague cerné par des maisons. Impossible de dénicher le *Völkischer Beobachter*, il devait être épuisé. Je jetai un regard sur le journal dont l'apparence m'était le plus familière : le *Frankfurter Allgemeine Zeitung*. Je ne le connaissais pas, il devait être nouveau, mais j'étais heureux de retrouver dans son titre l'écriture gothique qui le distinguait des autres. Inutile de m'attarder sur les nouvelles, je cherchai immédiatement la date :

30 août.

2011.

Je contemplai ces quatre chiffres, désemparé, incrédule. Je me tournai alors vers un autre journal, le *Berliner Zeitung*. Son titre était lui aussi écrit en gothique. Je cherchai la date :

2011.

D'un geste brusque j'arrachai le journal du présentoir, l'ouvris, tournai la première page, la suivante…

Partout 2011.

Les chiffres se mirent à danser une sarabande moqueuse. Ils bougeaient lentement de droite et de gauche, de plus en plus vite, comme dans ces danses bavaroises où, assis sur un banc, on s'accroche par les bras pour osciller d'un côté et de l'autre. Mon regard cherchait à suivre ce nombre, à le saisir, à le fixer – en vain ; puis le journal m'échappa des mains. Je me sentis basculer en avant, je tentai désespérément de me retenir au présentoir, m'accrochant aux autres journaux sans pouvoir retenir ma chute

Puis ce fut le noir.

2

Lorsque je repris connaissance, j'étais allongé sur le sol.

Quelqu'un me posait une compresse sur le front.

« Ça va ? »

Un homme était penché au-dessus de moi, il pouvait avoir dans les cinquante ans, peut-être un peu plus. Il était vêtu d'une chemise à carreaux, d'un pantalon très simple comme en porte le travailleur. Je sus tout de suite quelle question j'allais lui poser :

« Quelle est la date d'aujourd'hui ?

— Heu… le 29 août. Non, le 30 !

— Quelle année, bon sang ? » dis-je d'une voix éraillée en me redressant. Le chiffon mouillé tomba sans grâce sur mes genoux.

L'homme me regarda en fronçant les sourcils.

« 2011, dit-il en fixant mon manteau. Vous pensiez qu'on était en quelle année ? 1945 ? »

Je cherchai une réponse adéquate mais, n'en trouvant pas, je me relevai.

« Vous feriez peut-être mieux de rester encore un peu allongé, me dit l'homme. Ou même simplement de rester assis. J'ai un siège dans mon kiosque. »

Je voulus lui répondre que je n'avais pas le temps de prendre du bon temps ! Mais force me fut de constater que mes jambes tremblaient encore beaucoup. Je le suivis donc dans son kiosque. Lui-même s'assit sur une chaise, juste à la hauteur du guichet, et me regarda.

« Un peu d'eau ? Vous voulez du chocolat ? Une barre de muesli ? »

Je fis oui de la tête. Il se leva, prit une bouteille d'eau pétillante et m'en versa un verre. Puis il alla pêcher sur une étagère une barre alimentaire envelop-pée dans du papier coloré, sans doute une ration de guerre. Il déchira l'emballage et je découvris quelque chose qui ressemblait à des graines compressées de façon industrielle. Il me mit la chose dans la main. Le rationnement en pain semblait être encore en vigueur.

« Vous devriez manger davantage au petit déjeu-ner », dit-il. Puis il se rassit. « Vous tournez quelque part dans le coin ?

— Tourner… ?

— Je ne sais pas. Un documentaire. Un film. Ici on est toujours en train de tourner quelque chose.

— Un film… ?

— Dites donc. Vous avez vraiment perdu les pédales. » Il se mit à rire et pointa son doigt vers moi. « Ou bien vous vous baladez toujours dans cette tenue ? »

Je baissai les yeux pour me regarder. Je ne consta-tai rien d'inhabituel, mis à part la poussière et l'odeur de détachant.

« Évidemment ! » dis-je.

Mais il était possible que j'aie des blessures au visage. « Vous avez quelque chose où je pourrais me voir ? demandai-je.

— Ça tombe bien, dit-il en faisant un signe de la main. Là, à côté de vous, juste au-dessus du dernier numéro de *Focus*. »

Me tournant dans la direction indiquée, je tombai sur un magazine dont la couverture était encadrée d'un bandeau orange. Je restai bouche bée.

Mon reflet était impeccable, même mon manteau semblait bien repassé – la lumière à l'intérieur du kiosque devait être avantageuse.

« C'est le titre qui vous gêne ? demanda l'homme. Maintenant, un magazine sur trois sort un dossier sur Hitler. Je crois que vous n'avez pas besoin de vous préparer davantage. Vous êtes déjà parfait comme ça.

— Merci, dis-je, l'air absent.

— Non, vraiment. J'ai vu le film *La Chute* avec Bruno Ganz. Deux fois. Il est aussi très bon dans son rôle, mais il ne vous arrive pas à la cheville. Cette façon de vous tenir… on jurerait que c'est lui. »

Je le regardai : « Lui, qui ?

— Eh bien, lui ! Le Führer ! »

Tout en parlant, il avait levé ses deux mains, l'index et le majeur serrés l'un contre l'autre, les pliant et les dépliant ensemble, deux fois de suite. J'avais du mal à le croire, mais il semblait que, au bout de soixante-six ans, c'était tout ce qui restait du martial salut nazi. C'était stupéfiant, mais en même temps cela montrait que mon action politique avait perduré.

Je levai l'avant-bras en réponse à son salut et dis : « Je suis le Führer, le guide du peuple allemand. »

Il se mit de nouveau à rire : « C'est dingue, ça fait tellement vrai ! »

Je ne partageais pas son hilarité. Peu à peu je prenais conscience de ma situation. Si tout cela n'était pas un rêve – et cela durait depuis vraiment trop longtemps pour n'être qu'un rêve –, j'étais bel et bien en 2011. Je me retrouvais donc dans un monde complètement nouveau et il me fallait supposer que, de mon côté, j'étais aussi pour ce monde un élément complètement nouveau. Et si ce monde fonctionnait encore de façon un tant soit peu logique, il devait s'attendre à ce que j'aie cent vingt-deux ans, ou – ce qui était plus vraisemblable – à ce que je sois mort depuis longtemps.

« Vous jouez aussi d'autres rôles ? me demanda l'homme. Je vous ai déjà vu quelque part ?

— Je ne joue pas, répondis-je de façon sans doute un peu abrupte.

— Bien sûr », dit-il en prenant soudain une expression grave. Puis il ajouta en papillonnant des yeux : « Vous vous produisez où ? Vous avez un programme ?

— Évidemment, rétorquai-je. Depuis 1920 ! En tant que Volksgenosse, en tant que camarade du peuple, vous ne pouvez ignorer les vingt-cinq points du programme. »

Il s'empressa d'approuver d'un hochement de tête.

« Malgré tout, je ne vous ai encore vu nulle part. Vous n'auriez pas un flyer sur vous ? Ou une carte ?

— Hélas non, dis-je sur un ton désolé. La carte est au centre de commandement. »

J'essayai de me concentrer sur ce qu'il me fallait faire dans l'immédiat. À l'évidence, même à la chancellerie, même dans mon propre bunker, j'allais me heurter à une sorte d'incompréhension. Je devais gagner du temps, analyser les différentes options qui se présentaient. J'avais besoin de trouver un endroit où m'installer. Et c'est à ce moment que je me rendis compte, à mon grand dam, que je n'avais pas un pfennig en poche. Pendant un instant, je repensai à la triste époque où j'habitais dans le centre d'hébergement pour hommes à Vienne, c'était en 1909. Certes, cette période avait eu ses vertus, elle m'avait appris la vie comme aucune université au monde n'aurait su le faire, il m'était pourtant impossible de dire que je l'avais appréciée, à cause de toutes les privations endurées. Je me rappelai les mois sombres passés là-bas, à Vienne, le mépris, le dédain, l'incertitude, la peur de ne pas avoir le minimum nécessaire pour vivre, le pain sec… Perdu dans mes souvenirs, je mordis dans la drôle de barre de céréales.

Le goût était étonnement sucré. Je regardai de plus près à quoi ça ressemblait.

« J'aime bien aussi, me dit le vendeur de journaux. Vous en voulez une autre ? »

Je secouai la tête. J'avais des problèmes plus importants à régler. Il s'agissait de subvenir au quotidien et de parer au plus pressé. J'avais besoin d'un abri et d'un peu d'argent jusqu'à ce que je puisse clarifier ma situation ; j'aurais peut-être même besoin d'un travail avant de pouvoir reprendre et assumer ma tâche gouvernementale. D'ici là, il me fallait gagner ma croûte, en quelque sorte. Peut-être comme peintre, peut-être dans un cabinet d'architectes. Évidemment, je n'avais rien contre le fait d'exercer, provisoirement, une activité physique. Mes connaissances auraient naturellement été bien plus utiles au peuple allemand dans le cadre d'une campagne militaire, mais comme je ne savais rien de la situation actuelle, la chose était illusoire. J'ignorais même avec quels pays le Reich avait des frontières communes, qui cherchait à les violer et contre qui il fallait riposter. Pour l'instant, j'allais sans doute devoir me contenter de montrer ce que je savais faire de mes mains. Pourquoi pas construire une esplanade pour les défilés militaires ou un tronçon d'autoroute ?

« Et maintenant, sérieusement, me dit le gazetier sur un ton insistant, vous faites ça en amateur ? Je veux dire, votre numéro ? »

Une fois de plus je trouvai le propos totalement déplacé. « Je ne suis pas un amateur ! lui lançai-je avec emphase. Je ne fais pas partie de ces traîne-savates, de cette engeance de petits-bourgeois !

— Non, non, reprit l'homme sur un ton conciliant qui me laissait penser qu'il était finalement honnête. Je veux dire : vous faites quoi comme métier à part ça ? »

Ma foi, je faisais quoi comme métier ? Que répondre à cette question ?

« Je... disons que, pour l'instant... je me suis un peu mis en retrait, rétorquai-je de façon évasive.

— N'allez pas mal prendre ce que je vais vous dire, s'empressa d'ajouter le gazetier, mais si vraiment vous n'êtes pas encore... c'est quand même incroyable ! Je veux dire, ici il y a plein de gens qui viennent, toute la ville en est remplie, des agences, des producteurs de films, des gens de la télé... ils sont toujours à l'affût d'un bon tuyau, d'un nouveau visage. Et si vous n'avez pas de carte – je veux dire : on peut vous joindre comment ? Vous avez un téléphone ? Un mail ?

— Hein... ?

— Vous habitez où ? »

Il venait de toucher un point sensible. En même temps, il ne semblait pas animé de mauvaises intentions. Je décidai donc de tenter le tout pour le tout.

« Cette histoire de logement est pour l'instant un peu... comment dire ? Disons que ma situation est quelque peu précaire...

— Mais peut-être que vous avez une amie chez qui vous logez en ce moment ? »

Je pensai un instant à Eva. Où pouvait-elle bien être ?

« Non, murmurai-je sur un ton abattu que je ne me connaissais pas. Je n'ai pas de compagne. Je n'en ai plus !

— Ah ! Je comprends. C'est encore tout récent.

— Oui. Tout ça est effectivement encore… assez récent pour moi.

— Ç'a été dur, ces derniers temps, n'est-ce pas ?

— C'est exact. Steiner a refusé de lancer ses troupes pour repousser l'ennemi et c'est une chose impardonnable. »

Il me regarda, perplexe : « Je voulais dire : avec votre amie. C'était la faute de qui ?

— Je ne sais pas, avouai-je. Sans doute de Churchill. »

Il éclata de rire puis me considéra d'un air songeur. Au bout d'un certain temps, il me dit :

« J'aime bien comme vous êtes. Écoutez, je vais vous faire une proposition.

— Une proposition ?

— Je ne sais pas quelles sont vos exigences. Si vous n'avez pas de besoins particuliers, vous pouvez passer une ou deux nuits ici.

— Ici ? » Je regardai autour de moi.

« À moins que vous puissiez vous payer l'hôtel Adlon… ? »

Il avait raison. Je baissai les yeux, confus.

« Tel que vous me voyez… je suis pratiquement démuni, avouai-je.

— Ma foi, ça n'a rien d'étonnant si vous n'osez pas montrer de quoi vous êtes capable. Vous ne pouvez pas rester comme ça tout le temps, à vous cacher.

— Je ne me cache pas, protestai-je. C'est à cause de ce déluge de bombes.

— Oui, oui, dit-il pour couper court à la discussion. Alors, encore une fois, vous restez ici un ou deux jours et moi j'en parle à un ou deux de mes clients. Le dernier magazine de théâtre est arrivé hier, et aussi la revue sur le cinéma. Ils vont venir les acheter. On pourra peut-être obtenir quelque chose. Vraiment ! En fait, vous n'êtes même pas obligé de savoir faire quoi que ce soit. L'uniforme suffit, vous le portez à merveille…

— Ça veut dire que je vais rester ici ?

— Provisoirement. Dans la journée, vous resterez ici avec moi ; comme ça, si quelqu'un vient, je pourrai vous présenter à lui. Et si personne ne vient, j'aurai au moins de quoi rigoler. Vous avez une autre solution pour vous loger ?

— Non, dis-je dans un soupir. Sauf le bunker. »

Il éclata de rire. Puis il cessa d'un coup :

« Dites, vous n'allez pas me ratisser mon kiosque ? »

Je lui jetai un regard indigné : « J'ai l'air d'être un voleur ? »

Il me regarda : « Vous avez l'air d'être Adolf Hitler.

— Justement », dis-je.

3

Les jours et les nuits qui suivirent furent pour moi une terrible épreuve. Logé dans des conditions pires qu'indignes, coincé entre des publications équivoques, des paquets de cigarettes, des friandises et des boissons en boîte, je passais mes nuits recroquevillé sur un fauteuil assez confortable, mais à la propreté plus que douteuse. Il me fallait rattraper le fil des événements des soixante-six dernières années, sans éveiller l'attention, car cela aurait pu se retourner contre moi. En effet, pendant que d'autres se seraient en vain trituré les méninges pendant des jours et des jours, essayant de trouver une explication scientifique à ce voyage dans le temps aussi fantastique qu'inexplicable, mon esprit méthodique était tout à fait capable de s'adapter à cette nouvelle donne. Au lieu de se perdre en stériles lamentations, mon cerveau intégrait tous les faits nouveaux et examinait sobrement les circonstances. D'autant plus que – pour anticiper brièvement sur les événements –, si les conditions actuelles avaient changé par rapport à autrefois, elles semblaient offrir beaucoup plus de possibilités et augurer des jours meilleurs. C'est ainsi que je me suis aperçu que, au cours des soixante-six dernières années, le nombre de soldats russes présents sur le sol du Grand Reich s'était considérablement réduit, surtout à Berlin. On parlait d'un chiffre oscillant entre trente et cinquante, ce qui allait permettre à la Wehrmacht d'envisager une victoire nettement plus rapide que contre les deux millions cinq cent mille précédemment estimés par mon état-major sur le seul front de l'Est.

C'est pourquoi mon esprit conçut la possibilité que j'aie pu être victime d'un complot ou même d'un enlèvement de la part des services secrets étrangers qui auraient eu recours à toute cette mise en scène pour me soutirer de précieux secrets militaires et subvertir ainsi ma volonté de fer. Cependant, les techniques nécessaires à la mise en œuvre d'un tel plan – visant à créer de toutes pièces un monde nouveau au sein duquel je pouvais circuler librement, une sorte de variation de la réalité – me semblaient invraisemblables, presque plus invraisemblables que la réalité où je me trouvais, que je pouvais toucher de mes propres mains et voir de mes propres yeux. Non, il s'agissait de poursuivre le combat dans ce monde qui s'offrait à moi. Et avant la bataille il y a toujours une phase de reconnaissance.

Il n'est pas besoin d'être un génie pour savoir que la récolte de renseignements fiables et récents pose d'immenses problèmes quand on ne bénéficie pas de l'infrastructure nécessaire. Or les conditions étaient très défavorables : pour la politique étrangère, je ne disposais plus de l'Abwehr ni du ministère des Affaires étrangères ; quant à la politique intérieure, il m'était momentanément difficile d'établir un contact avec la Gestapo. Me rendre dans une bibliothèque afin d'y glaner des informations me semblait encore trop risqué. J'en étais donc réduit à consulter les nombreuses publications qui tapissaient le kiosque, mais dont je ne pouvais vérifier la fiabilité. *Idem* pour les conversations entre passants que j'entendais dans la rue. Certes, le kiosquier avait eu l'amabilité de mettre à ma disposition un appareil de radio, dont la taille, vu les progrès que la technique avait faits entre-temps, s'était réduite dans des proportions considérables – sauf que les habitudes radiophoniques n'avaient plus rien à voir avec celles en vigueur dans le Grand Reich de 1940. À peine avait-on mis l'appareil en marche qu'on entendait un bruit infernal, souvent interrompu par un bavardage inepte, pour autant qu'on puisse le comprendre. Le contenu était toujours le même, seule changeait la fréquence qui allait en augmentant entre brouhaha et bavardage. Je passai plusieurs minutes à essayer de voir d'où pouvait venir le bruit qui sortait de cette merveille technologique avant de l'éteindre, agacé. Je restai bien un quart d'heure, assis, immobile, presque figé par le choc de cette expérience radiophonique, avant de me décider à renoncer provisoirement à toute autre tentative. J'en étais donc réduit pour l'instant à lire ce que délivrait la presse, dont le but premier n'a jamais été de rendre compte de la vérité historique – et visiblement les choses n'avaient pas changé.

Le premier bilan, certes incomplet, que je pus tirer de ces lectures est le suivant :

1. Le Turc n'était finalement pas venu à notre secours.
2. À l'occasion des soixante-dix ans de l'opération Barbarossa, les journaux revenaient abondamment sur cet aspect de l'histoire allemande. L'opération était généralement traitée de façon négative. On prétendait partout que cette

campagne militaire n'avait pas été une vraie victoire et que la guerre n'avait finalement pas été gagnée.

3. En ce qui me concernait, je passais pour mort. On disait que je m'étais suicidé. C'est vrai que j'avais évoqué cette possibilité dans le cercle très restreint des personnes en qui j'avais confiance ; ma mémoire avait dû faire l'impasse sur quelques heures d'un moment particulièrement difficile. Quoi qu'il en soit, il suffisait que je me regarde pour constater ce qu'il en était.

Étais-je mort ?

Tout le monde sait à quoi s'en tenir avec nos journaux : le sourd note ce que lui raconte l'aveugle, le crétin de service corrige le tout et les collègues recopient ! Tous les cancans sont repris et plongés dans une soupe de mensonges avant que ce « merveilleux » breuvage soit servi au peuple qui ne se doute de rien, même si, dans ce cas, j'étais prêt à faire preuve d'une sorte d'indulgence. Il arrive si rarement que le destin intervienne de façon aussi remarquable dans ses propres rouages que ce doit être difficile à comprendre, même pour les esprits les plus avisés, et encore plus pour les médiocres représentants de ceux que l'on appelle les « faiseurs d'opinion ».

4. En ce qui concernait les autres données, il me faudrait m'armer de patience pour tout digérer. Il y avait dans la presse tant de fausses estimations concernant les choses militaires et historico-militaires – sans même parler de tous les autres sujets, y compris économiques –, tant d'ignorance et tant de méchanceté, que mieux valait passer outre, tout simplement, sinon n'importe

quel être doté de raison risquait de devenir fou devant ces inepties.

5. Ou alors d'attraper un ulcère à l'estomac, rien qu'à voir comment les cerveaux dégénérés par la syphilis de cette presse à sensation – qui par ailleurs semblait libérée de tout contrôle d'État – présentaient de façon stupide et impie une image du monde privée de toute grandeur.

6. Le Reich avait laissé place à ce qui était appelé un « État fédéral ». La direction en revenait, selon toute apparence, à une femme appelée « chancelière fédérale », même si des hommes avaient aussi occupé cette fonction avant elle.

7. Le multipartisme avait été réintroduit en politique avec les inévitables et stériles querelles subséquentes. L'inoxydable social-démocratie avait repris du poil de la bête au détriment du peuple allemand aguerri par la souffrance ; des associations jouaient une fois encore les parasites en dilapidant le bien du peuple et – si étonnant que cela puisse paraître – on ne lisait pas un mot sur leur « travail », même dans la presse mensongère d'ordinaire si bien intentionnée à leur égard. En revanche, plus aucune mention de l'activité du NSDAP et il n'était pas exclu que, à la suite d'une possible défaite, les forces victorieuses aient mis des bâtons dans les roues du Parti ou l'aient même carrément interdit et rendu illégal.

8. Le *Völkischer Beobachter*, organe de mon parti, n'était pas diffusé partout, en tout cas on ne le trouvait pas dans le kiosque de mon gazetier pourtant bien approvisionné, tout comme on n'y dénichait aucune publication d'orientation nationaliste.

9. Le territoire du Reich semblait considérablement réduit, même si ses voisins immédiats n'avaient pas changé. La Pologne continuait à poursuivre son existence contre nature. Et en apprenant qu'elle empiétait maintenant sur d'anciens territoires du Reich, je ne pus réprimer un mouvement d'indignation ; dans l'obscurité du kiosque qui me servait d'abri, je ne pus retenir ces mots : « Si tel est le cas, j'aurais vraiment pu m'épargner toute cette guerre ! »

10. Le Reichsmark n'était plus la monnaie en vigueur, néanmoins le concept que j'avais en tête et qui consistait à en faire la monnaie européenne avait manifestement été mis en pratique par d'autres, sans doute par quelques petits dilettantes venus des rangs des forces victorieuses. Quoi qu'il en soit, toutes les transactions étaient pour l'instant réglées dans une monnaie artificielle répondant au nom d'« euro » et, comme il fallait s'y attendre, celle-ci provoquait pas mal de méfiance. J'aurais pu le prédire à l'apprenti sorcier qui était à l'origine de cette création.

11. Il semblait régner en ce moment une paix relative, mais la Wehrmacht était toujours en guerre. Elle s'appelait dorénavant « Bundeswehr » et jouissait d'une situation qui suscitait l'envie, sans doute à cause de son avance technologique. À en croire les chiffres publiés, on pouvait en déduire que le soldat allemand bénéficiait d'une sorte d'invincibilité sur le terrain, où les pertes étaient extrêmement rares. Et l'on peut imaginer mon dépit tandis que je repensais à mon sort tragique, à l'amertume de ces nuits passées dans mon bunker,

penché sur les cartes, aux prises avec un peuple hostile, confronté au destin : à l'époque, plus de quatre cent mille soldats mouraient sur les différents fronts – et cela pour la seule année 1945. Avec la fabuleuse armée d'aujourd'hui, j'aurais pu balayer sans problème toutes les troupes d'Eisenhower ; les hordes de Staline auraient été repoussées en quelques semaines jusqu'au fin fond de l'Oural et du Caucase, écrasées comme de la vermine. C'était l'une des seules rares bonnes nouvelles que j'enregistrai : la future conquête d'un espace vital au nord, à l'est, au sud et à l'ouest me semblait promise à autant de succès avec cette fameuse nouvelle Wehrmacht qu'avec l'ancienne. Et l'on devait tout cela à une réforme récemment promulguée par un jeune ministre. Celui-ci semblait avoir la puissance d'un *Scharnhorst*, mais avait malheureusement dû quitter ses fonctions à cause des agissements d'intrigants aussi bornés que malintentionnés issus du petit monde universitaire. La situation dans ce domaine avait l'air aussi désastreuse qu'à l'époque, aux Beaux-Arts de Vienne, quand je leur avais fait parvenir mes dessins et mes croquis. Rongés par la jalousie et l'envie, les petits esprits mesquins faisaient toujours tout pour entraver le talent, incapables de supporter que l'éclat du génie fasse de l'ombre à la misérable loupiote de leur pitoyable incapacité.

Ma foi… !

Si cette situation générale demandait une certaine capacité d'adaptation, force me fut de constater qu'il n'y avait malgré tout pas de danger immédiat. Même s'il subsistait encore quelques désagréments.

Comme tout esprit créatif, j'avais pour habitude de me plonger dans le travail tout en me ménageant de longues plages de repos afin de conserver ma vigueur et ma rapidité de réaction. Hélas, le gazetier ouvrait son kiosque aux premières lueurs du jour à cause des exigences de son métier, ce qui ne me permettait pas de jouir d'un sommeil réparateur, moi qui poursuivais mes travaux jusque très tard dans la nuit. Pour corser le tout, cet homme avait un besoin irrépressible de parler dès le matin, alors que, moi, j'aimais bien profiter d'un moment de calme avant d'attaquer la journée. C'est ainsi que, dès le premier matin, il entra en coup de vent dans le kiosque en me lançant :

« Alors, mon Führer, avez-vous passé une bonne nuit ? »

Et là-dessus, il ouvrit sans attendre le fenestron de son kiosque, libérant ainsi un flot de lumière aveuglante. Je poussai un gémissement, plissai les yeux tout en cherchant à me rappeler où j'avais atterri. Je n'étais pas dans mon bunker, je le constatai tout de suite. Sinon, j'aurais immédiatement envoyé ce clown devant un peloton d'exécution. Cette forme de terreur matinale était le meilleur moyen de réveiller l'ardeur des combattants. Mais je me rappelai la situation dans laquelle je me trouvais et m'efforçai de me calmer. Ce crétin n'avait sans doute pas d'alternative vu le métier qu'il exerçait. Il croyait même peut-être bien faire en dépit de son comportement totalement déplacé.

« Allez, debout ! me lança-t-il. Venez et aidez-moi ! » Et il me montra quelques présentoirs mobiles qu'il s'agissait de pousser à l'extérieur.

Je me redressai en soupirant, même si j'étais encore très fatigué. La situation était assez paradoxale :

avant-hier encore je repoussai l'Armée rouge et maintenant je poussai des présentoirs à journaux. Mon regard tomba sur le dernier numéro d'un magazine de chasse. Tout n'avait donc pas disparu. Je n'ai jamais été un chasseur passionné et je peux même dire que je nourris quelques réticences à l'égard de cette activité, mais, en cet instant, je ressentis le désir intense d'échapper à cet étrange quotidien, de parcourir la nature en compagnie d'un chien, de suivre les changements du monde en étant au plus près de ses créatures, les animaux… Hélas, il me fallut bien vite m'arracher à ma torpeur et à mes rêveries. En quelques minutes nous avions tout installé, et le kiosque était prêt à recevoir ses premiers clients. Le vendeur de journaux sortit deux chaises pliantes qu'il installa devant sa cahute, au soleil. Il m'invita à m'asseoir, sortit un paquet de cigarettes de la poche de sa chemise, le tapota pour faire remonter quelques cigarettes et m'en proposa une.

« Je ne fume pas, dis-je en secouant la tête, mais je vous remercie. »

Il prit une cigarette, la mit entre ses lèvres, sortit un briquet de la poche de son pantalon et l'alluma. Il avala la fumée qu'il expira ensuite avec visiblement beaucoup de plaisir.

« Ahhh – et maintenant un café ! Vous aussi ? Je veux dire… si vous aimez… je n'ai que du café soluble ici. »

Il n'y avait là rien d'étonnant. L'Anglais devait continuer à bloquer les voies maritimes. Je connaissais très bien ce problème et il était clair que, durant mon absence, ceux qui avaient pris la direction du Reich, quels qu'ils fussent, n'avaient pas trouvé de solution. La population allemande, vaillante et prête à tous les sacrifices, devait donc toujours se contenter de produits de remplacement. Je ne pus m'empêcher de penser à l'infâme barre de céréales compressée au goût de carton qui remplaçait le bon pain allemand. Et ce pauvre gazetier était incapable de cacher sa honte, lui qui, étouffé comme il l'était par les parasites anglais, ne pouvait rien offrir de meilleur à son hôte qu'un infâme jus de chaussette. C'était à hurler d'indignation. En même temps, je sentis monter en moi une vague de compassion.

« Vous n'y pouvez rien, mon brave, dis-je pour le tranquilliser. De toute façon, je ne suis pas un grand amateur de café. Mais si je pouvais avoir un verre d'eau... »

Ainsi, je passai ma première journée dans cette nouvelle et étrange époque, en compagnie d'un vendeur de journaux qui fumait cigarette sur cigarette, bien décidé à étudier les us et coutumes de la population pour apprendre de nouvelles choses en attendant que mon homme puisse me procurer un petit travail grâce à ses nombreuses relations.

Les premiers clients étaient des ouvriers et des retraités. Ils ne parlaient pas beaucoup, achetaient du tabac et le journal du matin. Un journal était particulièrement apprécié, surtout des personnes d'un certain âge, il s'appelait *Bild*. Je supposai que cet attrait venait de la taille des caractères. Ainsi, même les personnes ayant quelques difficultés à voir pouvaient malgré tout se tenir au courant de l'actualité. Une idée de génie, je devais bien l'avouer. Même le zélé Goebbels n'y avait pas pensé. Si nous avions opté pour cette taille de caractères, nous aurions pu toucher un plus grand nombre de personnes et entretenir ainsi leur enthousiasme. C'était justement cette classe d'âge qui, dans les derniers temps, avait manqué d'élan, de persévérance et de sens du sacrifice. Qui aurait pu se douter qu'un simple changement de caractères aurait pu avoir autant d'effet ?

D'un autre côté, à l'époque, on manquait aussi de papier. Finalement ce Walther Funk n'avait jamais été qu'un fieffé imbécile.

Ma présence devant le kiosque finit par provoquer quelques remous. Certes il y avait des réactions amusées, surtout parmi les ouvriers plus jeunes, et parfois même une forme de reconnaissance qui s'exprimait par des mots tels que « coule » ou « tope » que je ne comprenais pas, mais la mine des gens qui les prononçaient indiquait une véritable marque de respect.

« Pas mal, hein ? dit le gazetier à un client. On ne voit pas la différence, non ?

— Non, répondit le client, un ouvrier entre vingt et trente ans, avant d'ajouter tout en pliant son journal : C'est permis ces choses-là ?

— Quoi ?

— Eh bien, cet uniforme !

— Que reprochez-vous à l'uniforme allemand ? » demandai-je sur un ton soupçonneux et légèrement irrité.

Le client se mit à rire, sans doute pour m'apaiser.

« C'est vraiment très bien. Je veux dire… vous faites sans doute ça dans le cadre de votre métier et c'est très bien. Mais on n'a pas besoin d'une autorisation spéciale pour se promener en public dans cet accoutrement ?

— Ce serait le comble ! répliquai-je, indigné.

— Je voulais simplement dire… » Il paraissait soudain intimidé. « Je voulais dire que peut-être l'État… »

Oui, l'état de mon uniforme n'était effectivement pas des meilleurs. Cela me fit réfléchir. Au fond, il ne pensait pas à mal.

« Bon, c'est vrai, il est un peu sale, concédai-je, légèrement vexé. Mais même sale, l'uniforme du soldat allemand est plus glorieux que n'importe lequel de ces smokings impeccables que l'on porte dans le monde frelaté de la diplomatie !

— Pourquoi vouloir interdire un uniforme ? demanda le marchand de journaux sur un ton neutre. Il n'y a pas de croix gammée dessus !

— Mais qu'est-ce que c'est encore que ça ! m'écriai-je, furieux. Vous allez voir de quel bois je me chauffe ! »

Le client s'éloigna en secouant la tête. Quand il eut disparu, le kiosquier me pria calmement de me rasseoir.

« Il n'a pas forcément tort, déclara-t-il sur un ton aimable. Les clients commencent à vous regarder d'une drôle de façon. Vous prenez votre travail très au sérieux, bien sûr, mais vous ne pourriez pas mettre autre chose ?

— Renier ma vie, mon travail, mon peuple ? Vous ne pouvez pas exiger ça de moi, dis-je en me levant d'un bond. Je porterai cet uniforme jusqu'à mon dernier souffle. Je ne vais pas trahir les victimes du grand mouvement que je dirige en leur plantant une fois encore un poignard dans le dos, comme Brutus avec César...

— Il faut toujours que vous en fassiez des tonnes ? dit le vendeur de journaux de façon brusque. Ce n'est pas seulement une question d'uniforme...

— Mais... ?

— Ce truc empeste. Je ne sais pas où vous l'avez déniché. C'est du recyclage ? Un vieil uniforme de pompiste ?

— Sur le champ de bataille, le simple soldat n'a pas le loisir de changer de tenue et je ne vais pas me compromettre en adoptant l'attitude décadente de ceux qui se la coulent douce à l'arrière.

— Possible, mais pensez à votre programme !

— Pourquoi ?

— Vous avez un programme ! Vous voulez le présenter, oui ou non ?

— Et alors ?

— Imaginez un peu la situation : des gens arrivent, ils veulent faire votre connaissance, mais vous empestez tellement qu'on n'oserait même pas craquer une allumette en votre présence.

— Pourtant vous l'avez bien fait, vous ! » répondis-je. Mais il manquait à mes paroles le tranchant que j'y aurais mis dans d'autres circonstances car je devais bien admettre que sa remarque était recevable.

« Moi, je suis du genre courageux, dit-il en riant. Allez, rentrez vite chez vous et mettez d'autres frusques. »

Et voilà ! Mon problème de logement me rattrapait.

« Je vous ai déjà dit que c'était compliqué en ce moment.

— Oui, mais votre ex est peut-être au travail. Ou elle fait les courses. Pourquoi faire tant de manières ?

— C'est quand même très délicat. L'endroit où je loge… » Il me fallait argumenter et je trouvais la situation vraiment très dégradante.

« Vous avez bien une clef ? »

Cette fois, je ne pus m'empêcher de rire face à autant de naïveté. Je ne savais même pas si les portes du bunker se fermaient avec des clefs.

« Non… enfin comment dire… Le contact est plus ou moins interrompu…

— Il vous a été interdit de la voir ?

— J'ai du mal à me l'expliquer, mais on pourrait dire ça.

— Grand Dieu ! Vous ne donnez pourtant pas du tout cette impression ! Qu'est-ce que vous avez fait pour qu'on vous interdise de la voir ?

— Je ne sais pas. J'ai comme un trou de mémoire.

— Pourtant vous n'avez pas l'air violent, dit-il, songeur.

— Disons que je suis quand même un soldat ! » Et je rajustai ma mèche.

« Bon, voilà ce que je vous propose. Vous êtes très bon dans votre rôle et j'aime les gens qui croient dur comme fer à ce qu'ils font.

— Évidemment, comme tout être sensé. Il faut toujours poursuivre ses objectifs avec force et conviction. La tiédeur est la cause de tous les maux et je…

— C'est bon, c'est bon. Écoutez ! Demain, je vous apporterai des vêtements qui ne me vont plus. J'ai pris un peu de poids et je ne peux plus fermer les boutons, dit-il en jetant un regard contrit sur son ventre. Mais je suis sûr qu'ils vous iront. Heureusement que vous ne jouez pas Göring.

— Ce serait le comble !

— Et je porterai directement votre uniforme au pressing.

— Jamais je ne le quitterai, dis-je, implacable.

— D'accord. Alors vous le porterez vous-même, répondit-il sur un ton las. Mais vous vous rendez bien compte qu'il faut le faire nettoyer ? »

On me traitait comme un enfant, et c'était proprement scandaleux. Mais une chose était sûre : il en serait ainsi tant que j'aurais cet air de gamin crasseux.

Je lui fis donc un signe de la tête pour lui signifier que j'étais d'accord.

« Le seul problème, ce sont les chaussures. Vous faites du combien ?

— Du 43.

— Ah ! Les miennes seront trop petites pour vous. Mais je vais trouver une solution. »

4

Il faut faire preuve de compréhension vis-à-vis du lecteur si surgit en lui, à un moment ou un autre, une once d'étonnement quant à la vitesse avec laquelle je m'adaptais aux données de ma nouvelle situation. Le lecteur qui, pendant les années, voire les décennies où j'ai été absent, a été abreuvé de fariboles crypto-marxistes sous couvert de démocratie, ce lecteur donc, nageant dans ce bouillon, est bien sûr incapable de voir au-delà du bord de l'assiette dans laquelle il nage. Je ne veux pas ici adresser le moindre reproche à l'honnête travailleur, au brave paysan. Comment l'homme simple pourrait-il regimber sous l'aiguillon quand tous les supposés experts et les prétendus érudits annoncent du haut de leur chaire, dans leur soi-disant temple du savoir, et cela depuis plus de soixante ans, que le Führer est mort ? Comment en vouloir à l'homme qui, pris dans la lutte quotidienne pour sa survie, ne trouve pas la force de dire : « Mais où est-il ce Führer mort ? Où gît-il ? Montrez-le-moi ! »

Cela vaut aussi pour la femme, naturellement.

Alors, quand le Führer se retrouve soudain là où il a toujours été, dans la capitale du Reich, la confusion et le désarroi sont évidemment aussi effarants que l'étonnement qu'il provoque. Et il aurait été tout aussi parfaitement compréhensible que je passe moi-même des jours voire des semaines entières en état de pure stupéfaction, totalement figé devant cette réalité incompréhensible. Mais le destin a voulu que je sois d'une autre trempe. J'ai eu la possibilité, au fil d'années aussi difficiles qu'instructives et à force de peines et de privations, d'affiner ma vision des choses. Une vision forgée par la théorie, mais qui, à l'épreuve du champ de bataille de la pratique, est devenue une arme dure et solide, tant et si bien qu'elle a pu déterminer sans faillir tout mon devenir et toute mon action – et même maintenant, elle n'avait aucun besoin d'être modifiée ou adaptée à la dernière mode, au contraire, elle me permettait de porter un regard neuf sur les choses sans renier le passé. Et ce fut, en fin de compte, cet état d'esprit de Führer qui m'arracha à ma quête stérile d'explications.

Au cours de l'une de mes premières nuits passées ici, je me retrouvai sur mon fauteuil, inquiet, en proie à l'insomnie après une lecture harassante, méditant sur la dureté de mon sort, jusqu'à ce que, soudain, une illumination me traverse. D'un bond, je me relevai tandis que mes yeux écarquillés par cette intuition se posaient sur les bocaux remplis de bonbons de toutes les couleurs et de tant d'autres choses encore. Je voyais la chose écrite devant mes yeux en lettres d'airain : c'était le destin lui-même qui était inter-venu de cette façon mystérieuse dans le déroulement des événements. Je me frappai le front du plat de la main ; c'était tellement évident que je m'en voulais de ne pas m'en être rendu compte plus tôt. D'autant plus que ce n'était pas la première fois que le destin prenait les choses en main. Cela n'avait-il pas déjà été le cas en 1919, aux heures les plus sombres de l'Allemagne, quand un caporal jusque-là totalement inconnu avait surgi des tranchées, tel un être élu ? En dépit de ses origines plus que modestes, un homme n'avait-il pas fait la preuve de ses talents oratoires, un homme parmi tant d'autres, parmi tant de désespérés, et dont personne ne soupçonnait l'existence ? Et n'y avait-il pas eu aussi, derrière ce talent, la révélation d'un trésor de savoir et d'expériences alimenté par une insatiable soif de connaissances ? Trésor amassé par ce jeune homme qui, depuis son adolescence, s'imprégnait de tout ce que son esprit en éveil pouvait débusquer dans le domaine de l'histoire et de la politique ? Connaissances précieuses, que l'on pourrait croire emmagasinées de façon aléatoire, mais que la Providence avait rassemblées chez un seul homme, morceau par morceau ? Et cet homme solitaire, ce caporal d'apparence anodine, sur les épaules de qui des millions de personnes avaient placé leurs espoirs, n'avait-il pas brisé les chaînes imposées par le traité de Versailles et la Société des Nations ? N'avait-il pas remporté, avec une facilité quasi divine, les combats auxquels l'avaient contraint les armées européennes, celles de la France, celles de l'Angleterre, celles de la Russie ? Cet homme que l'on disait de peu de culture n'avait-il pas conduit sa patrie, à rebours de tous les pronostics émis par des gens soi-disant compétents, jusqu'aux plus hauts sommets de la gloire ?

Et cet homme, c'était moi !

Chacun de ces événements – telle était la rumeur qui grondait dans mes oreilles –, chacune de ces péripéties avait alors été bien plus invraisemblable que tout ce qui m'était arrivé au cours des deux ou trois derniers jours. Mon regard plongeait maintenant avec une grande acuité dans l'ombre qui séparait un bocal de sucettes et un bocal de bonbons aux fruits, tandis que le clair de lune illuminait mon intuition, sobre et glacial flambeau. Aucun doute, un combattant solitaire saurait tirer tout un peuple des grands marais de l'erreur. Un don merveilleux, cela pouvait certes arriver tous les cent ou deux cents ans. Mais que pouvait la volonté du destin si ce précieux atout était déjà joué ? Si, dans tout ce que proposait l'humanité, aucune cervelle ne disposait de la présence d'esprit nécessaire ?

Il lui fallait alors, bon gré mal gré, aller le chercher dans le passé.

Et il ne faisait aucun doute que c'était là une sorte de miracle, mais un miracle incomparablement plus facile à accepter que la tâche qui consisterait à donner au peuple un nouveau glaive forgé avec la seule quincaillerie encore disponible. Et pendant que ces visions, si claires et si lucides, mettaient un peu d'ordre dans la confusion de mes pensées, une nouvelle inquiétude s'empara de mon âme désormais en alerte. En effet, la conclusion à laquelle je parvenais en entraînait une autre, aussi inopinée que l'arrivée d'un hôte qui n'a jamais été invité : si le destin en était réduit à recourir à ce genre de subterfuge – et je le dis sans détour –, il fallait que la situation, en dépit de son apparente quiétude, fût en réalité encore plus dévastatrice qu'elle ne l'était à l'époque.

Et le peuple était alors d'autant plus en danger !

Et ce fut ainsi, comme dans un éclat de fanfare, que je pris véritablement conscience de la situation. Ce n'était plus le moment de gaspiller mon temps avec des réflexions académiques, de me triturer les méninges avec des « comment » et des « si », il importait bien davantage que je me concentre sur le « pourquoi » des choses.

Mais il me fallait encore répondre à une question : pourquoi moi, alors que tant de grands hommes de l'histoire allemande attendaient eux aussi une seconde occasion de conduire leur peuple sur les chemins de la gloire ?

Pourquoi pas Bismarck ? Pourquoi pas Frédéric II ? Charlemagne ?

Othon ?

La réponse à cette question ne me demanda que peu de réflexion et elle fut si simple que je ne pus retenir un sourire flatté. En effet, la mission herculéenne qui attendait ici son homme semblait vraiment faite pour renvoyer dans les cordes les personnages les plus vaillants, les Allemands les plus grands. Il s'agissait de faire confiance à un individu qui, seul, ne pouvant compter que sur lui-même, sans l'appareil d'un parti, sans le soutien d'un gouvernement, avait montré qu'il était capable de nettoyer les écuries d'Augias de la démocratie. La seconde question à laquelle il convenait de répondre maintenant était la suivante : voulais-je, une fois de plus, endurer tous ces douloureux sacrifices ? Accepter toutes ces privations et ravaler mon mépris ? Passer mes nuits dans un fauteuil situé à quelques pas d'un stand où l'on réchauffait des saucisses ? Et tout cela pour l'amour d'un peuple qui, dans sa lutte pour l'avenir, avait laissé tomber son Führer ? Il suffisait de considérer ce qu'il en avait été de l'assaut que j'avais ordonné à Steiner. Ou de ce qu'avait fait Paulus, cette sombre canaille.

Il me fallait pourtant passer outre à mon ressentiment, faire la différence entre une juste colère et une fureur aveugle. De même que le peuple doit soutenir son Führer, de même le Führer doit guider son peuple. Le simple soldat a toujours fait son devoir dès lors qu'il avait un bon chef, et on ne peut lui faire grief de ne pas avoir marché contre le feu ennemi quand un quarteron de lâches généraux oublieux de toutes leurs responsabilités le spolie d'une mort glorieuse en capitulant devant l'ennemi.

« Oui ! lançai-je alors dans l'obscurité du kiosque. Oui ! Je le veux ! Et je le ferai ! Oui et encore oui ! »

La nuit m'opposa son noir silence. Puis j'entendis non loin de là un braillard solitaire :

« Parfaitement ! Tous des trous du cul ! »

J'aurais dû interpréter cette vocifération comme une mise en garde. Mais si, à l'époque, j'avais su à l'avance toutes les peines et tous les amers sacrifices que j'allais devoir endurer, si j'avais connu à l'avance tous les tourments de ce combat inégal, je n'en aurais clamé que plus fort mon serment !

5

Dès les premiers pas, je fus confronté à une difficulté. Ce n'était pas que je manquais de force, mais j'avais vraiment l'impression d'être un idiot dans ces vêtements d'emprunt. À la rigueur, le pantalon et la chemise allaient. Le vendeur de gazettes m'avait apporté un pantalon propre en coton, de couleur bleue, qu'il appelait bizarrement « djinn », ainsi qu'une chemise à carreaux rouges également en coton. Je m'attendais plutôt à un costume et un chapeau, mais, en observant mieux le vendeur, il me fallut bien me résoudre à considérer cette espérance comme déraisonnable. Cet homme ne portait jamais de costume dans son kiosque et même sa clientèle, pour autant que je puisse en juger, n'avait pas une mise très bourgeoise. Quant aux chapeaux – je dis cela pour être exhaustif –, c'était manifestement un accessoire qui semblait avoir totalement disparu. Je décidai donc, avec mes modestes moyens, de donner à l'ensemble autant de dignité que possible en enfonçant bien ma chemise dans mon pantalon, en totale opposition à cette manière bizarre qu'avait le gazetier de la porter simplement par-dessus. Avec ma ceinture je réussis à bien faire tenir mon pantalon remonté tout droit et très haut. Puis je fis passer ma sangle par-dessus mon épaule droite. L'impression générale n'était certes pas celle d'un uniforme allemand, mais au moins celle d'un homme qui savait s'habiller correctement. Les souliers en revanche posaient problème.

Le gazetier m'avait dit qu'il ne connaissait personne faisant ma pointure et il m'avait apporté une paire de chaussures très spéciales qui appartenaient à son neveu, sauf qu'on était en droit de se demander s'il s'agissait bien de chaussures. Elles étaient blanches, énormes, avec des semelles monstrueuses et on avait l'impression d'être un clown quand on marchait. Il me fallut me faire violence pour ne pas jeter à la figure de cet imbécile de kiosquier ces chaussures ridicules.

« Je ne porterai pas une chose pareille, dis-je sur un ton décidé. J'ai l'air d'un clown avec ça ! »

Visiblement blessé, il fit une remarque laissant entendre qu'il n'était pas d'accord avec ma façon de porter la chemise, mais je ne lui en tins pas rigueur. Je serrai les jambes de mon pantalon tout contre mes mollets et fourrai le bas du « djinn » dans mes bottes.

« Vous ne voulez vraiment pas ressembler à quelqu'un de normal ? me demanda le gazetier.

— Où serais-je si j'avais toujours fait comme les gens soi-disant normaux ? rétorquai-je. Et où serait l'Allemagne ?

— Hmm, fit le vendeur de journaux sur un ton conciliant tout en allumant une cigarette, on peut voir aussi les choses comme ça. »

Il plia mon uniforme et le mit dans un sac qui n'était pas inintéressant. Le matériau dont il était fait, une sorte de plastique très fin et visiblement beaucoup plus résistant et plus souple que le papier, n'était pas la seule chose remarquable dans cet objet. Ce qui était imprimé dessus ne manquait pas d'intérêt : « Media Markt ». De toute évidence ce sac avait dû servir à emballer le journal imbécile que j'avais vu sous le banc public. Cela montrait que le vendeur de gazettes était au fond très raisonnable – il avait conservé le sac, qui pouvait être utile, et jeté son absurde contenu. Il me mit le sac dans les mains, m'expliqua comment aller chez le teinturier en concluant par un : « Amusez-vous bien ! »

Je me mis donc en chemin, mais, au lieu de me diriger directement vers l'officine en question, je me rendis d'abord à l'endroit où je m'étais réveillé. En dépit de ma vaillance restée intacte, je ne pouvais réprimer l'infime espoir que quelqu'un d'autre m'aurait accompagné dans mon odyssée à travers le temps. Je retrouvai le banc où je m'étais assis la première fois, je traversai prudemment la rue et m'enfonçai dans le passage aménagé entre les bâtiments et qui conduisait au terrain vague. En cette fin de matinée, tout était calme. Les gamins n'étaient plus là, ils devaient être à l'école. Le terrain était désert. Le sac à la main, je me dirigeai à pas hésitants vers la flaque à côté de laquelle je m'étais réveillé et qui avait maintenant presque complètement disparu. Tout était calme, aussi calme que cela peut l'être dans une grande ville. On entendait la rumeur de la circulation et le vol d'un bourdon.

« Pst, dis-je. Pst ! »

Rien !

« Bormann, dis-je à voix basse. Bormann ! Vous êtes là ? »

Une bourrasque traversa le terrain vague, faisant s'entrechoquer quelques boîtes de conserve. À part cela, rien.

« Keitel ? dis-je alors. Goebbels ? »

Mais personne ne répondit. Bien. Tant mieux même. L'homme fort est d'autant plus fort quand il est seul. Cette maxime n'avait rien perdu de sa valeur, au contraire. Maintenant, tout m'apparaissait très nettement. J'étais seul pour sauver le peuple. Seul pour sauver la terre, seul pour sauver l'humanité. Et le premier pas sur le chemin du destin passait par le dégraissage.

Mon sac à la main, je retournai d'un pas décidé vers ce qui avait été mon vieux banc d'école, celui où j'avais appris les plus précieuses leçons de ma vie : la rue. Je marchais, l'esprit aux aguets, comparant les enfilades de maisons, les rues, examinant, étudiant, soupesant, estimant. Un premier état des lieux donna un résultat positif : le pays, ou du moins la ville, donnait l'impression de ne plus contenir de ruines, elle avait été nettoyée et on pouvait dire qu'elle se trouvait dans un état d'avant-guerre tout à fait satisfaisant. Les nouvelles Volkswagen roulaient manifestement sans problème, en faisant moins de bruit qu'autrefois, même si, d'un point de vue esthétique, elles n'étaient sans doute pas du goût de tout le monde. Mais la chose la plus frappante, c'était l'omniprésence de ces barbouillis irritants qui défiguraient les murs. Je connaissais certes cette technique et déjà à l'époque, à Weimar, les suppôts communistes avaient gribouillé partout leurs bêtises bolcheviques. Ça m'avait d'ailleurs servi à apprendre un certain nombre de choses. À l'époque, cependant, on pouvait encore lire les slogans de chacun des deux camps. Or, à présent, je constatais que les nombreux messages dont les auteurs avaient jugé bon de barbouiller les façades des honnêtes bourgeois étaient totalement indéchiffrables. J'osais espérer que c'était là le fait d'une racaille inculte et probablement de gauche. En constatant que tous les messages que je découvrais sur mon chemin restaient invariablement illisibles, force me fut d'admettre qu'il se cachait peut-être là-derrière des déclarations aussi importantes que : « Allemagne réveille-toi ! » ou « Salut à la victoire ! » Confronté à autant de dilettantisme, je sentis monter en moi une implacable colère. Il manquait là une poigne de fer, une organisation structurée. C'était d'autant plus exaspérant que bon nombre de ces inscriptions avaient été exécutées avec beaucoup de couleurs et un soin évident. Ou bien avait-on mis au point en mon absence une écriture spécifique pour les slogans politiques ? Je décidai d'en avoir le cœur net et j'abordai une dame qui tenait un enfant par la main.

« Excusez-moi de vous déranger, chère madame, dis-je et, lui montrant une inscription barbouillée sur le mur, je lui demandai : Qu'est-ce qui est écrit là ?

— Comment je pourrais le savoir ? répondit la femme d'une voix hésitante tout en entraînant son enfant derrière elle. Ça va bien dans votre tête ?

— Ne vous faites pas de soucis, dis-je, je vais juste chez le teinturier.

— Vous feriez mieux d'aller chez le coiffeur ! » lança la femme.

Tournant la tête sur le côté, je me baissai jusqu'à la hauteur d'une vitre de ces automobiles dernier cri et observai mon visage. La raie était bien en place, même si elle laissait un peu à désirer, quant à ma moustache il faudrait certes la tailler dans quelques jours, mais d'une façon générale ce n'était pas une nouvelle coupe de cheveux qui allait décider du sort de la guerre. Dans un premier temps, il était préférable de procéder à un lavage corporel dans les règles, demain ou même ce soir. Je me remis en chemin, longeant toujours cette omniprésente propagande murale qui aurait pu tout aussi bien être écrite en chinois. Une autre chose me frappa : presque tout le monde était équipé en matériel de réception radio. Je voyais en effet un grand nombre de fenêtres où étaient fixées des paraboles de radar qui devaient manifestement servir à capter la radio du Reich. Si je parvenais à passer à la radio, il me serait facile de toucher de nouveaux auditeurs acquis à ma cause. J'avais déjà capté un programme qui diffusait une musique que l'on aurait dite jouée par des musiciens ivres, interrompus par des présentateurs marmonnant des choses aussi incompréhensibles que ce qui était écrit ici sur les murs. Il me suffirait de parler un allemand clair et compréhensible – et le tour serait joué. J'avançais d'un pas rapide et assuré et ne tardai pas à apercevoir l'enseigne du teinturier : « YILMAZ. NETTOYAGE RAPIDE. »

C'était un peu inattendu.

Certes, de nombreux journaux que j'avais eu l'occasion de voir attestaient de l'existence d'un important lectorat turc, même si j'ignorais comment on en était arrivé là. Et je dois dire aussi qu'en chemin j'avais rencontré plusieurs passants dont l'ascendance aryenne, pour dire les choses avec modération, semblait douteuse sans remonter jusqu'à la quatrième ou la cinquième génération, mais simplement au dernier quart d'heure. Même si je ne voyais pas vraiment quelle était la fonction de ces étrangers, leur activité ne semblait pas avoir une importance capitale. C'est aussi la raison pour laquelle il était inconcevable d'imaginer qu'ils puissent reprendre toutes les entreprises de taille moyenne. Même en invoquant des raisons de propagande économique, il m'était difficile de comprendre pourquoi un « service de nettoyage rapide » se baptisait « Yilmaz ». Depuis quand un « Yilmaz » était-il la garantie d'une chemise propre ? Un « Yilmaz » témoignait tout au plus du possible fonctionnement d'une vieille carriole à âne. Sauf que je n'avais pas le choix. Et il était également urgent de prendre de vitesse l'adversaire politique. En ce sens, j'avais effectivement besoin d'un « service rapide ». Assailli par les doutes, je me dirigeai vers la boutique.

Un carillon disharmonieux salua mon entrée. Ça sentait le produit de nettoyage, il faisait chaud, beaucoup trop pour qui portait une chemise en coton, mais, hélas, les excellents uniformes de l'Afrikakorps n'étaient pas disponibles en ce moment. Personne dans le magasin. Sur le comptoir était posée une sonnette, comme on en trouve à la réception des hôtels.

Calme plat.

On entendait distinctement une musique orientale au rythme mélancolique : une lavandière d'Anatolie devait se laisser aller à son mal du pays dans quelque recoin de l'arrière-boutique – étrange comportement quand on avait la chance de vivre dans la capitale du Reich allemand. J'inspectai les vêtements accrochés derrière le comptoir. Ils étaient tous recouverts d'un film transparent qui n'était pas sans rappeler le matériau dont était fait mon sac. On semblait tout emballer avec ça aujourd'hui. J'avais déjà vu une fois dans un laboratoire une matière semblable, mais l'IG Farben paraissait avoir fait des progrès considérables ces dernières années. D'après mes informations, la production de ce genre de matériau dépendait en grande partie du pétrole et était très onéreuse. Mais il y avait tant de choses en plastique et tant d'automobiles dans les rues que le pétrole ne semblait plus être un problème aujourd'hui. Le Reich avait-il conservé les ressources roumaines ? Ce n'était guère envisageable. Göring avait-il fini par découvrir des gisements sur le sol de la patrie ? Je ne pus réprimer un rire amer – Göring ! Il trouverait plus vite de l'or dans une de ses narines que du pétrole en Allemagne. Ce morphinomane incapable ! Je me demandais bien ce qu'il était devenu. Non, on s'était plus vraisemblablement orienté vers d'autres ressources, et…

« Ça fait longtemps que vous être là ? »

Un homme de type sud-européen avec des pommettes asiatiques venait de faire irruption depuis l'arrière-boutique.

« Affirmatif ! dis-je de façon abrupte.

— Pourquoi vous pas sonner ? » Il désigna la sonnette posée sur le comptoir et l'actionna en la frappant doucement du plat de la main. La sonnette retentit.

« Ça avait déjà sonné *ici* ! » m'exclamai-je en retournant ouvrir la porte. De nouveau le carillon disharmonieux retentit.

« Sonner *ici* ! dit-il sur un ton indifférent, avant de frapper de nouveau sur la sonnette.

— Un Allemand ne sonne qu'une fois ! dis-je, irrité.

— Alors sonner *ici* ! » répliqua le mulâtre au grade indéfini en appuyant encore une fois du plat de la main sur la sonnette. J'eus soudain très envie d'appeler quelques gros bras de la SA pour qu'ils lui fracassent le tympan avec sa sonnette. Mieux encore : les deux tympans. Comme ça, la prochaine fois, il pourrait expliquer à ses clients comment et d'où lui faire signe quand ils entreraient. Je poussai un soupir. C'était énervant de devoir se passer des plus simples supplétifs. La chose allait devoir attendre un peu, le temps que tout rentre dans l'ordre, mais je commençais déjà à dresser mentalement la liste de tous ceux qui nuisaient au Reich et « Yilmaz, nettoyage rapide » était inscrit tout en haut. Pour le moment je n'avais d'autre choix que de mettre la sonnette hors de portée de sa main.

« Dites-moi, le questionnai-je sèchement, vous faites aussi du nettoyage ? Ou est-ce que là d'où vous venez nettoyer se limite à faire du bruit ?

— Vous vouloir quoi ? »

Je posai mon sac sur le comptoir et en sortis mon uniforme. Il le renifla un peu, dit : « Ah, vous être pompiste ! » et s'empara de mon uniforme sans autre forme de procès.

J'aurais pu me moquer de ce que pensait un non-Aryen n'ayant pas le droit de vote, et en même temps je ne pouvais rester totalement indifférent. Il était évident que cet homme n'était pas d'ici, mais pouvais-je avoir à ce point sombré dans l'oubli ? D'un autre côté, le peuple ne me connaissait généralement que par des photos de presse et celles-ci me montraient toujours sous mon meilleur profil. Et il y a une énorme différence entre voir quelqu'un sur une photo et le voir en vrai.

« Non, dis-je sur un ton ferme, je ne suis pas pompiste. »

Et là-dessus je levai un peu le menton pour me montrer sous mon meilleur jour et bien lui faire comprendre à qui il avait affaire. L'homme me considéra sans grand intérêt, plutôt par politesse, mais il sembla me reconnaître. Il se pencha par-dessus le comptoir et regarda mon pantalon impeccablement rentré dans mes bottes.

« Je sais pas… Vous pêcheur très connu ?

— Bon, faites un petit effort, à la fin », lançai-je d'une voix énergique, bien qu'un peu déçue. Même chez le gazetier qui était loin d'être une lumière, j'avais rencontré une certaine culture. Mais lui ! Comment retrouver le chemin de la chancellerie si personne ne me reconnaissait ?

« Un moment, me dit ce crétin d'immigré, moi aller chercher fils. Lui toujours regarder télé, toujours Intanet, connaît tout. Mehmet ! Mehmet ! »

Le fameux Mehmet ne tarda pas à arriver de l'arrière-boutique. Cet adolescent, très grand, à la propreté douteuse, était accompagné d'un ami ou de son frère. Il ne fallait pas sous-estimer le patrimoine génétique de cette famille : tous deux portaient en effet de vieilles frusques qui avaient visiblement appartenu à des frères plus grands encore et même carrément gigantesques. Leurs chemises avaient la taille de draps de lit et leurs pantalons pouvaient en accueillir trois comme eux.

« Mehmet, dit son géniteur en me montrant du doigt, toi connaître cet homme ? »

Dans les yeux du garçon, qu'il était difficile d'appeler encore un garçon, je vis une lueur s'allumer.

« Eh ! C'est top ! C'est le type qui fait toujours des trucs nazis… »

Enfin ! Au moins ça ! C'était certes formulé de façon un peu approximative, mais, au fond, ce n'était pas faux.

« Ça s'appelle le national-socialisme, dis-je sur un ton bienveillant pour le corriger, on dit aussi : politique nationale-socialiste. » J'adressai un regard satisfait à « Yilmaz, nettoyage rapide ».

« C'est Stromberg, lâcha Mehmet d'un ton décidé.

« — Génial, dit son camarade. Stromberg en personne dans votre laverie !

— Non, corrigea Mehmet, c'est l'autre Stromberg. Celui de chez Switch.

— Waouh ! dit son camarade en modulant son propos, l'autre Stromberg en personne ! Dans votre laverie ! »

Je lui aurais bien répondu quelque chose, mais je dois avouer que j'étais un peu perturbé. Qui étais-je finalement ? Un pompiste ? Un pêcheur ? Un Stromberg ?

« Je peux avoir un autographe ? demanda Mehmet, tout content.

— Oh oui, monsieur Stromberg, moi aussi, ajouta son camarade, et aussi une photo ! »

Et en même temps il se mit à agiter un petit appareil, comme si j'étais un chien et l'appareil une friandise.

J'étais au désespoir.

Je pris le ticket qui me permettrait de récupérer mon uniforme, me laissai prendre en photo avec les deux étranges comparses et quittai la teinturerie, non sans avoir apposé ma signature avec un stylo de couleur sur deux morceaux de papier d'emballage. Il y eut encore une petite crise au moment des autographes quand on me reprocha de ne pas avoir signé du nom de Stromberg.

« Ah, c'est évident, dit le camarade de Mehmet sur un ton rassurant, sans que je sache s'il voulait apaiser Mehmet ou ma personne. Ce n'est pas le Stromberg auquel on pense.

— C'est vrai, dit Mehmet en renfort, vous n'êtes pas lui, mais l'autre. »

Je dois avouer que j'avais sous-estimé l'ampleur de la tâche. À l'époque, après la Première Guerre mondiale, j'étais au moins l'anonyme venu du peuple. Maintenant, j'étais M. Stromberg, mais l'autre ! L'homme qui faisait toujours des trucs nazis. L'homme qui se moquait totalement du nom qu'il écrivait sur un bout de papier d'emballage.

Il fallait que quelque chose se produise.

D'urgence.

6

Par bonheur, il était effectivement arrivé quelque chose entre-temps. Au moment où je revenais vers le kiosque à journaux, perdu dans mes pensées, je vis mon gazetier en pleine discussion avec deux hommes qui portaient des lunettes noires. Ils avaient un costume, mais pas de cravate ; ils n'étaient pas très vieux, la trentaine environ ; le plus petit des deux était peut-être même plus jeune, mais il m'était difficile d'être affirmatif vu la distance qui me séparait d'eux. En dépit de son costume visiblement de qualité, le plus âgé, chose étonnante, était mal rasé. Lorsque je m'approchai, le gazetier, tout excité, me fit un signe de la main.

« Venez, venez ! »

Et se tournant de nouveau vers les deux hommes : « C'est lui ! Il est super ! Génial ! Vous pouvez oublier tous les autres ! »

Je ne pressai pas le pas pour autant. Un vrai Führer se rend compte tout de suite, aux plus petits détails, à quel moment les autres cherchent à prendre le contrôle d'une situation. Quand ils disent « Vite, vite ! », le vrai Führer cherchera toujours à prévenir une accélération de ses actes, une maladresse due à l'empressement en affichant une circonspection particulière, alors que certains se mettraient à courir comme des poules effarouchées. Il y a bien sûr des moments où il est nécessaire de se presser, par exemple quand on se trouve dans une maison qui flambe comme un feu de paille ou quand on a envie de prendre en tenaille quelques divisions françaises ou anglaises pour les ratiboiser jusqu'au dernier homme. Ces situations sont cependant plus rares qu'on ne l'imagine et, au quotidien, la circonspection – alliée bien sûr à la hardiesse de décision ! – a toujours le dernier mot dans la grande majorité des cas ; de la même façon que, dans la tranchée, face à l'horreur, celui qui réussit à sauver sa peau est souvent celui qui traverse les lignes en gardant la tête froide et en fumant sa pipe, au lieu de foncer à droite ou à gauche en geignant comme une lavandière. Bien sûr, fumer la pipe n'est pas une garantie de survie dans les situations de crise. Les fumeurs de pipe peuvent perdre la vie au cours d'une guerre mondiale, et il faudrait être un vrai crétin pour se dire que fumer la pipe a un effet de protection. Au contraire, on peut même survivre quand on n'a ni pipe ni tabac, quand, par exemple, on ne fume pas, comme moi.

Telles étaient mes pensées lorsque le gazetier se précipita vers moi avec impatience, et il s'en serait fallu de peu qu'il ne me pousse comme un baudet vers la petite « conférence improvisée ». Peut-être me montrai-je d'ailleurs un peu rétif et – sans véritablement manquer d'assurance – j'avoue que je me serais senti mieux avec mon uniforme. Mais pour l'instant, il me fallait faire sans.

« C'est lui », répéta le gazetier sur un ton inhabituellement excité, « et ça », d'un geste de la main il montra les deux hommes, « ce sont les gens dont je vous ai parlé. »

Le plus âgé était appuyé à l'une des petites tables hautes où l'on pouvait prendre sa consommation debout ; une main dans la poche de son pantalon, il buvait un café dans un gobelet en carton, comme je l'avais vu faire de nombreuses fois, ces derniers jours, à des travailleurs. Le plus jeune posa son gobelet, remonta ses lunettes de soleil sur son front, à la limite de ses cheveux trop gominés, et me dit : « C'est donc vous le petit prodige. Il y a encore du travail au niveau de l'uniforme… ! »

Je lui jetai un regard aussi bref que superficiel et, me tournant vers le marchand de journaux, je lançai : « C'est qui ? »

Le visage du kiosquier se couvrit de plaques rouges : « Ces messieurs font partie d'une société de production. Ils fournissent toutes les grandes chaînes. MyTV ! RTL ! Sat 1 ! Toute la série des chaînes privées. On peut dire les choses comme ça ou je me trompe ? » Sa question s'adressait aux deux messieurs.

« On peut dire les choses comme ça », confirma le plus âgé sur un ton bienveillant. Puis il sortit la main de sa poche, me la tendit et dit : « Sensenbrink, Joachim. Et voici Frank Sawatzki. Il travaille avec moi chez Flashlight.

— Haha ! dis-je en lui serrant la main. Hitler, Adolf. »

Le plus jeune eut un léger sourire, il avait une expression presque impudente. « Notre ami commun nous a déjà parlé de vos talents. Faites-nous une petite démonstration ! » Il posa deux doigts sur sa lèvre supérieure et dit avec un étrange accent : « Maintenant, depuis 5 h 45, nous ripostons ! »

Je me tournai vers lui et le dévisageai avec attention. Puis je laissai une courte plage de silence s'installer. On sous-estime souvent la force du silence.

« Je vois, dis-je, vous avez envie de parler de la Pologne. Parfait. Parlons de la Pologne. Que savez-vous exactement de ce pays ?

— Capitale Varsovie, attaquée en 1939, partagée avec les Russes…

— Ça, c'est ce qu'on trouve dans les livres, rétorquai-je. N'importe quel rat de bibliothèque peut en faire ses choux gras. Répondez à ma question !

— Mais je viens de…

— Répondez à ma question ! Vous ne comprenez pas quand je vous parle ? Que – savez-vous – de – l'histoire – de – la – Pologne ?

— Je…

— Que savez-vous de l'histoire de la Pologne ? Vous connaissez le contexte ? Et que savez-vous du mélange racial de la population polonaise ? Que savez-vous de ce que l'on appelle la politique polonaise de l'Allemagne après 1919 ? Et, puisque vous venez de parler de riposte, savez-vous contre qui ? »

Je fis une petite pause pour lui laisser le temps de reprendre haleine. Il faut toujours saisir le bon moment pour déstabiliser son adversaire politique : ce n'est pas celui où il n'a rien à dire, mais quand, justement, il essaie de dire quelque chose.

« Je…

— Si vous avez déjà entendu mon discours, vous connaissez certainement la suite !?

— Le…

— Je vous écoute !

— Mais nous ne sommes pas là pour…

— Je vais vous aider : "À partir de maintenant…" ?

— …

— "À partir de maintenant, ce sera bombe pour bombe." Écrivez ! Peut-être qu'un jour on vous posera une question sur les grandes phrases de l'histoire. Mais sans doute êtes-vous meilleur en pratique qu'en théorie. Vous disposez d'un million quatre cent mille hommes et vous avez trente jours pour conquérir un pays. Trente jours, pas un de plus, car, à l'Ouest, les Français et les Anglais mettent les bouchées doubles pour s'armer. Vous commencez où ? Vous formez combien de compagnies ? De combien de divisions dispose l'ennemi ? Où vous attendez-vous à la plus grande résistance ? Et que faites-vous pour que le Roumain ne vienne pas s'en mêler ?

— Le Roumain ?

— Pardonnez-moi, cher monsieur, vous avez bien sûr raison : qui s'intéresse au Roumain ? Monsieur le général a évidemment marché sur Varsovie, sur Cracovie, sans regarder ni à droite ni à gauche ! À quoi bon d'ailleurs ? Le Polonais est un piètre adversaire, il fait beau, les troupes sont en pleine forme. Mais voilà que, soudain, il se passe quelque chose ! Qu'est-ce que c'est ? Voilà que soudain notre armée reçoit de partout des balles dans le dos, juste entre les omoplates. Et le sang allemand, le sang de nos héros coule parce que des millions de balles roumaines transpercent le dos de nos soldats allemands. Comment cela se fait-il ? Comment est-ce possible ? Notre jeune petit général aurait-il par hasard oublié l'alliance roumano-polonaise ? Vous avez déjà été dans la Wehrmacht ? J'ai beau faire des efforts, j'ai du mal à vous imaginer en uniforme. Vous ne trouveriez pas le chemin de la Pologne, vous ne trouveriez même pas votre uniforme ! En revanche, je peux vous dire où se trouve le mien », et là-dessus je plongeai la main dans la poche de ma chemise et en ressortis le ticket du teinturier que je plaquai sur la table d'un geste vif.

« Il est au nettoyage ! »

À ce moment, le plus âgé des deux, Sensenbrink, fit un bruit étrange. La seconde d'après, deux jets de café jaillirent de ses narines et vinrent souiller ma chemise, mais aussi la sienne et celle du vendeur de journaux. Le plus jeune restait là, troublé et indécis, tandis que son acolyte commençait à tousser.

« Je dois dire que ça, dit-il en haletant, penché au-dessus de la table, ce n'était pas très fair-play. »

Il plongea la main dans la poche de son pantalon, en sortit un mouchoir et essaya, autant que possible, de se déboucher les fosses nasales. « Au début, je me suis dit qu'on allait avoir un numéro assez conventionnel. Le genre de truc militaire. Mais l'histoire du pressing, j'avoue que ça m'a scié !

— Je vous l'avais bien dit, jubilait le gazetier, je vous l'avais bien dit. L'homme est génial. Et c'est lui ! »

Quel comportement adopter devant ces giclées de café et ces commentaires ? Aucun de ces types de la télévision ne m'était sympathique, mais il n'en avait d'ailleurs pas été autrement sous la république de Weimar. Il fallait faire avec ces petits rigolos, c'était inévitable. En plus, je n'avais encore absolument rien dit, rien du moins de ce que je prévoyais de dire. Mais, en même temps, je sentais une certaine forme de bienveillance chez le plus âgé des deux types.

« Vous avez du répondant, dit Sensenbrink encore haletant. Vraiment ! Vous commencez par une base solide et tout d'un coup... tac ! Une bonne couche par-dessus. Génial ! Et en plus, ça paraît tellement spontané ! Mais je suppose que vous avez quand même bien rodé votre numéro ?

— Quel numéro ?

— Je veux parler du numéro sur la Pologne ! Ou vous allez me dire que vous avez sorti ça comme un lapin d'un chapeau ? »

Sensenbrink semblait effectivement plus au fait des choses. Même une guerre éclair ne s'entreprend pas comme on sort un lapin d'un chapeau. Il avait même peut-être lu Guderian.

« Bien sûr que non, dis-je pour abonder dans son sens. Le numéro sur la Pologne était au point dès le mois de juin.

— Et ? enchaîna-t-il, tout en jetant un regard mi-contrit mi-amusé sur sa chemise. Vous en avez d'autres ?

— Comment ça : d'autres ?

— Je veux dire : un programme, ou d'autres textes du même genre ?

— Naturellement. J'ai écrit deux livres !

— Incroyable. Vous auriez pu venir plus tôt. Vous avez quel âge en réalité ?

— Cinquante-six ans, répondis-je sur un ton neutre.

— Évidemment ! s'exclama-t-il. Vous faites le maquillage vous-même ou quelqu'un s'en charge pour vous ?

— Juste pour les prises de cinéma.

— Juste pour les prises de cinéma, dit-il en s'esclaffant. Très bon ! Écoutez, à l'occasion, je vous présenterai certaines personnes de la société. Où est-ce que je peux vous joindre ?

— Ici », dis-je d'un ton ferme.

Le kiosquier m'interrompit et ajouta : « Je vous ai dit qu'en ce moment sa situation personnelle est... un peu précaire.

— Ah oui, c'est vrai, dit Sensenbrink. Vous êtes plus ou moins sans attaches en ce moment... ?

— En ce moment, je suis sans logement, répliquai-je sans détour, mais je ne suis certainement pas sans attaches.

— Je comprends. » Sensenbrink se tourna vers Sawatzki. « Ça ne peut pas durer comme ça. Faites quelque chose pour lui. Il faut que cet homme puisse se préparer. Il a beau être bon, s'il se présente comme ça devant Bellini, elle va le descendre avant qu'on ait eu le temps de dire ouf ! Il n'est pas nécessaire que ce soit l'hôtel Adlon ?

— Un logement modeste me suffira, concédai-je, le bunker, ce n'était pas Versailles.

— Bien, dit Sensenbrink en guise de conclusion. Et vous n'avez vraiment pas de manager ?

— De quoi ?

— Peu importe. Je veux régler l'affaire aussi vite que possible et il faut conclure cette semaine. Dites-moi ! Votre uniforme ? Vous l'aurez récupéré d'ici là ?

— Je l'aurai même peut-être ce soir, dis-je pour le tranquilliser, c'est un service de nettoyage rapide. »

Sensenbrink partit dans un fou rire.

7

En dépit de tout ce qui m'était arrivé jusqu'à présent et du chambardement que cela avait occasionné dans mon esprit, le premier jour passé dans mon nouvel abri fut l'un des plus éprouvants de ma vie. La grande conférence à la société de production avait tiré en longueur, ce qui ne fut pas pour me déplaire car je n'avais pas l'impudence de croire pouvoir me passer d'une bonne séance de rattrapage pour m'informer sur la présente période. Et, en ce sens, le hasard m'ouvrit de nouvelles perspectives : le poste de télévision.

La forme de l'appareil avait tellement changé depuis ses débuts en 1936 que je ne le reconnus pas tout de suite. J'avais d'abord pensé que cette vitre sombre et plate installée dans ma chambre était peut-être une sorte d'œuvre d'art. Puis je me fis la réflexion, en considérant sa forme, qu'elle servait peut-être à accrocher les chemises pendant la nuit pour éviter qu'elles fassent des plis – il y avait tant de choses, dans cette époque moderne, qui nécessitaient un temps d'adaptation, car toutes étaient le fruit de nouvelles connaissances ou d'une passion débridée pour les formes incongrues. Ainsi, par exemple, on semblait considérer qu'il était possible de remplacer la salle de bains par une sorte de station de lavage directement installée dans la chambre et sans la moindre baignoire ; à la place il y avait une douche logée dans une cabine vitrée qui empiétait plus ou moins sur la chambre. Pendant plusieurs semaines, cette installation m'apparut comme une marque de modestie et même de pauvreté propre à mon abri, jusqu'à ce que je découvre que, dans le monde actuel de l'architecture, ce genre d'installation passait pour particulièrement originale et progressiste. Il fallut donc l'intervention du hasard pour que mon attention fût attirée par le poste de télévision.

J'avais oublié d'accrocher à la poignée de ma porte « NE PAS DÉRANGER » et une femme de ménage entra au moment où je soignais ma moustache dans la station de lavage. Je me retournai, étonné, et elle s'excusa en disant qu'elle reviendrait plus tard. Mais au moment de sortir, son regard tomba sur le poste de télévision où j'avais accroché ma chemise.

« La télévision ne marche pas ? » me demanda-t-elle. Et avant que j'aie pu lui répondre, elle saisit une petite boîte et alluma le poste. Aussitôt apparut une image qui changea au fur et à mesure qu'elle appuyait sur des boutons.

« Elle marche, me dit-elle d'un air satisfait. Je me disais bien, aussi… »

Puis elle sortit de la chambre en me laissant seul avec ma curiosité.

J'enlevai prudemment la chemise du poste et je pris la petite boîte avec circonspection.

C'est donc à ça que ressemblait un poste de télévision actuel. Noir, sans interrupteur ni bouton – rien. J'appuyai au hasard sur les boutons de la petite boîte et l'appareil se mit en marche. Le résultat fut décevant.

J'avais sous les yeux un cuisinier en train de couper des légumes en petits morceaux. J'avais du mal à le croire : une technique aussi développée ne servait donc qu'à présenter un ridicule cuisinier ? Je voulais bien admettre qu'on ne puisse présenter tous les ans ni même toutes les heures les jeux Olympiques, mais il devait bien y avoir quelque part en Allemagne ou même dans le monde quelque chose de plus intéressant à montrer que ce cuisinier ! Peu après il fut rejoint par une femme qui se mit à parler en termes élogieux de la façon dont le cuisinier savait hacher menu ses légumes. J'en restai bouche bée. La Providence avait doté le peuple allemand d'une possibilité de propagande grandiose et merveilleuse, et voilà qu'elle était utilisée, gaspillée pour montrer comment on découpait les poireaux en rondelles. J'étais si furieux que j'eus envie de jeter l'appareil par la fenêtre, mais il y avait beaucoup d'autres boutons sur la boîte, et pas seulement celui pour le mettre en marche. J'appuyai donc sur le numéro deux et aussitôt le cuisinier disparut, laissant place à un autre cuisinier qui expliquait avec beaucoup de fierté les différences entre deux sortes de navets. Et là encore, une godiche s'extasiait sur les sagesses débitées par ce fricasseur. Excédé, j'appuyai sur la touche trois. Je ne m'étais vraiment pas imaginé le monde moderne comme ça.

Le gâte-sauce disparut pour laisser la place à une grosse dame, elle aussi debout devant une table de cuisson. Cette fois, la préparation culinaire ne tenait pas la vedette ; la femme ne dit pas non plus ce qu'il allait y avoir à manger, mais se répandit en lamentations, affirmant qu'elle n'arrivait pas à joindre les deux bouts. Voilà au moins une bonne nouvelle pour un homme politique – la question sociale n'avait donc toujours pas été résolue au cours des soixante-six dernières années. De toute façon, comment s'attendre à autre chose de la part de tous ces bavards de démocrates…

Ce qui était étonnant, c'était la façon dont la télévision s'attardait sur ce sujet – comparé à une finale de cent mètres, cette dame larmoyante, si grosse fût-elle, ne faisait quand même pas le poids. Toutefois, j'étais bien content qu'on en ait fini avec la cuisine qui ne semblait pas non plus intéresser outre mesure la grosse dame. Son attention se portait sur une jeune personne à l'allure négligée qui apparut sur le côté de l'écran, elle grommela quelque chose qui ressemblait à « grrrouf », la voix de l'animateur présenta l'apparition comme étant Menndi. On expliqua que ladite Menndi était la fille de la grosse dame et qu'elle venait de perdre son poste d'apprentissage. Alors que je m'étonnais encore que cette Menndi ait pu dégoter un poste d'apprentie, celle-ci se mit à qualifier tout ce qu'elle voyait dans les casseroles posées sur la cuisinière de « Dégueu ! ». Cette jeune personne avait beau être très peu sympathique, son manque d'appétit était plutôt compréhensible quand on voyait la mère ouvrir avec indifférence des boîtes dont elle versait le contenu dans les casseroles. On s'étonnait même qu'elle ne mît pas directement la boîte dans la casserole. Secouant la tête, j'appuyai sur un autre bouton et me retrouvai face à un nouveau cuisinier, le troisième, qui coupait de la viande en petits morceaux tout en expliquant avec force détails la façon dont il tenait son couteau et pourquoi il le prenait comme ça et pas autrement. Il avait aussi à ses côtés une animatrice qui n'en finissait pas d'opiner du chef. À bout de patience, j'éteignis le poste, résolu à ne plus jamais le regarder et à faire une nouvelle tentative avec la radio. Je m'aperçus alors, en regardant autour de moi, qu'il n'y avait pas de radio.

S'il n'y avait pas de radio, même dans ce modeste abri, je devais en tirer l'immédiate conclusion que le poste de télévision était devenu le médium le plus important.

Consterné, je m'assis sur le lit.

Je l'avoue, j'avais été très fier autrefois d'être parvenu, à force de réflexion et d'études, à démasquer avec autant de rapidité que de lucidité tous les mensonges juifs diffusés par la presse. Mais ici, mon savoir ne servait à rien. Ici il n'y avait que du charabia à la radio et de la cuisine à la télévision. Quelle vérité pouvait être tapie là-derrière ?

Y avait-il un complot des navets ?

Y avait-il un complot des poireaux ?

Mais si tel était le médium de cette époque – et cela ne faisait aucun doute –, je n'avais pas le choix : il fallait que j'apprenne à comprendre ce qu'il y avait dans ce poste de télévision, il fallait que je m'en imprègne, même si c'était intellectuellement médiocre et aussi peu appétissant que la nourriture en boîte de la grosse dame. D'un mouvement résolu, je me levai, allai à la station de lavage pour me remplir un verre d'eau, bus une gorgée et m'assis devant l'écran.

Je remis le poste en marche.

Sur la première chaîne, le cuisinier aux poireaux avait arrêté sa préparation ; il était remplacé par un jardinier qui, sous le regard admiratif d'une employée de la télévision, elle aussi opinant sans cesse du chef, expliquait comment se débarrasser des escargots. C'était évidemment très important quand il s'agissait de produire de la nourriture pour le peuple, mais pourquoi en faire une émission ? Si je fus envahi par un sentiment de vacuité devant ce reportage, c'était peut-être parce que, en changeant de chaîne, je retrouvai un autre jardinier en lieu et place du cuisinier aux navets, répétant presque mot pour mot ce qu'avait dit le premier. Je sentis alors naître en moi une certaine curiosité, je voulais avoir si la grosse dame avait elle aussi changé de décor, si elle était passée dans le jardin pour déclarer la guerre non plus à sa fille, mais aux escargots. Ce n'était pas le cas.

Le poste de télévision avait apparemment compris qu'entre-temps j'avais regardé d'autres chaînes, car un présentateur résumait maintenant ce qui s'était passé. Menndi, dixit le présentateur, avait perdu sa place en apprentissage et n'aimait pas ce que sa mère faisait à manger. La mère était malheureuse. Et l'on repassa les images que j'avais pourtant vues un quart d'heure plus tôt.

« D'accord, d'accord, dis-je à haute voix pour que le poste de télévision l'entende bien, mais il n'est pas utile de toute reprendre à chaque fois, je ne suis pas sénile. »

Je changeai encore de chaîne. Enfin, il y avait du nouveau. Le découpeur de viande avait disparu, le jardinier en herbe avait cessé de pérorer et l'on montrait maintenant les aventures d'un avocat – il devait s'agir d'une série à épisodes. L'avocat avait une moustache à la Buffalo Bill et tous les acteurs parlaient et bougeaient comme si l'ère du film muet s'était terminée la veille. En gros, c'était une bêtise assez drôle et je ris plusieurs fois, même si, après coup, je ne savais pas vraiment pourquoi – peut-être était-ce simplement le soulagement de ne plus devoir affronter des cuisiniers ou des défenseurs de salades.

Je continuai à changer de chaîne, presque en vrai professionnel, et je découvris d'autres comédies. Elles semblaient plus anciennes, la qualité de l'image laissait à désirer ; elles montraient la vie dans un ranch, des médecins, des détectives – mais aucune de ces séries n'atteignait la qualité somme toute assez bizarre de celle avec l'avocat aux allures de Buffalo Bill. L'objectif visé semblait être chaque fois de distraire les gens en pleine journée. Cela m'étonnait. Évidemment, moi aussi j'avais constaté avec plaisir qu'un film aussi merveilleusement joyeux que *Ce diable de garçon* avait, aux heures les plus sombres de la guerre en 1944, enthousiasmé et distrait le public. Mais Heinz Rühmann était, dans la plupart des cas, consommé en soirée. La situation devait donc être au plus bas pour que le peuple soit ainsi abreuvé d'images dès la matinée ! Étonné, je continuai mon exploration et soudain je m'arrêtai.

Sous mes yeux, un homme assis à une sorte de bureau lisait un texte qui devait contenir plus ou moins les nouvelles du jour, mais il n'était pas possible d'en être sûr à cent pour cent. En effet, pendant que l'homme assis débitait son texte, un bandeau traversait en permanence l'image, tantôt avec des chiffres, tantôt avec du texte, comme si ce que disait le présentateur était finalement si peu important que l'on pouvait tout aussi bien décider de l'écouter ou de lire ce qui était écrit sur le bandeau déroulant. Une seule chose était sûre : à vouloir faire les deux choses à la fois, on risquait une rupture d'anévrisme. Les yeux brûlants, je continuai à changer de chaîne pour découvrir un nouveau présentateur et des bandeaux de couleurs différentes. Concentrant toutes mes forces, je cherchai à comprendre le contenu de ces informations. Il semblait y voir un enjeu important puisque la chancelière allemande avait manifestement annoncé ou dit ou décidé quelque chose – sauf qu'il était impossible de comprendre de quoi il s'agissait.

Au bord du désespoir, je m'accroupis directement devant l'appareil, tentant de cacher avec mes mains cet infâme fatras de mots pour me concentrer sur ce qui était dit, mais des inepties continuaient de se déverser de tous les côtés de l'écran et brouillaient le message. L'heure, les cotations de la Bourse, le prix du dollar, les températures relevées dans les coins les plus reculés du globe, tout cela venait polluer les propos du présentateur qui continuait à débiter ce qui se passait dans le monde. J'avais l'impression que ces informations étaient diffusées depuis un asile de fous.

Et comme si cette mascarade insensée ne suffisait pas, des publicités venaient régulièrement s'intercaler dans tout ce méli-mélo, annonçant dans quel magasin on trouvait les prix les plus bas pour des voyages touristiques, ce qui n'empêchait pas d'autres boutiques de faire exactement pareil. Aucune personne sensée n'était capable de retenir les noms de ces boutiques, mais elles appartenaient manifestement toutes au même groupe appelé WWW. J'espérais que ce sigle était la résurrection du KdF. Quoiqu'il fût totalement inconcevable qu'un esprit aussi subtil que Ley ait pu développer quelque chose avec un sigle pareil : ces trois W faisaient penser à un gamin frigorifié hésitant à plonger dans une piscine.

Je ne sais plus comment, dans cette situation, j'avais encore été capable d'avoir une idée claire – toujours est-il que ce fut comme une illumination : cette folie organisée était en fait un moyen de propagande très raffiné. De toute évidence, le peuple ne devait pas perdre courage, même devant les nouvelles les plus terribles, car les bandeaux qui ne cessaient de défiler prouvaient que ce que disait le présentateur n'était finalement pas important au point de renoncer à lire par exemple les résultats sportifs qui s'inscrivaient au bas de l'écran. Je ne pus m'empêcher d'opiner du chef en signe d'approbation. Grâce à cette technique, on aurait pu, de mon temps, faire avaler au peuple pas mal de couleuvres. Je ne dis pas qu'on aurait pu faire passer Stalingrad comme une lettre à la poste, mais on aurait au moins pu faire accepter le débarquement des troupes alliées en Sicile. Et parfois, quand la Wehrmacht remportait des succès, des bandeaux se seraient arrêtés pour que le présentateur puisse annoncer avec solennité : « Aujourd'hui, les héroïques troupes allemandes ont permis au Duce de recouvrer la liberté ! »

Ça, ça aurait fait de l'effet !

Pour me reposer l'esprit, je m'interessai à d'autres chaînes et, poussé par une certaine curiosité, à celle qui montrait la grosse dame. Je voulais savoir si, entre-temps, elle avait pu placer sa souillon de fille dans un quelconque internat. À quoi pouvait ressembler son mari ? Était-il du genre tiédasse, comme ces tire-au-flanc qui cherchent à se planquer dans les unités des chauffeurs de camion ?

Le programme se rendit immédiatement compte que j'étais revenu et il se mit à me résumer les derniers rebondissements. L'adolescente Menndi, disait le présentateur sur un ton important et pénétré, avait perdu sa place en apprentissage et elle n'avait pas envie de goûter aux délicieux repas que lui préparait sa mère à la maison. La mère était malheureuse et s'était adressée à une voisine pour lui demander de l'aide.

« Vous n'avez pas beaucoup avancé, dis-je au poste de télévision sur le ton de la réprimande, je reviendrai un peu plus tard quand il se sera passé plus de choses. » En retournant sur la chaîne d'informations, je fis un bref arrêt sur l'hommage rendu au cinéma muet et à Buffalo Bill. Là aussi je fus accueilli par un présentateur qui me raconta tout ce qu'avait fait le prétendu « avocat » en mon absence. Manifestement, certaines inconvenances morales avaient été commises à l'institut de formation où se trouvait une certaine Sinndi âgée de seize ans. On cherchait le coupable, un directeur ou un responsable, le tout enveloppé dans un flot ininterrompu d'inepties à faire se dresser les cheveux sur la tête. Une fois de plus je me mis à rire de toutes ces bêtises. Pour rendre cette gaudriole plus ou moins crédible, il aurait quand même fallu la présence d'un juif obséquieux, mais où en trouver de nos jours ? Car il fallait bien reconnaître que, dans ce domaine, Himmler avait démontré qu'on pouvait vraiment compter sur lui et qu'il ne faisait pas les choses à moitié.

Je revins à la chaotique chaîne d'informations pour continuer à avancer dans mon exploration. Des hommes étaient en train de jouer au billard, jeu qui était maintenant qualifié de sport ! C'est du moins ce que laissait entendre le nom de la chaîne inscrit dans un coin de l'écran. Une autre chaîne prétendait montrer du sport, mais cette fois il s'agissait d'hommes jouant aux cartes. Si c'était ça le sport maintenant, on pouvait se faire du souci sur la capacité du peuple à se défendre. Je me demandai un moment si Leni Riefenstahl aurait pu tirer quelque chose de valable de ces activités sans éclat ; j'imagine que même les plus grands génies de leur époque sont bridés par les limites de leur art.

Sans doute la façon de faire des films avait-elle changé également. Tout en cherchant de nouvelles chaînes, j'aperçus des émissions qui me rappelaient vaguement les dessins animés d'autrefois. Je gardais un très bon souvenir des aventures de Mickey, mais ce qu'on nous montrait là était susceptible de provoquer une cécité immédiate. C'était un imbroglio de phrases tronquées régulièrement interrompues par des images d'explosions.

Au fur et à mesure que je progressais, les chaînes devenaient de plus en plus bizarres. Certaines ne montraient que des explosions sans dessins animés ; à tel point que je me suis même demandé s'il ne pouvait pas s'agir là de musique, avant d'en arriver à la conclusion qu'au fond le but de tout cela n'était que la vente d'un produit totalement absurde appelé « sonnerie de téléphone ». Quant à savoir pourquoi on avait besoin d'une sonnerie spéciale, quel intérêt ? Tous les gens travaillaient-ils maintenant comme accessoiristes dans les films parlants ?

La vente par l'intermédiaire de la télévision ne semblait visiblement pas être inhabituelle. Deux ou trois chaînes diffusaient sans interruption le laïus caractéristique des marchands ambulants, comme on en voit parfois dans les foires. Une fois encore, le tout était accompagné d'inscriptions qui apparaissaient dans tous les coins du poste. Quant aux vendeurs, ils enfreignaient régulièrement toutes les règles de la bienséance sans plus se soucier d'inspirer la confiance. Certains même, d'un âge avancé, portaient d'horribles boucles d'oreilles comme les derniers des gitans. La répartition des rôles ressortissait de toute évidence à la tradition de la plus abjecte des tromperies : il y en avait toujours un qui promettait monts et merveilles, alors que l'autre restait debout à côté et ne fermait jamais la bouche, tout occupé qu'il était à feindre l'étonnement, poussant des « Ah ! », des « Oh ! » et des « C'est vraiment incroyable ! ». Tout cela n'était qu'une infâme crapulerie et l'on n'avait qu'une seule envie, prendre une mitrailleuse de 8,8 et tirer dans le tas pour que les mensonges de cette racaille lui sortent par les tripes.

J'étais aussi très en colère parce que je sentais que toutes ces sottises risquaient de me faire lentement sombrer dans la folie. Et c'est pour fuir tout cela que je cherchai désespérément à retrouver la chaîne avec la grosse dame. En cours de route, je m'arrêtai un instant sur la chaîne où le faux Buffalo Bill avocat avait commis ses sombres méfaits. Entre-temps, il avait été remplacé par une série judiciaire où le personnage principal ressemblait à s'y méprendre à la chancelière aperçue dans les nouvelles, mais qui, pour finir, se révéla être juste une grosse magistrate ressemblant fortement à la chancelière. On traitait justement du cas d'une certaine Senndi qui était accusée de différentes irrégularités sur son lieu de formation.

La jeunette de seize ans ne s'était rendue coupable de ce délit qu'à cause de son inclination pour un jeune homme appelé Enndi qui entretenait en même temps des relations avec trois autres étudiantes, dont l'une était manifestement une actrice ou du moins voulait le devenir. En raison de circonstances que je ne parvenais pas à élucider, elle avait néanmoins renoncé à cette carrière au profit d'un emploi alimentaire dans le milieu du crime et elle était maintenant cogérante d'une officine où l'on faisait des paris. Les niaiseries ainsi débitées se succédaient, toutes plus effarantes les unes que les autres, tandis que la grosse magistrate, le visage absolument sérieux, acquiesçait comme si ces récits aberrants étaient la chose la plus normale du monde et se produisaient en fait tous les jours. Tout cela n'avait ni queue ni tête.

Qui pouvait bien regarder cela de son plein gré ? Des sous-hommes sans doute, qui ne savaient ni lire ni écrire. Mais pour le reste ? En proie à une forme de léthargie, je retournai à ma grosse dame. Sa vie aventureuse avait visiblement été interrompue depuis ma dernière visite par une réclame dont je voyais juste la fin. Quoi qu'il en soit, le présentateur ne résista pas à l'envie de m'expliquer encore une fois que la pauvre dame avait perdu tout contrôle sur sa débile de fille et qu'au cours de la dernière demi-heure elle n'avait rien fait d'autre que de bavasser avec une voisine qui fumait cigarette sur cigarette, pour lui dire qu'elle venait justement de mettre dehors son idiote de fille. Je finis par interpeller le poste de télévision : toute cette engeance d'existences fracassées devait être mise dans un camp de travail, il fallait raser la maison et construire à la place un terrain pour les défilés afin d'éliminer une fois pour toutes le souvenir de ces tristes agissements et faire en sorte qu'ils ne parviennent pas à la saine conscience du peuple.

Quelle mission surhumaine m'étais-je imposée là !

Pour contrôler un peu ma fureur, je décidai de sortir un moment. Pas longtemps, bien entendu, car je ne voulais pas trop m'éloigner du téléphone, mais suffisamment pour filer à la teinturerie récupérer mon uniforme. Essoufflé, j'entrai dans la boutique où l'on me salua d'un « Bonjour, monsieur Stromberg ». Je pris mon uniforme qui, à ma grande surprise, avait été nettoyé de façon impeccable, et je rentrai. J'étais impatient d'affronter de nouveau le monde dans mes habits familiers. Et, bien sûr, la première chose que l'on me dit à la réception, c'était que l'on avait essayé de me joindre par téléphone.

« Ha ! dis-je, évidemment, juste à ce moment. Et qui était-ce ?

— Aucune idée, répondit la réceptionniste, les yeux rivés sur son poste de télévision.

— Vous n'avez pas noté le nom de la personne ? m'étonnai-je avec impatience.

— Ils ont simplement dit qu'ils rappelleraient, dit la femme en guise d'excuse. Pourquoi ? C'était important ? »

Je ne pus cacher mon indignation.

« Il en va du sort de l'Allemagne !

— C'est bête, déclara-t-elle en fixant de nouveau son écran. Mais vous n'avez pas de mobile ?

— Quel mobile ? Parce qu'il faut une raison pour s'intéresser au sort de l'Allemagne !? » dis-je, excédé, et je regagnai ma chambre pour continuer mon étude télévisuelle.

« Maintenant, elle est sûrement devant un tribunal pour avoir perdu son poste d'apprenti ! »

8

Il était étonnant de voir à quel point mon habit ordinaire permettait aux gens de me reconnaître facilement. Déjà au moment de monter dans le taxi, le chauffeur m'avait salué sur un ton enjoué, mais familier :

« Alors, monsieur ! De retour au pays ?

— Effectivement, dis-je en faisant un signe de tête affirmatif et en lui donnant l'adresse où je voulais aller.

— Pas de problème. »

Je me renversai sur mon siège. Je n'avais pas commandé de taxi particulier, mais s'il s'agissait d'un modèle courant force m'était de reconnaître que le confort était excellent.

« Qu'est-ce que c'est comme voiture ? demandai-je incidemment.

— Une Mercedes. »

Je fus envahi par une vague de nostalgie et par le merveilleux sentiment d'être soudain à l'abri. Je pensai à Nuremberg, aux fastueux congrès du Parti, à la traversée de l'admirable vieille ville, à la brise de fin d'été et de début d'automne qui rôdait comme un loup autour de la visière de ma casquette.

« J'en ai eu une aussi, dis-je sur un ton rêveur. Un cabriolet.

— Et ? demanda le chauffeur. Elle roulait bien ?

— Je n'ai pas le permis, déclarai-je simplement, mais Kempka ne s'est jamais plaint.

— L'homme qui conduit le peuple ne sait pas conduire… ! dit le chauffeur dans un éclat de rire. C'est une bonne blague !

— Bonne, mais pas nouvelle ! »

Il y eut un petit silence. Puis le chauffeur reprit le fil de la conversation.

« Et vous l'avez encore ? Je veux dire : la voiture ? Ou vous l'avez vendue ?

— Pour être honnête, je ne sais pas ce qu'elle est devenue.

— Dommage, dit le chauffeur. Et vous faites quoi à Berlin ? Le Jardin d'hiver ? La Souris verte ?

— La Souris verte ? Vous parlez de quoi ?

— Le théâtre de variétés. Vous vous produisez où ?

— Je pense que je vais bientôt passer à la radio.

— J'en étais sûr…, répliqua le chauffeur avec un sourire qui me parut plutôt satisfait. De nouveaux projets, hein ?

— Les projets sont forgés par le destin, dis-je sur un ton ferme. Je ne fais que ce qui doit être fait aujourd'hui et demain pour la pérennité de la nation.

— Vous êtes vraiment très bon !

— Je sais.

— Voulez-vous que je fasse un petit détour jusqu'à vos anciens quartiers ?

— Plus tard, peut-être. Je ne voudrais pas manquer de ponctualité. »

D'autant plus que c'était la raison pour laquelle on m'avait commandé un taxi. Vu mes moyens financiers limités, j'avais proposé de me rendre à pied ou avec le tram jusqu'au bâtiment de la société de production, mais, en regard des impondérables et des possibles embouteillages, Sensenbrink avait tenu à réserver un taxi.

Je regardai par la vitre pour essayer de raviver mes souvenirs de la capitale du Reich. Ce n'était pas facile car le chauffeur évitait les grands axes pour aller plus vite. Les vieux bâtiments étaient rares et je hochais souvent la tête d'un air satisfait. De toute évidence, nous n'avions rien laissé à l'ennemi. Restait à savoir comment, au bout de près de soixante-dix ans, il était possible que la ville fût aussi étendue. Rome n'avait-elle pas répandu du sel sur le sol de Carthage vaincue ? Pour ma part, j'aurais bien répandu des wagons entiers de sel sur Moscou. Ou Stalingrad ! Cela dit, Berlin n'était évidemment pas un potager. Un homme créatif peut édifier un colosse sur un sol salé ; du seul point de vue de la technique de construction, l'incidence de la quantité de sel répandue sur le sol est nulle. Et il était vraisemblable que l'ennemi, pétrifié, ait considéré les ruines de Berlin comme les Avares avaient contemplé les ruines d'Athènes – et que, pris par le désir désespéré de sauvegarder la culture, il ait essayé de reconstruire cette cité comme pouvait malheureusement le faire une race de deuxième ou troisième catégorie. Sans conteste, pour un œil exercé, tout ce qui avait été construit ici relevait de la plus grande médiocrité. C'était d'une uniformité sans nom, une sorte de mélasse informe encore accentuée par la résurgence d'enseignes identiques. J'avais d'abord pensé que nous tournions en rond, jusqu'à ce que je comprenne enfin que ce M. Starbucks possédait en réalité une dizaine de cafés différents. Il n'y avait plus de boulangeries traditionnelles, les bouchers étaient tous pareils et je découvris qu'il y avait même plusieurs services de nettoyage rapide appelés « Yilmaz ». Même les immeubles reflétaient cette monotonie.

Le bâtiment de la société de production ne faisait pas exception à la règle. On avait du mal à imaginer que, dans cinq ou dix siècles, des gens s'arrêteraient devant une telle bâtisse pour l'admirer. J'étais plus que déçu. L'immeuble ressemblait à une usine d'autrefois, alors que cette société de production me semblait plutôt récente.

Une jeune femme blonde et très maquillée vint me chercher à la réception et me conduisit à la salle de conférences. Je n'avais guère envie d'imaginer à quoi pouvait ressembler cette salle. Je ne voyais pour l'instant que des murs nus en béton brut, avec parfois quelques pans de briques. Il n'y avait pour ainsi dire pas de portes et on pouvait voir en passant de grands espaces où plusieurs personnes travaillaient sous la lumière crue de néons, toutes assises devant des écrans de la télévision. On aurait dit des hangars tout juste désertés par les femmes en charge de la fabrication des munitions. Les téléphones n'arrêtaient pas de sonner – et soudain je compris pourquoi le peuple était obligé de dépenser une telle fortune pour les sonneries de téléphone : pour que l'on sache au moins quand sonnait son propre téléphone dans ce camp de travail.

« Je suppose que tout ça, c'est à cause des Russes.

— On peut le voir comme ça, dit la jeune femme en souriant. Mais vous avez sûrement lu qu'ils ne sont malheureusement pas entrés dans le capital. Nous avons pour l'instant de foutus criquets irano-américains qui viennent tout raser. »

Je poussai un soupir. Voilà le genre de chose que j'avais toujours redouté. Pas d'espace vital, pas assez de terres pour donner du pain au peuple, et la conséquence naturelle : se trouver dans l'obligation de manger des criquets comme le dernier des sauvages. Je posai un regard ému sur la jeune femme qui marchait à côté de moi d'un pas martial. Je me raclai la gorge, mais je craignais malgré tout que mon émotion fût perceptible. Je lui dis alors simplement :

« Vous faites preuve d'une grande volonté.

— Mais bien sûr, répondit-elle avec un sourire, je n'ai pas l'intention de rester éternellement assistante. »

Évidemment. Une « assistante » ! Elle était obligée d'être la femme de service des Russes. Je ne parvenais pas à comprendre comment on en était arrivé là, mais cette situation ressemblait bien à ce qu'était capable de faire cette vermine de l'humanité. Quelle horreur d'imaginer ce que pouvaient être les « activités » auxquelles étaient contraintes ces femmes sous le joug bolchevique. Je m'arrêtai d'un coup et lui saisis le bras :

« Regardez-moi en face ! »

Et quand elle se tourna vers moi, étonnée, je la fixai droit dans les yeux et lui dis :

« Je vous en fais la promesse : vous aurez l'avenir qui vous revient de droit, conformément à votre origine ! Je vais m'engager personnellement et de toutes mes forces pour que vous et toutes les femmes allemandes ne soient plus obligées de servir ces sous-hommes ! Vous avez ma parole, mademoiselle…

— … Özlem », dit-elle.

Je me souviens de ce moment comme d'un intermède passablement désagréable. L'espace d'une seconde, mon cerveau chercha à comprendre comment une jeune et honnête Allemande pouvait répondre au nom d'Özlem, sans parvenir, bien sûr, à trouver d'explication. Je retirai ma main de son bras et me remis en marche. Je me sentais si déçu, si trahi que j'aurais volontiers planté là cette personne. Malheureusement, je ne connaissais pas le chemin. Je la suivis donc en silence, fermement décidé à prendre encore davantage de précautions dans cette époque nouvelle. Ces Turcs n'avaient pas seulement investi les officines de nettoyage, ils étaient partout.

Lorsque nous pénétrâmes dans la salle de conférences, Sensenbrink se leva, se dirigea vers moi et me fit faire en quelque sorte le tour de la pièce où plusieurs personnes étaient assises autour de tables regroupées en une sorte d'îlot. Je reconnus Sawatzki, celui qui avait réservé ma chambre d'hôtel. À part lui, il y avait une demi-douzaine d'hommes assez jeunes, tous en costume, et une femme qui devait être la fameuse « Bellini ». Elle avait une quarantaine d'années et des cheveux bruns ; elle était sans doute originaire du Tyrol du Sud et je sentis en entrant dans la pièce que cette femme avait plus de virilité que tous les hommes qui s'y trouvaient réunis. Sensenbrink essaya de m'entraîner à l'autre bout de la table en me prenant par le bras, vers une sorte d'estrade improvisée. Je m'esquivai par un léger pivotement du corps, me dirigeai d'un pas résolu vers la dame et coinçai ma casquette sous mon bras.

« C'est... Mme Bellini, me dit Sensenbrink, comme si j'avais eu besoin de cette précision ! La vice-présidente de Flashlight. Madame Bellini, puis-je vous présenter notre nouvelle recrue, M... euh...

— Hitler, dis-je pour mettre fin à son indigne balbutiement. Adolf Hitler, chancelier du Reich, du Grand Reich. »

Elle me tendit la main. J'exécutai une légère courbette pour lui faire un baisemain, puis je me redressai.

« Chère madame, c'est un honneur pour moi de faire votre connaissance. Unissons-nous pour changer l'Allemagne ! »

Elle eut un petit sourire incertain, mais je savais l'effet que je faisais sur les femmes. Aucune ne peut rester insensible quand le général en chef de la plus puissante armée du monde se tient en face d'elle. Pour ne pas la mettre dans l'embarras, je me tournai alors vers le reste de la petite assemblée en leur lançant un « Bonjour, messieurs », avant de m'adresser de nouveau à Sensenbrink :

« Dites-moi, mon cher Sensenbrink, quelle place m'avez-vous attribuée ? »

Sensenbrink me montra une chaise à l'autre bout de la table de conférence. Je m'étais attendu à pareille chose. Ce n'était pas la première fois que des individus prétendaient assigner une place au Führer de l'Allemagne. J'allais leur montrer quelle était la leur.

Sur la table il y avait du café, des tasses, de petites bouteilles remplies de jus de fruits ou d'eau, ainsi qu'une simple carafe d'eau qui emporta mon adhésion. Nous prîmes place et une minute passa.

« Alors, dit Sensenbrink, qu'est-ce que vous nous apportez aujourd'hui ?

— Moi ! dis-je laconique.

— Non, je veux dire : qu'allez-vous nous présenter aujourd'hui ?

— Pour ma part, je ne dis plus un mot sur la Pologne, lança Sawatzki avec un sourire en coin.

— Parfait, dis-je. Cela va nous permettre d'avancer. Je pense que la question est claire pour tout le monde : comment pouvez-vous m'aider à aider l'Allemagne ?

— Comment voulez-vous aider l'Allemagne ? demanda Mme Bellini en clignant des yeux de façon étrange, signe adressé autant à moi qu'aux autres.

— Je pense que vous savez tous, au plus profond de votre cœur, ce dont ce pays a besoin. En venant ici, j'ai vu les salles où vous êtes obligés de travailler. Ces hangars où vous et vos camarades êtes obligés d'accomplir vos corvées. Speer n'a pas hésité quand il a fallu se résoudre à embaucher des travailleurs étrangers, mais je dois dire que cette promiscuité…

— Ce sont des bureaux décloisonnés, expliqua l'un de ces messieurs, et ça existe partout.

— Voulez-vous dire par là que c'est votre idée ? demandai-je sur un ton inquisiteur.

— Ça veut dire quoi, "mon idée" ? dit-il en jetant un regard goguenard à la ronde. C'est une décision collégiale…

— Vous voyez, dis-je en me levant et en m'adressant directement à Mme Bellini, c'est exactement mon propos. Je parle de responsabilités. Je parle de décisions. Qui a installé ici ces immenses cages ? Lui ? » Et je désignai du doigt l'homme dont ce n'était pas l'idée. « Ou lui ? » Je lançai un regard appuyé vers le voisin de Sensenbrink. « Ou bien M. Sawatzki – mais là j'ai quelques doutes. Je ne sais pas. Mieux encore : ces messieurs ne le savent pas eux-mêmes. Que doivent faire alors vos travailleurs s'ils ne peuvent même pas s'entendre parler sur leur lieu de travail ? S'ils doivent dépenser une fortune pour des sonneries de téléphone afin de distinguer leurs appels de ceux du voisin ? Qui est responsable ? Qui aide le travailleur allemand dans la misère ? Vers qui doivent-ils se tourner ? Vers leur supérieur ? Non, car celui-ci va les envoyer vers tel ou tel ! Et s'agit-il d'un cas isolé ? Non, ce n'est pas un cas isolé, mais une maladie rampante qui envahit toute l'Allemagne !

Quand vous commandez aujourd'hui un café, savez-vous qui est responsable de cette tasse ? Qui a torréfié ce café ? Ce monsieur qui est là ? » Et je montrai une fois de plus l'homme qui n'avait pas eu l'idée des immenses cages. « Ce monsieur évidemment croit qu'il s'agit de M. Starbucks. Mais vous, madame Bellini, vous savez comme moi que ce M. Starbucks ne peut être à la fois au four et au moulin. Personne ne sait d'où vient ce café, nous savons seulement que ce n'est pas M. Starbucks qui l'a personnellement torréfié. Et quand vous allez dans un pressing, savez-vous vraiment qui a nettoyé votre uniforme ? Qui est en effet ce prétendu Yilmaz ? Vous voyez ! Voilà pourquoi nous avons besoin d'un grand changement en Allemagne. Une révolution. Nous avons besoin de responsabilité, nous avons besoin d'énergie. Nous avons besoin d'une direction qui, dans le pays, prenne les décisions et les assume, corps et âme ! Car si vous voulez attaquer la Russie, vous ne pouvez pas vous contenter de dire : "Eh bien, c'est une décision que nous avons prise plus ou moins tous ensemble", comme l'a fait votre collègue tout à l'heure. Si nous voulons encercler Moscou, vous croyez qu'il suffit de s'asseoir autour d'une table et de voter à main levée ? C'est très confortable comme méthode, et, si ça tourne mal, alors c'est la faute de tout le monde, ou, mieux encore : c'est la faute du peuple puisque c'est lui qui nous a élus ! Non, l'Allemagne doit réapprendre à voir les choses en face : la Russie, ce n'était pas Brauchitsch, ce n'était pas Guderian, ce n'était pas Göring – c'était moi. Les autoroutes, ce n'était pas un guignol quelconque, c'était le Führer ! Et il faut que ce soit de nouveau comme ça dans tout le pays ! Quand on mange un petit pain, le matin, on sait que la responsabilité en incombe au boulanger. Si demain vous envahissez ce qui reste de la Tchéquie, vous saurez que c'était le Führer. »

Là-dessus, je me rassis.

Autour de moi, ce fut un grand silence.

« Ce n'est pas… drôle, dit le voisin de Sensenbrink.

— C'est terrifiant, ajouta l'homme dont ça n'avait pas été l'idée.

— Je vous avais bien dit qu'il était bon, dit Sensenbrink, tout fier.

— C'est fou…, s'exclama le commissionnaire d'hôtel Sawatzki, sans que je puisse vraiment savoir ce qu'il entendait par là.

— Impossible ! » dit le voisin de Sensenbrink sur un ton décidé.

Mme Bellini se leva et tout le monde la regarda.

« Le problème, estima-t-elle, c'est vous, tous autant que vous êtes : complètement ringards, tous calés sur Mario Barth. »

Elle laissa, non sans habileté, sa remarque faire son effet, puis elle reprit la parole que, de toute façon, personne ne lui aurait disputée à ce moment-là.

« Vous vous dites que les choses sont bonnes lorsque le type sur scène rigole davantage que les gens dans le public. Regardez un peu autour de vous, regardez ce qui est proposé dans le domaine du divertissement : personne n'est plus capable de faire de l'humour sans aussitôt se plier en deux pour bien montrer qu'il vient de faire une bonne blague. Et quand quelqu'un garde un tant soit peu sa contenance, on insère des rires enregistrés.

— Mais ce procédé a fait ses preuves, dit quelqu'un qui n'avait pas encore ouvert la bouche jusque-là.

— C'est possible, rétorqua Mme Bellini, qui commençait à me faire forte impression. Mais qu'est-ce qui vient après ? Je pense que nous en sommes arrivés au point où le public accepte ça comme inhérent au genre. Et le premier qui rompra avec ça fera la différence, et pour longtemps. Qu'en pensez-vous, monsieur… Hitler ?

— Ce qui est décisif, c'est la propagande, dis-je. Il faut envoyer un message très différent de celui des autres partis.

— Dites-moi ! Vous venez d'improviser, ou je me trompe ?

— À quoi bon ? dis-je. Cela fait suffisamment longtemps que j'ai posé les fondations en granit de ma conception du monde. Maintenant, il me suffit simplement de confronter n'importe quel aspect des événements avec mon savoir et d'en tirer les justes conclusions. Vous croyez que c'est dans vos universités qu'on apprend à devenir Führer ? »

Elle frappa sur la table du plat de la main.

« Il improvise ! lança-t-elle, rayonnante. Il sort ça tout seul. Et sans sourciller en plus ! Vous savez ce que ça veut dire ? Ça veut dire qu'il ne se retrouvera pas à ne plus savoir quoi dire au bout de deux émissions. Il ne va pas se mettre à pleurnicher pour avoir plus d'auteurs dans son équipe, est-ce que je me trompe encore, monsieur Hitler ?

— Je n'ai pas envie de laisser ce que vous appelez des auteurs saboter mon travail, répliquai-je. Quand j'écrivais *Mein Kampf*, Stolzing-Cerny est souvent venu…

— Je commence à comprendre ce que tu veux dire, Carmen, dit en riant l'homme dont ça n'avait pas été l'idée.

— … et nous l'intégrons en contrepoint, reprit la dame, là où il ressortira le mieux. On va lui donner carte blanche chez Ali Wizgür !

— Sûr qu'il va nous en être reconnaissant, lâcha Sawatzki.

— Il ferait mieux de regarder son taux d'audience, dit Mme Bellini, ce qu'elle est maintenant, ce qu'elle était il y a deux ans – et ce qu'elle sera bientôt.

— La concurrence n'a qu'à bien se tenir.

— Il n'y a qu'une chose sur laquelle nous devons être parfaitement clairs. »

Tout en parlant, Mme Bellini m'avait regardé avec gravité.

« Et de quoi s'agit-il ?

— Nous sommes bien d'accord : les "juifs" ne sont pas un sujet de plaisanterie !

— Vous avez absolument raison », répondis-je, presque soulagé. Enfin une personne qui savait de quoi elle parlait.

9

Il n'y a rien de plus dangereux pour un jeune mouvement que de connaître le succès trop rapidement. On fait ses premiers pas, on gagne quelques adhérents, on tient quelques discours, on a peut-être même déjà préparé l'annexion de l'Autriche ou des Sudètes, et l'on s'imagine déjà au milieu du gué, prêt à atteindre l'autre rive… Et je dois dire qu'en très peu de temps j'avais effectivement réalisé des choses étonnantes qui confirmaient ainsi le choix du destin. Je me souviens des efforts que tout cela m'avait coûté, en 1919 et 1920, combien j'avais dû me battre, tout ce que j'avais dû encaisser de la part des médias, les cris d'orfraie des partis bourgeois, comment il m'avait fallu détricoter le tissu de mensonges des juifs pour me retrouver aussitôt après pris dans la toile encore plus collante de cette vermine, tandis que l'adversaire, sûr de son pouvoir et de sa supériorité, m'aspergeait de son venin – or ici, dans cette nouvelle époque, j'avais trouvé le moyen, en quelques jours, de parler à la télévision qui, en plus, était totalement négligée par l'adversaire politique. C'était trop beau pour être vrai : au cours des soixante dernières années, l'adversaire n'avait rien appris en matière de communication.

J'en aurais fait, des films, à leur place ! Des romances en pays étranger à bord de grands paquebots croisant dans les mers du Sud ou le long des fjords de Norvège, des récits de jeunes soldats de la Wehrmacht escaladant pour la première fois des sommets enneigés avant de redescendre, épuisés mais fiers, et de mourir heureux dans les bras de leur bien-aimée qui, vaillante jusque dans le malheur, vouera désormais sa vie à la cause des femmes au sein du Parti national-socialiste. Elle porte déjà en son sein le fruit de leur amour et il serait alors loisible de donner de la place aux relations hors mariage, car là où la voix du sang fait entendre ses accents, même Himmler doit se taire. Quoi qu'il en soit, la dulcinée ne cesse de repenser aux dernières paroles de son bien-aimé qu'elle se répète en silence, tandis qu'elle descend dans la vallée au crépuscule, que des vaches intriguées la regardent passer et que le ciel est peu à peu envahi par un grand étendard portant une croix gammée. Voilà de vrais et bons films ! Et je vous jure que, dès le lendemain, tous les bureaux d'inscription au Parti seraient pris d'assaut et qu'on manquerait même de formulaires.

La belle s'appellerait Hedda.

Enfin bref, ce médium était politiquement en jachère. Quand on regardait la télévision, la seule chose que l'actuel gouvernement semblait avoir faite pour le peuple était une mesure qu'on appelait la TVA et que visiblement personne n'aimait beaucoup, même si elle s'appliquait à tout le monde. Ceux qui parlaient de la TVA le faisaient d'un ton morose et j'espérais que ces gens-là ne constituaient pas le gros de la population, car même en faisant appel à toutes mes réserves d'imagination, j'avais du mal à m'imaginer en train de faire le salut au drapeau, à Nuremberg sur l'esplanade Zeppelin, entouré de centaines de milliers de pleurnichards.

Je pouvais aussi considérer comme un succès les pourparlers avec Mme Bellini. D'emblée, je n'avais laissé planer aucun doute sur le fait qu'outre de l'argent j'avais besoin d'un appareil de parti et d'un bureau. La dame fut un peu surprise au début, avant de m'accorder son soutien sans restriction et de m'attribuer un bureau et une secrétaire. On m'alloua aussi une importante somme forfaitaire pour mon habillement, mes voyages de propagande et les documents que je devrais consulter pour me mettre au niveau actuel des connaissances, et bien d'autres choses encore. Les moyens financiers ne semblaient pas poser problème, c'était plutôt la nécessité représentative d'un Führer qui n'était pas immédiatement perçue. On m'accorda la possibilité de me faire tailler plusieurs costumes sur mesure parfaitement identiques aux originaux et on fit même confectionner mon chapeau favori, que j'aimais porter dans l'Obersalzberg lors de mes promenades en montagne. En revanche, on me refusa tout net une Mercedes avec chauffeur, sous prétexte que ça n'aurait pas fait sérieux. Je cédai en hésitant un peu, mais simplement pour la forme – j'avais déjà obtenu davantage que je n'étais en droit d'espérer. De ce point de vue, c'était certainement le moment le plus dangereux de ma nouvelle carrière. Quelqu'un d'autre en aurait sûrement profité pour se la couler douce, et ce faisant aurait fait chou blanc sur toute la ligne. Mais moi, fort de ma maturité, je soumettais toutes les évolutions à une analyse froide et méthodique.

Je savais, par exemple, que le nombre de mes adhérents était plus bas qu'il ne l'avait jamais été. Autrefois, il y avait déjà eu des périodes où le nombre de mes sympathisants avait été très faible ; je me souviens parfaitement que, lors de ma première visite au Parti ouvrier allemand, je m'étais retrouvé en face de sept personnes, pas une de plus. Aujourd'hui je ne pouvais compter que sur moi-même, peut-être un peu sur Mme Bellini et le vendeur de journaux, mais on pouvait sérieusement se demander s'ils étaient assez mûrs pour avoir une carte du Parti, sans parler de leur envie de payer leur cotisation ou d'être prêts à interdire l'accès à une salle de réunion avec un pied de chaise. Le vendeur de journaux, surtout, m'inquiétait, il semblait être d'orientation libérale pour ne pas dire de gauche, même s'il avait un honnête cœur allemand. Dans ces conditions, je décidai de respecter à la lettre et avec une grande discipline mon emploi du temps. Je me levai vers onze heures, fis monter dans ma chambre un ou deux morceaux de gâteau et travaillai sans relâche jusque tard dans la nuit.

Disons plutôt : je me serais volontiers levé à onze heures si, à l'aube, vers les neuf heures, mon téléphone n'avait pas sonné. C'était une femme au nom d'origine slave totalement imprononçable. Jamais Jodl n'aurait laissé passer un appel à cette heure, mais Alfred Jodl faisait manifestement partie du passé. Encore engourdi par le sommeil, je cherchai le combiné de l'appareil.

« Hein… ?

— Bonjour, je suis Mme Krwtsczyk, dit la voix sur un ton impitoyablement enjoué. De la société Flashlight. »

Rien ne m'énerve davantage chez ces personnes du matin que leur effroyable bonne humeur, comme si elles étaient sur pied depuis trois heures et avaient déjà envahi la moitié de la France. D'autant plus que, en dépit de leur sale manie de se lever tôt, la plus grande partie de ces gens-là n'a jamais accompli le moindre haut fait. Il m'est souvent arrivé de rencontrer à Berlin des gens qui se levaient aux aurores uniquement pour pouvoir quitter le bureau plus tôt. J'ai plus d'une fois recommandé à ces fanatiques de commencer à travailler dès dix heures du soir, ce qui fait qu'ils pourraient rentrer chez eux à six heures du matin, avant l'heure même où ils ont l'habitude de se lever. Certains ont pris ça pour argent comptant. En ce qui me concerne, je considère que les seules personnes aptes à travailler le matin, ce sont les boulangers.

Et bien sûr la Gestapo, ça va de soi. Afin de tirer du lit toute cette racaille bolchevique, pour autant qu'il ne s'agisse pas de boulangers. Eux sont évidemment déjà debout, ce qui fait que la Gestapo doit se lever encore plus tôt et ainsi de suite.

« Vous désirez ? demandai-je.

— Je suis au service des contrats, dit la voix enjouée. Je suis en train de mettre la dernière main à votre dossier et j'avais quelques petites questions. Je ne sais pas si nous pouvons régler ça par téléphone… ? Ou vous préférez passer ?

— Quel genre de petites questions ?

— Eh bien, des questions d'ordre général : numéro de Sécurité sociale, coordonnées bancaires, ce genre de choses… Par exemple, la première chose qu'il me faudrait savoir, c'est à quel nom je dois remplir les papiers ?

— À quel nom ?

— Je veux dire, je ne connais pas votre nom.

— Hitler, dis-je dans un soupir. Adolf.

« — Oui, répondit-elle sans se départir de son horrible enthousiasme matinal, enfin, non, je veux dire votre vrai nom.

— Hitler ! Adolf ! » Cette fois mon ton fut plus vif.

Il y eut un bref silence à l'autre bout du fil.

« Vraiment ?

— Évidemment !

— Ça alors, c'est une sacrée coïncidence...

— Quelle coïncidence ?

— Eh bien que vous appeliez comme ça...

— Mais bon sang, vous avez bien un nom vous aussi ! Et je ne suis pas là à ouvrir de grands yeux et à vous dire : "Oh ! Quelle coïncidence !"

— Oui, mais vous, vous lui ressemblez. Je veux dire : à votre nom.

— Et alors ? Vous êtes totalement différente de votre nom ?

— Non, mais...

— Alors, pour l'amour de Dieu, finissez de remplir ces papiers ! » Et d'un coup sec je replaçai le combiné sur l'appareil.

Il se passa sept minutes avant que le téléphone sonne de nouveau.

« Qu'est-ce qu'il y a encore ?

— Oui, c'est encore Mme... », et elle prononça son étrange nom venu de l'Est qui ressemblait à un froissement de papier, un de ces rapports de la Wehrmacht que l'on va mettre à la corbeille. « Je... Je crains que ça n'aille pas...

— Qu'est-ce qui n'irait pas ?

— Voyez-vous, je ne voudrais pas être désagréable, mais... ça ne passera jamais au service des droits, je peux... enfin s'ils voient le contrat établi au nom d'Adolf Hitler...

— Et qu'est-ce que vous voulez écrire à la place ?

— Eh bien, excusez-moi si je vous pose encore une fois la question, mais vous vous appelez vraiment comme ça ?

— Non, dis-je, accablé, je ne m'appelle pas comme ça, évidemment. Mon vrai nom est Schmul Rosenzweig.

— Ah, je le savais !, dit-elle, manifestement soulagée. Comment vous écrivez ça – Schmul ? Avec un h avant le l ?

— C'était une blague ! criai-je dans le combiné.

— Ah bon ! Oh ! là, là ! Dommage. »

Je l'entendis biffer plusieurs fois avec son stylo. Puis elle poursuivit : « Je… excusez-moi… je crois que ce serait mieux si vous pouviez passer. Juste quelques instants. J'ai besoin d'un document, un passeport par exemple… Et aussi de vos coordonnées bancaires.

— Demandez à Bormann », dis-je de façon abrupte, et je raccrochai derechef. Puis je m'assis. C'était effectivement embêtant. Et compliqué. Mon esprit attristé en revint au fidèle Bormann que je regrettais tant. Bormann qui me faisait toujours venir des films, si bien qu'après une dure journée consacrée à la guerre je pouvais un peu me détendre, le soir. Bormann qui avait si bien réglé les choses avec les habitants de l'Obersalzberg. Bormann qui s'était occupé de toutes les recettes provenant de la vente de mon livre. Bormann le fidèle d'entre les fidèles. Avec lui, tout était en de bonnes mains. Bormann, on pouvait en être certain, aurait réglé toute cette histoire de contrat sans faire un pli : « Dernière injonction, madame Schkreugneugneu. Vous réglez maintenant cette histoire de contrat sans faire d'histoires ou vous allez vous retrouver vite fait à Dachau avec toute votre famille. Et vous savez comment on en ressort ! » À l'époque déjà, on sous-estimait cette grande capacité d'empathie qu'avait Bormann – il savait si bien parler aux gens. En un tournemain, il m'aurait trouvé un logement, des papiers d'identité impeccables, des comptes en banque, tout. Et il aurait veillé à ce que ce genre de bêtise bureaucratique ne se reproduise pas. Mais bon, il fallait désormais faire sans lui et régler d'une façon ou d'une autre cette affaire de dossier. Je ne savais pas comment j'aurais résolu la chose dans trente ans, mais pour l'heure je devais suivre les usages en vigueur. Je me mis donc à réfléchir.

Il allait bien falloir que je dise où j'avais habité jusqu'à présent. Hélas, je n'avais ni domicile ni papiers attestant d'où je venais. La solidité de mon existence reposait essentiellement sur celle de ma chambre d'hôtel et celle de la société de production. En colère, je serrai le poing, que je brandis vers le plafond. La paperasserie, la bureaucratie allemande, mesquine et tatillonne, avec ses petits règlements… une fois de plus je me trouvais entravé par ce fardeau. Ma situation me semblait sans issue lorsque le téléphone sonna de nouveau – et seuls mon esprit de décision et ma présence d'esprit, qui avaient fait merveille quand j'étais soldat sur le front, me donnèrent la force d'affronter la situation. Je décrochai, certain de trouver une solution sans savoir encore comment.

« C'est encore Madame Krwtsczyk de Flashlight. »
Et d'un coup, tout fut simple.
« S'il vous plaît, dis-je, mettez-moi en relation avec Sensenbrink. »

10

Croire qu'un Führer doit tout savoir est une erreur très répandue. Il n'est pas obligé de tout savoir. Il n'est même pas obligé de savoir beaucoup de choses, il peut même ne rien savoir du tout. Et être celui qui en sait le moins parmi ceux qui en savent le moins. Exactement : il peut même être aveugle et sourd, tragiques séquelles d'un éclat d'obus ennemi. Il peut n'avoir ni bras ni jambes et être totalement incapable de saluer le drapeau ou de verser seulement une larme amère au moment où retentit l'hymne allemand. Je prétends même qu'un Führer peut n'avoir aucune mémoire. Être complètement amnésique. En effet, sa tâche n'est pas d'emmagasiner des faits stériles – son talent particulier, c'est de prendre des décisions rapides et d'en assumer ensuite la responsabilité. Une chose peu appréciée à sa juste valeur. N'existe-t-il pas en effet une vieille plaisanterie à propos de celui qui, déménageant, préfère porter « toute la responsabilité » plutôt que des cartons ? Mais dans un État idéal, le Führer veille à ce que chaque homme soit au bon poste. Bormann, par exemple, n'avait pas une nature de Führer, mais c'était un maître dans l'art de la pensée et du souvenir. Il savait tout. Derrière son dos, certains l'appelaient l'« armoire à dossiers du Führer », et j'étais toujours très ému, car je n'aurais pu désirer meilleure confirmation de ma politique. C'était en tout cas un plus grand compliment que le sobriquet de Göring, qu'on appelait la « montgolfière du Führer ».

En fin de compte, ce savoir, cette capacité à faire la part des choses entre l'utile et l'absurde me permettait maintenant de saisir, sans plus tenir compte de la perte de Bormann, les nouvelles possibilités que m'offrait cette fameuse société de production télévisuelle. Il était stupide de vouloir régler moi-même ce problème de justificatif de logement, et c'est ainsi que je transmis le règlement de ma situation précaire à quelqu'un qui disposait sans doute d'une plus grande expérience en la matière : Sensenbrink. Celui-ci me répondit aussitôt :

« Mais bien sûr que nous pouvons nous en charger. Vous vous occupez de votre programme, et nous réglons tout le reste pour vous. Vous avez besoin de quoi ?

— Demandez à cette Mme Krytschwyxmachinchose. Je suppose qu'elle veut une pièce d'identité. Et pas seulement ça.

— Vous n'avez pas de passeport ? Pas de papiers d'identité ? Comment ça se fait ?

— Je n'en ai jamais eu besoin.

— Vous n'êtes jamais allé à l'étranger ?

— Si bien sûr. En Pologne, en France, en Hongrie…

— Oui, mais ce sont tous des pays de la Communauté européenne…

— J'étais aussi en Union soviétique.

— On peut aller là-bas sans passeport ? »

Je réfléchis un instant.

« Je ne me souviens pas que quelqu'un me l'ait demandé, répondis-je de façon calme.

— Étrange… Et les États-Unis, vous avez cinquante-six ans – vous n'avez jamais été en Amérique ?

— J'en avais la ferme intention, dis-je cette fois sur un ton indigné, mais, malheureusement, j'ai eu un empêchement.

— Bon, nous aurons juste besoin de vos documents et il y aura sûrement quelqu'un de chez nous qui pourra régler tout ça avec l'administration et les assurances.

— C'est bien le problème. Je n'ai ni papiers ni documents.

— Pas de papiers ? Rien du tout ? Pas de documents ? Même chez votre amie ? Je veux dire, à votre domicile ?

— Mon dernier domicile, dis-je avec affliction, a été la proie des flammes.

— Oh ! Vous êtes sérieux ?

— Vous avez vu la chancellerie dernièrement ? » Il rit.

« C'est si terrible que ça ?

— Il n'y a pas de quoi rire, répliquai-je, ce fut terrible.

— Bon, dit Sensenbrink, je ne suis pas un expert en la matière, mais on va quand même avoir besoin de quelques papiers officiels. Vous étiez enregistré où avant ? Assuré auprès de quelle compagnie ?

— J'ai toujours eu une certaine aversion pour la bureaucratie. J'ai toujours préféré édicter moi-même les lois.

— Eh bien ! soupira Sensenbrink. J'avoue que je n'ai encore jamais eu à gérer un cas de ce genre. Bon, on va voir ce que l'on peut faire. Mais, dans tous les cas, nous avons besoin de votre vrai nom.

— Hitler, dis-je, Adolf.

— Écoutez, je comprends très bien la situation dans laquelle vous vous trouvez. Le collègue Schröder fait exactement la même chose, il veut être tranquille quand il n'est plus sur scène et, vu les sujets que vous allez aborder, il est clair que les artistes comme vous doivent être prudents – mais il n'est pas sûr que l'administration voie les choses du même œil.

— Les détails ne m'intéressent pas…

— Je veux bien vous croire, dit Sensenbrink en riant, d'une manière qui me parut un peu condescendante. Vous êtes vraiment un artiste, mais ce serait quand même plus simple… Du point de vue fiscal, il n'y a aucun problème. Le fisc est la seule administration à laquelle tout ça est bien égal. Il ponctionne même les revenus illégaux et vous pouvez toujours négocier un arrangement. Et pour ce qui est des règlements, nous pouvons bien sûr vous aider, si cela vous convient. Quant à la banque, il n'y a pas urgence. En revanche, pour la déclaration de domicile et pour la Sécurité sociale, je ne vois pas bien comment y arriver. »

Je sentis que notre homme avait maintenant besoin d'un soutien moral. Il ne faut pas trop exiger des troupes. Ce n'était finalement pas courant de voir le Führer, que l'on croyait mort depuis longtemps, resurgir d'un coup dans le paysage.

« Ça doit être difficile pour vous, dis-je avec indulgence.

— Quoi ?

— Je veux dire : vous ne rencontrez pas tous les jours un homme comme moi. »

Sensenbrink eut un rire de convenance.

« Mais si. C'est notre travail. »

Sa désinvolture était si étonnante que je me vis obligé de rebondir sur ses propos : « Il y en a beaucoup d'autres comme moi ?

— Vous êtes bien placé pour savoir qu'on se bouscule au portillon dans votre métier…, dit Sensenbrink.

— Et vous leur faites tous faire de la télévision ?

— On aurait du pain sur la planche ! Non, nous ne prenons sous contrat que ceux en qui l'on croit.

— C'est très bien, dis-je en abondant dans son sens. Il faut savoir combattre pour la cause avec une foi fanatique. Vous avez aussi Antonescu ? Ou le Duce ?

— Qui ?

— Vous savez, Mussolini !

— Non ! s'exclama Sensenbrink sur un ton si ferme que je pouvais presque l'imaginer en train de secouer la tête. Qu'est-ce que vous voulez que l'on fasse avec un Antonini ? Personne ne le connaît.

— Et Churchill ? Ou Eisenhower ? Chamberlain ?

— Ah, je comprends où vous voulez en venir ! lança Sensenbrink. Mais non ! Ce ne serait plus drôle. Absolument invendable, non, non ! Vous faites très bien l'affaire tout seul. Nous en restons à un personnage, nous en restons à notre Hitler.

— Très bien. Mais si Staline débarque demain ?

— Oubliez Staline, nous ne sommes pas History Channel. »

Voilà le Sensenbrink que je voulais entendre ! Ce fanatique de Sensenbrink, réveillé par le Führer. Et je ne peux assez souligner ici à quel point cette volonté fanatique est importante.

La dernière partie de la guerre, dont le déroulement ne fut pas sans poser de problèmes, l'a prouvé de la façon la plus nette. Bien sûr, beaucoup de gens vous diront : « Oui, est-ce vraiment par manque de fanatisme que, après la Première Guerre mondiale, la Seconde a si mal tourné ? N'y a-t-il pas d'autres explications ? Peut-être ne disposiez-vous pas d'assez de soldats engagés ? » Certes, tout cela est plausible et peut-être même juste, mais c'est également le symptôme d'une vieille maladie allemande, cette obsession de toujours chercher l'erreur dans les petits détails mesquins en ignorant tout bonnement les tenants et les aboutissants, ceux qui sont vraiment importants et même évidents.

On ne peut nier la relative infériorité numérique des troupes allemandes au cours de la dernière guerre mondiale. Cela dit, cette infériorité ne fut pas décisive, au contraire. Le peuple allemand s'en serait sorti, même si l'ennemi avait été encore plus nombreux. Oui, j'avais plusieurs fois regretté, au début des années quarante, l'absence de supériorité numérique adverse, et j'en ai même eu honte parfois. Prenez Frédéric le Grand, par exemple. À chaque bataille, ses troupes étaient inférieures en nombre ! Chaque grenadier prussien devait faire face à douze soldats ennemis. Et en Russie, chaque fantassin devait en affronter trois ou quatre à la fois.

C'est vrai, après Stalingrad, la supériorité numérique de l'adversaire avait restauré l'honneur de la Wehrmacht. Le jour du débarquement allié en Normandie, l'ennemi est arrivé avec deux mille six cents bombardiers et six cent cinquante avions de chasse, alors que la Luftwaffe – si je compte bien – n'avait pu aligner que deux avions de chasse. Dans ce cas, aussi, on peut dire que le rapport de force illustrait le mérite de l'armée allemande. Et pourtant la situation n'était pas désespérée ! Dans ce genre de cas, je suis tout à fait d'accord avec les propos du ministre du Reich, Joseph Goebbels, qui exigeait d'un peuple tel que le peuple allemand de compenser cette faiblesse – pour autant qu'elle ne puisse être éliminée – soit par des armes de meilleure qualité, soit par des généraux plus avisés, ou alors, comme c'est le cas maintenant, par l'avantage d'une morale supérieure. Il peut certes paraître difficile à un simple pilote de chasse de descendre trois bombardiers à chaque rafale de mitrailleuse, mais, avec une morale supérieure, avec un esprit fanatique inflexible, rien n'est impossible !

Et ce qui était valable hier l'est encore aujourd'hui. Au cours des derniers jours, je suis tombé sur un exemple que je n'aurais moi-même pas cru possible de rencontrer. Et pourtant, c'est tout ce qu'il y a de plus vrai. Il s'agit d'un homme – un employé de l'hôtel, je suppose – que j'ai plusieurs fois observé alors qu'il était entièrement absorbé par son activité. Je ne sais pas si cette activité est nouvelle, mais dans mon souvenir, elle était jusque-là exécutée à l'aide d'un balai ou d'un râteau. Or cet homme était équipé d'un appareil que je n'avais encore jamais vu, un engin portable qui soufflait sur les feuilles. Un appareil fascinant capable de produire un jet d'air continu et puissant ! Il était sans doute devenu nécessaire parce que l'évolution avait apporté une autre forme de feuillage – plus résistant.

Cet exemple permet d'ailleurs de montrer de façon pertinente que la lutte entre les races est loin d'être terminée, qu'elle se poursuit même de façon plus virulente dans la nature, ce que ne nie même pas la presse libérale et bourgeoise. On ne cesse de lire des articles sur les écureuils noirs venus d'Amérique, qui causent bien des soucis aux petits écureuils bruns chers au cœur des Allemands, sur les colonies de fourmis africaines qui débarquent en passant par l'Espagne, sur les balsamines indo-européennes qui viennent s'installer sous nos latitudes. Ce dernier processus est assurément exemplaire : les plantes aryennes revendiquent à bon droit le sol qui leur revient. Certes, je n'ai pas encore vu de mes propres yeux ce genre de plantes invasives, les feuilles qui jonchent le parking de l'hôtel me semblent parfaitement normales, mais cet appareil à soufflerie pourrait tout aussi bien être utilisé contre du feuillage traditionnel. Avec un char Königstiger, on ne combat pas seulement les T-34, mais aussi, quand la situation se présente, de vieux BT-7.

Quand j'ai observé l'homme, la première fois, j'étais de très mauvaise humeur. J'avais été réveillé le matin tôt, vers neuf heures, par un bruit infernal, comme si mon oreiller avait été posé à côté d'une batterie d'orgues de Staline. Je me levai, furieux, j'allai à la fenêtre et je vis alors l'homme en question en train de manier son appareil à soufflerie. Là-dessus ma colère redoubla quand je me rendis compte, par un simple coup d'œil sur les arbres alentour, qu'il y avait beaucoup de vent. Il était totalement absurde de vouloir pousser avec une soufflerie des tas de feuilles d'un endroit à un autre. Ma première pensée fut de me précipiter dehors pour aller dire deux mots à cet individu. Je me ravisai. J'étais en effet dans mon tort.

L'homme avait reçu un ordre. Cet ordre était le suivant : souffler sur les feuilles ! Et il exécutait cet ordre. Avec un zèle fanatique digne d'un Kurt Zeitzler. Un homme exécutait un ordre. C'était aussi simple que cela. Et se plaignait-il ? Était-il en train de se lamenter et de dire que tout cela n'avait aucun sens avec tout ce vent ? Non, il faisait son devoir, stoïque et vaillant, au milieu de tout ce boucan. Comme mes fidèles SS. Des milliers d'entre eux ont accompli leur devoir sans jamais se plaindre de la lourdeur de la tâche, alors qu'il y aurait pourtant eu de quoi se lamenter : « Qu'est-ce qu'on va faire avec tous ces juifs ? Tout ça n'a plus aucun sens. Il en arrive plus que ne peuvent en accueillir les chambres à gaz ! »

J'étais tellement saisi que je m'habillai en hâte, descendis sur le parking et, posant ma main sur l'épaule de ce brave homme, je lui dis : « Mon cher, je veux vous remercier. C'est pour des hommes comme vous que je poursuis le combat. Car je le sais bien, c'est de cet appareil que sort, dans ce pays, le souffle ardent du national-socialisme. »

Tel est le fanatisme dont a besoin ce pays. Et j'espérais en avoir éveillé un souffle chez Sensen-brink.

11

En arrivant ce matin-là dans le bureau qui avait été mis à ma disposition, je me rendis compte une nouvelle fois de tout le chemin qui me restait à parcourir. J'entrai dans une pièce d'environ cinq mètres sur sept, avec deux mètres cinquante de hauteur sous plafond. Je repensai à ma chancellerie. À ses pièces, que dis-je, à ses salles… ! Quand on entrait, on se sentait tout d'un coup tout petit, on frissonnait devant tant de puissance et de civilisation. Je ne parle pas de luxe et de pompe, ça ne m'a jamais attiré, toute cette gabegie ; mais, à la chancellerie, quand on recevait quelqu'un, on voyait tout de suite qu'il ressentait la supériorité du Reich allemand, de façon physique dirais-je. Speer avait fait des merveilles. Rien que le grand vestibule avec tous ces lustres ! Je crois que chacun pesait près d'une tonne. Si l'un d'eux s'était décroché, la personne qui l'aurait reçu sur la tête aurait été instantanément réduite en bouillie, une bouillie de sang, d'os et de chair écrasée ! J'avais moi-même un peu peur de me trouver dessous. Je ne l'ai bien sûr jamais montré et je suis passé sous ces lustres comme si de rien n'était – question de volonté.

Or c'est justement comme ça qu'il faut que les choses soient !

Si on fait construire une chancellerie qui coûte des millions et des millions et qu'un type entre et se dit : « Tiens, j'aurais imaginé ça plus grand », ça ne va pas du tout. Il n'est même pas permis que ce type ait la moindre pensée, il faut qu'il soit instantanément saisi, fasciné. Pas seulement lui, le peuple allemand, tout le monde ! Un peuple de seigneurs ! Il faut que se dégage de l'ensemble une sorte d'aura comme chez le pape, un pape qui riposterait par le glaive et le feu à la moindre résistance, comme Dieu en personne. Les gigantesques portes s'ouvrent, le Führer apparaît et les hôtes étrangers doivent se sentir comme Ulysse devant Polyphème, mais un Polyphème avec deux yeux ! On ne la lui fait pas !

Et puis il y avait une vraie porte, immense, pas un bloc de pierre.

Et des escaliers roulants ! On se serait cru à Cologne dans un grand magasin. J'y suis allé après l'aryanisation, et on doit reconnaître aux juifs qu'ils savent faire de grands magasins. Mais, quand même, il existe une différence de taille : chez eux, le client doit avoir l'impression qu'il est roi, alors que, à la chancellerie, le client ne devait ressentir qu'une chose : le besoin de se prosterner devant ce qui le dépasse. Ne serait-ce qu'en pensée, je n'ai en effet jamais voulu que les visiteurs s'aplatissent devant moi.

Le sol du bureau mis à ma disposition était fait d'une matière gris sombre qui n'avait rien de naturel. Ce n'était pas un tapis, mais une sorte de revêtement issu de matières bon marché que l'on n'aurait jamais utilisées de mon temps, même pour tailler un uniforme à un simple fantassin. J'en avais déjà vu auparavant dans plusieurs endroits, ça semblait être la norme et il était donc inutile que je prenne cela pour un manque d'égards envers ma personne. C'était manifestement une composante de cette misérable époque et je me jurai qu'à l'avenir il y aurait d'autres revêtements de sol pour le travailleur allemand, pour la famille allemande.

Et d'autres murs aussi !

Ici les murs étaient fins comme du papier à cigarette, conséquences, à n'en pas douter, d'une pénurie de matières premières. Ma table de travail était manifestement de seconde main et j'étais obligé de partager cette pièce avec une personne, la secré-taire sans doute, vu la présence d'une deuxième table. Je poussai un profond soupir et jetai un regard par la fenêtre. Elle donnait sur un parking avec de grosses poubelles de différentes couleurs, qui servaient à trier soigneusement les ordures. Toujours cette pénurie de matières premières… Je n'avais pas envie de savoir desquelles venaient les ordures qui avaient servi à fabriquer mon misérable revêtement de sol. Cette amère ironie du destin me fit éclater de rire. Si ce peuple avait condescendu à se donner juste un peu plus de mal à l'époque, au bon moment, ce genre de collecte aurait aujourd'hui été superflu en regard des matières premières venues de l'Est. On aurait pu jeter les ordures de toutes sortes dans deux grandes poubelles ou même dans une seule. Je secouai la tête, sidéré.

Quelques rats sillonnaient la cour en bas, qu'ils partageaient avec de petits groupes de fumeurs. Les rats, les fumeurs, les rats, les fumeurs, éternelle alternance. Mon regard se porta de nouveau sur ma modeste, voire minable, table de travail et sur la paroi relativement blanche dressée derrière. On pouvait y mettre ce qu'on voulait, même un aigle en bronze, ça n'aurait pas changé grand-chose. Tout au plus aurait-on pu s'estimer heureux que le mur ne s'effondrât pas sous le poids de la charge. Autrefois, je disposais d'un bureau de quatre cents mètres carrés ; désormais le Führer du Grand Reich était logé dans une boîte à chaussures. Qu'était devenu le monde !

Et où était passée ma secrétaire ?

Je regardai ma montre. Il était midi et demi passé.

J'ouvris la porte donnant sur le couloir : personne, sauf une dame entre deux âges vêtue d'un tailleur. Elle rit en me voyant.

« Ah, c'est vous ! Vous êtes déjà en train de répéter ? Nous sommes tous très impatients.

— Où est ma secrétaire ? »

Elle réfléchit un instant, puis elle me dit : « C'est une secrétaire en CDI à temps partiel, je suppose ? Dans ce cas, elle n'arrivera pas avant 14 heures. »

J'étais médusé.

« Sacrebleu ! et je fais quoi en attendant ?

— Je ne sais pas, dit-elle en s'éloignant. Un petit Blitzkrieg, peut-être ! » Et elle éclata de rire.

« Je note ! dis-je sur un ton glacial.

— Vraiment ? » Elle s'arrêta encore une fois et se retourna. « C'est vraiment super. Je suis contente de savoir que ça pourra vous servir pour votre programme ! Ici, nous sommes tous dans le même bateau et il faut se serrer les coudes ! »

Je rentrai dans mon bureau et fermai la porte. Sur chacune des tables se trouvait une machine à écrire, mais dépourvue de rouleau et placée sans doute par erreur devant un écran de télévision. Je décidai de poursuivre mon étude des programmes, mais je ne trouvai aucune petite boîte pour changer de chaîne. C'était agaçant. Furieux, je pris le téléphone – avant de laisser retomber le combiné. Je ne savais pas à qui m'adresser. Dans un tel environnement, toute cette infrastructure ultramoderne ne m'était d'aucun secours. Je poussai un soupir et je sentis mon cœur battre très fort, entre crainte et désespoir. Mais je me ressaisis aussitôt et repoussai résolument les premiers assauts de cet accès de faiblesse. Un homme politique tire le meilleur parti de ce dont il dispose – et, dans mon cas, de ce dont il ne dispose pas. En attendant, je pouvais tout aussi bien sortir et aller à la rencontre du peuple allemand.

Une fois dehors, je regardai autour de moi. Je vis un petit espace vert avec des arbres dont le feuillage avait déjà pris des teintes automnales. À droite et à gauche, des alignements de maisons. Mon regard fut attiré par une femme visiblement atteinte de démence, qui longeait cet espace vert en tenant un chien en laisse et était sur le point de ramasser ses déjections. Je me demandai si cette folle avait déjà été stérilisée, avant de me dire qu'elle n'avait guère de valeur représentative pour l'Allemagne. Je choisis donc une autre direction et partis au hasard vers la gauche.

Un distributeur automatique de cigarettes était fixé à un mur ; ce devait être là que se ravitaillaient les fumeurs qui partageaient le parking avec les rats. En passant devant, je croisai quelques piétons. Mon uniforme n'avait l'air de déranger personne ; sans doute parce que ici ce genre de chose n'avait rien d'inhabituel. Je croisai même deux hommes en uniforme de la Wehrmacht assez bien imités, ainsi qu'une infirmière et deux médecins. La présence de ces personnages costumés me convenait parfaitement. J'avais été poursuivi par des sympathisants, peu après ma sortie de prison, et depuis j'étais moins avide d'attirer l'attention. Il avait fallu user de ruse et recourir à toutes sortes de petites manœuvres pour pouvoir jouir d'un peu de calme, sans être importuné par des photographes. Mais ici, dans cet environnement singulier, je pouvais à la fois être moi-même et déambuler incognito, situation idéale pour étudier le comportement de la population. Beaucoup de gens, en effet, changent d'attitude en présence du Führer, ils sont moins naturels. Je leur disais toujours : « Ne faites pas de manières. » Mais les gens modestes ne s'attachaient pas à mon conseil. À l'époque où j'étais à Munich, les petites gens s'accrochaient à moi comme des fous furieux. Chose que je ne voulais pas voir arriver en cet instant. Ce que je désirais, c'était découvrir le vrai Allemand, celui qui n'avait rien de frelaté, le Berlinois.

Quelques minutes plus tard, je passai devant un chantier. Des hommes portant des casques traînassaient d'un côté et de l'autre ; cela me rappelait l'époque où je vivais à Vienne ; j'étais pauvre comme Job et je me faisais embaucher sur des chantiers pour gagner ma croûte. Je jetai un regard curieux à travers un interstice de la palissade, espérant presque voir les bâtiments s'élever juste sous mes yeux, mais il semblerait que la technique n'ait pas encore fait de progrès fulgurants dans ce domaine. À un étage, un contremaître était en train de houspiller un petit jeune, probablement un apprenti ou un futur architecte, un jeune homme plein de promesses, comme je l'avais été moi aussi. Et il était obligé de subir les foudres de cet ouvrier – le monde impitoyable des chantiers était tel que par le passé. Ce jeune homme avait éventuellement des connaissances en langues étrangères ou en philosophie de la nature, mais tout cela ne lui servait à rien dans ce monde de ciment et d'acier. Toutefois, cela voulait dire que la masse populaire, brutale et intellectuellement faible, existait encore et qu'il ne tenait qu'à moi de la réveiller.

Et la qualité de son sang semblait aussi tout à fait acceptable.

Je scrutais les visages au fil de ma promenade. D'une façon générale, les choses n'avaient pas beaucoup changé. Les mesures prises pendant que j'étais au pouvoir avaient manifestement payé, même si elles n'avaient pas été poursuivies. On voyait relativement peu de métis. On décelait des influences assez fortes venues de l'Est, des visages aux traits slaves, mais il en avait toujours été ainsi à Berlin. Ce qui était nouveau en revanche, c'était l'importance de la proportion arabo-turque rencontrée dans les rues. Des femmes voilées, de vieux Turcs en veste et casquette. Selon toute apparence, on n'en était pas encore arrivé à un vrai mélange. Les Turcs que je voyais ressemblaient à des Turcs, sans que l'on puisse constater une quelconque amélioration de la race par un apport de sang aryen, même si les Turcs y auraient sûrement trouvé leur compte. Ce que je n'arrivais pas à comprendre, c'était pourquoi on rencontrait tant de Turcs dans les rues. Et en plus, à cette heure de la journée. Ce ne pouvait être du personnel de maison émigré car on ne décelait aucune trace de hâte chez ces individus. Leur allure révélait plutôt une certaine nonchalance.

Une sonnerie me tira de mes pensées. Le genre de bruit qui annonce en général le début ou la fin d'une récréation. Je levai les yeux. En effet, il y avait une école non loin de là. J'accélérai le pas et m'assis sur un banc juste en face. C'était l'occasion idéale d'observer la jeunesse dans son ensemble. Un flot d'enfants sortit du bâtiment, mais il me fut impossible d'identifier de quelle sorte d'école il s'agissait. Je distinguais bien quelques garçons assez jeunes, mais il ne semblait pas y avoir de jeunes filles du même âge. La foule qui sortait du bâtiment était composée d'un mélange de très jeunes garçons et de filles déjà en âge de procréer. Se pouvait-il que la science ait découvert le moyen d'éviter le désarroi de la puberté et de catapulter très vite les jeunes femmes à l'âge de la fécondité ? L'idée était plutôt séduisante car la jeunesse, en tant que longue période d'endurcissement, n'était profitable qu'aux garçons. Les Spartiates de la Grèce antique ne s'y étaient pas pris autrement. Par ailleurs, les jeunes filles s'habillaient très près du corps, signalant ainsi sans ambiguïté leur désir de trouver un partenaire pour fonder une famille. Cela dit, il n'est pas inutile de le souligner, il s'agissait rarement d'Allemandes. L'école paraissait destinée aux enfants de travailleurs émigrés turcs. Après avoir échangé quelques bribes de conversations, ils constituèrent très vite des goupes étonnants, voire réjouissants à mes yeux.

Je pouvais en effet observer à quel point, chez ces élèves turcs, mes principes avaient été reconnus et appliqués comme des directives. De toute évidence on ne leur avait inculqué que les principes rudimentaires de la langue. La syntaxe était approximative, cela ressemblait plutôt à une zone linguistique entravée de barbelés intellectuels, labourée par des grenades mentales comme les champs de bataille de la Somme. Ce qui restait suffisait à une forme de compréhension basique, mais en aucun cas à une forme de résistance organisée. Faute d'un vocabulaire suffisant, les fragments de phrases étaient accompagnés de gestes larges et abondants, un vrai langage des signes conforme aux idées que j'avais développées. C'était parfait pour l'Ukraine bien sûr, pour la partie russe qui avait été conquise, mais c'était également adapté à tout groupe de population asservi. Une autre mesure technique semblait avoir été prise, et je dois dire que je ne l'avais pas prévue : ces élèves turcs portaient de petits bouchons d'oreilles destinés à empêcher la réception d'informations ou l'obtention de savoirs supplémentaires inutiles. Le principe était simple et semblait presque trop bien fonctionner – certaines de ses silhouettes ressemblant à des élèves jetaient parfois des regards marqués par une telle indigence intellectuelle que l'on avait du mal à imaginer quelle activité utile ils pourraient un jour accomplir pour la société. En tout cas, je pus me convaincre que personne n'était là pour nettoyer les trottoirs, ni eux ni personne.

Lorsque les élèves des deux races m'aperçurent, certains visages s'éclairèrent, signe qu'ils m'avaient reconnu. De toute évidence, les élèves d'ascendance allemande me connaissaient grâce aux cours d'histoire, tandis que les élèves d'ascendance turque avaient dû me voir à un moment ou à un autre à la télévision. Et ce qui devait arriver arriva. Une fois de plus, je fus identifié comme « l'autre M. Stromberg de la Switch » et je dus ainsi signer quelques autographes et accepter de poser pour des photos, entouré d'élèves. Le désordre n'était pas outrancier, mais assez important quand même pour que je perde la vue d'ensemble et en arrive à la conclusion insensée que les élèves allemands parlaient le même salmigondis que les autres. Lorsque, du coin de l'œil, je vis une autre folle ramasser avec un soin tatillon les excréments de son chien, j'estimai que le moment était venu de rejoindre le calme de mon bureau, loin de ce monde.

J'étais assis là à observer depuis dix minutes environ cette nouvelle forme de relève de la garde que constituait l'alternance de rats et de fumeurs, lorsque la porte s'ouvrit. La personne qui se tenait dans l'embrasure aurait très bien pu venir du groupe de jeunes femmes d'un âge indéterminé que j'avais vues tout à l'heure. Elle était néanmoins entièrement vêtue de noir, avait de longs cheveux noirs et lisses avec une raie sur le côté. Qui mieux que moi savait apprécier les couleurs sombres et notamment le noir qui était du plus bel effet, notamment dans la SS ? Mais, à la différence de mes SS, la jeune femme arborait un teint très pâle, presque inquiétant, et elle avait les lèvres bleues.

Je bondis de ma chaise.

« Mon Dieu ! Vous ne vous sentez pas bien ? Vous avez froid ? Vite, asseyez-vous ! »

Elle me regarda sans broncher, tout en mâchant un chewing-gum, retira ses deux bouchons d'oreilles reliés à un fil et me dit : « Hein ? »

Je commençai à douter de ma théorie sur les bouchons des élèves turcs. La jeune femme ne dégageait rien de très asiatique, il me faudrait étudier à nouveau la question de plus près. Et elle n'avait pas l'air non plus d'avoir froid. Elle fit glisser de son épaule son sac à dos noir et ôta son manteau de mi-saison. En dessous elle était habillée tout à fait normalement, sauf que là aussi ses vêtements étaient noirs.

« Bon, dit-elle sans se soucier de ce que je lui avais dit, alors c'est vous, monsieur Hitler ! » Et elle me tendit la main.

Je la lui serrai, me rassis et, sans plus m'étendre, je lançai : « Et vous, vous êtes qui ?

— Vera Krömeier, dit-elle. C'est trop cool ! Est-ce que je peux tout de suite vous poser une question ? C'est du *method acting* ?

— Pardon ?

— Là, ce que vous faites en ce moment…, ce que fait aussi De Niro… et Al Pacino, c'est du *method acting*. Le truc pour être complètement dans son rôle… C'est trop.

— Du *messed ekting* !? Écoutez, mademoiselle Krömeier, dis-je sur un ton décidé tout en me levant, je ne sais pas exactement de quoi vous parlez, mais ce qui importe, c'est que vous sachiez de quoi je parle, moi ! Et là…

— Là vous avez raison, m'interrompit Mlle Krömeier, et avec deux doigts elle retira le chewing-gum qu'elle avait dans la bouche. On a aussi une corbeille quelque part ? En général, ils oublient toujours ce genre de trucs. »

Elle regarda autour d'elle et, ne voyant aucune corbeille à papier à l'horizon, elle remit le chewing-gum dans sa bouche et dit simplement : « Deux secondes ! » puis elle sortit. Je me retrouvai un peu désemparé au milieu de la pièce et décidai de me rasseoir. Elle revint un instant après avec une corbeille vide à la main, qu'elle posa dans un coin. Elle enleva de nouveau le chewing-gum de sa bouche et le laissa tomber dans la corbeille d'un air satisfait.

« Bon, c'est mieux comme ça. » Puis elle se tourna de nouveau vers moi. « Alors, vous voyez les choses comment, m'sieu ? »

Je poussai un soupir. Alors elle aussi ! Il me fallait encore une fois tout reprendre par le commencement.

« D'abord, on ne dit pas "m'sieu", mais "Führer". Ou "mon Führer", si vous avez envie. Mon envie à moi, c'est que vous me saluiez comme il se doit quand vous entrez dans cette pièce.

— Saluer ?

— Le salut nazi, bien entendu ! Le bras droit levé. »

Son visage s'éclaira. Visiblement elle venait de comprendre ce que j'attendais d'elle. « Je le savais. C'est exactement ça ! C'est ce que je disais : le *method acting* ! Vous voulez que je le fasse tout de suite ? Là, maintenant ? »

Je fis un signe de tête affirmatif. Elle fila vers la porte, sortit, referma derrière elle, frappa, et au moment où je disais : « Entrez », elle entra, leva d'un coup son bras en l'air en direction du plafond et cria : « BONJOUR, MON FÜREUR ! » Puis elle ajouta : « Faut bien crier, non ? J'ai déjà vu ça dans des films. » Puis elle s'arrêta, l'air effrayé, et gueula : « FAUT TOUJOURS CRIER CE GENRE DE CHOSES, NON ? DANS LES TRUCS AVEC HITLER, ILS CRIENT TOUJOURS, NON ? » Elle me regarda bien en face, scruta mon visage et ajouta, cette fois d'une voix normale : « C'était pas encore ça ? Je suis désolée ! Vous allez prendre quelqu'un d'autre ?

— Non, dis-je pour la rassurer, ça ira comme ça. Je n'attends pas la perfection des camarades du peuple. J'attends simplement que chacun fasse de son mieux à son poste. Et vous me semblez être sur la bonne voie. Mais, je vous en prie, ne criez plus !

— Oui, mon Füreur ! répondit-elle. C'était mieux comme ça ?

— Très bien, dis-je. Mais il faut mettre la main un peu plus bas. Vous n'êtes pas à l'école en train de lever le doigt !

— Oui, mon Füreur ! Bon, on fait quoi maintenant ?

— Montrez-moi d'abord comment on utilise ce poste de télévision. Ensuite vous enlèverez celui qui est sur votre bureau. Vous n'êtes pas payée pour regarder la télévision. Et nous avons besoin d'une vraie machine à écrire pour vous. Pas n'importe quelle machine, il faut des caractères antiqua de taille 4. Tout ce que vous écrirez pour moi, vous l'écrirez en laissant un espace d'un centimètre entre les lignes. Sinon, je suis obligé de mettre des lunettes pour lire.

— Je ne sais pas me servir d'une machine, dit-elle, je sais seulement me servir d'un PC. Et si vous me l'enlevez, je ne peux plus rien faire. Mais d'abord il faut savoir qu'avec un ordinateur vous avez toutes les polices dont vous avez besoin.

— Pour la police, j'ai déjà la Gestapo. »

Sans faire attention à ma remarque, elle continua : « Ensuite je peux me connecter directement avec votre machine. »

Et c'est alors qu'elle me montra l'une des plus incroyables conquêtes de l'histoire de l'humanité : l'ordinateur.

12

Il est toujours étonnant de constater que, chez l'Aryen, l'élément créateur ne disparaît jamais. Moi-même, bien que j'aie depuis très longtemps reconnu ce principe, je ne laisse pas d'être étonné par son infaillible pertinence et sa pérennité, même dans les pires circonstances.

À supposer bien sûr que l'époque soit favorable.

Autrefois, cela donnait déjà lieu à des discussions stupides, à propos des Germains des temps reculés, perdus dans leurs forêts. Mais il y a une chose sur laquelle je ne suis jamais revenu : quand il fait froid, le Germain ne fait rien. Il allume tout au plus un bon feu et se réchauffe. On voit ça aussi chez le Norvégien ou le Suédois. Apprendre que le Suédois enregistrait d'énormes succès grâce à la fabrique de meubles en pièces détachées ne m'a d'ailleurs pas étonné outre mesure. Le Suédois, dans son petit État de voyous – comme l'a dit Himmler –, est de toute façon toujours à la recherche de bois pour faire du feu ou autre. Rien d'étonnant donc que, de temps en temps, il en sorte une chaise ou une table. Ou un prétendu système social dont le but est d'alimenter gratuitement en chauffage des millions de parasites tapis dans leurs cages à lapins, ce qui, soit dit en passant, ne fait qu'accentuer leur ramollissement et leur fainéantise. Non, le Suédois est, avec le Suisse, la forme la plus abâtardie du Germain. Or tout cela provient d'une seule et même cause que l'on ne doit jamais perdre de vue : le climat. En revanche, dès que le Germain arrive dans le Sud, voilà que se réveille de façon inexorable son sens de la créativité et sa volonté de création ; il bâtit alors l'Acropole à Athènes, l'Alhambra en Espagne, les pyramides en Égypte. Tout le monde le sait, mais on a trop tendance à l'oublier tellement cela paraît évident : on ne voit plus la présence aryenne derrière tant de constructions ! Même chose en Amérique : sans les immigrés allemands, l'Américain ne serait rien. J'ai toujours regretté que l'on n'ait pas voulu donner un lopin de terre à chaque Allemand qui avait émigré là-bas. Au début du xxe siècle, nous avons perdu des centaines de milliers d'émigrants à cause de l'Amérique. C'est étrange, et je voudrais le faire remarquer ici, car la plupart sont devenus là-bas des paysans et ils auraient tout aussi bien pu rester ici. Mais la plupart se sont sans doute dit que là-bas le pays était plus grand et que, tôt ou tard, on finirait bien par leur attribuer une ferme ; entre-temps, ils ont trouvé le moyen de gagner leur pain d'une autre façon. Ces gens-là se sont ainsi lancés dans des professions ou de petites activités commerciales telles que la cordonnerie, la menuiserie ou la physique atomique, selon ce qui se présentait. C'est ce qui est arrivé à Douglas Engelbart. Son père avait émigré à Washington, qui est déjà un peu plus au sud que l'on ne croit généralement. Mais notre jeune Engelbart a frappé plus fort : il est allé jusqu'en Californie qui est encore plus au sud, et là son sang germain n'a fait qu'un tour et paf... ! Il invente la souris !

Fantastique !

Je dois l'avouer, à l'époque, l'informatique ne m'avait jamais paru décisive. J'ai vaguement su ce que Zuse avait bricolé avec l'aide de quelque ministère, je crois, mais l'un dans l'autre il s'agissait plutôt d'une chose destinée aux professeurs et aux intellectuels à lunettes. Pas assez maniable pour être utile sur le front. J'aurais bien aimé le voir patauger dans les marais de Pripyat avec son cerveau électronique grand comme une armoire. Ou bien largué en parachute au-dessus de la Crète ! Il serait tombé comme une pierre ! Il aurait fallu un planeur entier, pour lui tout seul et sa machine. Et pour quel bénéfice en fin de compte ? Au fond, ce n'était que du calcul mental amélioré et on peut dire ce qu'on veut contre Schacht, mais ce que l'appareil de Zuse réalisait, Schacht l'aurait fait en soixante-douze heures, sous le feu de l'ennemi, à moitié endormi et le tout en beurrant ses tartines. Voilà pourquoi je me suis un peu raidi quand Mlle Krömeier m'a poussé devant l'écran.

« Je ne suis pas obligé de connaître ces engins, lui ai-je dit. La secrétaire ici, c'est vous !

— C'est pour ça que maintenant vous allez vous asseoir là, mon Füreur, dit aussitôt Mlle Krömeier – je m'en souviens encore comme si c'était hier –, parce que sinon, après, ça va être : "Vous ne pouvez pas m'aider pour ci ? Vous ne pouvez pas m'aider pour ça ?" et jamais je n'arriverai à travailler correctement. »

Je n'appréciais pas trop ce ton, mais cette façon un peu rude de me parler me rappelait comment Adolf Müller m'avait autrefois appris à conduire. C'était après qu'un de mes chauffeurs avait perdu une roue pendant un trajet, et je dois dire que Müller n'a pas pris de gants pour me faire la leçon, même si ce n'était pas tant la cause nationale qui l'intéressait ; il avait eu peur que je ne me rompe le cou et, conséquemment, de perdre ainsi le contrat d'impression du *Völkischer Beobachter*. Müller n'était pas professeur de conduite automobile, c'était un homme d'affaires. Quoique ! Peut-être que je ne lui rends pas justice mais j'ai appris dernièrement qu'il s'était tiré une balle dans la tête peu après la fin de la guerre, et un suicide ne rapporte rien, en fin de compte. Quoi qu'il en soit, il m'a fait monter dans sa voiture pour que je voie comment on conduit ou, dans mon cas, à quoi il faut faire attention quand on a un chauffeur. Ce fut un cours éminemment précieux, et en une heure j'ai plus appris avec lui que pendant des années avec certains professeurs. Par là, je veux dire que j'accepte volontiers qu'on me conseille, pour autant qu'il ne s'agisse pas des laïus de ces vieux crétins de l'état-major. Il est certain que beaucoup de gens savent mieux conduire que moi, mais dès lors qu'il s'agit d'installer une ligne de front ou de résister quand on est pris dans une cuvette, c'est moi qui décide et pas cette girouette de Paulus.

Quand j'y pense !

Bon ! La prochaine fois !

Enfin bref, à cause de ces diverses réminiscences, j'étais prêt à suivre les explications de Mlle Krömeier et je dois dire que ça en valait la peine. J'avais surtout peur de la machine à écrire. Je n'ai jamais voulu devenir comptable ou rond-de-cuir, et mes livres, je les ai toujours dictés. C'eût été un comble que je me mette ici à taper sur le clavier comme n'importe quel petit journaliste débile dans une feuille de chou de province. Mais là, rien à voir : cette splendide petite souris était l'incarnation merveilleuse de l'esprit d'invention allemand !

On a rarement inventé chose plus géniale.

On fait avancer la souris sur la table et tous les mouvements sont reproduits sur l'écran sous forme d'une petite main. Et si on veut s'arrêter sur un endroit de l'écran, il suffit d'appuyer sur le bouton de la souris et la petite main ouvre une fenêtre sur l'écran. C'est enfantin et génial. J'étais fasciné. Mais ce n'aurait été qu'un distrayant petit jeu s'il ne s'était agi que de simplifier les tâches à faire au bureau. Il se révéla que cet appareil était multiple et renfermait bien d'autres fonctionnalités.

On pouvait bien sûr écrire mais, par le biais d'un réseau de lignes, on pouvait aussi entrer en relation avec toutes les personnes et toutes les institutions qui étaient disposées à le faire. En plus – et c'était une grosse différence avec le téléphone –, ceux qui envoyaient des messages n'étaient pas obligés de rester assis devant leur ordinateur ; ils pouvaient laisser des messages et s'en aller car il était possible de les lire en leur absence. Tout le monde le faisait. Ce qui me réjouissait particulièrement, c'était que l'on pouvait consulter des journaux, des revues, tout ce qui contenait du savoir, en restant assis à sa place. C'était une sorte de gigantesque bibliothèque ouverte en permanence. Comme j'aurais aimé disposer de cette possibilité, à l'époque ! J'avais souvent désiré pouvoir lire encore un peu, à deux heures du matin, après une journée remplie de décisions militaires difficiles à prendre. Certes, le bon Bormann faisait tout son possible, mais combien de livres un simple Reichsleiter peut-il se procurer ? En plus, la place n'était pas infinie dans la Tanière du loup, mon QG enfoui au cœur de la forêt. Cette merveille de technologie répondant au nom d'Internet offrait en revanche presque tout, à n'importe quelle heure du jour et de la nuit. Il suffisait de chercher sur un écran appelé « Google » et de cliquer avec la merveilleuse souris sur l'objet de sa recherche. Au bout d'un certain temps, je ne tardai pas à constater que, quoi que je cherche, je tombais presque toujours sur la même adresse, une encyclopédie ayant un vieux nom germanique : Wikipedia. Il était facile de reconnaître l'origine de ce néologisme qui commençait par les premières syllabes de *wiking* et se terminait par les dernières d'*encyclopédie*.

La promesse de cette entreprise m'aurait presque fait monter les larmes aux yeux.

En effet, personne ici ne pensait à soi. Dans un vrai élan de désintéressement, des milliers d'individus apportaient toutes sortes de savoirs pour le bien de la nation allemande, sans réclamer un pfennig. C'était une sorte d'abri collectif du savoir qui montrait que, même en l'absence d'un Parti national-socialiste, le peuple allemand savait se porter assistance de façon instinctive. Quelques concessions était bien sûr nécessaires pour ce qui était du professionnalisme de ces citoyens si désintéressés.

J'appris ainsi, pour ne prendre qu'un exemple qui m'a bien fait rire, que mon vice-chancelier von Papen aurait prétendu en 1932 qu'on me collerait au mur à peine deux mois après mon arrivée au pouvoir. On pouvait aussi lire que von Papen avait l'intention de faire ça non pas en deux mois mais en trois mois ou bien en six semaines. Ailleurs encore, ce n'était pas contre un « mur » qu'il voulait me coller mais dans un « coin », ou même me « coincer ». Il était également possible que je ne sois pas seulement « coincé » mais « écrabouillé » avec pour résultat de me faire couiner. Finalement, le lecteur non initié arrivait à la conclusion que von Papen avait pensé faire pression sur moi dans un laps de temps compris entre six et douze semaines et, au bout de cette période, me faire pousser un cri confinant au couinement. Ce qui en fin de compte se rapprochait assez des visées de ce stratège autoproclamé.

« Vous avez déjà une adresse ? me demanda Mlle Krömeier.

— J'habite à l'hôtel, dis-je.

— Je veux dire : pour les e-mails. Pour le courrier électronique.

— Vous pouvez aussi l'envoyer à l'hôtel.

— Pas possible ! dit-elle en tapant quelque chose sur le clavier de l'ordinateur. Je vous enregistre sous quel nom ? »

Je la regardai en fronçant les sourcils.

« Sous quel nom, mon Füreur ?

— Sous mon nom, évidemment !

— Ça va être difficile, dit-elle en tapant rapidement sur son clavier.

— Qu'est-ce qui va être difficile ? demandai-je. Vous recevez votre courrier à quel nom ?

— *Vulcania17*, dit-elle. Ah ! Là on peut voir que votre nom est interdit !

— Quoi ?

— Je peux essayer avec d'autres opérateurs, mais ça ne va pas changer grand-chose. Et si ce n'est pas interdit, ce sera sûrement déjà pris par un de ces tarés.

— Ça veut dire quoi, "pris" ? demandai-je, excédé. Il y a évidemment plusieurs personnes qui s'appellent Adolf Hitler. Mais il y a aussi plusieurs personnes qui s'appellent Hans Müller. Et la poste ne prétend pas qu'il n'y ait qu'une seule personne autorisée à s'appeler Hans Müller. On ne peut quand même pas réserver un nom ! »

Elle me lança un regard un peu déconcerté puis me fixa comme le faisait parfois ce vieux Hindenburg, le dernier président du Reich.

« La même adresse ne peut exister qu'une seule fois. »

Elle avait parlé fermement mais très lentement, comme si elle redoutait que je ne comprenne pas bien. Puis elle se remit à taper sur son clavier.

« Tenez, regardez vous-même ! *Adolf* point *Hitler* est déjà pris. *Adolfhitler* en un seul mot aussi, et *Adolf* barre en dessous *Hitler*, évidemment.

— C'est quoi cette histoire de barre en dessous ? S'il y a une barre quelque part, il faut la mettre très haut au contraire ! » Mais Mlle Krömeier continuait à taper, sans prendre en compte ce que je disais.

« La même chose pour *Ahitler* et *A* point *Hitler*. Quant à *Hitler* tout court et *Adolf* tout court, c'est pareil.

— Alors il faut les supprimer.

— On ne peut pas les supprimer.

— Bormann aurait pu ! Sinon, jamais nous n'aurions mis la main sur toutes les maisons de l'Obersalzberg. Vous croyez que le terrain était libre quand on est arrivés ? Il y avait déjà des gens qui habitaient là. Mais Bormann avait des méthodes infaillibles...

— Vous préférez que votre Bormann s'occupe de vous créer une adresse ? me demanda Mlle Krömeier, inquiète et un tantinet vexée.

— Bormann est pour l'instant introuvable », répondis-je. Mais pour éviter de démoraliser mes troupes, j'ajoutai, conciliant : « Je suis sûr que vous faites de votre mieux.

— Bon, alors je continue, si vous n'y voyez pas d'inconvénients. Vous êtes né quand ?

— Le 20 avril 1889.

— *Hitler89* est déjà pris, *Hitler204* aussi – difficile de trouver un truc avec votre nom.

— Quelle honte !

— Et si vous preniez un autre nom ? Je m'appelle bien *Vulcania17*, alors que ce n'est pas mon vrai nom.

— Mais enfin c'est infernal. Je ne suis pas un guignol !

— C'est comme ça avec Internet. Le premier arrivé est le premier servi. Vous pouvez aussi choisir quelque chose de symbolique !

— Vous voulez dire : un pseudonyme ?

— Oui.

— Alors prenez *Loup*, dis-je, exaspéré.

— *Loup* tout court ? À mon avis, ça existe déjà. Trop simple.

— Alors, nom d'un chien, prenez *Taniereduloup* ! »

Elle tapa sur le clavier.

« Déjà pris. Vous pouvez avoir *Taniereduloup6*.

— Mais je ne suis pas *Taniereduloup6* !

— Attendez ! Là il reste peut-être encore une possibilité – comment il s'appelait votre bled : Obersalzbach ?

— … berg ! Obersalz*berg* ! »

Elle tapa pendant un petit moment puis finit par m'annoncer : « Aïe ! *Obersalzberg6* ne va pas vous plaire non plus, si ? » Et sans attendre ma réponse, elle continua : « Je vais essayer à tout hasard avec *ChancellerieduReich*. C'est quand même quelque chose qui vous intéresse, non ? Tenez ! Vous pouvez avoir *ChancellerieduReich1*.

— Non ! Pas *ChancellerieduReich*, dis-je. Essayez *NouvelleChancellerieduReich*. En plus, je l'aime bien celle-là. »

Elle continua à pianoter. « Bingo ! dit-elle. Ça marche. » Elle se tourna alors vers moi et me regarda fixement.

Je devais afficher, à cet instant, une expression de découragement car elle crut devoir prendre un ton réconfortant, presque maternel : « Ne faites pas cette tête-là ! Vous allez maintenant recevoir vos mails à la *NouvelleChancellerieduReich*. C'est quand même classe, non ? » Elle s'arrêta, secoua la tête et ajouta : « Pour être honnête – vous faites ça drôlement bien ! C'est incroyable ! Vous êtes trop ! On pourrait presque dire que vous avez vraiment habité là-bas... »

Pendant un moment personne ne dit mot. Elle continua ses recherches.

« Qui supervise tout ça, en fait ? demandai-je. Il n'y a plus de ministère de la Propagande ?

— Personne », dit-elle. Puis elle ajouta, prudente : « Mais – vous le savez bien, non ? Ça fait partie du truc ? Je veux dire – le fait que je sois obligée de tout vous expliquer, comme si vous veniez juste de débarquer ?

— Je n'ai aucun compte à vous rendre, dis-je sur un ton plus abrupt que je ne le voulais. Répondez simplement à ma question !

— Non, concéda-t-elle, il n'y a pas vraiment de règles, mon Füreur. Nous ne sommes pas en Chine. Là-bas, oui, il y a la censure.

— C'est bon à savoir », répondis-je.

13

J'étais content de ne pas avoir vu comment les puissances alliées avaient découpé le Reich après leur victoire. Si j'avais été là, ça m'aurait sûrement fendu le cœur. Néanmoins, il faut bien reconnaître que, vu la situation dans laquelle se trouvait alors le pays, les carottes étaient de toute façon déjà cuites. D'autant plus que, à en croire les documents – sûrement falsifiés à des fins de propagande –, il n'y avait plus guère de carottes. L'hiver 1946 avait dû être peu réjouissant dans l'ensemble. En y regardant de près, je n'y vois rien de déprimant : selon le vieil idéal d'éducation des Spartiates, une impitoyable dureté produit des enfants et des peuples forts et endurcis. Le souvenir d'un hiver de disette restant gravé en lettres de feu dans la mémoire d'une nation, celle-ci y réfléchira à deux fois avant de perdre une autre guerre mondiale.

À en croire les historiens de la démocratie, mon retrait de toute activité politique, à la fin du mois d'avril 1945, fut suivi par une semaine de misérables combats. C'est indiscutable. L'esprit de résistance de mon ultime soutien, les Werwölfe, fut saboté par Dönitz, tandis que les bunkers installés par Bormann à prix d'or étaient mal utilisés. Bref, les Russes allaient déferler sur Berlin avec leurs hordes barbares, sans se soucier des pertes humaines, ce qu'on savait depuis longtemps. Mais je dois avouer que j'ai cherché avec une certaine joie maligne dans les dossiers à ma disposition quelle surprise avait été réservée aux Américains. Or je dus constater, à mon grand dépit, qu'il n'y en avait eu aucune.

Un vrai drame.

Une fois de plus, ce que j'avais écrit dès 1925 se vérifiait : à la fin d'une guerre, les éléments les plus précieux du peuple tombent sur la ligne de front et il ne reste que la part médiocre, le rebut et la lie. Et bien sûr, inutile d'attendre d'une telle clique qu'elle réserve à l'envahisseur américain un bain de sang en bonne et due forme.

Je dois dire que, à ce stade de mes réflexions, je me fis une remarque importante. Il est intéressant de voir comment, avec un peu de recul et de distance, on est soudain capable de considérer les choses autrement. Après avoir moi-même souligné la mort prématurée des meilleurs éléments, comment avais-je pu espérer que l'issue de cette guerre puisse être différente ? Je notai alors consciencieusement le principe suivant : « Pour la prochaine guerre : engager les médiocres d'abord ! » Sauf qu'une offensive menée par des médiocres n'aurait guère de chances de se terminer par un succès ; je modifiai donc ma remarque de la façon suivante : « Les meilleurs d'abord, mais vite les remplacer ensuite par les médiocres et, le cas échéant, par des êtres inférieurs. » Principe que je corrigeai encore une fois en le complétant par celui-ci : « Intercaler des éléments bons ou très bons. » Finalement, je barrai tout d'un trait de stylo et écrivis : « Mieux répartir les bons, les médiocres et les êtres inférieurs ! » puis je reportai la solution du problème à plus tard. À rebours de toute supposition mesquine, le Führer n'est pas obligé d'apporter toujours et tout de suite la réponse à un problème – il suffit qu'il la trouve au bon moment, donc, dans le cas qui nous intéresse, pour le déclenchement de la prochaine guerre.

Le cours des choses, après la misérable capitulation de cet incapable de Dönitz, ne m'étonnait qu'à moitié. Les Alliés s'étaient effectivement disputés comme des chiffonniers à propos de leur butin, et ça aussi je l'avais prévu – malheureusement, ils n'avaient pas oublié la division dudit butin. Le Russe conserva sa part de Pologne à qui il offrit généreusement la Silésie en compensation, tandis que l'Autriche se réfugiait dans la neutralité sous la houlette de quelques sociaux-démocrates. Dans le reste de l'Allemagne, sous couvert de processus ressemblant à des élections, on installa des régimes fantoches plus ou moins camouflés sous la direction d'anciens détenus comme Adenauer et Honecker ou du gros Erhard, bedonnant aruspice de l'économie, ou encore – guère étonnant non plus – de Kiesinger, l'un de ces tièdes qui s'étaient dépêchés de rejoindre le Parti en 1933. J'ai envie de dire que j'éprouvai une certaine satisfaction en lisant que cette adhésion de dernière minute fut préjudiciable à cette girouette idéologique.

Évidemment, les puissances victorieuses avaient aussi mené à terme leur vieux projet d'inoculer au peuple une dose exagérée de fédéralisme pour être sûrs d'installer durablement les querelles au sein du pays. Aussitôt de nombreux Bundesländer – c'est ainsi qu'on appelait maintenant les nouvelles régions – se mirent à discuter et à mettre en pièces toutes les décisions d'un Parlement fédéral totalement incapable et impuissant. Cette mesure fut particulièrement durable dans ma chère Bavière. C'est là que j'avais posé la première pierre de mon mouvement et elle était désormais vouée à honorer les plus stupides fanfarons qui s'efforçaient de dissimuler leur feinte piété et leur prompte vénalité en vidant à tour de bras d'énormes chopes de bière, et dont les virées occasionnelles au bordel étaient encore ce qu'il y avait de plus honnête.

Dans le nord du pays, la social-démocratie avait entre-temps pris ses aises, transformant son aire d'influence en un gigantesque club social-romantique qui dilapidait à tout vent le bien du peuple. Les autres personnages de cette République ne me semblaient pas dignes d'être mentionnés, il s'agissait de l'habituelle engeance de causeurs et de pantins parlementaires dont les pires représentants, comme c'était le cas après la Première Guerre mondiale, furent appelés de toute urgence pour devenir chanceliers. Sans doute était-ce par une singulière « plaisanterie » du destin que le plus pataud et le plus pâteux de ces microbes intellectuels ait été choisi pour porter le poids de ce qu'on a appelé la réunification...

Cette prétendue « réunification » est, il faut bien le reconnaître, l'un des mensonges les plus éhontés de cette République : car pour parler d'une véritable réunification, il aurait fallu quand même que s'y trouvent associées quelques composantes essentielles comme cette fameuse Silésie cédée aux Polonais, mais aussi l'Alsace et la Lorraine ou encore l'Autriche. Une seule chose permet déjà de mesurer toute l'incurie de ces représentants du gouvernement : ils ont été en mesure de soustraire au Russe alors en pleine déconfiture quelques kilomètres carrés voués à l'abandon, mais n'ont pas su arracher des mains de l'ennemi héréditaire français une région prospère qui aurait été un véritable atout pour notre pays.

Hélas, plus le mensonge est grand, plus on y souscrit facilement : pour le remercier de son héroïque « réunification », ce substitut de chancelier a eu le droit de « gouverner » le pays pendant seize années – quatre ans de plus que moi ! Inimaginable. Et pourtant cet homme ressemblait à un Göring qui aurait pris une double dose de barbital. Le voir avait déjà quelque chose de paralysant. Quinze années durant, j'ai travaillé à peaufiner l'image d'un parti puissant, pour découvrir quoi ? Qu'un type en gilet de laine peut tout aussi bien administrer ce pays ? J'étais content que Goebbels ne puisse pas assister à une chose pareille. Ça l'aurait fait tellement bouillir, le pauvre homme, que la fumée serait remontée depuis sa tombe jusqu'à la surface.

La France, notre ennemi héréditaire, était devenue notre amie le plus proche. Les clowns qui se succédaient à la tête de chaque pays ne manquaient jamais une occasion de s'embrasser et de se donner l'accolade en jurant leurs grands dieux que plus jamais ils ne se battraient comme de vrais hommes. Cette ferme volonté fut cimentée par une alliance européenne, une de ces petites bandes comme en font les gamins à l'école. Cette clique passa tout le reste du temps à se chamailler pour savoir qui était le chef et qui avait le droit d'emporter le plus de bonbons. Pendant ce temps, la partie orientale du continent cherchait à égaler le niveau d'ineptie de l'Ouest. Avec cependant une différence de taille : il n'y avait absolument aucune dispute, parce qu'il s'agissait seulement de baver derrière les bolcheviques qui avaient la haute main sur les pays de l'Est. En lisant tout ça, je me sentis tellement mal que j'eus envie de vomir.

Si, à l'Ouest, on pouvait passer le plus clair de son temps à se quereller comme des gamins, c'était parce que la juiverie financière américaine, qui continuait à dominer le monde, s'occupait des affaires les plus importantes. Elle s'était assuré les services de l'ancien Sturmbannführer Wernher von Braun, qui m'avait toujours paru être un sacré opportuniste et qui, comme il fallait s'y attendre, se montra tout de suite disposé à céder aux plus offrants les connaissances qu'il avait acquises pendant la production de nos V2. Ses fusées permirent le transport des armes de destruction massive américaines et assurèrent ainsi à l'Amérique la domination du monde, ce qui conduisit en à peine quarante-cinq ans à la banqueroute du modèle judéo-bolchevique de l'Est. Je ne cache pas que je fus troublé en apprenant une chose pareille.

Quel jeu de dupes se cachait là-derrière ?

Depuis quand le juif ruinait-il le juif ?

Le mystère restait pour l'instant insoluble. Un fait était certain : après l'élimination du système bolchevique, on avait proposé au régime fantoche allemand un traité de paix qui lui assurait son indépendance. Mais bien sûr, sans missiles intercontinentaux, on ne pouvait pas vraiment parler d'indépendance. Au contraire, les gouvernements de tout bord étaient loin de se préoccuper sérieusement de réarmement. Ils s'impliquaient de plus en plus dans des commerces européens, ce qui simplifiait grandement la politique extérieure ; et, de fait, des dizaines de directives indiquaient ce qu'il fallait faire, et l'on aurait tout aussi bien pu confier la direction du pays à un enfant de cinq ans.

La seule idéologie encore en vigueur consistait en une expansion débridée de cette fameuse alliance entre gamins. Résultat : pratiquement tout le monde pouvait en faire partie, même les pays les plus sous-développés situés aux marches de l'Europe. Or, quand tout le monde peut faire partie d'une alliance, celle-ci perd toute vertu. Qui veut acquérir certains avantages doit donc créer une nouvelle alliance à l'intérieur de l'ancienne. Ce qui, sans grande surprise, était en train de se produire ici : les membres les plus puissants de l'alliance réfléchissaient à la façon de fonder un club plus restreint d'où seraient exclus les plus faibles. Dans ces conditions, l'alliance initiale perdait tout son sens.

Le plus stupéfiant restait quand même la situation actuelle de l'Allemagne. À la tête du pays se trouvait une femme lourdaude, aussi charismatique qu'un saule pleureur, et dont l'action était déjà d'emblée discréditée par ses trente-six années de collaboration bolchevique, sans qu'elle en soit le moins du monde gênée aux entournures. Elle avait fait alliance avec les buveurs de bière de la Bavière, pitoyable copie du national-socialisme, ce qui donnait à ses programmes mal ficelés et d'apparence sociaux non pas une assise nationale mais des relents d'ultramontanisme à la solde du Vatican. On palliait les autres déficiences de ce programme en multipliant les fêtes folkloriques et les fanfares ; c'était tellement minable qu'on avait juste envie de cogner sur toute cette racaille.

Comme si cela ne suffisait pas pour discréditer le pouvoir, cette chancelière venue de l'Est avait jeté son dévolu sur un groupe de jeunes gens aussi désemparés que désorientés qui avaient pris pour mascotte un ministre des Affaires étrangères totalement inepte. Les membres de ce parti se distinguaient par leur manque d'assurance et d'expérience, lequel suintait par tous leurs pores dès qu'ils faisaient le moindre geste. Aucun homme au monde ne se serait avisé de confier ne serait-ce qu'une boîte de punaises à ces lopettes, s'il y avait eu la moindre alternative. Mais il n'y en avait pas.

Face à cette social-démocratie, je sentais les larmes me monter aux yeux et je pensais à des gens tels qu'Otto Wels ou Paul Löbe. Certes, ils avaient été des canailles apatrides, cela ne faisait aucun doute, mais des canailles d'une certaine envergure. Aujourd'hui, la social-démocratie allemande était conduite par un ventru obtus et une poularde ringarde. Et inutile de chercher une lueur d'espoir plus à gauche : on en était pour ses frais. Personne dans ce parti ne savait fracasser une chope de bière sur le crâne de l'adversaire politique. Le guide de cette porcherie était même plus préoccupé de la carrosserie de sa voiture de sport que de la misère de ses partisans.

La seule lueur d'espoir dans ce semblant de démocratie provenait d'un drôle de parti qui se faisait appeler « Les Verts ». Il y avait bien sûr parmi eux des pacifistes bornés qui ne comprenaient rien de rien au monde mais, soit dit en passant, notre mouvement avait lui aussi dû se séparer de sa SA en 1934. Chose triste mais nécessaire qui, si elle ne nous avait pas ouvert les portes de Rome, nous avait quand même apporté la tête de Röhm. Non, ce que je trouvais un tant soit peu réjouissant chez ces Verts, c'était qu'ils disposaient d'une racine idéologique, et même si le NSDAP n'avait pu en connaître l'existence à l'époque, je ne la trouvais pas moins admirable. Après la guerre, l'industrialisation et la motorisation avaient causé des dommages considérables dans tout le pays, touchant la terre, l'air, l'eau et les hommes. Ces Verts avaient décidé de s'atteler à la protection de l'environnement allemand et du même coup à la protection des montagnes bavaroises et de ses forêts si chères à mon cœur – celles-ci ayant manifestement beaucoup souffert. Leur grande bêtise, en revanche, était de refuser l'énergie nucléaire capable pourtant de choses fantastiques, abandon d'autant plus regrettable que, à la suite de quelques incidents survenus au Japon, presque tous les partis y avaient renoncé – en même temps qu'à la fission de l'atome qui permettait de créer des armes. De toute façon, cette république n'avait aucune compétence militaire.

Tous ces politiciens de l'échec avaient fini, en l'espace de quelques décennies, par laisser péricliter la meilleure armée du monde, et dans de telles proportions qu'on avait simplement envie de les coller devant un peloton d'exécution. Certes, j'ai moi-même claironné sans relâche qu'il ne fallait pas totalement anéantir l'Est et qu'il était bon d'y laisser couver un conflit en permanence. Un peuple sain a besoin d'une guerre tous les vingt-cinq ans pour régénérer son sang. Mais le conflit afghan ne suffisait pas à endurcir les troupes, c'était juste une plaisanterie. Le très petit nombre de victimes n'était pas dû – ainsi que je l'avais supposé au début et en me disant que c'était vraiment exemplaire – à une énorme supériorité technique mais simplement au fait que l'on n'avait envoyé là-bas qu'une poignée d'hommes. D'un point de vue militaire, il était évident que tout ça était parfaitement douteux ; l'importance des troupes n'était pas proportionnelle au but à atteindre mais, suivant en cela la déplorable coutume parlementaire, il s'agissait seulement d'engendrer le moins de mécontentement possible dans la population et dans l'Hémicycle. Comme on devait s'y attendre, ç'avait été un échec des deux côtés. Du coup, il n'y avait pratiquement pas eu une seule mort héroïque, le plus noble moyen, pourtant, de mettre un terme à une vie de soldat. On prononçait des homélies, alors qu'on aurait dû organiser des moments de liesse ; le peuple allemand considérait maintenant parfaitement normal que tous les soldats reviennent du front – et si possible sans la moindre égratignure.

Seul motif réel de réjouissance : le nombre de juifs allemands, même au bout de soixante-six ans, était toujours dans les basses eaux. On en comptait environ cent mille, un cinquième du chiffre de 1933 – à ce propos, d'ailleurs, les regrets exprimés étaient plutôt limités, ce qui me paraissait logique, mais également un peu inattendu. En effet, si l'on considérait le mouvement soulevé par la lente disparition de la forêt allemande, on aurait pu s'attendre également à une sorte de « reboisement » sémite. Mais il n'avait jamais été question, pour autant que je sache, de mettre en place de nouvelles implantations visant à restaurer la situation d'autrefois – entreprise particulièrement appréciée dans le cas des bâtiments détruits ou endommagés, comme l'église Notre-Dame à Dresde, le Semperoper, etc.

La création d'un État d'Israël avait visiblement provoqué un appel d'air. On avait eu la bonne idée de placer cet État en plein milieu de peuplades arabes, si bien que toutes les parties étaient occupées à se battre les unes contre les autres depuis des décennies et des décennies. La baisse du nombre de juifs – conséquence sans doute involontaire – avait engendré juste après la guerre ce que certains appelaient le « miracle économique ». L'histoire écrite par les démocrates mettait cela sur le compte du gros Erhard et de ses alliés anglo-américains, mais tout homme normalement constitué pouvait se rendre compte que cette phase d'abondance allait de pair avec la disparition des parasites juifs. Quiconque refusait de voir la vérité en face n'avait qu'à jeter un coup d'œil dans la partie est du pays où – comble de l'idiotie – on avait pendant des années importé du bolchevique contaminé par l'idéologie juive.

On aurait tout aussi bien pu laisser à la manœuvre une horde de macaques dégénérés, ils s'en seraient mieux sortis. La prétendue réunification n'avait pas amélioré les choses et l'on avait simplement l'impression d'avoir échangé des primates contre d'autres primates. Cette armée de chômeurs, cette sourde colère montant dans la population, ce mécontentement me rappelaient 1930, sauf qu'à l'époque il n'existait pas encore l'expression : « ras-le-bol politique » – et cela voulait bien dire que l'on ne pouvait pas éternellement berner le peuple allemand.

En d'autres termes : la situation était excellente pour moi. Tellement excellente que je décidai aussitôt d'analyser ce qui se passait à l'étranger. J'en fus malheureusement empêché par un message urgent. Quelqu'un, que je ne connaissais pas, s'adressait à moi en me soumettant un problème militaire, et comme je n'avais pour l'instant aucun État à diriger, je décidai d'apporter mon soutien à ce camarade du peuple. C'est ainsi que je passai les deux heures et demie suivantes à faire un exercice de déminage appelé *Minesweeper*.

14

Naturellement, j'entends déjà tous les contempteurs du Grand Reich pousser de hauts cris et dire : « Mais comment le Führer du mouvement national-socialiste peut-il intervenir dans une émission de télévision ? » Et je peux comprendre cette interrogation si elle est posée dans une perspective artistique, parce qu'on ne doit évidemment pas dénaturer le grand art par de la politique. On n'ajoute pas une croix gammée à *La Joconde*. Mais on ne peut assurément pas considérer le bavardage d'un quelconque animateur comme une œuvre culturelle, bien au contraire. Si les scrupules viennent d'un camp qui redoute que la cause nationale puisse pâtir d'être présentée dans un cadre de médiocre qualité, je suis forcé de répondre ceci : il est des choses que la plupart des gens ne peuvent tout simplement pas comprendre ni juger. C'est une affaire qu'il convient de laisser au génie du Führer.

Je dois avouer, à ce stade du récit, que j'étais victime d'un certain malentendu. Personnellement, je pensai à ce moment-là que Mme Bellini et moi-même allions œuvrer main dans la main à la mise en place de mon programme pour le bien de l'Allemagne. Pourtant Mme Bellini ne cessait en fait de parler de mon supposé programme de scène. Or c'est là justement que l'on peut mesurer, une fois de plus, à quel point le pur talent, l'instinct du Führer est cent fois supérieur au savoir appris. Alors que le scientifique occupé à de pénibles calculs, ou le parlementaire empêtré dans la poursuite d'objectifs divers, se laisse facilement distraire par des choses superficielles, le véritable élu sent l'appel du destin jusque dans les moindres détails. Et peu importe qu'un animateur d'émission télévisée tel qu'Ali Wizgür semble au premier abord bien loin de son objectif. En effet, il s'agissait, cette fois encore, d'une intervention de la Providence. Exactement comme en 1941, lorsqu'un hiver extrêmement rude avait brusquement freiné l'offensive en Russie, avant que nous n'ayons progressé trop loin – et nous avait ainsi donné la victoire.

Ou plutôt : nous aurait donné la victoire, si un quarteron de généraux incapables n'avait pas...

Mais ça ne m'énerve même plus maintenant.

La prochaine fois, je m'y prendrai autrement, avec un état-major fidèle et dévoué, issu des rangs de la SS – et tout ira comme sur des roulettes.

Dans le cas de Wizgür, le destin eut recours à un quiproquo pour accélérer ma décision. En fait – et que les esprits étriqués se mettent bien ça dans la tête –, j'aurais participé à son émission même si j'avais su de quoi il s'agissait, mais seulement après un moment de réflexion, et celui-ci m'aurait peut-être fait manquer cette occasion. Très tôt, j'avais dit à Goebbels que j'étais prêt à faire le guignol, s'il le fallait, si cela permettait de capter l'attention des gens. En effet, on ne peut pas gagner quelqu'un à une cause s'il n'écoute pas. Et, des auditeurs, ce Wizgür m'en fournissait à la pelle.

À bien y regarder, Wizgür était l'un de ces « artistes » comme ne sait en produire qu'une démocratie bourgeoise. À la suite d'un métissage génétique, il avait un physique méridional, voire asiatique, mais parlait un allemand impeccable – même marqué par un fort accent régional à la limite du supportable. Ce mélange, semblait-il, assurait justement à ce Wizgür sa place à la télévision. Ce n'était pas sans rappeler ces acteurs blancs américains qui se grimaient et se noircissaient le visage pour obtenir des rôles de nègres stupides. Le parallèle était évident, sauf qu'il ne s'agissait pas ici de débiter des blagues sur les nègres mais des blagues sur les étrangers. La demande était telle, dans ce créneau, qu'il y avait pléthore de petits comédiens qui jouaient la carte de la race. Voilà bien une chose que j'avais du mal à comprendre. Pour moi, une blague sur la race ou sur les étrangers est une contradiction en soi. Pour mieux me faire comprendre, je vais vous raconter justement une blague qui m'a été rapportée par un camarade en 1922.

Deux vétérans se rencontrent.

« Vous avez été blessé où ? demande le premier.

— Aux Dardanelles, dit l'autre.

— Oh ! là, là ! Ça doit faire mal à cet endroit ! » répond le premier.

Un joyeux malentendu dont tout soldat peut se gausser sans problème. Si l'on change les personnages, on peut du même coup en modifier l'effet comique et même pédagogique. Celui-ci est optimal si l'on remplace le premier personnage par un cuistre notoire, disons Roosevelt ou Bethmann-Hollweg. Mais si l'on admet maintenant que l'imbécile qui pose la question n'est pas un vétéran mais un poisson d'argent, toute la drôlerie disparaît car les gens vont forcément se dire : « Comment un poisson d'argent peut-il savoir où se trouvent les Dardanelles ? »

Un imbécile qui fait des imbécillités n'est pas drôle. Une bonne plaisanterie a besoin de l'effet de surprise pour pouvoir développer tout son arôme pédagogique. Et, naturellement, il n'y a rien d'étonnant à ce qu'un Turc soit un benêt. Bien sûr, si le Turc prenait le rôle du scientifique de génie dans une blague, on serait déjà assuré du succès, vu l'absurdité de la proposition. Or ni M. Wizgür ni aucun de ses collègues ne faisaient ce genre de plaisanteries. Ce qu'on trouvait dans ces émissions, c'étaient des blagues et des anecdotes sur des étrangers à peine éduqués qui bafouillaient des paroles plus ou moins compréhensibles dans un charabia pitoyable. Cela montrait de façon criante toute la duplicité de cette société démocratique « libérale » : on avait beau dire qu'il n'était pas correct de mettre tous les étrangers dans le même panier et que les humoristes allemands devaient toujours veiller à bien faire le distinguo, Wizgür et ses douteux acolytes ne se gênaient pas pour traiter de la même manière les Indiens, les Arabes, les Turcs, les Polonais et les Italiens.

Ce procédé m'allait parfaitement, et même plutôt deux fois qu'une. La popularité de l'émission de M. Wizgür m'assurait une audience importante ; en plus, vu la nature de ces blagues, je pouvais considérer que son public était en majorité constitué d'Allemands de souche. Non pas que les auditeurs allemands disposent d'une conscience nationale particulière, hélas, mais parce que, inversement, les Turcs sont un peuple simple et fier mais que, s'ils apprécient le vrai burlesque et les imbéciles qui s'y rapportent, ils goûtent en revanche beaucoup moins d'être moqués par d'anciens compatriotes. Il est essentiel pour le

Turc d'être à tout moment assuré de l'attention et du respect de son entourage – chose incompatible avec un rôle de benêt.

Je considère donc cette forme d'humour comme aussi superflue que pitoyable. Quand on a des rats dans sa maison, on ne va pas chercher un clown mais un dératiseur. Puisqu'il me fallait en passer par là, je montrerais dès ma première apparition qu'un Allemand honnête n'a pas besoin de l'aide d'hommes de main étrangers pour faire des plaisanteries sur les représentants de races inférieures.

Une jeune femme se dirigea vers moi au moment où j'entrais dans les studios. Elle avait une allure sportive et on aurait facilement pu la prendre pour une auxiliaire féminine de la Wehrmacht. Mais depuis mon expérience avec la fameuse Özlem, j'avais décidé d'être plus prudent. La jeune femme avait des câbles un peu partout sur elle et, devant la bouche, une chose qui devait être un micro. D'une façon générale, elle semblait sortir tout droit du centre de commandement de l'armée de l'air.

« Hello ! dit la jeune femme en me tendant la main, je m'appelle Jenny. Tu es sans doute… » Elle eut un petit moment d'hésitation. « Adolf… ? »

L'espace d'un instant, je me demandai comment réagir à cette familiarité assez maladroite. Personne pourtant ne semblait y trouver à redire. De fait, il s'agissait de ma première expérience avec le jargon de la télévision. Et je n'allais d'ailleurs pas tarder à me rendre compte que cet univers était un monde en soi, un peu comme dans les tranchées quand il fallait combattre ensemble. On devenait alors un maillon d'une grande alliance de combat dont les membres se juraient fidélité et se tutoyaient jusqu'à la mort – ou, ici, jusqu'à la fin de l'émission. Cette façon d'aborder les gens me parut d'abord inappropriée, mais il fallait aussi considérer comme une circonstance atténuante le fait que la génération de Jenny n'avait pas encore connu l'expérience du front. J'avais la ferme intention de mettre fin à tout cela sous peu. En attendant, je décidai de répondre à la confiance par la confiance et je dis à la jeune créature sur un ton apaisant :

« Tu peux m'appeler Wolfi. »

Elle fronça les sourcils avant de me dire : « Bon, monsieur… enfin… Wolfi… Venez, on va au maquillage ?

— Bien sûr », répondis-je et je la suivis dans les sous-sols du bâtiment pendant qu'elle disait, tout en pressant son micro contre sa bouche : « Elke, on arrive. » Puis nous parcourûmes les couloirs en silence.

« Vous avez déjà fait de la télévision ? » finit-elle par ajouter, à un moment donné.

Je me rendis compte qu'elle avait renoncé au tutoiement. L'aura du Führer l'avait sans doute touchée.

« Plusieurs fois, dis-je, mais ça remonte déjà à loin.

— Ah, mais peut-être que je vous ai déjà vu ?

— Je ne crois pas. C'était à Berlin, à l'époque, au stade olympique…

— Ah, c'était vous qui chauffiez le public pour Mario Barth ?

— Je chauffais quoi ? demandai-je, tandis qu'elle ne m'écoutait déjà plus.

— Je vous ai tout de suite remarqué, c'était super ce que vous avez fait là-bas. Je suis vraiment contente que vous ayez percé. Mais ce que vous allez faire maintenant est totalement différent, non ?

— Un peu… oui, entièrement différent, dis-je avec une pointe d'hésitation dans la voix. Les Jeux sont terminés depuis longtemps…

« — Voilà, nous sommes arrivés, dit Mlle Jenny en ouvrant une porte derrière laquelle se trouvait un studio de maquillage. Je vous laisse avec Elke. Elke – c'est… euh… Rolfi.

— Wolf ! Wolfi ! »

Elke, une femme d'une quarantaine d'années à l'allure très correcte, fronça les sourcils, me regarda, tourna la tête vers un papier posé à côté de ses accessoires de maquillage et dit : « Je n'ai pas de Wolfi ici. La personne que j'attends s'appelle Hitler. » Puis elle me tendit la main : « Je m'appelle Elke, et toi ? »

J'étais de nouveau retombé dans la tranchée du tutoiement, mais Elke me semblait être d'un âge trop avancé pour que je lui propose de m'appeler « Wolfi ».

« M. Hitler, dis-je sur un ton ferme.

— Parfait, monsieur Hitler. Tu peux déjà t'asseoir. Tu as un souhait particulier ou je commence tout de suite ?

— Je vous fais entièrement confiance, dis-je en m'asseyant. Je ne peux pas m'occuper de tout.

— Ça me convient parfaitement », répliqua Mme Elke en couvrant mon uniforme d'une blouse pour le protéger. Puis elle regarda mon visage : « Tu as une peau superbe, reprit-elle en saisissant un poudrier, beaucoup de gens de ton âge ne boivent pas assez d'eau. Tu devrais voir le visage de…

— J'ai une préférence pour l'eau plate, dis-je en guise de confirmation. Il est irresponsable de ne pas soigner son corps. »

Mme Elke émit une sorte de gloussement et toute la pièce fut soudain envahie par un nuage de poudre. « Désolée. Je vais tout de suite nettoyer ça. » Et elle se mit à passer un petit aspirateur sur mon pantalon. Au moment où elle époussetait ma coiffure, la porte s'ouvrit. Dans le miroir, je vis entrer Ali Wizgür. Il toussota.

« Ce nuage de brume, ça fait partie du programme ?

— Non, dis-je.

— C'est ma faute, ajouta Mme Elke, mais nous allons régler tout ça. » La chose me plut. Pas d'échappatoire, pas de faux-fuyant, reconnaître franchement son erreur et l'assumer avant de la réparer – il était toujours réjouissant de voir que, même au cours des dernières décennies, le patrimoine racial allemand ne s'était pas complètement enfoncé dans les marais de la démocratie.

« Super ! dit Wizgür en me tendant la main. Mme Bellini m'a déjà dit que tu improvises à merveille. Je m'appelle Ali. »

Je sortis ma main de sous la blouse de coiffeur et serrai la sienne. De petites avalanches de poudre tombèrent de ma coiffure.

« Enchanté. Hitler !

— Et ? Ça marche ? Tout va bien ?

— Je pense que oui. N'est-ce pas, madame Elke ?

— C'est bientôt fini, répondit cette dernière.

— Génial, l'uniforme ! s'exclama Wizgür. Pas mal ! On dirait vraiment un original ! On trouve ça où ?

— Ce n'est pas simple. Jusqu'à présent j'avais l'habitude d'aller chez Josef Landolt à Munich…

— Landolt… » Wizgür réfléchissait. « … Connais pas ! Mais si tu parles de Munich, alors il doit être chez ProSieben ? Ils ont quelques accessoiristes du tonnerre là-bas.

— Je pense qu'il a dû se retirer des affaires entre-temps.

— Bon, je suis sûr que ça va marcher. Ça va être super, toi qui fais Hitler, et moi. Même si les sketchs avec les nazis ne sont pas très originaux.

— Oui, et alors ? demandai-je, méfiant.

— Évidemment, ça fait toujours son effet. Ce n'est pas si tragique. Tout a déjà été fait, de toute façon. Le truc sur les étrangers, j'ai rapporté ça de New York. Tout était déjà dit dès les années quatre-vingt-dix. D'où tu tiens ton truc sur Hitler, toi ?

— En définitive, des Germains. »

Wizgür se mit à rire. « Mme Bellini me l'avait bien dit, tu fais ton numéro de façon magistrale. Bon, on se voit tout à l'heure. Tu as besoin d'un mot pour te lancer, ou que j'entame un sujet quelconque avant de t'annoncer ?

— C'est inutile.

— Moi, je ne pourrais pas, sans texte, dit Wizgür. Je serais rétamé. Faut dire que je n'ai jamais été très doué en impro… Allez, fonce, mon vieux ! On se voit tout à l'heure. » Et il quitta la pièce.

En fait, je me serais attendu à davantage de directives.

« Et maintenant ? demandai-je à Mme Elke.

— Ça alors, dit-elle en riant, le Führer ne sait-il pas toujours où il va ?

— Il n'y a aucune raison de ricaner, répondis-je sur un ton de légère réprimande. En tant que Führer, je me dois de guider le peuple allemand, et non cette armée de clowns. »

Mme Elke eut juste le temps d'éloigner le poudrier avant de pouffer à nouveau. « Cette fois, tu ne m'auras pas », dit-elle. Elle me montra un coin de la petite pièce. « Tu vois l'écran là-bas ? Tu peux tout suivre en direct. Il y en a un peu partout, dans les vestiaires, au buffet… Jenny viendra te chercher et veillera à ce que tu sois bien à l'heure. »

L'émission correspondait en tout point à ce que j'avais lu et entendu à son propos. Wizgür annonçait quelques courtes séquences, on montrait ensuite des petits films où Wizgür apparaissait en Polonais ou en Turc dans différentes situations, et il brodait sur leurs maladresses pour les caricaturer et faire des blagues. Cet homme n'avait rien d'un Charlie Chaplin et c'était bien ainsi. Le public paraissait bienveillant à son égard, et lorsque l'on ne prenait pas tout au premier degré, on discernait quand même un fond politique dans tout ça. Mon message avait tout à fait la possibilité de prospérer sur un sol aussi fertile.

Le passage de relais devait se faire avec une phrase prononcée de façon impromptue par Wizgür : « Le commentaire du jour nous est donné par Adolf Hitler. »

Je quittai les coulisses et entrai pour la première fois sous le feu des projecteurs.

C'était comme si, après des années de disette passées à l'étranger, je revenais chez moi, dans le Palais des Sports. La lumière des projecteurs me brûlait le visage, je distinguais le public, en majorité des jeunes. Ils étaient plusieurs centaines et ils représentaient des dizaines et des centaines de milliers d'autres assis derrière leurs postes de télévision. C'était là l'avenir du pays, ces gens avec qui j'avais l'intention de mener mon œuvre de reconstruction. Je sentais vibrer en moi un mélange de tension et de joie. Si j'avais pu avoir des doutes, ils étaient balayés. J'avais l'habitude de parler pendant des heures – je n'avais que cinq minutes.

Je m'approchai du pupitre, sans dire un mot.

Mon regard parcourut le studio d'enregistrement. J'écoutais le silence, attentif, je cherchais à déceler si des décennies de démocratie avaient laissé quelques traces dans ces jeunes cervelles. Des rires se firent entendre dans le public quand on annonça mon nom, mais ils ne tardèrent pas à se dissiper. En ma présence, le silence envahissait les gradins. Je voyais dans leurs yeux qu'ils cherchaient à comparer mon visage avec celui d'acteurs professionnels déjà vus dans ce rôle ; je voyais comment l'incertitude, au contact de mon seul regard, se transformait en silence absolu. Je m'étais attendu à quelques interjections, mais mes craintes n'étaient pas fondées – il y avait davantage de tumulte quand je parlais dans la Hofbräuhaus à Munich.

J'avançai d'un pas, fis comme si j'allais parler mais me contentai de croiser les bras sur ma poitrine – aussitôt le niveau sonore déjà à peine perceptible fut divisé par dix et même cent ! Du coin de l'œil, je m'aperçus que le dilettante Wizgür, visiblement paniqué par l'absence totale d'action, se mettait à suer à grosses gouttes. Il était évident qu'il ne soupçonnait rien du pouvoir du silence – il en avait peur, au contraire. Ses sourcils commencèrent à s'agiter en tous sens ; il pensait que j'avais oublié mon texte. Une assistante me faisait des signes et tapotait frénétiquement sur sa montre. Je fis durer encore le silence en levant lentement le menton. Je sentais la tension dans la salle, l'inquiétude de Wizgür. Je savourais ce moment. Je pris une inspiration, me redressai entièrement et donnai enfin au silence un son. Le bruit d'une épingle qui tombe peut suffire quand tout le monde attend le tonnerre du canon.

« Camarades du peuple !
Ce que j'ai vu,
ce que vous avez vu
à l'instant
dans ces nombreux reportages,
est vrai.

Il est vrai que le Turc n'est pas un créateur de
culture
et il est vrai
qu'il ne le sera
jamais plus.
Il a une âme d'épicier
dont les capacités intellectuelles
ne dépassent généralement pas
celles d'un esclave.
Il est vrai que l'Indien
a une nature bavarde
encombrée de religiosité.
Il est vrai que le Polonais a un rapport trouble
à la propriété
et de façon durable !
Tout ça,
ce sont des vérités générales,
elles sont évidentes
pour tout camarade du peuple,
pour toute camarade du peuple.
Et pourtant
c'est une honte nationale
qu'ici en Allemagne,
seul
un adepte turc de notre mouvement
ose le dire tout haut.
Camarades du peuple,
hommes et femmes,
si je considère l'actuelle situation de l'Allemagne,
cela ne me surprend pas !
L'Allemand d'aujourd'hui
sait mieux trier ses ordures
qu'il ne sait distinguer les races,
à une seule exception près :
l'humour.

Là,
seul l'Allemand fait des plaisanteries sur l'Allemand,
seul le Turc fait des plaisanteries sur le Turc.
La souris grise fait des plaisanteries sur la souris grise
et la souris des champs sur la souris des champs.
Il faut que cela change,
et cela va changer.
À partir d'aujourd'hui 22 h 45, la souris grise
va se moquer de la souris des champs,
le blaireau va se moquer du bouc,
et l'Allemand va se moquer du Turc.
C'est pourquoi
j'affirme que je suis tout à fait d'accord avec les critiques
faites contre les étrangers
par celui qui m'a précédé à ce micro
Et j'y adhère pleinement. »

Puis je me retirai.
Le silence était étonnant.
D'un pas assuré, je rejoignis la coulisse. On n'entendait encore aucun bruit dans le studio. Mme Bellini était en train de souffler quelques mots à l'oreille d'un collègue. Je me plaçai à côté d'elle et j'observai de nouveau le public. Les regards des gens étaient troublés, ils cherchaient un repère sur la scène avant de retourner vers la table de l'animateur. Wizgür était toujours assis, ouvrant et fermant la bouche comme un poisson asphyxié, cherchant désespérément un mot de conclusion qui fût drôle. C'est son comportement, son air complètement dépassé, qui déclencha l'hilarité du public. Je relevais avec une certaine satisfaction son incapacité à reprendre le contrôle de

son émission pour finalement se contenter d'un bien tiède : « À la prochaine fois, et merci pour votre fidélité. » Mme Bellini se racla la gorge. Elle parut un instant indécise et je décidai de lui insuffler un peu de courage.

« Je sais ce que vous pensez en ce moment, lui dis-je.

— Ah bon ? Vous le savez ?

— Évidemment. J'ai déjà ressenti cette même impression. Nous avions loué pour la première fois les installations du cirque Krone et il n'était pas certain que…

— Excusez-moi, dit Mme Bellini. On m'appelle. »

Elle se retira dans un coin et colla son téléphone à son oreille. Ce qu'on lui disait ne semblait pas lui plaire. J'étais en train d'essayer d'interpréter l'expression de son visage quand je sentis une main se poser sur mon uniforme. Wizgür me prenait au collet. Son visage n'avait plus rien de serein. Une fois de plus je déplorais l'absence de ma SS. Il me colla contre le mur et siffla entre ses dents :

« Espèce de connard, tu fermes ta gueule à propos de ceux qui t'ont précédé au micro ! »

Du coin de l'œil, je vis accourir des agents de sécurité. Wizgür me plaqua encore une fois contre le mur avant de me lâcher. Son visage était cramoisi. Puis il se retourna et cria : « C'est quoi cette sombre connerie ? Je pensais qu'il allait faire son truc de nazi ! » Sans baisser le ton, il se tourna vers Sawatzki : « Où est Carmen ? Où – est – Carmen ? »

Blême, et néanmoins raide comme la justice, Mme Bellini arriva d'un pas rapide. Je me demandai si je pouvais compter en cet instant sur son total soutien et sa fidélité à notre alliance, mais je ne parvins à aucune certitude définitive. Elle fit quelques mouvements de la main en signe d'apaisement et voulut dire quelque chose, cependant aucun son ne sortit de sa bouche.

« Carmen ! Enfin ! C'est quoi toute cette merde ? Tu as vu ? Tu as vu ça ? C'est qui ce trou du cul ? Tu avais dit que je faisais mon truc avec les étrangers et que lui faisait sa connerie avec les nazis. Tu as dit qu'il allait me contredire ! Qu'il allait s'exciter sur les Turcs à la télé ! Et maintenant ça ! Ça veut dire quoi "adepte du mouvement" ? Quel mouvement ? Pourquoi adepte ? C'est quoi mon rôle là-dedans ?

— Je t'ai aussi dit qu'il était différent, rétorqua Mme Bellini, qui s'était reprise avec une rapidité étonnante.

— Je m'en contrefous, beugla Wizgür. Je te le dis une bonne fois pour toutes : je ne veux plus de ce connard dans mon émission. Il ne tient aucun de ses engagements. Je ne vais pas le laisser me bousiller mon émission.

— Calme-toi, dit Mme Bellini d'une voix énergique et ferme. Ça ne s'est pas si mal passé, je trouve.

— Tout va bien ? demanda l'un des deux agents de sécurité.

— Tout va très bien, confirma Mme Bellini, rassurante. Je contrôle la situation. Calme-toi, Ali.

— Je ne veux pas du tout me calmer, glapit Wizgür en enfonçant son doigt juste sous la sangle de mon uniforme. Tu ne vas pas foutre le bordel ici, mon pote ! » Et, ce faisant, il tapa sur ma poitrine avec son index. « Tu crois peut-être que ton uniforme de Hitler à la con t'autorise tout et que tu vas pouvoir t'incruster ici, mais je te le dis tout net : ton truc il n'est pas nouveau et tu ne vas pas me la faire. Tu n'es qu'un petit amateur. Tu te crois où, ici ? Tu crois que tu peux débarquer et déblatérer ce qui te chante ? Désolé, mon pote, ça ne se passe pas comme ça ! Si quelqu'un ici a des "adeptes", c'est moi et pas toi ! C'est mon public, ce sont mes fans, alors dégage ! Tu es un pauvre petit amateur, et tu peux aller te faire foutre avec ton uniforme ! Va présenter ton numéro, à la Fête de la bière ou ailleurs, mais pas ici. Parce que, ici, tu es mort ! Fini !

— Fini ? J'ai derrière moi des millions de camarades qui...

— Arrête tes conneries, mon pote, hurla Wizgür. Tu n'es plus à l'antenne ! Tu crois que tu peux me provoquer comme ça ? Connard !

— Ça suffit maintenant, dit Mme Bellini. Arrêtez tous les deux. Il est certain qu'il va falloir revoir un peu les choses. Il faut affiner, mais ce n'était pas si mal. Enfin quelque chose de nouveau ! Bon, on se calme et on attend de voir ce que disent les critiques... »

Et s'il y eut un moment où, depuis mon réveil sur le terrain vague, j'ai été assuré que je pourrais mener ma mission à bien, ce fut bien celui-ci.

15

C'est dans les moments de crise que se révèle le vrai Führer. Ces moments où il fait preuve de constance, de ténacité et de résolution, alors que le monde entier se ligue contre lui. Si l'Allemagne ne m'avait pas eu, personne n'aurait pris possession de la Rhénanie en 1936. Tout le monde tremblait, nous n'aurions rien pu faire si l'adversaire avait décidé d'attaquer. Nous n'avions en tout et pour tout que cinq divisions, la France en avait six fois plus, et pourtant j'ai tenté le tout pour le tout. Personne ne l'aurait fait, sauf moi. Et, à cette époque, j'ai pu voir ceux qui étaient avec moi, corps et âme, le glaive à la main, côte à côte.

Et c'est aussi dans ces moments de crise que le destin révèle quels sont nos vrais partisans. Ce sont ces moments de doute qui, de l'incertitude, font naître le succès si – et seulement si – la foi la plus fanatique reste intacte. Et c'est là que l'on reconnaît aussi ceux qui n'ont pas cette foi mais attendent, anxieux, de savoir à quel clan ils vont se rallier. Un Führer ne doit pas perdre de vue ces individus. Il est possible de s'en servir, mais il ne faut pas compter sur eux pour assurer le succès du mouvement. Sensenbrink était de ceux-là.

Sensenbrink portait ce que l'on appelait sans doute un costume chic. Il essayait de donner le change, mais je voyais bien qu'il était pâle, la pâleur du joueur qui sait qu'il ne pourra pas se permettre de perdre – pire encore : qu'il ne supportera pas l'instant où il se rendra compte qu'il va immanquablement perdre. Ce genre d'individu n'a jamais d'objectif bien défini devant les yeux, il choisit chaque fois celui qui pourra lui assurer un succès immédiat sans pourtant reconnaître que ce succès n'est pas directement le sien. Ces gens-là espèrent être des acteurs du succès, alors qu'ils ne sont que des accompagnateurs ; et comme ils en ont plus ou moins conscience, ils redoutent l'instant de la défaite, celui où il sera clair que le succès non seulement ne leur appartient pas, mais qu'il ne dépend même pas de leur présence ou de leur absence. Sensenbrink craignait pour sa réputation, pas pour la cause nationale. Il était certain que jamais il ne verserait son sang pour l'Allemagne ni pour moi. Au contraire : comme par hasard, il se rapprocha de Mme Bellini. Si l'on n'était pas aveugle, on pouvait voir qu'en dépit de son assurance outrancière, c'était lui qui espérait recevoir d'elle un soutien moral. Cela ne m'étonnait pas.

Dans ma vie, j'ai connu quatre femmes faites pour épater la galerie. Des femmes qu'il aurait été inconcevable d'épouser. Disons par exemple que Mussolini ou Antonescu arrivent pour une visite et que vous demandiez à une de ces femmes de bien vouloir passer dans la pièce à côté et sortir sans poser de questions – il n'est pas sûr qu'elle s'exécutera. Eva l'aurait fait, elle, mais je n'aurais pas pu exiger ça des quatre autres. Leni Riefenstahl était une femme merveilleuse, cependant, si je lui avais dit de sortir, elle m'aurait jeté son appareil photo à la figure ! Et Mme Bellini était de cette trempe.

Je ne pense pas que quelqu'un d'autre à part moi ait remarqué à quel point elle avait conscience de l'importance de ces heures, de ces minutes. Elle se contrôlait à merveille. Peut-être tirait-elle un peu plus fort que d'habitude sur sa cigarette, rien de plus. Son corps sec et tendu se tenait bien droit et elle se montrait attentive, toujours prête à donner des directives utiles, prompte à réagir comme une louve aux aguets. Et elle n'avait pas un seul cheveu gris, elle était même peut-être plus jeune que je ne le supposais. Fin de la trentaine, une femme splendide ! On remarquait aussi très nettement que la soudaine proximité de Sensenbrink lui était désagréable, non parce qu'elle considérait ce rapprochement comme importun, mais parce qu'elle méprisait sa faiblesse, parce qu'elle sentait qu'il ne lui donnait pas de force, mais que, au contraire, il utilisait la sienne. J'avais très envie de lui demander ce qu'elle allait faire ce soir. Je me remémorai soudain, avec une certaine mélancolie, les soirées passées dans l'Obersalzberg. Nous nous retrouvions souvent à trois, quatre ou cinq ; parfois je parlais, parfois je ne disais rien, parfois nous nous taisions, pendant des heures même, le silence seulement interrompu par un toussotement, ou bien je caressais mon chien. Ces moments de convivialité m'ont toujours paru les plus propices à la réflexion. Il n'est pas facile de jouir de moments pareils ; le Führer est l'une des rares personnes de l'État à devoir renoncer à la joie simple d'une vie de famille ordinaire.

Et quand on vit à l'hôtel, on est relativement seul. Cette chose-là n'avait guère changé au cours des soixante-six dernières années.

Je me rendis compte que, dans ma situation, c'était à moi de faire une proposition. Ce qui aurait eu un petit côté familier et déplacé, vu que nous ne nous connaissions pas depuis très longtemps. Je décidai donc de remettre ce projet à plus tard. Pourtant, il aurait été plutôt de mise de célébrer de façon un peu solennelle mon grand retour. Avec un verre de mousseux ou quelque boisson de ce genre, pas pour moi bien sûr, même si je ne détestais pas voir les autres lever leurs verres ou porter un toast dans une atmosphère joyeuse. C'est alors que mon regard s'arrêta sur Sawatzki, l'homme qui s'était occupé de ma réservation d'hôtel.

Ses yeux rayonnaient, j'y lisais un respect qui ne trompait pas, je connaissais ce regard. Sawatzki ne faisait pas partie de ces Chemises brunes, ces petits jeunes gens répugnants que l'on tirait du lit de Röhm en pleine nuit et à qui on collait quelques balles dans le corps, gardant la dernière pour le coup de grâce. Non, Sawatzki m'observait avec une sorte de respect muet, le même que j'avais ressenti à Nuremberg de la part de ces centaines de milliers de personnes à qui j'avais donné de l'espoir. Elles avaient grandi dans un monde d'humiliation où régnait la peur de l'avenir ; elles voyaient en moi la main qui allait les guider et elles étaient prêtes à me suivre.

« Alors, dis-je en me dirigeant vers lui, ça vous a plu ?

— Incroyable, répondit Sawatzki, impressionnant ! Vous les dépassez tous. Quel cran ! Je crois que vous vous moquez bien de ce que les gens pensent de vous, n'est-ce pas ?

— Au contraire, je suis là pour dire la vérité. Et les autres doivent penser : voilà quelqu'un qui dit la vérité.

— Et ? C'est ce qu'ils ont en tête, en ce moment ?

— Non. Mais quelque chose a changé depuis tout à l'heure. Et c'est tout ce à quoi on doit parvenir. Le reste se fera à force de rabâchage.

— Oui, murmura Sawatzki, mais le dimanche matin à 11 heures, je ne sais pas si c'est vraiment le moment idéal. »

Je le regardai sans comprendre ce qu'il voulait dire. Sawatzki se racla la gorge. « Venez, dit-il, nous avons préparé un petit buffet. »

Nous sortîmes par-derrière, quelques techniciens traînaient sans rien faire. Un type un peu débraillé se retourna avec un sourire hilare en me voyant, toussota et me fit le salut nazi – pas trop maladroitement d'ailleurs – au moment où je passais. Je répondis en levant l'avant-bras et suivis Sawatzki jusqu'au buffet où le mousseux attendait déjà ; il devait s'agir d'une marque réputée à en juger par la réaction de Sawatzki qui demanda à l'un des extras de remplir deux coupes en ajoutant que cette qualité ne se rencontrait pas tous les jours.

« Oui, Wizgür n'a pas ça tous les jours », confirma l'extra.

Sawatzki rit et me tendit un verre. Il leva le sien.

« À vous !

— À l'Allemagne ! » dis-je.

Nous trinquâmes.

« Qu'est-ce qu'il y a ? demanda Sawatzki. Il ne vous plaît pas ?

— Quand je bois du vin, c'est tout au plus une vendange tardive. Je sais que ce côté un peu âpre convient parfaitement, mais pour moi il est trop acide.

— Je peux vous demander autre chose, si…

— Non, non, j'ai l'habitude.

— Mais vous pourriez prendre un Bellini ?

— Un Bellini ? Comme madame… ?

— Exactement. Ça devrait vous plaire. Un instant ! »

Pendant l'absence de Sawatzki, je restai un moment indécis, sans savoir quoi faire, et me revinrent alors à l'esprit ces terribles moments du début de ma carrière politique, au début du combat, lorsque je n'avais pas encore mes entrées dans la bonne société et que je m'y sentais souvent un peu perdu. Ce mauvais souvenir ne dura qu'une fraction de seconde, car à peine Sawatzki s'était-il éloigné qu'une jeune femme brune s'approcha de moi.

« C'était absolument génial ! Ça vous vient comment des idées pareilles ? Le truc avec les souris, par exemple ?

— Vous en seriez tout à fait capable aussi, dis-je sur un ton familier. Il suffit de parcourir la nature en gardant les yeux ouverts. Malheureusement, beaucoup d'Allemands ne savent plus regarder les choses simples. Puis-je vous demander quelles études vous avez faites ?

— Je suis encore à la fac, dit-elle. Je fais chinois, théâtre et...

— Grand Dieu, dis-je en riant, arrêtez ! Un joli brin de fille comme vous, et toutes ces choses compliquées ! Cherchez-vous plutôt un jeune homme plein de courage et faites quelque chose pour la conservation du sang allemand ! »

Elle rit joliment : « C'est du *method acting* ou je me trompe... ?

— Ah, le voilà ! » fit Mme Bellini derrière moi. Elle arrivait accompagnée de Sensenbrink et de Wizgür qui arborait un sourire un peu forcé. Elle se joignit à nous : « Trinquons ! Nous sommes tous des professionnels ici. Et, d'un point de vue purement professionnel, il faut bien avouer que ce fut une super émission ! Ça ne s'est jamais vu jusqu'à présent. Nous allons faire un carton. »

Sensenbrink s'empressa de distribuer des verres de mousseux, pendant que Sawatzki revenait et me tendait un verre rempli d'un breuvage couleur abricot.

« Qu'est-ce que c'est ?

— Goûtez et vous verrez, me dit-il en levant son verre. Mesdames, messieurs : au Führer !

— Au Führer ! »

Des rires bienveillants fusèrent de partout et j'avais du mal à répondre à tous les compliments. « Je vous en prie, il y a encore beaucoup à faire ! » Je bus une gorgée de la boisson que m'avait apportée Sawatzki et à qui j'adressai un regard reconnaissant. C'était très fruité, ça flattait le palais sans être trop sophistiqué, ça ressemblait à un jus de fruits élaboré selon la méthode traditionnelle, légèrement relevé par un peu de mousseux, mais en si infime proportion qu'il était inutile de redouter des renvois ou autres désagréments du même genre. Il ne faut en effet jamais négliger l'importance de ces détails. Dans ma situation, il faut toujours être irréprochable en public.

Ce qu'il y a de regrettable dans ces petites sauteries improvisées – et néanmoins importantes –, c'est que l'on ne peut pas s'en aller quand on veut, à moins d'avoir parallèlement une guerre à mener. Lorsqu'on lance une offensive éclair dans le nord de la France, quand on est en train d'envahir la Norvège, tout le monde fait preuve d'une grande compréhension, et l'on peut alors se retirer dans son bureau après avoir trinqué, pour étudier les derniers projets de sous-marins indispensables à la victoire finale ou apporter sa patte au développement d'un bombardier dernier cri. En temps de paix, on est obligé de rester là sans rien faire, à siroter un jus de fruits. Sensenbrink devenait de plus en plus bruyant et commençait à me taper sérieusement sur le système. Et le visage renfrogné de Wizgür ne faisait rien pour arranger les choses. Je m'excusai néanmoins un instant pour aller me servir au buffet.

Diverses sortes de saucisses et des grillades avaient été mises dans des récipients métalliques carrés et chauffés, ainsi que de grandes quantités de nouilles, autant de choses qui ne me disaient vraiment rien. J'étais sur le point de faire demi-tour lorsque Sawatzki surgit à côté de moi.

« Je peux vous aider ?

— Non, non, tout va très bien…

— Oh, zut ! dit Sawatzki en se frappant le front avec le plat de la main. Vous cherchez le potage, n'est-ce pas ?

— Non, je peux très bien… je peux très bien prendre l'un de ces toasts là-bas…

— Mais vous préféreriez quand même un bon potage aux légumes, n'est-ce pas ? Le Führer aimait la cuisine simple !

— C'est effectivement ce que je préférerais, avouai-je. Ou bien quelque chose où il n'y ait pas de viande.

— Je suis désolé, nous n'avons pas réagi assez vite. J'aurais dû y penser plus tôt. Mais si vous pouvez attendre juste un petit moment… »

Il sortit son téléphone portable et commença à tapoter sur le clavier.

« Votre téléphone fait aussi la cuisine ?

— Non, mais je connais à dix minutes d'ici un restaurant très réputé pour sa cuisine familiale et ses potées. Si ça vous dit, je vais commander quelque chose.

« — Non, non, ne vous donnez pas tant de peine. De toute façon, j'ai envie de me dégourdir un peu les jambes, je peux très bien aller manger mon potage directement là-bas.

— Si ça ne vous dérange pas, je vais vous accompagner. Ce n'est pas très loin. »

Nous nous esquivâmes et nous mîmes en marche dans la froideur de la nuit berlinoise. C'était nettement plus agréable que de rester debout dans cette cantine où les gens n'arrêtaient pas de se congratuler les uns les autres. De temps en temps, nos pieds faisaient virevolter des feuilles mortes.

« Je peux vous poser une question ?

— Allez-y.

— C'est un hasard ? Je veux dire, le fait que vous soyez également végétarien ?

— Absolument pas, c'est une affaire de raison. Cela fait si longtemps que je le suis que ce n'était plus qu'une question de temps pour que d'autres y viennent aussi. Sauf que ça n'a pas l'air de s'être beaucoup répandu dans les buffets.

— Non, je veux dire : vous l'avez toujours été ou seulement depuis que vous êtes Hitler ?

— J'ai toujours été Hitler. Qui aurais-je pu être avant… ?

— Bien sûr, mais peut-être que vous avez essayé d'autres personnages. Churchill… Honecker…

— Himmler croyait à ces fariboles ésotériques, la métempsychose et toutes ces choses mystiques. Je n'ai jamais été ce Honecker auparavant. »

Sawatzki me regarda. « Et vous n'avez jamais l'impression d'en faire un peu trop ?

— Il faut toujours tout faire avec détermination et fanatisme. Sinon, on n'arrive à rien.

173

— Mais, pour reprendre cet exemple, personne ne peut savoir si vous êtes végétarien ou non.

— En premier lieu, dis-je, c'est une question de bien-être. Et, en second lieu, c'est indubitablement ce que souhaite la nature. Prenez un lion, il court deux ou trois kilomètres et le voilà complètement à plat. Il tient vingt minutes à peine... disons un quart d'heure. Le chameau en revanche – une semaine. Ça vient de la nourriture.

— Un bel exemple de casuistique... »

Je m'arrêtai et le regardai droit dans les yeux : « Ça veut dire quoi : casuistique ? Bon, on va prendre les choses autrement : où est Staline ?

— Je dirais qu'il est mort.

— Ha ha ! Et Roosevelt ?

— Pareil.

— Pétain ? Eisenhower ? Antonescu ? Horthy ?

— Les deux premiers sont morts, quant aux deux autres, je n'en ai jamais entendu parler.

— Bien. Quoi qu'il en soit, ils sont morts aussi. Et moi ?

— Eh bien vous, non !

— Voilà ! dis-je d'un air satisfait en reprenant ma marche. Je suis convaincu que c'est justement parce que je suis végétarien. »

Sawatzki se mit à rire. Puis il me rattrapa. « C'est très bon. Est-ce que vous notez par écrit ce genre de sketchs ?

— À quoi bon ? Je sais tout ça !

— J'aurais toujours peur d'oublier, dit-il en montrant la porte d'un restaurant. C'est là ! »

Nous entrâmes. La salle n'était pas pleine. Une serveuse d'un certain âge vint prendre notre commande. Elle me dévisagea avec un regard déconcerté. Sawatzki fit un geste apaisant de la main et la femme apporta nos boissons sans faire de remarque.

« C'est joli ici, dis-je, ça me rappelle la grande époque à Munich. »

— Vous venez de Munich ?

— Non, de Linz. Ou plus exactement...

— ... de Braunau. J'ai fait quelques recherches.

— Et vous, vous venez d'où ? Et vous avez quel âge, au fait ? Vous n'avez pas trente ans !

— Vingt-sept. Je viens de Bonn et j'ai fait mes études à Cologne.

— Un Rhénan, dis-je sur un ton enjoué, et même un Rhénan qui a fait des études !

— Germanistique et histoire. En fait, j'aurais voulu devenir journaliste.

— C'est bien que vous ne le soyez pas devenu. Tous des menteurs, du premier jusqu'au dernier.

— Ce n'est pas mieux à la télévision. C'est incroyable le nombre de bêtises que nous produisons. Et quand on a pour une fois quelque chose de bien, les régies préfèrent que ce soit plus débile. Ou moins cher. Ou les deux. » Puis il s'empressa d'ajouter : « À part vous, bien sûr. Ce que vous proposez est très différent. Pour la première fois j'ai eu l'impression que l'on ne diffusait pas une de ces niaiseries habituelles. La façon dont vous faites ça – je dois dire que je suis emballé. Le truc sur les végétariens et tout ça... Chez vous, rien n'est imité. Chez vous, on a chaque fois l'impression que cela fait partie d'un concept global.

— Je préfère parler de conception du monde », dis-je.

Mais j'avoue qu'au fond de moi j'étais très content de voir cet enthousiasme juvénile.

« En fait, c'est ce que j'ai toujours voulu faire, dit Sawatzki. Ne pas fourguer n'importe quoi, mais

175

faire des choses bien. Chez Flashlight, on est obligés de vendre tellement de trucs débiles… Vous savez, quand j'étais petit, je voulais travailler à la SPA. Aider les pauvres animaux ou les sauver, quelque chose dans ce genre. Faire le bien. »

La serveuse nous apporta à chacun une assiette de potage épais. J'étais ému : le potage avait l'air excellent. Et son parfum semblait être celui d'un vrai potage. Nous commençâmes à manger. Pendant un moment, aucun de nous ne prononça un mot.

« C'est bon ? finit par me demander Sawatzki.

— Très bon, dis-je en replongeant ma cuiller dans le potage. Aussi bon que si ça venait directement d'une cantine militaire.

— Oui, c'est vraiment quelque chose. Simple, mais bon.

— Vous êtes marié ? »

Il secoua la tête.

« Fiancé ?

— Non, mais j'ai quelqu'un en vue.

— Et ?

— Elle ne sait encore rien. Je ne sais pas non plus si elle me porte de l'intérêt.

— Il faut foncer. Vous n'êtes pas timide d'habitude, si ?

— Non, mais elle…

— Surtout ne pas hésiter ! Il faut y aller. Le cœur des femmes, c'est comme un champ de bataille. On ne gagne pas en se montrant pusillanime. Il faut rassembler toutes ses forces et s'engager, le cœur vaillant.

— C'est comme ça que vous avez fait la connaissance de votre femme ?

— Eh bien, je n'ai pas à me plaindre d'un manque d'intérêt des femmes à mon endroit. Mais, en général, mes succès ne se concentraient que sur un seul terrain.

176

— Un seul terrain ?

— J'ai gagné plus de batailles que de cœurs féminins, surtout au cours des dernières années. »

Il éclata de rire. « Si vous ne notez pas cette phrase, c'est moi qui vais le faire. Si ça continue, il va falloir penser à écrire un livre. Un ouvrage de développement personnel à la Hitler… Comment réussir sa relation amoureuse ?

— Je ne sais pas si je suis vraiment fait pour ça. Mon mariage fut plutôt bref.

— Ah oui, j'en ai entendu parler. Mais ça ne fait rien. C'est même encore mieux : on l'appellera "*Mein Kampf*, mon combat, ma femme". Rien qu'avec ce titre, ça se vendra comme des petits pains. »

Je ne pus m'empêcher de rire à mon tour. Je jetai un regard songeur sur Sawatzki, ses cheveux en brosse, son regard vif, sa bouche agréable, mais pas idiote. Et à entendre sa voix, je me disais que ce jeune homme pourrait devenir l'un de ceux qui m'avaient accompagné autrefois tout au long de mon parcours. En prison, puis à la Chancellerie, et dans mon bunker.

16

« Ah, monsieur Hitler ! dit le kiosquier, c'est bon de vous revoir. Je m'attendais presque à votre venue !

— Ah bon, dis-je en riant. Et pourquoi donc ?

— Eh bien, j'ai vu votre passage à la télévision et je me suis dit que vous auriez peut-être envie de lire ce qu'on a écrit sur vous. Et qu'à cette occasion vous chercheriez un endroit où vous trouveriez un grand choix de journaux ! Venez, entrez ! Asseyez-vous. Vous voulez un café ? Qu'est-ce qu'il y a ? Vous ne vous sentez pas bien ? »

Je regrettai qu'il ait pu déceler mon accès de faiblesse. D'ailleurs, c'était juste ça, vraiment, un accès de faiblesse, une remontée de sensation de bien-être, comme je n'en avais pas ressentie depuis longtemps. Je m'étais réveillé vers onze heures et demie, j'avais pris un petit quelque chose et, en effet, j'avais décidé de lire la presse. Le gazetier avait parfaitement deviné. Deux jours plus tôt, on m'avait apporté les costumes faits sur mesure et je pouvais maintenant mettre quelque chose de moins officiel, de moins voyant. Le costume était simple, de couleur sombre et de coupe très classique, j'avais aussi choisi un chapeau foncé pour aller avec et je m'étais mis en route, ainsi habillé. Très vite je m'étais aperçu que j'attirais moins les regards. C'était une belle journée ensoleillée, mais froide. Pendant un moment je m'étais senti déchargé de tous mes devoirs et j'avais marché d'un bon pas. Tout était si paisible, presque habituel, et comme j'ai toujours eu une prédilection pour les espaces verts et les petits parcs, peu de choses réclamaient mon attention, à l'exception d'une folle occupée à chercher dans l'herbe les excréments de son épagneul. L'espace d'un instant, j'avais songé qu'une épidémie devait être la cause de tant de cas de démence, même si personne ne semblait y prêter attention. Bien au contraire, je n'avais pas tardé à m'apercevoir qu'on avait installé un distributeur où la folle avait pu se procurer son petit sachet en plastique. J'en avais conclu qu'il devait s'agir de femmes dont le désir d'enfants n'avait pas été satisfait ; cette attention débordante pour de simples chiens ne pouvait être qu'une forme d'hystérie relevant de la névrose. Et j'avais bien été obligé de reconnaître que procurer des sachets en plastique à ces pauvres créatures était une solution d'un pragmatisme étonnant. À long terme, il faudrait bien sûr ramener ces femmes aux tâches qui leur incombaient, mais un parti politique devait sans doute s'y opposer. On connaît ça.

Plongé dans ces réflexions mineures, je m'étais rapproché, au fil de ma promenade, du kiosque à journaux, sans être importuné par quiconque. C'est à peine si l'on me reconnaissait. La situation me paraissait singulièrement familière, mais il m'avait fallu entendre les mots du marchand de journaux pour comprendre d'où cela venait. Cela me rappelait cette merveilleuse atmosphère que j'avais connue au début, à Munich – après ma libération de prison. J'étais devenu relativement connu, même si je n'étais encore qu'un petit chef de parti, un orateur capable de sonder le cœur du peuple, et c'était en grande partie de petites gens qui venaient me manifester de façon touchante leur attachement. Quand je traversais le Viktualien-markt, le célèbre marché de Munich, les femmes les plus pauvres m'appelaient d'un geste amical et me donnaient tantôt deux œufs, tantôt quelques pommes, et je rentrais chez moi comme un vrai ravitailleur, accueilli à bras ouverts par ma logeuse. Tous ces visages exprimaient la même joie réelle que celui du marchand de journaux. Ce sentiment venu du passé m'avait si vite submergé, avant même que je puisse comprendre ce qui m'arrivait, que je m'étais dépêché de détourner la tête. Mais le kiosquier, en raison de sa longue expérience professionnelle, avait acquis une impressionnante connaissance des hommes, comme seuls peuvent aussi en avoir les chauffeurs de taxi.

Je toussai, gêné.

« Pas de café, s'il vous plaît. Une tasse de thé m'irait très bien. Ou alors un simple verre d'eau.

— Pas de problème, pas de problème, répondit-il en remplissant sa bouilloire qui ressemblait à celle que j'avais dans ma chambre d'hôtel. J'ai mis les journaux qui vous concernent à côté du fauteuil. Il n'y en a pas énormément, je crois qu'on trouverait plus de choses sur Internet.

— Oui, ce fameux Internet, dis-je en signe d'acquiescement tout en m'asseyant. C'est vraiment une belle invention. Je ne pense pas non plus que mon succès dépendra du bon vouloir des journaux.

— Je ne veux pas gâcher votre plaisir, déclara le kiosquier en prenant un sachet de thé dans un tiroir, mais inutile de vous faire du mauvais sang… Ceux qui vous ont vu vous aiment.

— Je ne me fais pas de mauvais sang, dis-je pour clarifier les choses. Qu'est-ce que vaut après tout l'opinion d'un critique ?

— Ma foi…

— Rien, elle ne vaut rien. Elle comptait pour rien dans les années trente et elle compte pour rien aujourd'hui. Ces critiques ne font que dicter aux gens ce qu'ils doivent croire. Ils se moquent bien de la saine sensibilité du peuple. Non, au tréfonds de son âme, le peuple sait très bien ce qu'il doit penser sans l'aide de ces messieurs. Quand le peuple est sain, il fait la différence entre ce qui a de la valeur et ce qui n'en a pas. Le paysan a-t-il besoin d'un critique pour lui dire ce que vaut la terre où il cultive son blé ? Le paysan le sait mieux que quiconque.

— Parce qu'il voit son champ tous les jours, reprit le marchand de journaux, mais vous, il ne vous voit pas tous les jours.

— Mais il est tous les jours devant sa télévision. Et là, il peut comparer. Non, l'Allemand n'a pas besoin de quelqu'un qui lui dicte ce qu'il doit penser. Il se forge son opinion lui-même.

— Vous devez bien le savoir, dit le kiosquier avec un petit sourire en me tendant du sucre. Après tout, c'est vous le spécialiste de la libre opinion.

— Que voulez-vous dire ?

— Il faut vraiment faire attention avec vous, dit le gazetier en secouant la tête. On a toujours tendance à vous parler comme si vous étiez le vrai. » À ce moment, quelqu'un toqua sur le rebord du comptoir. Le marchand de journaux se leva. « Lisez ce qu'ils ont écrit. J'ai des clients. Il n'y a pas beaucoup de choses, en fait. »

Je jetai un coup d'œil sur le petit tas de journaux posé à côté du fauteuil. Je ne faisais nulle part la une, mais il fallait s'y attendre. Et les grands quotidiens n'avaient pas traité le sujet. Ce formidable *Bild* ne faisait pas partie du lot. L'émission de Wizgür existait depuis un certain temps déjà, et en parler n'était pas forcément intéressant. Seuls quelques petits journaux régionaux traitaient le sujet ; il y avait toujours dans ces organes de presse un rédacteur obligé de jeter un œil sur la télévision pour faire un papier en cas de nécessité. Trois de ces rédacteurs, donc, avaient regardé l'émission de Wizgür dans l'espoir sans doute de se distraire. Ils étaient tous du même avis : mon discours avait été le plus intéressant. L'un s'étonnait qu'il ait fallu un personnage représentant Hitler pour pointer du doigt ce qui était en fait au cœur de l'émission de Wizgür : l'accumulation des clichés concernant les étrangers. Les deux autres disaient que, grâce à mon « intervention magnifiquement méchante », Wizgür avait retrouvé le mordant qu'il avait perdu depuis un bon moment.

« Alors ? me demanda le kiosquier. Satisfait ?

— Ce n'est pas la première fois que je pars de tout en bas, dis-je en prenant une gorgée de thé. À une époque, je parlais devant une vingtaine de personnes, dont un tiers avait atterri là par erreur. Non, je ne peux pas me plaindre. Il faut que je regarde devant moi. Et vous, vous avez trouvé ça comment ?

— Bien, dit-il. Fort, mais bien. Seul Wizgür ne paraissait pas vraiment enchanté.

— Oui, ça aussi, je l'ai connu par le passé. Ceux qui sont bien installés à leur poste crient toujours le plus fort quand des changements s'annoncent. Ils ont peur pour leurs prébendes.

— Il va vous garder dans son émission ?

— Il fera ce que la société de production lui dira de faire. Il vit du système, il doit en suivre les règles.

— J'ai du mal à croire que je vous ai recueilli il y a à peine quelques semaines, devant mon kiosque, dit le marchand de journaux.

— Les règles sont les mêmes qu'il y a soixante ans, elles ne changent pas. Simplement il y a moins de juifs aux affaires. C'est la raison pour laquelle le peuple se porte mieux. À propos, je ne vous ai pas encore remercié comme il le fallait. On vous a… ?

— N'ayez aucune crainte, nous avons conclu un petit arrangement. Je suis paré. »

À ce moment son téléphone portable sonna. Il le porta à son oreille. J'en profitai pour prendre quelques exemplaires du *Bild Zeitung* et les feuilleter. Le journal présentait un mélange détonant de colère populaire et de haine. Ça commençait par des inepties politiques, elles donnaient l'image d'une chancellerie balourde mais finalement bon enfant, traînant la savate au milieu d'une horde de nains incompétents. En parallèle, le journal démontrait que toute décision démocratiquement « légitimée » était en fait une pure ineptie. La bête noire de ce splendide journal qui ne mâchait pas ses mots était le concept d'union européenne. Mais ce qui me plaisait le plus, c'était leur subtile manière de travailler. Ainsi, par exemple, il y avait cette rubrique avec des histoires drôles sur les belles-mères et les cocus, au milieu desquelles on avait glissé celle-ci :

« Un Portugais, un Grec et un Espagnol vont au bordel. Qui paie ? L'Allemagne ! »

C'était très bien vu. Streicher aurait évidemment demandé qu'on ajoute un dessin représentant trois hommes de type méditerranéen, transpirants et mal rasés, en train de peloter une pauvre créature innocente avec leurs mains crasseuses, pendant que l'intègre travailleur allemand est obligé de trimer. L'un dans l'autre cela aurait été plutôt contre-productif : tout l'intérêt de la plaisanterie reposait sur le fait qu'elle était intelligemment cachée au milieu des autres.

Pour le reste, c'était un joyeux mélange d'histoires criminelles qui s'étalaient sur des pages, puis venait la rubrique la plus à même d'apaiser les foules : le sport. Et enfin tout un ensemble de photos où l'on voyait des personnes célèbres, moches ou belles, symphonie achevée d'envie, de jalousie et de veulerie. C'est pour cette raison que j'aurais bien aimé trouver une notule sur mon intervention dans ce journal. Mais le kiosquier ne l'ayant pas mis sur la pile, j'en déduisis qu'il n'y avait rien. Je laissai retomber le journal quand le vendeur de journaux rangea son téléphone dans sa poche.

« C'était mon neveu, dit-il, celui dont vous n'aimez pas les chaussures. Il m'a demandé si vous êtes bien le type qu'il a vu dans mon kiosque. Il vous a regardé. Sur le portable d'un ami. Je dois vous dire qu'il vous a trouvé trop ! »

Je le regardai sans comprendre.

« Trop quoi ?

— Il vous trouve super, traduisit le marchand de journaux. Je ne veux pas savoir tout ce qu'ils ont comme films sur leurs portables, mais, en tout cas, quand ils gardent des choses, c'est que ça vaut la peine.

— Les impressions de la jeunesse ne sont pas encore frelatées, lui confirmai-je. Il n'y a pas des choses bien et des choses mauvaises ; ils pensent selon les intuitions de la nature. Un enfant élevé comme il faut ne prendra jamais de mauvaises décisions.

— Au fait, vous avez des enfants ?

— Hélas non. Il a parfois été colporté par des milieux malveillants et intéressés que j'aurais quelques bâtards, comme on dit.

— Ho, ho, fit le marchand de journaux en s'allumant une cigarette, l'air amusé, c'était à cause de la pension alimentaire...

— Non, on voulait simplement saper ma réputation ou une bêtise de ce genre. Depuis quand est-il injuste ou déshonorant de donner vie à un enfant ?

— Allez dire ça à la CDU. Ils ne l'entendent pas de cette oreille, à droite.

— Bon, c'est vrai, il faut toujours faire attention aux gens peu habitués aux raisonnements intellectuels. Car on a beau disposer de tous les arguments que l'on veut, il y en a toujours qui se sentent bousculés. Himmler a essayé avec la SS. Il voulait imposer les mêmes droits pour les enfants légitimes et les enfants illégitimes des hommes de la SS, or, même là, il a échoué. Hélas, les pauvres enfants ! Le pauvre petit garçon, la pauvre petite fille, on se moque d'eux, on fait une ronde autour d'eux en chantant des chansons méchantes. Cela sape, aussi, la base de la communauté. Nous sommes tous des Allemands, que nous soyons des enfants légitimes ou illégitimes. Moi je dis toujours : un enfant est un enfant, c'est valable au berceau comme dans la tranchée. Il faut bien sûr ensuite assurer la subsistance de ce bout de chou. Mais il faudrait vraiment être un vrai porc pour filer à l'anglaise ! »

Je reposai le *Bild Zeitung*.

« Et qu'est-ce qui est ressorti de tout ça ?

— Rien. C'étaient des calomnies, évidemment. Et on n'en a plus jamais entendu parler.

— Comme quoi ! dit le gazetier en prenant une gorgée de thé.

— Je ne sais évidemment pas si la Gestapo s'est occupée de l'affaire après coup, mais je pense que cela n'a pas été nécessaire.

— Sans doute pas. Après tout, vous avez mis la presse au pas... » Et il éclata de rire, comme s'il venait de faire un bon mot.

« Exactement », dis-je avec un mouvement de tête. À ce moment, « La Chevauchée des Walkyries » retentit.

C'était Mlle Krömeier qui s'était occupée de ça. Après avoir réglé toute cette histoire d'ordinateur, elle s'était souvenue qu'on m'avait aussi donné un téléphone portable. Ce genre d'appareil incroyable permettait même d'aller sur Internet, et encore plus facilement qu'avec une souris : il suffisait de toucher l'écran avec un doigt. J'avais tout de suite deviné que je tenais là un pur produit du génie aryen, et, après avoir tourné et retourné l'appareil dans tous les sens, j'avais découvert que, effectivement, c'était la société Siemens qui avait développé cette technique. Naturellement, c'était Mlle Krömeier qui avait tourné et retourné l'appareil, car, sans lunettes, je ne pouvais rien lire. J'avais ensuite voulu lui confier l'appareil, ce n'est en effet pas au Führer de s'occuper de ces choses-là. À quoi cela servait-il sinon d'avoir une secrétaire ? Mais elle m'avait rappelé que je ne pouvais profiter de ses services qu'à mi-temps et je m'étais aussitôt fait le reproche d'être devenu trop dépendant de l'appareil de mon parti. Je prenais un nouveau départ, et, bon gré mal gré, c'était à moi de prendre les choses en main.

« Vous voulez une sonnerie particulière ? m'avait demandé Mlle Krömeier.

— Non, avais-je dit sur un ton railleur. Je ne travaille pas dans un bureau décloisonné !

« — Bon, dans ce cas, je vais mettre la sonnerie normale. »

Et là-dessus on avait entendu un bruit qui ressemblait à un morceau de xylophone joué par un clown ivre. Et ça n'arrêtait pas.

« Qu'est-ce que c'est ? avais-je demandé, scandalisé.

— C'est votre téléphone, avait répondu Mlle Krömeier, qui avait aussitôt ajouté : Mon Füreur !

— Et ça donne ça ?

— Juste quand ça sonne.

— Enlevez-moi ça tout de suite ! Je ne veux pas que les gens me prennent pour un imbécile.

— C'est pour ça que je vous ai demandé. Vous préférez celle-ci ? »

Cette fois on avait entendu plusieurs clowns avec différents instruments.

« C'est effroyable, avais-je dit en grinçant des dents.

— Mais vous m'avez bien dit que vous vous fichiez complètement de ce que les gens pensent.

— Ma chère mademoiselle Krömeier, personnellement, je considère que la culotte de cuir est le pantalon le plus viril qui soit. Et si un jour je redeviens le général en chef de la Wehrmacht, j'équiperai toute une division avec ce genre de culotte. Et aussi des chaussettes en laine. »

À ce moment, Mlle Krömeier avait émis un drôle de bruit et elle s'était dépêchée de se moucher.

« C'est bon, avais-je continué, vous n'êtes pas originaire de l'Allemagne du Sud. Vous ne pouvez pas comprendre. Mais quand cette division sera là et qu'elle défilera, on se rendra compte que toutes ces plaisanteries sur la culotte de cuir sont totalement déplacées. Mais – et j'en arrive au point essentiel –, durant mon ascension vers le pouvoir, il m'a fallu me rendre à l'évidence : si vous êtes vêtu de cette culotte, les grands industriels et les hommes d'État ne vous prennent pas au sérieux en tant qu'homme politique. Il y a peu de choses que j'ai autant regrettées, mais j'ai été contraint de renoncer à cet habit, et je l'ai fait parce que cela servait ma cause et celle du peuple. Et je vous le dis : je n'ai pas abandonné cette merveilleuse culotte pour qu'un téléphone réduise ce sacrifice à néant et me fasse passer pour un pantin ! Alors dénichez-moi là-dedans une sonnerie raisonnable !

— Vous êtes trop ! C'est pour ça que je vous avais demandé, avait insisté Mlle Krömeier en reniflant et en posant son mouchoir. Je peux faire sonner ce truc comme un téléphone tout à fait normal. Mais je peux aussi aller pêcher une autre sonnerie ailleurs. Je peux prendre des phrases, des bruits et même de la musique...

— De la musique ?

— Ce n'est pas moi qui joue, bien sûr. Il faut que ça vienne au moins d'un disque ! »

Voilà ! C'est comme ça que je me suis retrouvé avec « La Chevauchée des Walkyries ».

« Pas mal, n'est-ce pas ? demandai-je au gazetier en portant lentement le téléphone à la hauteur de mon oreille d'un air souverain. Hitler à l'appareil. »

Je n'entendais toujours rien d'autre que des Walkyries en train de galoper.

« Hitler ! dis-je encore une fois. Ici Hitler ! » Et comme les Walkyries continuaient de galoper, je me décidai pour : « Quartier général du Führer ! » Au cas où la personne qui m'appelait aurait été étonnée de m'avoir directement à l'appareil. Rien ne se passa, les Walkyries chevauchaient toujours. Et, en plus, ça commençait à me faire vraiment mal à l'oreille.

« ICI, HITLER ! m'écriai-je. ICI, LE QUARTIER GÉNÉRAL DU FÜHRER ! » J'avais l'impression d'être sur le front de l'Ouest en 1915.

« Appuyez, s'il vous plaît, sur le bouton vert, me lança le gazetier d'une voix exprimant une grande souffrance. Je déteste Wagner.

— Quel bouton vert ?

— Là, le petit truc sur votre téléphone. Il faut le pousser vers la droite. »

Je regardai l'appareil. Il y avait effectivement un bouton de couleur verte. Je le poussai vers la droite, les Walkyries disparurent et je criai : « ICI, HITLER ! QUARTIER GÉNÉRAL DU FÜHRER ! »

Aucune réaction, si ce n'est celle du marchand de journaux. Roulant de grands yeux, il prit ma main qui tenait l'appareil et la porta doucement à mon oreille.

« Monsieur Hitler ? entendis-je à l'autre bout de la ligne ; je reconnus Sawatzki. Allô, monsieur Hitler ?

— Oui, dis-je, c'est Hitler !

— Cela fait un moment que j'essaie de vous joindre. Je dois vous dire une chose importante de la part de Mme Bellini : la société de production est vraiment très contente.

— Ma foi, c'est bien joli. Mais, pour ma part, je m'attendais à mieux.

— À mieux ? demanda Sawatzki déconcerté. Encore mieux que ça ?

— Mon cher Sawatzki, trois articles de journaux, c'est bien beau, mais nous avons quand même d'autres objectifs…

— Des articles de journaux ! Mais qui parle d'articles de journaux ? Vous êtes sur YouTube ! Et on vous clique sans arrêt ! » Il baissa un peu la voix et ajouta : « Entre nous soit dit, il y avait bien quelques personnes ici, après l'émission, qui voulaient vous faire couler. Je ne citerai pas de noms. Mais depuis… Regardez ! Toute la jeunesse vous aime.

— Oui, la jeunesse est encore capable d'impressions non frelatées.

— Voilà pourquoi nous devons tout de suite préparer de nouvelles choses, lança Sawatzki tout excité. Votre intervention va devenir plus importante. On prévoit aussi de petits inserts ! Il faut que vous veniez tout de suite au bureau. Vous êtes où ?

— Au kiosque à journaux.

— Bien. Ne bougez pas, je vous envoie un taxi ! » Puis il raccrocha.

« Alors, demanda le gazetier, de bonnes nouvelles ? »

Je lui tendis mon téléphone : « Vous pouvez me mettre en relation avec un service qui s'appelle Ioutioube ? »

17

Les choses s'étaient passées ainsi : quelqu'un avait réussi à enregistrer mon passage à la télévision chez Wizgür sans autorisation et avait mis cet enregistrement sur Internet, quelque part où tout le monde avait la possibilité de mettre ses petits films. Là, tout un chacun regardait ce qu'il voulait sans que la juiverie journalistique lui impose quoi que ce soit. Bien entendu, les juifs aussi pouvaient faire de même, mais si l'on restait impartial, on voyait bien ce qu'il en était vraiment : le peuple regardait en boucle mon intervention chez Wizgür. Il suffisait de voir le chiffre qui comptabilisait les visionnages, juste à côté de l'écran.

Évidemment, je ne crois pas aux chiffres en général. J'ai suffisamment longtemps eu affaire à des camarades du Parti et à des chefs d'entreprise pour savoir qu'il y a partout des carriéristes et des tièdes qui veulent bien donner un coup de main quand il s'agit de mettre certains chiffres en lumière. Ils embellissent les choses ou alors ils avancent, à titre de comparaison, un autre chiffre qui leur donne l'avantage, en passant sous silence tous ceux qui pourraient les contredire. J'ai donc décidé de contrôler et de vérifier moi-même quelques chiffres de l'industrie juive. Je suis même allé – il faut avoir le courage d'affronter la réalité des faits quelles que soient les circonstances – jusqu'à consulter les chiffres de ce film de Chaplin, *Le Dictateur*. Bon, je reconnais que le nombre de visiteurs comportait sept chiffres, mais on doit faire la part des choses : la petite production de Chaplin remontait à soixante-dix ans en arrière, ce qui fait en gros quinze mille visiteurs par an, ce n'est pas mince, mais uniquement sur le papier. En effet, il faut tenir compte de l'intérêt décroissant qui est une règle générale. Selon une loi de la nature, la curiosité de l'individu pour les événements récents est nettement plus grande que pour ce qui n'est plus d'actualité, d'autant plus qu'il s'agit ici d'un film en noir et blanc que les gens délaissent au profit du cinéma en couleur. On peut donc estimer que ce film a connu son maximum d'audience dans les années soixante et soixante-dix. Et aujourd'hui il ne doit guère y avoir plus d'une centaine de personnes qui regardent ce film, des étudiants en cinéma, quelques rabbins et un « public ciblé ». Or j'étais allé bien au-delà, mille fois au-delà, en seulement trois jours.

Pour moi, c'était surtout intéressant dans une perspective bien précise.

Jusqu'à présent, tout ce que j'avais entrepris pour éduquer le peuple et faire de la propagande avait obéi à des méthodes très différentes de celles d'aujourd'hui. J'avais travaillé avec les bataillons de Chemises brunes de la SA, qui parcouraient la ville sur des camions en agitant des drapeaux, qui cognaient sur les bolcheviques et qui, à force de coups de matraque, essayaient, avec mon total assentiment, de faire entrer un peu de raison dans les crânes de ces foutus communistes. Or je me rendais compte maintenant que la pure attraction d'une idée, d'un discours était capable de faire bouger les masses. En fait, la chose était assez difficile à comprendre. Voire impossible. J'avais bien une vague idée, pour ne pas dire une crainte, et je décidai d'appeler aussitôt Sensenbrink. Il était sur un nuage.

« Vous venez de dépasser les sept cent mille, me dit-il en jubilant. C'est fou ! Vous avez vu ça ?

— Oui, mais votre joie me semble largement exagérée. Pour vous, ça ne fait pas le compte !

— Quoi ? Comment ça ? Vous valez de l'or, mon cher ! Et ce n'est qu'un début, vous pouvez me croire.

— Malgré tout, il vous faut bien payer tous ces gens-là !

— Quels gens ?

— J'ai été moi-même en charge de la propagande pendant un certain temps et je sais ce qu'il en est : pour mettre sept cent mille personnes de son côté, on a besoin au minimum de dix mille hommes. S'ils sont fanatiques !

— Dix mille hommes ? Comment ça, dix mille hommes… !?

— Dix mille hommes de la SA. En théorie. Car, dans la pratique, ce peut être plus. Mais vous, vous n'avez pas de SA, si je ne m'abuse ? Vous avez donc eu besoin d'au moins quinze mille hommes.

— Vous êtes un drôle d'oiseau », grommela Sensenbrink sans se départir de sa bonne humeur. Étaient-ce des bruits de verres que j'entendais dans le fond ? « Faites attention, un jour quelqu'un vous prendra au sérieux ! » Et il raccrocha.

La chose était claire. De toute évidence, Sensenbrink n'avait rien à voir avec tout ça. Ce mouvement de sympathie semblait bel et bien venir du peuple. Toutefois, il était possible que Sensenbrink mente comme un arracheur de dents – le doute persistait.

C'était bien là le problème avec les gens que l'on ne choisit pas soi-même. Mais, d'une façon générale, il me paraissait digne de foi. Je me mis donc au travail pour assurer la suite.

Comme toujours, chaque fois que les gens lâchent la bride à leur imagination, ils élaborent des idées terriblement saugrenues. C'est ainsi qu'on me proposait de tourner des reportages aussi bizarres que : « Le Führer visite une caisse d'épargne » ou « Le Führer à la piscine ». Inutile de dire que je refusai tout ça de façon énergique. Les hommes politiques et le sport, ça ne fait pas bon ménage. J'ai d'ailleurs totalement arrêté ce genre d'activité après ma prise de pouvoir. Un footballeur, un danseur peuvent se le permettre et ça peut même être de l'art, tant que l'exercice est mené à la perfection. Un lancer du javelot bien maîtrisé, c'est magnifique. Mais imaginez qu'arrive ensuite quelqu'un comme le gros Göring ou cette grosse chancelière qui lui ressemble comme deux gouttes d'eau... Qui voudrait voir ça ? Pour sûr, ça ne fait pas de belles images.

Certains vous diront qu'il suffit qu'elle se présente au peuple comme une personne dynamique. Inutile qu'elle se lance dans le saut d'obstacles ou la gymnastique rythmique et sportive, elle peut faire du golf, par exemple. Toujours est-il que, quiconque a vu, ne serait-ce qu'une seule fois, un vrai parcours de golf avec de vrais champions, aura du mal à regarder une grosse dinde difforme se dandiner un club à la main. Et que diraient les autres chefs d'État ? Le matin, elle essaie de montrer qu'elle comprend quelque chose à la politique économique de son pays et l'après-midi, la voilà qui se défoule sur un terrain de golf dont elle défonce allégrement les greens ! Et la chancelière à la piscine ! Le comble de l'inconvenance !

Déjà qu'on n'avait pas pu empêcher Mussolini de s'exhiber. J'ai noté qu'un homme d'État russe prenait le même chemin. L'homme, certes, est intéressant, mais son comportement, totalement rédhibitoire : pour moi, dès qu'un politicien enlève sa chemise, c'est que sa politique ne vaut pas tripette. En se mettant torse nu, il ne fait que passer ce message : « Regardez, camarades, je viens de faire une découverte étonnante : ma politique est nettement mieux sans liquette ! »

Consternant ! Absolument consternant !

Du reste, j'ai lu récemment qu'un ministre de la Défense s'était fait photographier avec une femme dans une piscine. Alors que les troupes étaient en campagne ou sur le point d'y aller. Avec moi, la chose aurait été vite réglée. Pas besoin d'une demande de démission. Je lui aurais fait apporter un pistolet sur son bureau, avec une seule balle. Si le type a encore un peu de jugeote, il sait ce qu'il doit faire. Et s'il l'ignore, alors on le retrouvera le lendemain matin avec une balle en pleine tête, flottant sur le ventre dans la piscine ! Et ainsi chacun au gouvernement se le tient pour dit : voilà ce qui se passe quand on se prélasse en maillot de bain au lieu de soutenir ses troupes.

Non, avec moi, ces petits jeux aquatiques auraient fait long feu.

« Si ça ne vous convient pas, vous voulez faire quoi à la place ? »

La question m'était posée par un certain Ulf Bronner, un assistant du réalisateur, la trentaine environ, et passablement mal habillé. Il n'était pas aussi mal vêtu que les cameramen qui – comme je m'en étais rendu compte depuis que je travaillais pour et avec la télévision – sont les gens les plus mal habillés du monde, supplantés seulement dans ce domaine par les photographes de presse. Je ne sais pas pourquoi il en est ainsi, mais, d'après ce que j'ai pu voir, les photographes ont toujours l'air de porter les vêtements que viendraient de délaisser les gens de la télévision. Sans doute croient-ils que personne ne les voit parce qu'ils sont derrière les appareils ? Parfois, lorsque dans un magazine je tombe sur la photo peu flatteuse d'un individu – en train de faire une grimace ou une sale tête –, je ne peux m'empêcher de me poser la question suivante : cette grimace ne serait-elle pas une simple réaction au photographe qui se trouvait en face de lui ? Quoi qu'il en soit, ce Bronner était moins mal fagoté que ses congénères, mais la différence était tout de même minime.

« Je traite de la politique au quotidien, lui dis-je, et bien sûr de questions qui vont au-delà.

— Je ne vois pas ce qu'il peut y avoir de drôle là-dedans, grogna-t-il. La politique, c'est de la merde. Mais, après tout, ce n'est pas mon émission. »

Au fil des années, j'ai appris une chose : la foi inébranlable et fanatique dans la cause commune n'est pas toujours nécessaire. Parfois, elle constitue même un obstacle. J'ai déjà vu des metteurs en scène incapables de faire un film tant ils étaient obnubilés par leur art. Et, finalement, je préférais l'indifférence de Bronner ; elle me permettait de faire ce que je voulais au moment où je m'apprêtais à clouer au pilori les pitoyables réalisations des représentants politiques élus de façon démocratique. Et comme il convient toujours de simplifier les choses, chaque fois que c'est possible, je choisis d'emblée le sujet le plus accessible, littéralement. J'allai donc me poster, un matin, devant le jardin d'enfants voisin de l'école à côté de laquelle je passais souvent. J'avais eu tout le loisir d'observer le comportement irresponsable des automobilistes qui filaient à toute allure et mettaient en péril la vie et la santé de nos enfants. Je plaidai d'abord dans une brève allocution contre cette folie de la vitesse, puis nous fîmes quelques prises de vue de ces assassins de notre jeunesse, que l'on pourrait ensuite insérer au montage. Je fis ensuite des interviews de mères qui passaient par là en grand nombre. Les réactions étaient étonnantes. La plupart demandaient :

« C'est pour une caméra cachée ? »

Et moi de répondre : « Pas du tout, chère madame. La caméra est là et vous la voyez. » Et d'un geste je montrais l'appareil et les camarades cameramen, mais je le faisais avec beaucoup de délicatesse, sans me hâter, car je savais que les femmes et la technique, ça ne fait pas bon ménage. Une fois la chose éclaircie, je demandais à la dame si elle était une habituée du quartier, et suite à sa réponse affirmative, voici comment j'enchaînais :

« Vous avez donc pu constater la présence de ces automobilistes ?

— Ouiiiii, disait-elle en tirant sur la voyelle. Pourquoi… ?

— Êtes-vous d'accord avec moi si je dis que, face au comportement de nombreux automobilistes, on est en droit d'avoir peur pour nos enfants qui sont ici en train de jouer ?

— Hmm… oui… enfin… mais où vous voulez en venir ?

— Vous pouvez exprimer librement vos craintes, chère camarade du peuple !

— Attendez ! Je ne suis pas une camarade du peuple ! Mais si vous me posez la question, je dois dire que… c'est parfois pénible quand on passe ici avec des enfants…

— Pourquoi ce gouvernement librement élu ne prend-il pas des mesures plus sévères contre ces chauffards ?

— Je ne sais pas…

— Nous allons changer ça ! Pour l'Allemagne. Vous et moi ! Quelle peine voudriez-vous qu'ils encourent ?

— Quelle peine je voudrais qu'ils… quoi ?

— Vous trouvez que les peines actuelles sont suffisantes ?

— Je ne sais pas très bien ce que…

— … ou qu'elles sont appliquées avec suffisamment de rigueur ?

— Non, non, je – enfin je n'aimerais pas qu'ils…

— Pardon ? Et les enfants ?

— C'est bien comme c'est. C'est parfait comme ça. »

Ce genre de situation se répétait souvent. Il régnait comme un climat de peur, et ça, dans un régime politique prétendument libre. La femme simple et innocente issue du peuple n'osait pas parler ouvertement en ma présence, dès que je l'abordais en uniforme de soldat. J'étais ébranlé. Et cela se reproduisait dans les trois quarts des cas. Quant au dernier quart, il disait à peu près ceci :

« Vous êtes le nouveau préposé à la circulation ? Enfin quelqu'un qui dit les choses comme elles sont ! C'est une vraie saloperie la façon dont ils conduisent. On devrait les coller directement en prison !

— Vous demandez donc leur incarcération ?

— Oui, au moins.

— J'ai entendu dire que la peine de mort n'existait plus…

— Hélas ! »

Suivant le même principe, je m'en prenais à toutes les déficiences que j'avais moi-même constatées ou que j'avais relevées dans la presse. Les aliments empoisonnés, les automobilistes qui téléphonaient au volant, les coutumes barbares de la chasse et autres délits du même genre. Et, chose étonnante, si quelques personnes demandaient des sanctions beaucoup plus sévères, dans la plupart des cas, les gens n'osaient pas s'exprimer et donner ouvertement leur avis.

Ce fut très net lors d'un rassemblement dans le centre-ville où des gens étaient venus en grand nombre pour critiquer la politique du gouvernement. La solution la plus simple – qui aurait consisté à cogner sur tout ce qui bougeait – n'étant visiblement venue à l'esprit de personne, ils avaient quand même fini par installer une sorte de stand, comme au marché, pour recueillir des signatures contre l'avortement dont le nombre atteignait le chiffre impressionnant de cent mille par an.

Ce genre de génocide, cette atteinte au sang allemand était évidemment inacceptable – n'importe quel crétin voyait bien qu'en prenant cinquante pour cent de ce chiffre, le nombre estimé de garçons ainsi perdus, on arrivait facilement à trois divisions, peut-être même quatre. Et tout cela partait directement à la poubelle. Mais, en ma présence, plus aucune de ces personnes pourtant convenables ne voulut ostensiblement défendre ses convictions, et après notre intervention la manifestation fut arrêtée net.

« Et ça veut dire quoi ? demandai-je à Bronner. Ces pauvres gens sont comme changés. Voilà à quoi ressemble la soi-disant liberté d'opinion.

— C'est fou, déclara Bronner. C'était encore mieux que ceux qui protestaient contre l'obligation de tenir leur chien en laisse.

— Non, dis-je, vous m'avez mal compris. Les types qui protestaient contre l'obligation de tenir leur chien en laisse n'étaient pas des gens convenables – ils se seraient défilés à la première occasion. C'étaient tous des juifs. Vous n'avez pas vu les étoiles ? Ils savaient tout de suite de quoi il retournait.

— Ce n'étaient pas des juifs, objecta Bronner. Sur l'étoile il n'y avait pas marqué "juif", mais "chien".

— Voilà, c'est typique du juif, lui expliquai-je. Semer la confusion dans les esprits. Et sur les flammes du désarroi, il fait mijoter son infâme breuvage empoisonné.

— Quand même, c'est un peu…, souffla Bronner avant d'éclater de rire. Vous êtes vraiment incroyable !

— Je sais. Les uniformes pour vos cameramen sont arrivés ? Le mouvement doit dorénavant avancer de façon unitaire. »

Au sein de la société de production, nos actions avaient été accueillies avec enthousiasme. « De toute évidence, vous pourriez faire d'un curé un athée, m'avait dit Mme Bellini en regardant notre matériel.

— On pourrait le supposer, mais j'ai déjà essayé une fois. Une action de grande envergure. Hélas, beaucoup de ces curés sont impossibles à convertir, même si on les interne dans des camps. »

Deux semaines après ma première intervention chez Wizgür, on intégra des reportages qu'on passait avant le discours enflammé qui clôturait ma presta-tion. Et, au bout de quatre semaines, on en ajouta un autre à chaque émission. C'était un peu comme au début des années vingt. Sauf que, au lieu d'avoir un parti à ma botte, j'avais une émission à la télévision.

Du reste, j'avais eu raison au sujet de Wizgür. Il constatait avec un certain mécontentement la façon dont je prenais peu à peu de l'importance dans son émission, et il voyait d'un mauvais œil mon pouvoir de Führer s'affirmer. Il ne s'y opposa cependant pas. Il ne s'adaptait pas vraiment, il protestait pour des broutilles et, en coulisse, il abreuvait les responsables de ses jérémiades. Moi, à sa place, j'aurais tout misé sur une seule carte ; dès le début je me serais interdit toute immixtion, dans des circonstances analogues j'aurais tout de suite menacé d'arrêter de travailler pour cette station – leurs contrats, je m'en contre-fichais. Mais, et il fallait s'y attendre, notre petit Wizgür se cramponnait désespérément à ses acquis, à sa célébrité fragile, à son petit poste, comme si c'était une distinction honorifique. Ce Wizgür n'avait jamais lutté pour ses convictions, jamais il ne serait allé en prison pour ses idées.

D'un autre côté, quelles convictions aurait-il pu avoir ? Qu'avait-il à défendre hormis une origine douteuse et des bavardages aussi ineptes qu'outre-cuidants ? En ce qui me concernait, la situation était beaucoup plus simple : j'avais derrière moi l'avenir de l'Allemagne. Sans parler de la Croix de fer. Ou l'Insigne des blessés, qui montrait que j'avais versé mon sang pour l'Allemagne. Qu'avait versé le petit Wizgür pour son pays ?

Et bien sûr, je ne parlais même pas de l'Insigne des blessés en or. Où se le serait-il procuré sans guerre ? Et s'il l'avait eu, on aurait encore été en droit de se demander s'il était vraiment le candidat idéal pour animer une émission de variétés. Il ne reste plus beaucoup de personnes porteuses de ce genre de décorations. Cela vient de la nature brutale des choses. Ces gens qui ont été blessés cinq fois ou plus sur le front, par des baïonnettes, des grenades, des gaz, ces gens avec leur œil de verre, leurs prothèses à la place des bras, leur gueule toute cassée, ce n'est pas le bois dont on fait les meilleurs humoristes. Et même si l'on peut comprendre leur amertume, compte tenu de la situation, en tant que Führer il me faut aussi voir les choses sous un autre angle. On a là dans le public des gens bien disposés, ils se sont mis sur leur trente et un, ils ont envie de se détendre après une dure journée de labeur dans une fabrique de shrapnels ou une usine d'armement, ou alors ils viennent de subir une nuit de bombardements, et je comprends que la population attende d'un bon comédien un peu plus que deux jambes amputées. Disons les choses sans ambages : mieux vaut mourir tout de suite d'un éclat de grenade que d'écoper de l'Insigne des blessés et d'être ensuite obligé de faire le guignol.

Mais, d'une façon générale, on voit bien que non seulement ce Wizgür n'avait pas une vision du monde en rapport avec le national-socialisme, mais qu'en plus il n'en avait absolument aucune. Et sans vision du monde solide, on ne peut bien évidemment pas réussir dans l'industrie moderne du divertissement, aucune chance ni aucune raison d'exister – c'est alors l'histoire qui mène la danse.

Ou l'Audimat.

18

Le Führer n'est rien sans son peuple. Je veux dire par là que le Führer peut certes exister sans son peuple, mais on ne voit pas alors ce qu'il est vraiment. Tout homme doué de bon sens le comprend aisément. C'est comme si l'on asseyait Mozart quelque part sans lui donner de piano – personne ne se rendrait compte de son génie. Il ne pourrait pas donner ses représentations d'enfant prodige, accompagné de sa sœur. Bon, il est vrai qu'elle aurait encore son violon, mais si vous le lui prenez, qu'est-ce qui reste ? Deux enfants tout juste capables de bafouiller quelques mots en dialecte salzbourgeois ou quelques gentillesses d'usage. Mais ça, personne ne se presse pour aller le voir, tout le monde a ça chez soi au moins une fois dans l'année, le soir de Noël.

Non, le piano du Führer, c'est le peuple.

Et ses collaborateurs.

J'entends déjà les sceptiques objecter stérilement que l'on ne peut pas jouer sur deux pianos à la fois. Cela révèle seulement la façon dont ces gens considèrent la réalité. Ne peut exister ce qui n'a pas droit à l'existence. Mais si, c'est pourtant comme ça ! Beaucoup de grands hommes ont finalement échoué justement à cause de ça. Prenez Napoléon, par exemple. Cet homme était un génie, aucun doute là-dessus. Mais uniquement quand il jouait du « piano » militaire. Il a échoué à cause de ses collaborateurs. Et c'est la question qui ne cesse de se poser à tout génie : quels collaborateurs va-t-il choisir ? Frédéric le Grand avait Kurt Christoph von Schwerin, un général qui s'est fait tuer à cheval, drapeau à la main. Ou bien Hans Karl von Winterfeldt, qui a péri en 1757 sous les coups de sabre de l'ennemi. Voilà de vrais collaborateurs ! Mais Napoléon ?

Il faut le dire tout net : il a eu la main malheureuse – et c'est encore une façon nuancée d'exprimer les choses. Il a pratiqué un népotisme de la pire espèce et cela l'a perdu. Joseph, son idiot de frère, s'installe sur le trône d'Espagne ; Bernadotte épouse la belle-sœur de ce dernier ; Jerôme reçoit la Westphalie ; les sœurs sont casées dans quelque duché en Italie… Alors, qui reste-t-il pour le remercier ? Le pire des parasites fut encore Louis qu'il avait fait roi de Hollande et qui œuvrait à sa propre carrière comme si c'était lui qui avait conquis ce pays. Avec de tels collaborateurs, impossible de mener une guerre ou de gouverner le monde. Voilà pourquoi je me suis toujours appliqué à chercher d'excellents collaborateurs. Et je les ai souvent trouvés.

Prenez simplement le blocus de Leningrad.

Deux millions de civils coincés dans cette ville, sans ravitaillement. Il faut déjà avoir une certaine conscience de son devoir pour y envoyer chaque jour des milliers de bombes, la plupart dirigées sur les entrepôts de vivres. Les gens en étaient arrivés au point de s'assommer les uns les autres uniquement pour avoir le droit de manger la terre sur laquelle avait suinté du sucre fondu. Naturellement, ces civils n'avaient aucune valeur sur le plan racial, mais le simple soldat aurait facilement pu se dire : « Ces pauvres gens ! » Surtout que le fantassin, dans la plupart des cas, adore les animaux.

J'ai moi-même vécu pareille situation dans les tranchées. J'ai cotoyé des types qui se sont rués sous le feu ennemi pour aller chercher leur « Minet » qui s'était échappé. D'autres ont partagé leurs rations mises de côté pendant des semaines pour les offrir à un « Médor » venu d'on ne sait où. C'est là qu'on voit une fois de plus que la guerre n'exacerbe pas seulement les passions les plus rudes, mais aussi les plus douces et les plus chaleureuses ; elle est capable de faire ressortir et de ciseler le meilleur de l'humain. L'homme simple se lance dans la bataille comme un bloc mal dégrossi et quand il revient il s'est transformé en un grand ami des bêtes, armé de la volonté infrangible d'accomplir ce qui est nécessaire. Ces hommes simples, ces centaines de milliers de soldats et d'amis des chats ne se disent pas : « Laissons faire les choses. Au pire, ces habitants de Leningrad vont mourir de faim un peu plus lentement », ils se disent au contraire : « On va encore leur foutre une bonne bombe en pleine gueule ! Les décisions du Führer sont toujours les meilleures ! » Tout cela permet de reconnaître que l'on a bien choisi ses collaborateurs.

Ou que quelqu'un les a bien choisis, me disais-je en regardant Mlle Krömeier taper la conclusion de mon dernier discours. D'une façon générale, j'étais très satisfait de son travail. Je n'avais rien à lui reprocher de ce point de vue, son engagement était exemplaire et, depuis peu, elle était même à mon service toute la journée. Seule son apparence aurait demandé quelques retouches. Non qu'elle donnât une impression de laisser-aller, mais son allure qui allait à rebours de toute amabilité, cette pâleur presque cadavérique n'étaient pas faites pour servir un mouvement aussi gai et plein de vie que le national-socialisme.

Cependant, un Führer doit savoir passer outre à ce genre de choses. Von Ribbentrop était, par son allure, un homme tout à fait convenable avec son menton bien dessiné – un patrimoine génétique parfait ! Or, en fin de compte, ce n'était rien qu'une lopette. Et ça non plus, ça ne fait pas un bon collaborateur.

« Très bien, mademoiselle Krömeier, lui dis-je. Je crois que ce sera tout pour aujourd'hui.

— Je vous l'imprime en vitesse avant de partir », me dit-elle, et elle tapa sur quelques touches de son clavier. Ensuite, elle sortit de son sac un petit miroir et un rouge à lèvres très foncé afin de se refaire une beauté. Cela me parut être le moment adéquat pour aborder le sujet.

« Qu'en pense votre fiancé ?

— Quel fiancé ? Pour quoi faire ? Mon Füreur ! »

Sa façon de prononcer mon titre laissait encore à désirer, mais je ne m'y attardai pas.

« Eh bien, vous fréquentez peut-être ou même sûrement un jeune homme, disons un soupirant…

— Non, dit Mlle Krömeier tout en s'appliquant du rouge, il n'y a personne…

— Je ne veux pas être indiscret ou paraître insister, mais vous pouvez me dire les choses sans aucun problème. Nous ne sommes pas chez les calotins ici. Je ne connais aucun interdit dans ce domaine ; si deux jeunes personnes s'aiment, pas besoin de certificat de baptême. Le véritable amour gagne tout seul ses lettres de noblesse !

— C'est bien beau tout ça, dit Mlle Krömeier en pressant ses lèvres l'une contre l'autre et en jetant un coup d'œil dans le miroir, mais il n'y a personne parce que je l'ai personnellement foutu dehors, il y a à peine un mois ! Et je peux vous dire que c'était un vrai trou du cul ! »

J'ai dû faire une mine étonnée car Mlle Krömeier enchaîna aussitôt : « Oh ! désolée, ça m'a échappé. Ça ne se dit pas bien sûr au quartier général du Füreur ! Je voulais simplement dire que ce type était un sacré salaud ! Mon Füreur ! »

Je ne comprenais pas bien ce que cette nouvelle formulation changeait à son propos, mais toute sa mimique signifiait qu'elle avait fait un effort sincère et qu'elle était manifestement fière de sa seconde tentative.

« D'abord, dis-je sur un ton sévère, nous ne sommes pas à proprement parler dans le quartier général du Führer, en tout cas pas pour l'instant. Et, en second lieu, je trouve que de tels mots ne doivent pas sortir de la bouche d'une jeune femme allemande. Et surtout pas de la bouche de ma secrétaire !

— Oui, mais c'est comme ça ! Si vous aviez été là, vous auriez dit la même chose ! Je pourrais vous en raconter de bonnes sur ce…

— Ces histoires ne me concernent pas ! Il s'agit ici de la place du Reich et aussi, dans ces bureaux, de la place de la femme allemande ! Si quelqu'un entre dans cette pièce, j'aimerais qu'il ait l'impression d'avoir affaire à un État bien ordonné et non à une… »

Je m'arrêtai net : une larme venait de couler d'un œil de Mlle Krömeier, aussitôt suivie par une seconde, à l'autre œil, et puis soudain ce fut une vraie fontaine. Ce sont de tels moments qu'un Führer doit à tout prix éviter au cours d'une guerre, car l'éventuelle compassion lui enlève naturellement la concentration dont il a besoin lorsqu'il s'agit de mener ses troupes à la victoire. Quand la situation sur le terrain est moins propice, j'ai appris que, paradoxalement, c'était plus facile : on donne simplement l'ordre de ne pas céder un pouce de terrain et on n'a plus rien d'autre à faire de la journée, on peut très bien rentrer chez soi. Malgré tout, il faut éviter de se laisser ligoter par les émotions des autres.

Certes nous n'étions pas en guerre et j'appréciais le travail impeccable réalisé par Mlle Krömeier. Je lui tendis donc un mouchoir en papier dont la production avait visiblement repris en masse. « Le mal n'est pas immense, dis-je pour la rassurer. Je voulais simplement qu'à l'avenir… je ne mets pas en doute vos capacités, je suis même très satisfait de votre travail… ne prenez mon blâme trop à cœur…

— Ah, dit-elle en reniflant, ce n'est pas à cause de vous. C'est simplement que… ce type… je l'ai vraiment aimé. Je me disais que c'était sérieux entre nous. Le grand amour. » Là-dessus elle fouilla dans son sac et en sortit son téléphone. Elle pianota dessus et me tendit l'appareil où l'on voyait une photo du « sacré salaud ».

« Il était bel homme. Il était toujours si… si différent ! »

Je regardai la photo. Le personnage avait effectivement fière allure. Il était blond, grand, bien que plus âgé peut-être d'une dizaine d'années que Mlle Krömeier. La photo le montrait en train de marcher dans la rue, il portait un costume élégant, mais n'avait rien d'un fanfaron, il donnait au contraire une impression de belle assurance, comme s'il dirigeait une petite entreprise florissante.

« Je ne veux pas me mêler de vos affaires, insistai-je, mais ça ne m'étonne vraiment pas que cette relation ait capoté…

— Ah bon ? fit Mlle Krömeier en reniflant.

— Oui.

— Et pourquoi ?

— Regardez, vous pensez naturellement que vous avez mis fin à cette relation. Mais ne vous êtes-vous pas rendu compte, en réalité, que vous n'étiez pas la bonne personne pour cet homme ? »

Mlle Krömeier renifla encore et hocha la tête. « Mais nous étions malgré tout si bien ensemble. Alors… Alors jamais je n'aurais pensé que…

— Bien sûr, dis-je, et pourtant ça se voit au premier coup d'œil ! »

Elle cessa de renifler. Sa main triturait le mouchoir en papier, elle leva les yeux vers moi. « Quoi ? On voit quoi ? »

Je pris une inspiration. Il est étonnant de voir sur quels terrains auxiliaires la Providence peut jeter quelqu'un qui a été élu pour assurer l'avenir de l'Allemagne. Mais il est aussi étonnant de voir comment certaines choses s'arrangent et se combinent. Par exemple, le problème de Mlle Krömeier et de la digne représentation de la politique sociale-raciale.

« Regardez ! Un homme, surtout un homme en pleine santé et d'une race parfaite, veut avoir à ses côtés une partenaire joyeuse et débordante de vie, une mère pour ses enfants, une femme qui irradie l'esprit joyeux et sain du national-socialisme.

— C'est exactement ce que je suis ! Mais me faire ça à moi !

— Oui, bien sûr, dis-je, vous le savez et je le sais. Mais regardez-vous avec les yeux d'un homme dans la force de l'âge ! Toujours ces mêmes vêtements noirs. Ce rouge à lèvres archi-sombre, ce visage qui donne l'impression que vous vous forcez à le pâlir… Pour ma part – et ne recommencez pas à pleurer Mlle Krömeier ! –, pour ma part, j'ai vu sur le front de l'Ouest, en 1916, des morts qui avaient meilleure mine que vous ! Ce contour des yeux sombre et ces cheveux noirs. Vous êtes pourtant une jeune femme charmante, pourquoi ne portez-vous pas des couleurs gaies ? Un joli corsage ou une jolie jupe ? Ou une robe d'été aux couleurs vives ? Vous verrez alors comme les hommes vont se retourner sur votre passage ! »

Mlle Krömeier me regarda, immobile comme une statue. Puis soudain elle éclata de rire.

« Vous êtes trop ! Je vois ça d'ici ! Moi et ma petite robe, comme Heidi dans la prairie, avec des fleurs des champs sur mon chapeau et tout le tralala, et là je le croise dans la rue piétonne, lui et la supernana à son bras, et je découvre que ce salopard est marié. Je dois dire que je me serais sentie encore plus bête qu'en vrai. C'est vraiment trop drôle. Merci d'essayer de me changer les idées, mais maintenant, je rentre chez moi. » Elle se redressa, prit son sac à dos et passa une bretelle sur son épaule.

« Je vais passer prendre votre discours à l'imprimante et le déposer dans votre casier, dit-elle en posant déjà la main sur la poignée de la porte. Je vous souhaite une bonne soirée, mon Füreur ! Non, vraiment, moi dans une petite robe à fleurs… » Et là-dessus, elle partit.

Qu'allais-je entreprendre ce soir-là ? Je devrais peut-être faire installer dans ma chambre d'hôtel le nouvel appareil que m'avait faire parvenir Sensenbrink. Il permettait de passer des films à la télévision, des films qui n'étaient plus conservés sur des rouleaux, mais sur de petits disques en plastique ; la société Flashlight en avait de pleines étagères. Or j'ai toujours beaucoup aimé le cinéma et j'étais curieux de voir ce que j'avais raté au cours de ces soixante-six dernières années. D'autre part, j'avais aussi envie de me pencher sur les plans du nouvel aéroport spatial de Berlin ; je n'en avais guère eu le temps durant la guerre et, à cette heure, il était tentant de s'abandonner à sa passion. C'est à ce moment-là que la porte s'ouvrit une nouvelle fois et que Mlle Krömeier entra pour poser une lettre sur mon bureau.

« C'était dans votre casier, elle n'est pas arrivée par la poste, quelqu'un a dû la déposer directement dans la boîte de la société à l'entrée. Bonne soirée, mon Füreur ! »

La lettre m'était en effet adressée, mais l'expéditeur avait mis mon nom entre guillemets, comme s'il s'agissait du nom d'une émission. Je la reniflai, il m'était souvent arrivé, dans le passé, que des femmes veuillent m'exprimer une certaine forme de respect. La lettre ne sentait rien de particulier. Je l'ouvris.

Je me souviens encore très nettement de l'enthousiasme qui m'a submergé lorsque, à peine dépliée, j'ai vu en haut de la feuille une croix gammée impeccablement imprimée sur fond blanc. Je n'avais pas compté avoir aussi vite des réactions positives. Cela mis à part, rien de spécial à signaler. Je dépliai la lettre. Il était écrit, en grosses lettres maladroites tracées à l'encre noire :

« *Arete tes coneries, cochon de juif !* »

Cela faisait très longtemps que je n'avais pas autant ri.

19

Ce fut un beau petit succès de voir la jeune femme à la réception de l'hôtel me saluer pour la première fois en utilisant le salut nazi. Je me dirigeai vers la salle où l'on prend le petit déjeuner et je lui répondis en levant brièvement l'avant-bras. Alors seulement elle baissa son bras.

« Je ne peux le faire que parce que vous vous levez tard et que le hall est quasiment désert, me dit-elle en clignant des yeux. Vous ne le répéterez à personne, n'est-ce pas ?

— Je sais que les temps sont difficiles, répondis-je d'une voix assourdie, pour l'instant du moins ! Mais bientôt viendra le moment où vous pourrez faire corps avec l'Allemagne, le bras levé. » Puis je me dirigeai à pas rapides dans la salle où l'on servait le petit déjeuner.

Tous les employés n'avaient pas décelé les signes d'un temps nouveau avec une lucidité comparable à celle de la jeune femme de la réception. On ne claquait plus des talons, et le salut se limitait en général à un insipide « Bonjour ». Cependant, les regards étaient désormais moins réservés qu'auparavant, depuis que je délaissais mon uniforme au profit de mes costumes. De ce point de vue, cela me rappelait « l'époque du système », entre 1919 et 1933, quand il avait fallu tout recommencer après ma libération de prison ; là aussi il s'agissait de tout reprendre depuis le début, avec cette différence que l'influence et les habitudes de la bourgeoisie ramollie s'étaient solidement installées dans le prolétariat – plus encore qu'à mon époque, les vêtements bourgeois donnaient une apparence qui inspirait confiance. C'est ainsi, par exemple que le matin je pouvais manger mon muesli, boire mon jus d'orange avec un petit pain aux graines de lin, tout en relevant dans les regards qui m'étaient adressés une reconnaissance sans réserve de mes actions précédentes. Je m'apprêtais à me lever pour aller chercher une pomme quand retentit la Chevauchée des Walkyries. D'un geste souverain que j'avais vu faire par de jeunes hommes d'affaires, je sortis mon téléphone et le plaçai contre mon oreille.

« Hitler ! dis-je d'une voix merveilleusement équanime.

— Vous avez vu le journal d'aujourd'hui ? me demanda Mme Bellini tout à trac.

— Non. Pourquoi ?

— Eh bien regardez ! Je vous rappelle dans dix minutes.

— Un instant. Ça veut dire quoi ? De quel journal parlez-vous ?

— De celui avec votre photo en couverture », dit Mme Bellini, et elle raccrocha.

Je me levai et me dirigeai vers la pile des journaux du jour. Il y avait là quelques exemplaires de ce fameux *Bild*. Et sur la première page on voyait effectivement ma photo avec, au-dessous : « Le Hitler fou de YouTube : des fans soutiennent ses incitations à la haine ! »

Je pris le journal et retournai à ma place où je me mis à lire.

Des fans soutiennent ses incitations à la haine

Toute l'Allemagne en haleine : est-ce encore de l'humour ?

Autrefois il a tué des millions de gens – maintenant des millions viennent l'applaudir sur YouTube. Avec un programme de mauvais goût et des slogans bizarres, un « histrion » qui se fait passer pour « Adolf Hitler » dans l'émission d'Ali Wizgür « Trucs de ouf ! » s'en prend aux étrangers, aux femmes et à la démocratie. Les associations de protection de la jeunesse, les hommes politiques et le Conseil central des juifs d'Allemagne sont scandalisés.

Quelques échantillons de son « art » :

— Les Turcs ne sont pas des créateurs de culture.

— 100 000 avortements par an, c'est une chose inacceptable, d'autant plus que cela correspond à quatre divisions qui nous manqueront pour notre prochaine guerre à l'Est.

— Les opérations de chirurgie esthétique sont une honte faite à la race.

Chez les Allemands d'un certain âge, cette incitation à la haine réveille de bien mauvais souvenirs. Hilde W., 92 ans, de Dormagen, nous écrit : « C'est terrible. Il a pourtant fait tant de mal ! » Les hommes politiques s'interrogent sur les raisons de son succès. Le ministre CSU Markus Söder nous dit : « C'est fou. Cela n'a plus rien à voir avec l'humour ! » L'expert en matière de santé Karl Lauterbach, SPD, déclare au *BILD* : « C'est vraiment limite, cela blesse les sentiments. » La chef des Verts, Claudia Roth, s'exprime en ces termes : « C'est effrayant, je coupe immédiatement la télévision quand je le vois. » Dieter Graumann, président du Conseil central des juifs d'Allemagne, déclare pour sa part : « C'est un manque de goût caractérisé. Nous pensons porter plainte. »

Ce qui est particulièrement bizarre, c'est que personne ne connaît le vrai nom de cet « histrion » qui ressemble à s'y méprendre au monstre nazi.

BILD a fait son enquête et a demandé à la directrice de myTV, Elke Fahrendonk :

BILD : Quel est le rapport de tout cela avec la satire et l'humour ?

FAHRENDONK : Hitler révèle les contradictions extrêmes de notre société – et de ce point

Force m'est de reconnaître que j'étais surpris. Non par ce rapport chaotique à la réalité des faits, tout le monde sait ça : les salles de rédaction sont remplies d'imbéciles indécrottables. Mais j'avais cru déceler dans ce *Bild Zeitung* une institution assez proche de mes idées, certes un peu coincée, avec une tendance petite-bourgeoise à vouloir ne pas faire de vagues, et une crainte de dire les choses telles qu'elles sont, néanmoins son orientation globale me semblait assez analogue à la mienne sur bien des points. Or je ne voyais rien de tel dans cet article. Les Walkyries se mirent une nouvelle fois à galoper, je saisis mon téléphone.

« Hitler !

— Je suis scandalisée, dit Mme Bellini, ils ne nous ont même pas prévenus !

— Qu'est-ce que vous attendez d'un journal ?

— Je ne parle pas du *Bild Zeitung*, je parle de myTV, rétorqua Mme Bellini. Ils ont parlé avec Fahrendonk, on aurait au moins pu recevoir une alerte de leur part.

— Et ça aurait changé quoi ?

— Rien, vous avez raison, dit-elle dans un soupir.

— En fin de compte, ce n'est qu'un journal et ça ne m'intéresse guère.

— Peut-être pas vous, mais nous, si ! Ils veulent vous descendre. Et nous avons quand même investi sur vous.

— Ça veut dire quoi ? demandai-je d'un ton abrupt.

215

— Cela veut dire, répondit Mme Bellini de façon presque froide, que nous avons une demande d'interview de la part de *Bild* et que nous sommes obligés de nous expliquer et de leur parler.

— Je ne sais vraiment pas de quoi on pourrait parler.

— Moi, je sais. Une fois qu'ils vous ont dans le collimateur, ils vont tout fouiller et ils retourneront tout. Je voudrais savoir s'ils pourraient trouver des détails compromettants à votre sujet. »

Il est toujours réjouissant de voir arriver ce moment où nos dirigeants économiques se mettent à avoir peur. Quand les affaires prospèrent, ils arrivent à toute vitesse, le sourire aux lèvres, prêts à mettre autant d'argent que nécessaire. Quand tout marche bien, ce sont aussi les premiers à vouloir augmenter leurs bénéfices, sous prétexte que ce sont eux, après tout, qui ont pris les risques. Mais dès que ça tourne au vinaigre, ils se débrouillent pour refiler à d'autres cette responsabilité qui promettait d'être juteuse.

« Si c'est là votre plus grand souci, j'avoue qu'il vient un peu tard, dis-je sur un ton moqueur. Vous ne croyez pas que vous auriez pu y penser plus tôt ? »

Mme Bellini se racla la gorge. « Je crains que nous ne devions vous avouer quelque chose.

— Ah oui ?

— Nous avons fait appel à une agence spécialisée. N'allez pas comprendre de travers : on ne vous a pas fait filer ni rien de ce genre. Nous voulions juste nous assurer que nous n'employions pas un nazi convaincu.

— Eh bien, dis-je un peu pincé, le résultat a dû certainement vous donner satisfaction.

— D'un côté, oui : nous n'avons rien trouvé en votre défaveur.

— Mais d'un autre côté… ?

ns rien trouvé du
s n'aviez aucune

oir si, par hasard,

oment de silence.
endus entre nous.
et nous voulons
elle eut un petit
avions – évidem-
le vrai Hitler... »
t d'ajouter : « Je
en train de dire.
a haute trahison !
ieux un instant ?
épondiez à cette
Bild, à force de
er quelque chose
s ?
en fait dans ma
ne me suis pas

TICKET CLIENT A CONSERVER

SIGNATURE DU PORTEUR

DÉBIT

MONTANT = 8,47 EUR
C @
003 001 00300
9823DB9B217FE
****
30004
4204620460
4246431
75PARIS 15
NOVOTEL MONTPAR
le 07/12/15 à 07:02:33
Visa Credit
A0000000031010
CARTE BANCAIRE

enrichi de façon illégale et je n'ai jamais agi dans mon propre intérêt. Bien sûr, cela ne nous servira pas à grand-chose avec la presse, dans la mesure où il faut s'attendre à ce que ce journal invente une montagne de mensonges à seule fin de nous nuire. On m'attribuera sans doute encore des enfants illégitimes, c'est en général la pire des choses qui vient à l'esprit de la presse petite-bourgeoise quand il s'agit de diffamer.

— Des enfants illégitimes... ? Rien de plus grave que ça ?

— Qu'est-ce qu'on pourrait me reprocher ?

— Qu'en est-il de votre passé national-socialiste ?

— Il est irréprochable, rassurez-vous.

— Vous n'avez donc jamais été dans un parti d'extrême droite ?

— Qu'allez-vous imaginer ? » dis-je en éclatant de rire. La question était si maladroite. « J'ai pour ainsi dire fondé ce parti ! Numéro d'adhésion : 555 !

— Pardon ?

— Je ne veux pas que vous pensiez que je me suis contenté de suivre le mouvement.

— Était-ce, par hasard, une erreur de jeunesse ? demanda Mme Bellini dans une nouvelle tentative maladroite pour mettre à mal mon impeccable idéologie.

— Réfléchissez un peu ! En 1919 j'avais trente ans. Et j'ai moi-même concocté cette petite duperie : nous avons inventé ces cinq cents premières inscriptions afin que le nombre d'adhérents ne paraisse pas ridicule ! C'est une supercherie dont je suis très fier. Je vous le confirme donc : le pire que l'on pourra lire à mon propos dans cette feuille de chou, c'est que Hitler a falsifié son numéro d'adhésion. Et ce n'est pas ça qui va me tuer. »

Un nouveau silence se fit à l'autre bout de la ligne, puis Mme Bellini dit :

« En 1919 ?

— Oui. À quel autre moment sinon ? On ne peut entrer qu'une fois dans un parti, si l'on n'en sort pas. Et je n'en suis jamais sorti. »

Elle rit d'un air soulagé : « Ce n'est pas ça qui va me tuer non plus. "YouTube-Hitler : en 1919, il a triché sur le numéro de son adhésion au Parti !" Je serais même prête à payer pour une telle annonce !

— Alors retournez à votre poste et tenez votre position. Nous ne céderons pas un pouce de terrain !

— Oui, mon Führer », dit Mme Bellini en s'esclaffant avant de mettre fin à la conversation.

Je posai le journal sur la table et vit soudain deux magnifiques yeux bleus qui me fixaient sous une mèche blonde. Un petit garçon était planté devant moi et me regardait, les mains timidement croisées derrière son dos.

« Oh, mais qui est-ce que nous avons là ? Comment tu t'appelles ?

— Moi, je m'appelle Reinhard », répondit l'enfant.

Quel délicieux bambin.

« Et tu as quel âge, Reinhard ? »

Il leva une main en hésitant et montra trois doigts, avant d'en ajouter lentement un quatrième. Charmant !

« J'ai connu une fois un Reinhard, dis-je en caressant doucement sa tête. Il habitait à Prague, une très belle ville.

— Tu l'aimais bien ?

— Oh, oui, je l'aimais beaucoup. C'était quelqu'un de vraiment très sympathique. Il a tout fait pour que les méchants ne puissent pas s'en prendre à des gens comme toi et moi.

— Combien de gens ? demanda le petit garçon, qui s'enhardissait.

— Beaucoup. Des milliers. C'était vraiment quelqu'un de très bien.

— Il les a mis en prison ?

— Oui. Aussi.

— Et ils ont sûrement pris des fessées, alors ! » dit le merveilleux petit garçon en riant. Puis il sortit son autre main de derrière son dos et me tendit un exemplaire du *Bild Zeitung*.

« C'est toi qui m'as apporté ça ? »

Il fit oui de la tête. « De la part de ma maman ! Elle est assise là-bas », et il me montra une table un peu plus loin dans un coin de la salle. Je plongeai la main dans la poche de mon pantalon et en sortit un stylo feutre. « Je dois te demander si tu veux bien faire une auto dessus.

— Une auto, dis-je en riant, tu es sûr ? Ou bien ta maman a plutôt parlé d'autographe ? »

L'adorable enfant plissa les sourcils et se mit à réfléchir intensément. Puis il me regarda d'un air contrit : « Je ne sais plus. Tu me dessines une auto ?

— Tu veux qu'on aille demander à ta maman ? » Là-dessus je me levai, pris le petit bonhomme par la main et le ramenai à sa mère. Je lui signai le journal et dessinai pour le bambin une belle auto sur un bout de papier, une splendide Maybach douze cylindres. Au moment où je revenais à ma place, mon téléphone se mit à sonner. C'était Mme Bellini.

« Vous faites ça bien, dit-elle.

— J'aime bien les enfants, dis-je, et je n'ai jamais pu fonder une famille. Et puis cessez de me faire suivre !

— Quels enfants ? demanda Mme Bellini, apparemment très étonnée. Non, je veux dire : vous argumentez très bien, vous avez du répondant. Vous êtes si bon que nous avons pensé avec M. Sensenbrink que nous pourrions proposer de faire cette interview tout de suite. Aux types du *Bild Zeitung* ! »

Je réfléchis un instant avant de lui répondre : « Il ne faut pas procéder comme ça. Ce n'est pas la dernière fois que nous ferons la une. Et l'interview, nous l'aurons quand nous le souhaiterons. Et à nos conditions. »

20

Je ne me trompe pas souvent. Je ne me trompe même que très rarement. C'est l'un des avantages quand on se lance dans la politique avec une expérience totale de la vie, et je dis bien : totale. Aujourd'hui, en effet, la plupart des soi-disant hommes politiques s'imaginent savoir à quoi ressemble la vraie vie simplement parce qu'ils ont passé un quart d'heure derrière un comptoir ou parce qu'ils ont à peine jeté un regard en passant par la porte ouverte d'une usine. Je pense, par exemple, à ce ministre libéral au faciès asiatique. Cet homme a interrompu ses études de médecine pour se concentrer sur sa carrière de politicard et on peut vraiment se poser la question : à quoi bon ? S'il avait commencé par se concentrer sur la fin de ses études de médecine, si, ensuite, il avait travaillé pendant dix ou vingt ans comme médecin à raison de cinquante ou soixante heures par semaine, pour, après seulement, formé par la dure réalité, se forger peu à peu une opinion et concevoir à partir d'elle une vision du monde lui permettant de se lancer, en tout bonne conscience, dans un travail politique sensé, alors on aurait pu s'attendre, dans des conditions favorables, à un résultat concret. Mais ce gamin fait naturellement partie de cette déplorable engeance moderne qui se dit qu'elle va d'abord entrer en politique et que ses idées se développeront d'elles-mêmes, en cours de route. Et c'est bien comme ça que les choses se passent : aujourd'hui, on apporte son soutien à la juiverie de la finance et, demain, on courra derrière le bolchevisme juif ; et finalement ce jeune gandin n'échappe pas à la règle : tel le gros bêta qui court toujours derrière le bus pour aller à l'école. Et je ne peux dire qu'une seule chose : « Pouah ! S'il avait fait l'expériences du front, celle du chômage, du foyer pour hommes à Vienne, le refus d'entrée à l'Académie des beaux-arts à cause de quelques professeurs stupides, il saurait aujourd'hui de quoi il parle. » Et les erreurs ne surgiraient que dans des cas extrêmement rares. Comme dans cette affaire du *Bild Zeitung*. Car je dois convenir que, dans ce cas, je m'étais trompé.

J'avais supposé que la racaille journalistique allait me tomber dessus à bras raccourcis, s'en prendre à ma politique et à mes discours. Et effectivement on m'envoya toute une meute de photographes pour me traquer sans répit. Deux jours plus tard parut une grande photo de moi en train de boire un thé dans un gobelet en carton à l'une des tables hautes devant le kiosque à journaux. Le gazetier était présent également sur la photo et tenait à la main une bouteille de limonade qui ressemblait à une bouteille de bière. Et au-dessus de la photo était écrit en gros caractères :

C'est là qu'il traîne avec ses compagnons de beuverie.

Le soir, il poursuit de sa vindicte les étrangers et nos hommes politiques, la journée, il traîne avec ses compagnons de beuverie : telle est la vie du plus détestable des « histrions » d'Allemagne, celui qui se fait appeler « Adolf Hitler », mais qui cache encore son véritable nom au public (voir le précédent numéro de notre journal). L'« humoriste » nazi (à gauche sur la photo) s'est mis sur son trente et un, délaissant son uniforme pour jouer l'inoffensif citoyen. À quand son prochain dérapage ?

BILD **ne manquera pas de vous tenir informés.**

Il fallait bien reconnaître que, d'un point de vue vestimentaire, le kiosquier n'avait pas vraiment brillé ce jour-là. Il avait entrepris de rénover les stores de son kiosque et s'était habillé en conséquence : des vêtements qu'il ne mettait plus avec, par-dessus, une vieille blouse de travail qu'il quittait quand il faisait une pause pour fumer une cigarette et qui correspondait à ce que l'on peut attendre d'une blouse de peintre – je suis le mieux placé pour en juger – toute barbouillée de couleurs. Le gazetier n'était pas pour autant un compagnon de beuverie, moi qui d'ailleurs n'apprécie pas les boissons alcoolisées. Mais la chose m'était désagréable en soi car le kiosquier n'avait vraiment pas mérité un tel traitement. Par bonheur, il sut faire face à la situation. Dès la fin de la matinée, je m'étais rendu à son kiosque pour m'excuser auprès de lui de tous ces désagréments. Mais il était débordé.

Il se tenait devant et servait toute une foule de gens qui se pressaient là en dépit du temps froid et humide. Au-dessus du guichet, on pouvait voir un panneau : « N'oubliez pas d'acheter aujourd'hui le *Bild Zeitung* : photo de moi et du YouTube Hitler ! »

« Vous arrivez à point nommé ! me lança-t-il en m'apercevant.

— En fait, j'étais venu pour m'excuser, mais maintenant je ne sais plus vraiment pour quoi.

— Moi non plus, dit le marchand de journaux en riant. Prenez un des feutres dans le kiosque et venez signer avec moi ! C'est le moins que vous puissiez faire pour votre compagnon de beuverie.

— C'est vraiment vous ? me demanda un travailleur du bâtiment qui me tendait un journal.

— Bien sûr, dis-je en signant.

— Quand j'ai appris ça, j'ai tout de suite commandé un lot supplémentaire », m'expliqua le kiosquier en vendant son journal à la ronde. Et, s'adressant aux acheteurs : « Oui, oui, vous pouvez aller le voir, M. Hitler va se faire un plaisir de signer aussi. »

En fait, cela ne me faisait pas du tout plaisir de signer. On ne sait jamais ce que les gens peuvent faire avec votre signature. On écrit son nom sur un bout de papier, sans penser à mal, et le lendemain un type vous bricole une déclaration par-dessus et vous vous retrouvez coupable d'avoir bradé la Bavière à quelque État corrompu des Balkans. Ou bien vous signez une capitulation sans vous en rendre compte, alors que les bunkers sont encore pleins d'armes qui peuvent vous permettre de renverser le cours de la guerre à tout moment. Mais finalement, apposer ma signature sur un journal ne portait pas à conséquence. En outre, pour la première fois, personne ne se plaignait que je ne signe pas « Stromberg » mais de mon vrai patronyme : Hitler !

« Ici, s'il vous plaît, en travers de la photo.

— Vous pouvez écrire aussi "Pour Helga" ?

— Vous pourrez aussi dire la prochaine fois quelque chose contre les Kurdes ?

— Nous aurions dû faire la guerre ensemble. Là, on aurait gagné ! »

Une petite fille fut doucement poussée vers moi, un journal à la main. Je pris tout mon temps pour signer. Ils pouvaient prendre toutes les photographies qu'ils voulaient : la jeunesse fait confiance au Führer, aujourd'hui comme hier. Et pas seulement la jeunesse. Une très vieille dame s'approcha en s'appuyant sur un déambulateur, une lueur dans les yeux. Elle me tendit son journal et me dit d'une voix chevrotante : « Vous vous souvenez ? C'était en 1935. À Nuremberg. J'étais juste à la fenêtre en face de celle où vous avez suivi le défilé ! J'avais l'impression que vous me regardiez. Nous étions si fiers de vous ! Et maintenant – vous n'avez vraiment pas changé !

— Vous non plus », dis-je sur un ton d'aimable flagornerie et en lui serrant la main avec émotion. Je ne me souvenais bien sûr pas de cette dame, mais cet attachement profondément sincère me mettait du baume au cœur. Quoi qu'il en soit, lorsque Sensenbrink, nerveux, m'appela au téléphone, je pus dissiper ses soucis grâce à la confiance que me manifestait le peuple et je repoussai une fois de plus sa proposition d'entamer une procédure judiciaire contre le journal. L'édition suivante ne m'effrayait pas plus. La feuille de chou avait bien entendu passé sous silence cette adhésion populaire et avait imprimé cette phrase totalement contraire à la réalité : « Le Hitler fou de YouTube : c'est maintenant à l'Allemagne de voter. » Le journal montrait toute une série de photos prises dans les camps de concentration, témoignage du travail certes pas très joli mais néanmoins nécessaire de la SS. Cela me mit quand même un peu colère.

En effet, dès lors qu'il est question des grandes tâches de l'histoire, il n'est guère sérieux de faire la liste des quelques cas particuliers où l'entreprise amorcée cause, de façon passagère, de petits désagréments collatéraux. Si, par exemple, vous construisez une grande autoroute qui transportera des milliards de produits issus de l'économie populaire, il y aura forcément sur le bord du chemin de gentils petits lapins tremblant de peur. Si vous ordonnez le creusement d'un canal qui assurera des centaines de milliers d'emplois, un ou deux petits paysans y trouveront certainement à redire et se mettront à pleurnicher. Mais je refuse d'ignorer l'avenir du peuple pour si peu. Et quand on s'est fait à la nécessité d'éliminer des millions de juifs – c'était vraiment dans cet ordre de grandeur à l'époque –, il y a toujours quelqu'un pour dire dans un élan de compassion, typique de l'homme simple, que tel ou tel juif n'est finalement pas si mauvais et qu'on aurait certainement encore pu le supporter quelques années de plus. C'est facile pour un journal d'aller titiller la corde sensible de l'individu. L'antienne est bien connue : tout le monde est convaincu qu'il faut exterminer les rats, mais quand l'action est déclenchée, on se met à avoir pitié du petit rat tremblant blotti dans son coin. Je me permets de souligner ici une chose : la pitié est grande, mais pas le désir de conserver le rat. Surtout ne pas confondre. C'était justement cette confusion intentionnelle qui fondait la mise en image du sondage. Ce dernier, dont l'honnêteté était plus que douteuse, proposait trois réponses au choix. Je ne pus m'empêcher de sourire, en dépit de ma mauvaise humeur, car au fond j'aurais été tout à fait capable d'inventer ce genre de chose moi-même. Les trois options proposées étaient en effet les suivantes :

1) Ça suffit ! Ne diffusez plus YouTube Hitler !

2) Non, il n'est vraiment pas drôle. Même myTV s'en rend compte.

3) Jamais vu. Ces inepties nazies ne m'intéressent pas.

Il fallait s'y attendre. Tous ces boniments et ces mensonges sont la base de cette presse bourgeoise phagocytée par la juiverie internationale. Il allait falloir faire avec, d'autant plus qu'il manquait les infrastructures nécessaires pour circonscrire cette racaille mythomane. Comme j'avais pu moi-même m'en rendre compte après quelques recherches sur Internet, il ne subsistait plus que deux baraquements dans le camp de concentration de Dachau. Situation indicible alors qu'il aurait fallu remettre en marche les fours crématoires tout de suite après la première vague d'arrestations.

Sensenbrink pédalait déjà comme un dément, le nez dans son guidon. Ce sont toujours les « grands stratèges » qui vacillent les premiers. « Ils vont nous anéantir, ne cessait-il de gémir, ils vont nous anéantir. Je suis sûr que myTV est déjà sur le gril. Nous devons leur accorder une interview ! » Je demandai à Sawatzki de garder un œil sur ce maillon faible. En revanche, Mme Bellini était resplendissante. Depuis Ernst Hanfstaengl, personne n'avait autant embobiné pour moi les gens importants ou plus ou moins importants. Et elle en avait d'autant plus de chien, une vraie femme de race.

Et pourtant, au quatrième jour, je pliai.

Et c'est la seule chose, jusqu'à ce jour, que je me reproche. J'aurais dû faire preuve d'une dureté implacable, mais je manquais sans doute un peu de pratique. Et surtout je n'aurais jamais imaginé ce qui allait arriver.

On avait publié une grande photo de moi. Elle me montrait en train d'accompagner la gentille Mlle Krömeier jusqu'à la porte de l'immeuble de la société. La photo, prise en début de soirée, à la lumière du jour, avait été sciemment trafiquée, comme je m'en rendais compte après les conversations que j'avais eues avec mon photographe personnel, Heinrich Hoffmann. L'image avait été floutée et très agrandie comme si elle avait été prise de loin par un détective après une longue traque. Ce qui était naturellement stupide. Ce jour-là, j'avais prévu de faire une petite promenade et j'avais accompagné jusqu'à la sortie Mlle Krömeier qui allait prendre son bus. Sur la photo, on voyait le moment où je lui tenais la porte. Mais au-dessus était écrit en caractères gras :

Le Hitler fou de YouTube :

Qui est la mystérieuse femme à ses côtés ?

Ils se glissent dehors en catimini par une porte dérobée et regardent autour d'eux. Qui ? Le « comique » nazi et sa mystérieuse dulcinée. L'homme qui cache encore son nom à toute l'Allemagne et pousse à la haine contre les étrangers, le champion autoproclamé de la décence et des convenances se livre dans l'ombre au stupre et à la fornication.

Qui est la mystérieuse femme qui se laisse ainsi faire la cour ?

BILD l'a appris de source fiable : L'inconnue s'appelle Vera K. Elle a 24 ans, elle est secrétaire et affiche un goût étrange pour les vêtements noirs, mais aussi le cuir. Elle se fait appeler « Vulcania17 » sur les réseaux sociaux où elle fait des recherches sur les messes noires et la musique trash. Le fou et la fiancée de l'horreur – que devons-nous encore attendre de ce couple infernal ?

BILD **vous promet une chose : nous ne lâcherons pas prise.**

« Ceci s'appelle la "responsabilité du clan", concept inventé par Himmler, dis-je froidement. Alors que Mlle Krömeier n'a aucun lien de parenté avec moi ! »

Nous étions tous assis dans la salle de conférences, Mme Bellini, Sensenbrink, Sawatzki et moi. Et ce fut évidemment ce grand stratège de Sensenbrink qui prit le premier la parole : « J'ose supposer qu'il n'y a rien entre vous… ? Je veux dire entre vous et la petite Krömeier ?

— Ne soyez pas stupide, lança Mme Bellini. M. Hitler m'a aussi une fois tenu la porte. Vous voulez aussi me poser la question ?

— Nous marchons sur des œufs, dit Sensenbrink en haussant les épaules.

— Sur des œufs ? rétorqua Mme Bellini. Et pour quelle omelette ? Je ne vais pas passer mon temps à répondre à ces allégations grossières ! Mlle Krömeier peut faire ce qu'elle veut, tout comme M. Hitler peut faire ce qu'il veut de son temps. Nous ne sommes plus dans les années cinquante !

— Mais il ne devrait pas être marié, dit Sensenbrink d'un ton ferme. Pas, en tout cas, s'il y a quelque chose entre lui et Mlle Krömeier.

— Vous n'avez toujours pas compris, dit Mme Bellini avant de se tourner vers moi : Donc ? Vous êtes marié ?

— Effectivement, dis-je.

— Ah, génial… ! »

Le ton de Sensenbrink était proche de la jérémiade.

« Laissez-moi deviner, dit Mme Bellini. Depuis 1945 ? En avril ?

— Naturellement. Il est étonnant d'ailleurs que l'annonce soit sortie dans la presse ! À ce moment-là, la ville était remplie de bolcheviques.

— Sans vouloir être importun, dit Sawatzki, je pense que M. Hitler aurait bon droit de passer pour veuf. »

On pouvait dire ce qu'on voulait, ce Sawatzki pensait, même sous le feu, de façon claire, rapide, fiable et pragmatique.

« Je ne peux vous le confirmer à cent pour cent, répondis-je, mais je l'ai lu, comme M. Sawatzki.

— Alors ? dit Mme Bellini à l'adresse de Sensenbrink, satisfait ?

— Poser aussi les questions désagréables fait partie de mon job, répondit Sensenbrink, non sans insolence.

— La question est de savoir ce que nous allons faire, résuma Mme Bellini.

— Faut-il vraiment faire quelque chose ? demanda Sawatzki, sur un ton neutre.

— Je vous donne raison, monsieur Sawatzki, dis-je, ou plutôt je vous donnerais raison si ça ne dépendait que de moi. Mais si je ne fais rien, mon entourage va en pâtir. Ça ne ferait d'ailleurs peut-être pas de mal à M. Sensenbrink, dis-je en lui lançant un regard moqueur, mais je ne peux pas vous faire ça, ni à vous ni à la société de production.

— Nous le supporterions, et la société aussi, mais nos actionnaires ne le supporteraient pas plus de cinq minutes, répondit Mme Bellini d'un ton sec. Ce qui veut dire pas d'interview à nos conditions, mais aux leurs.

— Vous serez responsable si ça ne marche pas », dis-je. Et comme je sentais que Mme Bellini n'acceptait pas aussi facilement les ordres que Sawatzki, je m'empressai d'ajouter : « Mais dans cette affaire, vous avez parfaitement raison. Nous allons leur accorder une interview. Disons à l'hôtel Adlon. Et ce sont eux qui paieront.

— Vous en avez de ces idées ! dit Sensenbrink, goguenard. Dans la situation où l'on est, on aura bien du mal à les obliger à payer quoi que ce soit.

— Question de principe, déclarai-je. Je ne vois pas pourquoi on irait dilapider l'argent du peuple pour ce torchon journalistique. S'ils paient l'addition, ça me convient.

— Et quand ? demanda Sawatzki.

— Dès que possible, dit Mme Bellini fort justement. Disons demain. Peut-être qu'ils nous laisseront tranquilles ces prochaines vingt-quatre heures. »

J'approuvai. « Entre-temps, nous devrions renforcer notre propre action auprès du public.

— Que voulez-vous dire ?

— Nous ne pouvons pas laisser notre adversaire politique mener la danse. Il ne faut pas que ça se reproduise. Sortons notre propre journal.

— Et si possible le *Völkischer Beobachter*, j'imagine. » Sensenbrink était clairement ironique. « Nous sommes une société de production, pas un groupe de presse !

— Il n'est pas nécessaire que ce soit un journal, intervint Sawatzki. La force de M. Hitler, c'est de toute façon l'image animée. Les vidéos sont là, pourquoi ne pas les mettre sur notre propre *home page* ?

— Toutes ses interventions en haute définition pour nous démarquer de l'amateurisme de YouTube, renchérit Mme Bellini, comme si elle réfléchissait à haute voix. Et l'on disposerait d'une plateforme au cas où il y aurait des messages importants à faire passer. Ou une vision personnelle des choses. Pas mal du tout. Faites en sorte que le service informatique propose quelques maquettes. »

La conférence prit fin. Au moment de partir, je vis qu'il y avait encore de la lumière dans mon bureau.

Je fis un détour pour aller l'éteindre. Tant que le Reich n'est pas équipé de dispositifs pour recycler l'énergie, tout cela coûte du carburant et on sait qu'il n'est pas donné. Sur le moment, on n'y pense pas, mais on s'en veut quand, trente ans plus tard, au moment de la victoire finale, les chars tombent en panne d'essence juste devant El-Alamein. J'ouvris la porte et trouvai Mlle Krömeier assise devant son bureau, immobile. Je me souvins que je ne lui avais pas demandé comment elle allait. Les anniversaires, les deuils, les coups de téléphone personnels, c'était toujours Traudl Junge qui s'en occupait autrefois et se chargeait de me le rappeler. Maintenant c'était une partie de la charge de Mlle Krömeier – mais impossible pour elle dans ce cas précis, évidemment !

Elle avait les yeux baissés et fixait le plateau du bureau. Puis elle leva la tête :

« Vous savez le genre d'e-mails que je reçois ? » me demanda-t-elle, livide.

J'étais très ému par le désarroi de cette pauvre créature. « Je suis vraiment désolé, mademoiselle Krömeier. Pour moi, ces choses-là sont faciles à supporter, j'ai l'habitude de faire face aux attaques quand je m'engage pour l'avenir de l'Allemagne. J'en porte toute la responsabilité – c'est vraiment impardonnable quand l'adversaire politique s'en prend aux petits employés.

— Ça n'a rien à voir avec vous, dit-elle en secouant la tête. C'est la saloperie ordinaire du *Bild*. Tu te retrouves en couverture et c'est fini pour toi. Je reçois des photos de types qui montrent leurs queues, je reçois du courrier dégueulasse où ils me disent ce qu'ils veulent me faire, et au bout de trois mots j'arrête de lire. Ça fait sept ans que je suis *Vulcania17*, mais maintenant je peux faire une croix dessus. Le pseudo est grillé. » Et elle tapa tristement sur une touche : « C'est fini. »

Il est très désagréable de ne pas pouvoir prendre de décision. Si Blondi avait été encore là, j'aurais pu au moins la caresser. Un animal, surtout un chien, surtout un berger allemand, sait alléger la tension qui nous habite.

« Mais il ne s'agit pas que d'Internet », dit-elle. Elle avait le regard fixe. « Sur Internet, on peut au moins lire ce que les gens pensent. Dans la rue, c'est impossible. On peut juste faire des suppositions. Et ça, je préfère pas. » Elle renifla sans bouger.

« J'aurais dû vous mettre en garde avant, dis-je après un moment de silence. Mais j'ai sous-estimé l'adversaire. Je suis vraiment désolé que vous soyez obligée de payer pour mon erreur. Personne ne sait mieux que moi qu'on doit faire des sacrifices pour l'avenir de l'Allemagne.

— Vous ne pouvez pas arrêter deux minutes ? » Mlle Krömeier semblait vraiment à bout de nerfs. « Il ne s'agit pas de l'avenir de l'Allemagne ! C'est du vrai, du concret ! Ce n'est pas une blague ! Et on ne joue pas ! C'est ma vie que ces trous du cul ont bousillée ! »

Je m'assis sur la chaise en face de son bureau.

« Je ne peux pas arrêter, même deux minutes. » Mon ton était grave. « Je ne peux pas et je ne veux pas. Je défendrai jusqu'à mon dernier souffle ce que je considère comme juste. La Providence m'a placé à ce poste et j'y resterai pour l'Allemagne jusqu'à ma dernière cartouche. Bien sûr, vous allez me dire : "Mais enfin, le M. Hitler, il ne pourrait pas arrêter deux petites minutes ?" En temps de paix, j'y serais disposé – par égard pour vous, mademoiselle Krömeier ! Mais là, impossible. Et je vais vous dire pourquoi. Après ça, je suis sûr que vous ne me le demanderez plus. »

Elle me dévisagea d'un air interrogateur.

« Au moment où je fais des concessions, je ne les fais pas à cause de vous – je les fais en fin de compte parce que ce journal plein de mensonges m'y pousse. C'est ce que vous voulez ? Vous voulez que je fasse ce que réclame ce torchon ? »

Elle secoua la tête, d'abord lentement puis avec entêtement.

« Je suis fier de vous, dis-je, et pourtant il y a une différence entre nous deux. Ce que j'exige de moi, je ne peux l'exiger de tout le monde. Mademoiselle Krömeier, je comprendrais parfaitement que vous vouliez cesser de travailler avec moi. La société Flashlight vous procurera sûrement un autre emploi où vous ne serez plus exposée à tous ces désagréments. »

Mlle Krömeier renifla. Puis elle se redressa sur sa chaise et s'exclama d'une voix ferme :

« Il n'en est pas question, mon Füreur ! »

21

La première chose que je vis, ce fut un mot écrit en gros caractères gothiques : « 𝔓𝔞𝔤𝔢 𝔪𝔞𝔦𝔰𝔬𝔫 ». Aussitôt je saisis le téléphone et appelai Sawatzki.

« Hein ? Vous avez vu ? » demanda-t-il. Et sans attendre ma réponse, il se mit à jubiler tout seul : « C'est super, non ?

— Page maison ? Ça veut dire quoi ? Quelle maison ? »

La voix de Sawatzki s'étouffa dans le téléphone.

« Eh bien, on ne peut quand même pas appeler votre page "homepage"… !

— Ah bon ! Et pourquoi ?

— Le Führer ne peut recourir à des mots étrangers, surtout s'ils sont… »

Je secouai énergiquement la tête : « Sawatzki, Sawatzki, que savez-vous du Führer ? Cette crispation sur la germanité est la pire chose que l'on puisse faire. Il ne faut pas confondre pureté du sang et rigidité mentale ! Un homepage est un homepage, point à la ligne ! Ne vous rendez pas ridicule ! On ne va pas débaptiser un tank en "engin de tir avançant sur des chenilles", simplement parce que ce sont les Anglais qui ont trouvé le mot !

— *Une* homepage, corrigea Sawatzki, on dit une homepage. Bon, d'accord. Je vais m'en occuper. Sinon, ça vous plaît ?

— Je n'ai encore rien vu », dis-je en faisant avancer la souris sur la table. À l'autre bout du fil, j'entendis Sawatzki taper sur son clavier. Soudain apparut sur mon écran, en grosses lettres : « 𝔥omepage ».

« Hmm, l'entendis-je dire dans le combiné, ça n'a plus de sens. Pourquoi écrire "homepage" en gothique ?

— Pourquoi voulez-vous toujours tout compliquer ? Écrivez simplement "Quartier général du Führer" !

— Ne dites-vous pas toujours que vous n'êtes pas le commandant en chef de la Wehrmacht, en ce moment ? demanda Sawatzki, presque moqueur.

— Bien vu ! Mais c'est une façon symbolique de voir les choses. Comme pour mon adresse e-mail. Je ne suis pas non plus la NouvelleChancellerieduReich. » Là-dessus, je raccrochai et continuai à étudier ma page.

Il y avait un bandeau transversal sur lequel on pouvait cliquer avec la souris pour accéder à diverses rubriques. L'une s'appelait « Dernières nouvelles ». Nous pensions y mettre les nouveautés, mais pour l'instant la rubrique était vide. Une autre rubrique s'intitulait « Show de la semaine », et l'on pouvait y voir mes dernières prestations, dans une petite fenêtre. On trouvait également une biographie exhaustive de ma personne qui commençait en 1945. C'était une idée de Sawatzki et j'avais bien ri en pensant que, entre-temps, j'avais dormi tels la Belle au bois dormant ou l'empereur Frédéric Barberousse dans la caverne du Kyffhäuser. Cela étant dit, comme je ne pouvais donner aucune indication sur ce temps écoulé, j'avais donné mon accord. Une autre rubrique était intitulée : « Posez directement vos questions au Führer ». Elle devait servir à améliorer la communication avec mes partisans. Curieux, je cliquai pour voir si une question avait déjà été posée. Effectivement, quelqu'un m'avait écrit.

> *Cher Monsieur Hitler,*
> *J'ai lu avec grand intérêt vos écrits sur les différences de valeur entre les races. Cela fait déjà un certain temps que j'élève des chiens et je me demande si je ne suis pas en train d'élever une race de moindre valeur. D'où ma question : quelle est à votre avis la meilleure race de chien au monde et quelle est la pire ? Et qui est le juif parmi les chiens ?*
> *Helmut Bertzel, Offenburg*

Voilà qui me plaisait beaucoup. Une bonne question, intéressante de surcroît. D'autant plus que, surtout ces derniers temps, on m'avait essentiellement posé des questions ayant trait au domaine militaire, et je commençais à en avoir assez. En plus, les sujets militaires n'ont qu'une valeur de divertissement assez limitée quand on ne fait que recevoir de mauvaises nouvelles. Durant les premières années de la guerre, il y avait souvent eu à table des conversations intéressantes sur les sujets les plus divers, et à la fin cela m'avait beaucoup manqué. Cette question sur les chiens me ramenait à cette belle époque ! Je sortis tout de suite mon merveilleux téléphone et cherchai la fonction dictaphone ; c'était un peu compliqué, mais j'avais très envie de répondre tout de suite à cette question.

« Mon cher monsieur Bertzel, dis-je pour commencer, l'élevage canin est effectivement plus avancé que la reproduction et l'évolution de l'humain. » Je me demandai si je devais me contenter de faire parvenir à M. Bertzel une réponse concise, mais, emporté par l'envie de réfléchir sur ce sujet, je décidai de le traiter de manière approfondie, comme il sied au Führer, et de faire un retour en arrière pour bien baliser le terrain. Mais par où commencer ?

« Il y a des chiens qui sont si intelligents que cela en devient inquiétant, dis-je d'abord, un peu songeur puis avec un débit de plus en plus fluide. L'élevage canin est un exemple très intéressant dans la mesure où il montre où pourrait en être l'homme. Malgré tout, il nous montre aussi où mène ce métissage débridé, car le chien est le premier à s'accoupler sans prudence ni discernement. Les conséquences sont évidentes, surtout dans le Sud de l'Europe où le bâtard prolifère et dégénère. En revanche, quand on sait réguler les choses, des races pures se développent et donnent chaque fois leurs meilleures aptitudes. Il y a, et il faut le dire de façon claire et nette, bien plus de chiens d'élite que de personnes d'élite dans le monde – un déficit qui aurait pu être rattrapé aujourd'hui si le peuple allemand avait justement fait preuve d'un peu plus de persévérance au milieu des années quarante du siècle dernier. »

Je fis une pause. N'allais-je pas vexer de trop nombreux camarades du peuple par cette remarque ? D'un autre côté, celle-ci ne concernait en fait que les personnes vraiment âgées et c'était d'ailleurs bien à elles qu'elle s'adressait. Les plus jeunes en revanche verraient bientôt à quelles nouvelles exigences elles allaient être confrontées.

« Naturellement, la reproduction et l'évolution du chien ne sont pas soumises aux mêmes lois que celles de l'humain. Le chien est soumis à la domination de l'homme. C'est l'homme qui contrôle sa nourriture et sa reproduction, et, dans cette mesure, jamais le chien n'aura de problèmes d'espace vital. De ce fait, les finalités de l'élevage ne sont pas forcément orientées vers le combat final qui permettra de conquérir le monde. Dans cette mesure, la question de savoir à quoi ressembleraient les chiens s'ils avaient dû lutter depuis des millions d'années pour la suprématie dans le monde relève du domaine de la spéculation pure. Une chose est sûre : ils auraient de plus grandes dents. Et un système d'armement plus sophistiqué. Probablement, de tels chiens pourraient aujourd'hui se servir d'appareils simples comme des gourdins, des frondes et peut-être même des arcs et des flèches. »

Je fis une nouvelle pause. Ces chiens de race supérieure auraient-ils aussi entre-temps fabriqué des armes primitives permettant de tirer ? Non, la chose paraissait invraisemblable.

« Cela mis à part, les différences de race ne sont pas sans similitudes entre les chiens et les hommes. On peut donc se demander à juste titre si l'univers du chien connaît le juif ou plus exactement le chien juif. Et la réponse est : "Évidemment. Il existe bel et bien un chien juif !" »

Je pouvais déjà imaginer ce que des centaines de milliers de lecteurs allaient supposer à ce moment et il s'agissait de se montrer prudent. « Quoi qu'il en soit, ce n'est pas, comme on le suppose souvent, le renard. Un renard ne sera jamais un chien, et un chien ne sera jamais un renard ; dans cette mesure, le renard ne sera jamais un chien juif. Il s'agira alors de déterminer s'il y a un renard juif parmi les renards et je dirais que c'est l'*otocyon megalotis* qui – et c'est très juif de sa part – renie déjà sa renarditude rien que dans son nom. »

Je m'étais un peu enflammé à mesure que je parlais dans le dictaphone. « Otocyon ! » murmurai-je, en colère. « Impudent ! » Puis je me hâtai d'ajouter : « Mademoiselle Krömeier, ne recopiez pas les deux derniers mots : *otocyon* et *impudent*. » Le problème de ce téléphone miracle, c'est qu'il avait bien une fonction pour effacer, mais que je n'arrivais pas à me rappeler comment elle marchait.

« Nous considérons donc, continuai-je, que le chien juif doit être recherché parmi les chiens. La façon de procéder est évidente : il nous faut chercher un chien rampant, hypocrite, mielleux, fielleux, mais toujours prêt à lancer lâchement une attaque – et c'est naturellement le teckel. J'entends déjà un certain nombre de personnes, surtout des Munichois possédant un chien, s'écrier : "Mais comment cela est-il possible ? Le teckel n'est-il pas justement le plus allemand de tous les chiens ?"

» La réponse est non.

» Le plus allemand de tous les chiens est le berger allemand, puis viennent, par ordre décroissant : le dogue, le doberman, le bouvier bernois (qui vient évidemment de Suisse alémanique), le rottweiler, toutes les espèces de schnauzer, le münsterländer et pourquoi pas le spitz allemand si cher à Wilhelm Busch. Sont en revanche des chiens non allemands – et je fais naturellement abstraction des chiens venus d'autres pays comme le fox-terrier, le basset et autre canaille canine : le bien nommé braque de Weimar (*nomen est omen*), le vaniteux épagneul, le roquet sans muscle comme d'ailleurs tous les petits chiens d'agrément qui sont unilatéralement dégénérés. »

Puis j'éteignis le dictaphone avant de le rallumer aussitôt : « À éliminer également : tous ces lévriers squelettiques ! »

Ensuite je me creusai les méninges pour savoir si j'avais oublié quelque chose d'important, mais rien ne me vint à l'esprit. Parfait ! J'avais vraiment envie que l'on me pose d'autres questions. Mais aucune ne m'était parvenue. Je fis avancer la souris jusqu'à la rubrique suivante : « Obersalzberg – en visite chez le Führer », un écran qui devait fonctionner un peu comme le livre d'or d'un hôtel. Certains messages étaient déjà arrivés. Tous n'étaient pas compréhensibles.

Les propos sérieux ne posaient aucun problème : « Chapeau bas ! Vous savez dire les choses de façon claire et nette » ; « Bravo ! Vous dites tout haut ce que les gens pensent tout bas » ; « Je regarde chacune de vos émissions. Enfin quelqu'un qui fait sauter les structures figées ! » Ce dernier point semblait correspondre à une attente particulière dans le peuple ; plusieurs fois déjà on avait fait allusion à la présence de ces structures figées qu'il fallait briser. Un architecte amateur parlait même de « stucatures », un expert en métaux de « structures rouillées », mais la finalité était très claire. Pour un Allemand, il y a des choses plus importantes que la correction orthographique qui frise souvent et de façon pénible la quadrisection capillaire.

Il y avait aussi ce message réjouissant : « Führer rulez ». On pouvait en déduire qu'entre-temps j'avais fait des adeptes en France, pour autant qu'il ne s'agisse pas d'une faute de frappe. J'avais en effet reçu aussi : « Fuehrer RULZ ! » – un certain M. Rulz devait chercher à profiter de ma notoriété pour se faire valoir. On retrouvait plusieurs fois de petites phrases du genre : « Continuez comme ça ! » et « Führer for President ». J'étais sur le point de fermer le lien lorsque je vis tout en bas de la liste une demi-douzaine de messages tous identiques et tous envoyés par quelqu'un qui signait : « Sang & Honneur ».

Étonnamment, le message était plutôt critique : « Sa suffi les mansonges, juif de turc ! »

Tout en secouant la tête, j'appelai Sawatzki pour lui demander que ces bêtises soient effacées. Ça voulait dire quoi : juif de Turc ? Il me promit de s'en occuper lui-même et me dit de regarder encore une fois la page d'ouverture. Là, je lus en gros caractères : « *Quartier général du führer* ».

Voilà qui avait vraiment de l'allure.

22

La pression de la presse est épuisante quand elle n'a pas été mise au pas. Non seulement pour les hommes politiques comme moi qui doivent assurer le salut du peuple, mais, vraiment, je ne comprends absolument pas pourquoi l'Allemand de base doit lui aussi supporter ce genre de choses. Prenons par exemple les articles sur l'économie. Chaque jour, un nouveau « spécialiste » dit ce qu'il faudrait faire ; et le lendemain, un de ses confrères, plus renommé que lui, explique pourquoi ce qui a été préconisé la veille est erroné et qu'il faut vite s'en détourner car c'est la solution inverse qui est la meilleure. C'est le fameux principe juif – et ces derniers temps celui-ci semble fonctionner même sans juifs –, qui est utilisé pour chercher à provoquer le plus grand chaos possible, aujourd'hui comme hier, de sorte que les gens en quête de vérité achètent encore plus de journaux et regardent encore plus d'émissions à la télévision. L'économie en est un bon exemple. Autrefois, personne ne s'y intéressait, aujourd'hui tout le monde s'en préoccupe, avec pour seul bénéfice d'être encore plus angoissé par le diktat économique. Achetez des actions ! Vendez vos actions ! Empruntez ! Ruez-vous sur l'or ! C'est le moment de passer à l'immobilier… ! Le simple citoyen est pris dans l'engrenage d'une activité annexe, ordinairement dévolue au spécialiste de la finance, qui se résume à se lancer dans des jeux de hasard où il mise tout ce qu'il a péniblement économisé. Une véritable aberration ! Le simple citoyen doit travailler de façon intègre et payer ses impôts, tandis qu'un État responsable doit en retour être capable de le soulager de tout soûci pécuniaire. C'est le moins que l'on puisse attendre, surtout de la part d'un gouvernement qui, sur la base de scrupules ridicules (pas d'armes atomiques et autres excuses du même genre), refuse obstinément de céder gratuitement aux gens des terres conquises dans les plaines russes.

Le fait que l'homme politique tolère que l'on sème ainsi la panique est naturellement l'acmé de la bêtise : dans ce chaos, son incompétence paraît encore plus flagrante, et plus les soucis et la panique sont grands, plus le pantin politique est désemparé. Pour ma part, cela me sert : le peuple voit chaque jour un peu mieux quels dilettantes sont aux manettes et occupent des postes à responsabilité. Ce qui ne laisse pas de me stupéfier, cependant, c'est qu'il n'y ait pas encore eu de ces manifestations monstres où les gens viennent par millions avec des torches et des fourches protester devant ces chambres parlementaires qui ne savent que ratiociner sur le thème : « Que faites-vous de notre argent… !? »

Mais l'Allemand n'est pas un révolutionnaire. Il faut bien se rappeler que la révolution la plus sensée et la plus légitime de l'histoire allemande a été possible en 1933 grâce à un vote. Une révolution sur prescription, pour ainsi dire. Bien, mais je peux certifier que, cette fois aussi, je ferai tout mon possible pour accéder au pouvoir.

J'avais voulu que Sawatzki m'accompagne à l'hôtel Adlon. Non que je compte sur ses lumières, mais il semblait approprié de venir avec une escorte ; et, au cas où auraient été prononcés des propos litigieux, il était bon d'avoir avec soi un témoin – un seul suffisait, mais Sensenbrink voulut absolument être de la partie lui aussi. Je ne sais pas s'il souhaitait intervenir le cas échéant ou s'il voulait simplement surveiller mes propos. Car il ne fait aucun doute que Sensenbrink est de ces petits chefs qui pensent que les choses fonctionnent parce qu'ils y sont plus ou moins associés sous une forme ou sous une autre. Je ne saurai assez mettre les gens en garde contre ce genre d'individu. On rencontre environ une fois tous les siècles, ou tous les deux siècles, un vrai génie universel capable, outre toutes ses activités annexes, de prendre le commandement des opérations sur le front de l'Est pour sauver la situation – mais, la plupart du temps, on peut très bien se passer de ces individus prétendument indispensables qui, dans le meilleur des cas, ne servent absolument à rien. En revanche, il arrive souvent qu'ils provoquent de gros dégâts.

J'avais choisi un costume simple. Certes je n'avais pas honte de mon uniforme, mais je pense que, en tant que représentant de points de vue sans compromis ni compromissions, il est de bon ton de donner de soi une image bourgeoise. En 1936, nous avons organisé les jeux Olympiques selon ce principe et – je l'ai lu quelque part – on a récemment tenté de copier cet immense succès de propagande. C'était à Pékin, avec de bons et même de très bons résultats.

Une fois arrivés à l'hôtel déjà décoré pour les fêtes de Noël, nous nous fîmes conduire dans la salle de conférences réservée à notre intention. J'avais tout fait pour arriver avec un léger retard, mais force me fut de constater que nous étions les premiers. C'était un peu rageant ; ce pouvait être soit un stratagème de ces journaleux, soit un hasard. Cependant, nous ne dûmes pas attendre longtemps. La porte s'ouvrit et une dame blonde en tailleur entra et se dirigea vers moi. Elle était flanquée d'un photographe rondouillard habillé de façon négligée comme il sied aux gens de cette corporation. Il se mit aussitôt à prendre des photos sans rien demander. Avant que Sawatzki ou Sensenbrink puissent avoir la mauvaise idée de nous présenter comme le ferait un petit professeur, je fis un pas en avant, j'ôtai ma caquette que je coinçai sous mon bras et je tendis la main à la dame en lui adressant un simple « Bonjour ».

« Enchantée, dit-elle sur un ton froid, qui n'avait cependant rien de revêche. Je suis Ute Kassler du *Bild*.

— Tout le plaisir est pour moi. Je vous ai déjà beaucoup lue.

— Je m'attendais à ce que vous me saluiez à la manière nazie, fit-elle remarquer.

— Je vois que je vous connais mieux que vous ne me connaissez, répondis-je d'un ton badin en l'accompagnant jusqu'à la table autour de laquelle étaient disposés des sièges. Je me doutais que vous ne me feriez pas le salut nazi – je ne me suis pas trompé. »

Elle s'assit et cala soigneusement son sac sur une chaise vide. Tout ce cirque pour un sac à main ! Cette façon de s'installer comme si on venait de monter dans un train avec tout son barda ! Encore une chose qui n'avait pas changé depuis soixante ans et n'allait sans doute pas changer dans les soixante années à venir.

« Merci de nous avoir accordé un peu de votre temps, dit-elle.

— Vous ne pourrez pas prétendre que j'ai donné la préférence à d'autres journaux que le vôtre, répondis-je. Finalement, c'est vous qui vous êtes le plus… disons… occupée de moi.

— Vous en valez la peine, dit-elle en riant. Qui sont ces messieurs qui vous accompagnent ?

— Voici M. Sensenbrink de la société Flashlight et M. Sawatzki, également de la société Flashlight. Un homme exceptionnel ! » Du coin de l'œil je vis le visage de Sawatzki s'illuminer, sans doute à cause de mon compliment, mais peut-être aussi à cause de l'attention de la journaliste, très bien faite de sa personne. Sensenbrink affichait une expression que l'on pouvait interpréter comme un signe de grande compétence ou de total désarroi.

« Vous nous avez donc amené deux superviseurs ? dit-elle avec un sourire. Ai-je l'air si dangereuse ?

— Non, mais, sans ces deux messieurs, je fais tellement inoffensif. »

Elle rit. Moi aussi. Bêtise grotesque. Ma saillie n'avait ni queue ni tête. Mais j'admets que je sous-estimais un peu cette jeune femme blonde. Je m'étais figuré que je pouvais la mettre dans ma poche avec quelques bons mots.

Elle prit son téléphone dans son sac, me le montra. « Ça ne vous dérange pas si nous enregistrons la conversation ?

— Pas plus que vous », dis-je en sortant mon téléphone que je confiai à Sawatzki. Je n'avais aucune idée de la façon dont on pouvait enregistrer une conversation. Sawatzki eut la présence d'esprit de faire comme s'il savait. Je décidai de lui en faire aussi le compliment à l'occasion. Un serveur s'approcha de la table et nous demanda ce que nous désirions boire. Nous passâmes commande. Le serveur disparut.

« Et donc ? demandai-je. Que voudriez-vous savoir ?

— On pourrait commencer par votre vrai nom ?

— Hitler, Adolf, dis-je, et cette première réponse suffit à provoquer une suée sur le front de Sensenbrink, comme si c'était la première fois que je me présentais.

— Je veux évidemment parler de votre vrai nom, dit-elle, sentencieuse.

— Ma chère demoiselle. » Je me penchai en avant et me mis à rire. « Comme vous l'avez peut-être lu, cela fait déjà un certain temps que j'ai décidé d'entrer en politique. Et il faudrait vraiment être un politicien stupide pour ne pas dire son vrai nom au peuple. Comment en effet celui-ci voterait-il pour lui après !? »

Des plis de mauvaise humeur apparurent sur son front. « Justement. Pourquoi ne pas dire au peuple allemand quel est votre vrai nom ?

— Mais c'est ce que je fais. » Je poussai un soupir. Ce rendez-vous promettait d'être fatigant. Surtout que, la veille au soir, j'avais regardé sur N24, jusque tard dans la nuit, un documentaire à propos de mes armes miracles bizarrement concocté, mais qui ne manquait pas d'intérêt. Une savoureuse bêtise que l'on pouvait en gros résumer ainsi : chacune de ces armes aurait pu infléchir le cours de la guerre, si je ne m'étais pas chaque fois mis en travers du chemin. Il est étonnant de voir ce que ces historiens de pacotille arrivent à composer sans avoir aucune idée sur rien. On n'ose à peine penser que ce que l'on sait sur des grands hommes comme Charlemagne, Othon Ier ou même Arminius nous vient uniquement d'un individu qui s'est pris pour un historien et nous a finalement débité ses élucubrations.

« Vous nous montreriez votre passeport, demanda la jeune dame, ou une pièce d'identité ? »

Du coin de l'œil, je vis Sensenbrink qui s'apprêtait à répondre quelque chose. Même en considérant la situation avec objectivité, je pressentais que son propos allait être inepte. On ne sait jamais quand ni pourquoi ces gens-là commencent à parler ; souvent, ils disent quelque chose parce qu'ils se rendent compte qu'ils n'ont encore rien dit jusqu'à présent ou parce qu'ils craignent de passer pour insignifiants s'ils continuent à se taire. Surtout, il faut les empêcher par tous les moyens d'ouvrir la bouche.

« Vous demandez le passeport de toutes les personnes que vous interviewez ?

— Simplement quand elles prétendent s'appeler Adolf Hitler.

— Et il y en a eu combien ?

— Heureusement, vous êtes le seul.

— Vous êtes jeune et peut-être mal informée, mais toute ma vie je me suis toujours refusé à jouir d'un traitement particulier. Et je ne souhaite pas changer maintenant. Je mange à la popote comme n'importe quel soldat. »

Elle se tut un instant, réfléchissant à la façon dont elle allait enchaîner.

« Vous traitez à la télévision de sujets très controversés.

— Je traite de la vérité. Et je dis ce que l'homme simple ressent. Ce qu'il dirait s'il était à ma place.

— Vous êtes nazi ? »

Ce n'était pas peu irritant. « C'est quoi cette question !? Évidemment ! »

Elle se renversa sur son siège. Elle n'était sans doute pas habituée à interviewer des gens qui ne mâchaient pas leurs mots. Il était étonnant de voir à quel point Sawatzki restait calme, alors que Sensenbrink transpirait de façon spectaculaire.

« Est-il vrai que vous admirez Adolf Hitler ?

— Le matin devant ma glace, quand je me rase. » Mais sa nervosité ne lui permit pas de saisir le piquant de ma repartie.

« Bien, alors soyons plus précis : admirez-vous ce qu'a accompli Hitler ?

— Admirez-vous ce qu'a accompli Ute Kassler ?

— On ne va pas avancer, comme ça, dit-elle agacée. Moi, je ne suis pas morte.

— Vous le regrettez peut-être, mais moi non plus. »

Elle se pinça les lèvres. Le serveur arriva à ce moment et déposa nos boissons sur la table. Mme Kassler but une goutte de café et tenta une autre feinte.

« Niez-vous les actes commis par les nazis ?

— Loin de moi cette idée. Personnellement, je ne me lasse jamais d'attirer l'attention sur ce qu'ils ont fait. »

Elle roula de grands yeux « Mais vous les condamnez aussi ?

— Ce serait stupide. Je ne suis pas aussi schizophrène que nos parlementaires, dis-je avec un petit sourire. Ce qu'il y a de bien dans un État mené par un Führer c'est que celui-ci assume la responsabilité de ses décisions non seulement avant ou pendant qu'elles sont appliquées, mais aussi après !

— Même en ce qui concerne les six millions de juifs morts ?

— Absolument. Même si, bien sûr, je ne les ai pas comptés. »

L'espace d'un instant, je vis la joie briller dans ses yeux. J'enchaînai aussitôt : « Ce n'est pas nouveau. Si je ne me trompe pas, même la presse des vainqueurs ne me dispute pas le mérite d'avoir éradiqué ces parasites de la surface du globe. »

Cette fois, ses yeux me lancèrent des éclairs.

« Et aujourd'hui, vous faites des plaisanteries sur ce sujet à la télévision…

— Voilà qui est nouveau, dis-je sur un ton grave. Les juifs ne sont pas un sujet de plaisanterie. »

Elle respira profondément et se renversa encore une fois sur son siège. Puis elle prit une grande gorgée de café en même temps que son élan.

« Que faites-vous quand vous ne passez pas à la télévision. Quelle est votre vie privée ?

— Je lis beaucoup. Cet Internet est très enrichissant à plus d'un titre. Et j'aime bien dessiner aussi.

— Laissez-moi deviner : des bâtiments, des ponts, des choses dans ce genre… ?

— Affirmatif. J'ai une passion pour l'architecture.

— J'en ai déjà entendu parler, déclara-t-elle en poussant un soupir. Il y a encore quelques restes de vos œuvres à Nuremberg.

— Vraiment ? C'est parfait. J'y suis un peu pour quelque chose, bien sûr, mais, pour l'essentiel, toute la gloire revient à Albert Speer.

— Je pense que nous allons arrêter là, dit-elle, glaciale, ça ne mène à rien. Je n'ai pas non plus l'impression que vous soyez venu avec l'intention de coopérer.

— Je n'ai pas non plus le souvenir que notre accord aurait comporté quelque codicille secret. »

Elle fit signe au serveur qu'elle voulait payer. Puis elle se tourna vers le photographe : « Tu as encore besoin de photos ? » Il fit non de la tête et elle se leva. « Vous aurez un article. »

Je me levai également. Sawatzki et Sensenbrink firent de même. La politesse reste la politesse. Cette jeune créature n'y pouvait rien, elle avait grandi dans un monde à l'envers.

« Je m'en réjouis d'avance, dis-je.

— Alors réjouissez-vous bien », maugréa-t-elle en partant.

Sensenbrink, Sawatzki et moi nous assîmes à nouveau.

« Ce n'était qu'une petite interview de rien du tout, estima Sawatzki, très remonté, tout en se servant une tasse de café. Mais aucune raison de se priver de café. Il est excellent ici.

— Je me demande si ces deux-là ont bien eu ce qu'ils voulaient, dit Sensenbrink, soucieux.

— De toute façon, ils écrivent ce qu'ils ont envie d'écrire, dis-je. Maintenant, il faudrait qu'ils laissent la demoiselle Krömeier tranquille.

— Comment va-t-elle ? demanda Sawatzki, soudain attentif.

— Comme la population civile allemande. Plus l'adversaire lance ses bombes de façon abjecte, plus la résistance devient fanatique. C'est vraiment une jeune fille fantastique. »

Sawatzki fit un signe approbateur de la tête et j'eus l'impression, l'espace d'un instant, que ses yeux prenaient un éclat un tout petit peu trop clair. Mais, naturellement, je peux me tromper moi aussi.

23

Le problème avec ces parlementaires, c'est qu'ils n'ont tout simplement rien compris. Je veux parler de la raison pour laquelle j'ai déclenché cette guerre. Ce n'était certainement pas parce que j'aime faire la guerre. Je déteste faire la guerre. Si Bormann était encore là, il confirmerait ce que je dis. C'est vraiment terrible et j'aurais volontiers laissé cette tâche à quelqu'un d'autre s'il y avait eu une personne mieux placée pour la faire. Et maintenant – enfin à court terme, ce ne sera pas l'une de mes priorités, mais à plus ou moins long terme, il faudra que je reprenne du service. Qui le fera sinon ? Qui aurait ce courage ? Interrogez un parlementaire, il vous dira tout de go que les guerres ne sont plus nécessaires aujourd'hui. Chose que l'on affirmait déjà à l'époque et qui était tout aussi idiote qu'aujourd'hui. On ne peut nier que la terre ne s'agrandit pas. En revanche, le nombre des Terriens augmente. Et si les ressources viennent à manquer, quelle race pourra disposer de ces ressources ?

La plus gentille ?

Non, la plus forte ! Voilà pourquoi j'ai tout fait pour renforcer la race allemande. Et enfoncer les lignes russes avant que les armées bolcheviques ne déferlent sur nous. Au tout dernier moment, comme je me le disais. À l'époque il y avait deux milliards trois cents millions d'individus sur terre. Deux milliards trois cents millions !

Personne ne se doutait que ce chiffre allait tripler.

Mais – et c'est là le point décisif – il faut en assumer les conséquences logiques. Et la première de ces conséquences logiques n'est évidemment pas de dire : « Comme nous sommes maintenant sept milliards, tout ce qui a été fait dans le passé a été inutile. » La vraie première conséquence logique est celle-ci : si j'avais raison à l'époque, j'ai maintenant trois fois plus raison ! C'est bête comme chou et n'importe quel élève de cours préparatoire arriverait au même résultat.

Ainsi, je suis le mieux placé pour comprendre toute cette histoire à propos de mon retour. En effet, pourquoi sept milliards d'individus vivent-ils maintenant sur cette terre ?

Parce que j'ai mené une guerre qui était absolument durable – pour employer un mot à la mode que l'on met à toutes les sauces. Si tous ces gens s'étaient multipliés sans problème, nous en serions maintenant à huit milliards. La plupart serait des Russes et ils auraient depuis longtemps envahi notre pays, ils auraient moissonné nos récoltes, pris notre bétail, réduit nos hommes en esclavage, exécuté ceux qui n'étaient pas capables de travailler pour ensuite poser leurs mains crasseuses sur nos jeunes filles innocentes et pures. La Providence a donc considéré que ma première tâche était de purger l'excédent de population bolchevique. Et à présent ma mission consiste naturellement à terminer le travail commencé. Une pause était nécessaire afin que je ne dilapide pas mes forces durant ces décennies intermédiaires, elles aussi nécessaires pour que les ultimes conséquences de la guerre puissent s'établir. J'entends par là : querelle entre les alliés, déclin de l'Union soviétique, cession de territoires russes et logiquement réconciliation avec notre allié le plus proche, l'Angleterre, afin de pouvoir ensuite avancer de façon unie. Je ne comprends toujours pas pourquoi cela n'a pas marché à l'époque. Combien de bombes il aurait fallu encore balancer sur leurs villes avant qu'ils comprennent qu'ils étaient nos amis ?

Cela dit, et vu les nouveaux chiffres, on est en droit de se demander en quoi l'Angleterre serait encore incontournable : cette île délabrée n'est maintenant plus une puissance mondiale. D'autre part, il n'est pas nécessaire de répondre à toutes les questions en même temps. Néanmoins, on approche du moment fatidique où il faudra prendre les mesures qui s'imposent. Voilà pourquoi j'étais à ce point horrifié par l'état des prétendues forces nationales.

J'avais d'abord supposé que j'étais plus ou moins seul dans ce combat. Pourtant le destin avait préparé le terrain en plaçant quelques alliés ici et là. Mais il me fallut des mois pour m'apercevoir que, effectivement, quelqu'un s'était senti appelé à poursuivre le travail du NSDAP. J'étais tellement indigné par ce minable travail de propagande que j'appelai Bronner et un cameraman pour qu'ils m'accompagnent dans le quartier de Köpenick où était installée la plus grande association de ce type, qui répondait au nom de NPD. La simple vue du lieu m'a donné la nausée, je l'avoue.

Je reconnais que la Maison Brune à Munich n'était pas renversante, mais en tout cas elle faisait sérieux et représentait quelque chose. Si je pense au Bâtiment administratif construit par Paul Troost, quelques mètres plus loin, c'était une bâtisse qui donnait envie d'entrer tout de suite au Parti. Mais cette bicoque couverte de neige à Berlin-Köpenick – non, vraiment, pitoyable.

La misérable petite bâtisse était coincée entre deux immeubles locatifs, comme un pied d'enfant enfoncé dans la pantoufle trop grande de son père. La maison ne correspondant pas du tout à ce qu'elle voulait être, déjà parce qu'un imbécile avait eu l'idée saugrenue de donner un nom à ce taudis et de visser une plaque sur la façade où l'on pouvait lire en grosses lettres bien hideuses : « CARL-ARTHUR-BÜHRING-HAUS ». Autant avoir baptisé une bouée d'enfant : « Le Duc de Friedland ». À côté de la sonnette, une étiquette indiquait : « CENTRALE DU NPD ». Les lettres étaient si petites qu'elles faisaient penser à des soldats fuyant l'ennemi. Incroyable ! C'était comme à l'« époque du système », entre 1919 et 1933 : l'idée populiste-raciale, la cause nationale, tout était de nouveau déshonoré, vidé de son sens, ridiculisé par quelques imbéciles. J'appuyai rageusement sur la sonnette, et comme rien ne se produisait je me mis à tambouriner sur la porte. Qui finit par s'ouvrir.

« Vous désirez ? me demanda un jeune boutonneux dont le visage exprimait une certaine perplexité.

— À votre avis ?

— Vous avez une autorisation de tournage ?

— Qu'est-ce que c'est que ces détestables couinements ? Depuis quand un mouvement nationaliste se cache-t-il derrière ce genre de faux-fuyants youpinesques ? » Je poussai énergiquement la porte. « Écartez-vous de mon chemin ! Vous êtes une honte pour le peuple allemand ! Où est votre supérieur ?

— Je – un moment – attendez – je vais chercher quelqu'un... »

Le jeune freluquet disparut et nous laissa dans une sorte de grand vestibule. Je regardai autour de moi. Les murs auraient eu besoin d'être repeints, ça sentait le tabac froid. Quelques fascicules étaient posés ici et là, avec des titres idiots sur leurs couvertures. Sur l'un on pouvait lire, écrit entre guillemets : « Mettre les gaz ! », comme si, dans la réalité, on n'avait pas besoin de mettre les gaz. Un autocollant indiquait : « Les millions d'étrangers nous coûtent des milliards » – mais qui allait fabriquer les cartouches et les grenades, qui allait creuser les fondations des bunkers ? Ça, personne ne le disait. En tout cas, le blanc-bec qui m'avait ouvert était aussi inapte à tenir une pelle qu'un fusil.

Jamais encore dans ma vie je n'avais eu autant honte d'un parti nationaliste. Comme la caméra filmait tout, je dus me retenir pour ne pas verser des larmes de fureur. Était-ce pour cette racaille qu'Ulrich Graf avait reçu onze balles dans le corps ? Scheubner-Richter était-il tombé sous les balles de la police à Munich pour que de tels gredins profanent dans leur bicoque décrépite le sang d'hommes aussi méritants ? J'entendais le gamin balbutier quelques paroles au téléphone dans la pièce à côté. La caméra enregistrait toute cette misère, c'était dur – mais il allait falloir nettoyer cette fosse à purin. Au bout d'un moment, je n'y tins plus et, tremblant de colère, je passai dans la pièce à côté.

« ... oui, je l'aurais bien éconduit, mais... Il ressemble au Führer, il a le même uniforme... »

J'arrachai le combiné des mains du boutonneux et hurlai : « Quel raté dirige ce bouge ? »

Je ne fus pas peu étonné de voir avec quelle adresse et rapidité l'assistant réalisateur Bronner, d'habitude si peu impliqué, s'était glissé de l'autre côté de la table et avait appuyé sur un bouton du téléphone. On pouvait maintenant entendre toute la conversation comme si mon interlocuteur était dans la pièce.

« Permettez ! dit le haut-parleur.

— Si je permets quelque chose, vous l'apprendrez bien assez tôt ! hurlai-je. Pourquoi n'y a-t-il aucun responsable ici ? Pourquoi un petit binoclard glapissant est-il seul à assurer la garde de ce local ? Rappliquez tout de suite et rendez-moi compte de tous ces manquements ! Sur-le-champ !

— Qui est à l'appareil ? dit le haut-parleur. Vous êtes le fou de YouTube ? »

Je concède que certains événements d'un passé récent peuvent être difficiles à comprendre pour le simple quidam. Il faut malgré tout faire deux poids deux mesures, car celui qui veut diriger un mouvement nationaliste doit pouvoir réagir aux soubresauts imprévisibles du destin. Et quand le destin frappe à la porte, il n'a pas à demander : « Vous êtes le fou de YouTube ? »

« Ma foi, dis-je, je suppose que vous n'avez pas lu mon livre.

— Ce n'est pas le propos, dit le haut-parleur, et maintenant débarrassez le plancher ou je vous fais jeter dehors. »

Je ris.

« J'ai envahi la France, j'ai envahi la Pologne, j'ai envahi la Hollande et la Belgique. J'ai encerclé des centaines de milliers de Russes avant même qu'ils aient pu dire : "Ouf." Et maintenant je suis dans vos prétendus locaux. Alors s'il vous reste ne serait-ce qu'une once d'idéologie nationaliste, vous allez rappliquer ici en quatrième vitesse pour me rendre des comptes sur la façon dont vous dilapidez l'héritage du national-socialisme !

— Je vais vous faire…

— Vous voulez peut-être faire expulser le Führer du Grand Reich ? demandai-je calmement.

— Vous n'êtes pas le Führer. »

Pour des raisons que je ne comprenais pas vraiment, Bronner avait serré le poing et un large sourire éclairait son visage.

« Je veux dire : Hitler, bégaya le haut-parleur. Vous n'êtes pas Hitler.

— Tiens, tiens, répondis-je, sur un ton extraordinairement calme, tellement calme que Bormann serait déjà parti en courant chercher les casques. Mais si c'était bien moi, continuai-je d'une voix très courtoise, si c'était bien moi, j'aurais alors l'honneur de pouvoir compter sur votre entière fidélité pour le mouvement national-socialiste ?

— Je…

— J'attends le Reichsleiter en poste. Tout de suite !

— Pour l'instant il a un empêchement…

— J'ai le temps. Chaque fois que je regarde le calendrier je constate avec étonnement que j'ai énormément de temps. » Puis je raccrochai.

Le gringalet me fixait avec des yeux de merlan frit.

« Vous n'étiez pas sérieux quand vous avez dit ça ? demanda le cameraman, inquiet.

— Quoi ?

— Cette histoire à propos du temps. Moi, je n'ai pas tout mon temps. Je termine à quatre heures.

— C'est bon, c'est bon, dit Bronner. Si c'est nécessaire, on demandera à quelqu'un de venir te remplacer. Tout ça commence à beaucoup me plaire ! » Il sortit son téléphone portable et donna quelques ordres.

Je m'assis sur l'une des chaises libres. « Vous avez de la lecture ? demandai-je au petit binoclard.

— Je... Je vais voir, monsieur...

— Hitler ! précisai-je sur un ton neutre. Je dois dire que la dernière fois que j'ai dû me présenter de façon aussi pénible, c'était dans un pressing tenu par un Turc. Ces Anatoliens auraient-ils quelque lien de parenté avec vous ?

— Non, c'est simplement que..., bafouilla-t-il.

— Ma foi, je ne vois pas de grand avenir pour vous dans ce parti. »

Le téléphone sonna et interrompit le freluquet dans sa recherche de livres ou de revues. Il décrocha le combiné et se mit plus ou moins au garde-à-vous.

« Oui, dit-il dans le combiné, oui, il est encore là. » Se tournant vers moi, il déclara : « Le secrétaire national du Parti. Pour vous.

— Je ne prends plus personne au téléphone. Le temps des appels téléphoniques est passé. Je veux quelqu'un en face de moi. »

L'avorton n'avait pas meilleure mine quand il était en nage. Ce gamin n'avait visiblement fréquenté ni l'un de nos centres d'éducation pour la jeunesse ni un quelconque club de sport et de défense. Pour un homme sain de corps et d'esprit, il était difficilement compréhensible que le Parti n'exclue pas dès l'entrée ces rebuts raciaux. Il gémit quelque chose dans le combiné puis il raccrocha.

« Monsieur le secrétaire fédéral demande un peu de patience, mais il va venir aussi vite que possible. C'est bien pour myTV ?

— C'est pour l'Allemagne !

— Puis-je vous offrir quelque chose à boire en attendant ?

— Vous pouvez vous asseoir en attendant, dis-je en scrutant son visage à l'air inquiet. Vous faites du sport ?

— Je préférerais ne pas…, dit-il. M. le secrétaire fédéral va arriver d'un instant à l'autre…

— Cessez vos jérémiades ! Véloce comme un lévrier, résistant comme du cuir, dur comme de l'acier Krupp. Vous connaissez ça ? »

Il fit un signe hésitant de la tête.

« Dans ce cas, tout n'est pas perdu, estimai-je avec une certaine indulgence. Je sais que vous avez peur de parler. Mais si vous bougez simplement la tête cela suffira. Véloce comme un lévrier, résistant comme du cuir, dur comme de l'acier Krupp – diriez-vous que ce sont là des qualités qu'il est avantageux de posséder quand on poursuit un grand objectif ?

— Je dirais que ça ne peut pas nuire, lâcha-t-il, prudent.

— Et êtes-vous véloce comme un lévrier ? Êtes-vous dur comme de l'acier Krupp ?

— Je…

— Non ! Vous êtes lent comme un escargot, fragile comme les os d'un vieillard et mou comme de la margarine. Derrière la ligne de front que vous défendez, il faudrait tout de suite évacuer les femmes et les enfants. Quand nous nous verrons, la prochaine fois, vous serez dans une autre disposition d'esprit ! Rompez ! »

Il s'éloigna. L'expression de son visage ressemblait à celle d'un mouton.

« Et arrêtez de fumer, lui lançai-je. Vous empestez comme un mauvais jambon. »

Je pris l'une de ces brochures de dilettantes, mais sans parvenir à la lire.

« Nous ne sommes plus seuls, dit Bronner en jetant un regard par la fenêtre.

— Hein ? fit le cameraman.

— Je ne sais pas qui leur a donné l'info, mais il y a des tas d'équipes de télé, là-dehors.

— Sans doute un des flics, dit le cameraman. C'est aussi pour ça qu'ils ne nous foutent pas dehors. Ça ne se fait pas, quand on est nazi, de foutre le Führer dehors.

— Mais il ne l'est pas, grommela Bronner.

— Pas pour l'instant, dis-je sur un ton sévère pour corriger ses propos. Il s'agit d'abord d'unifier le mouvement nationaliste et d'éliminer ces idiots nuisibles. Et ici, ajoutai-je en jetant un regard oblique vers la demi-portion, nous sommes dans un nid d'idiots nuisibles.

— Quelqu'un vient ! dit Bronner. Je crois que c'est le grand manitou. »

Effectivement, la porte s'ouvrit et un individu aux traits flasques entra. « Quelle bonne surprise, dit-il, un peu essoufflé, en me tendant sa main grasse, monsieur Hitler. Mon nom est Apfel, Holger Apfel. Secrétaire fédéral du Parti national-démocrate allemand. Je regarde vos émissions avec un grand intérêt. »

J'observai brièvement ce drôle de personnage. Berlin détruit par les bombes n'avait pas eu un aspect plus triste. Il parlait comme s'il avait une saucisse dans la bouche, d'ailleurs il ressemblait à une saucisse. Je ne fis pas cas de sa main tendue et lui demandai : « Vous ne savez pas saluer comme un Allemand qui se respecte ? »

Il me regarda, déconcerté, comme un chien à qui on donne deux ordres à la fois.

« Asseyez-vous. Il faut que nous parlions. »

Il se laissa tomber sur le siège en face de moi en poussant un profond soupir.

« Vous représentez donc la cause nationale ici ?

— Par la force des choses, répondit-il avec un demi-sourire. Cela fait déjà bien longtemps que vous ne vous en occupez plus.

— Je dois répartir mon temps, dis-je sans m'attarder. La question qui se pose est la suivante : qu'avez-vous fait pendant tout ce temps ?

— Je ne pense pas que nous devions avoir honte de ce que nous avons fait. Nous représentons les Allemands dans le Land de Mecklenburg-Vorpommern, de Saxe, ainsi que nos compagnons dans...

— Qui ?

— Nos compagnons.

— On dit "camarades du peuple". Un compagnon est un frère d'armes dans les tranchées. Et ici, mon humble personne mise à part, je ne vois personne que cela puisse concerner. Vous voyez les choses autrement ?

— Pour nous, nationaux-démocrates...

— Nationale-démocratie ! lançai-je sur un ton railleur. Ça veut dire quoi ? La politique nationale-socialiste exige un concept de démocratie qui n'est pas adapté à une nomenclature. Alors que la démocratie est arrivée à son terme avec l'élection du Führer, vous en êtes resté au stade où on a le mot démocratie à la bouche ! Comment peut-on être aussi bête ?

— En tant que démocrates, nous restons évidemment de plain-pied sur le terrain de la Constitution et...

— Je n'ai pas l'impression que vous ayez jamais été membre de la SS. Avez-vous lu mon livre, au moins ? »

Il me jeta un regard un peu incertain avant de déclarer : « Il faut avoir une information globale et bien que le livre soit difficile à trouver en Allemagne, je...

— Qu'est-ce que vous racontez ? Une forme d'excuse pour dire que vous avez lu mon livre ? Ou que vous ne l'avez pas lu ? Ou que vous ne l'avez pas compris ?

— Bon, là ça va un peu trop loin. Nous ne pourrions pas éteindre la caméra un moment ?

— Non, dis-je d'un ton froid. Vous avez gaspillé suffisamment de temps. Vous êtes un vantard, vous essayez de faire réchauffer votre petite soupe sur les flammes de l'ardent amour que les Allemands de souche ont pour leur pays, mais chaque parole sortie de votre bouche d'incapable renvoie le mouvement des décennies en arrière. Cela ne m'étonnerait pas que vous entreteniez ici une auberge interlope d'obédience bolchevique pour accueillir les traîtres. »

Il se renversa en arrière et essaya d'afficher un sourire supérieur, mais il n'était pas question pour moi de le laisser se défiler ainsi.

« Où se trouve, dans vos petites brochures, l'idée de race ? demandai-je sur un ton glacial. Cette idée sur le sang allemand et la pureté du sang ?

— Eh bien, j'ai souligné récemment que l'Allemagne devait appartenir aux Allemands...

— L'Allemagne ! Cette Allemagne est un État nain, comparé au pays que j'ai créé, et même le Grand Reich était trop petit pour son peuple. Nous avons besoin de plus que l'Allemagne. Et comment y arriverons-nous ?

— Nous... Nous contestons la légitimité des accords de reconnaissance des frontières imposés par les puissances victorieuses... »

Je ne pus m'empêcher de rire, même s'il s'agissait plutôt d'un rire de désespoir. Cet homme était un pantin effroyable. Et ce triple idiot dirigeait le plus grand parti nationaliste sur le sol allemand. Je me penchai un peu en avant et fis une chiquenaude dans l'air.

« Vous savez ce que c'est, ça ? »

Il me regarda sans comprendre.

« C'est le temps qu'il faut pour sortir de la Société des Nations. "Nous contestons la légitimité bla bla bla" – quel pitoyable bavardage ! On quitte la Société des Nations, on se réarme et on prend ce dont on a besoin. Et quand on a un peuple allemand au sang pur qui sait combattre avec fanatisme et détermination, on obtient tout ce à quoi on a droit dans ce monde. Alors, encore une fois : où est chez vous l'idée de race ?

— Eh bien, on ne devient pas allemand par la loi, mais par la naissance, c'est inscrit chez nous dans…

— Un Allemand ne s'emmêle pas les pieds dans des formules juridiques, il parle franc ! La base du maintien du peuple allemand, c'est l'idée de race. Si l'on n'inculque pas au peuple, encore et encore, qu'il est impossible de renoncer à cette idée, dans cinquante ans on n'aura plus d'armée, mais une porcherie comme le fut l'empire des Habsbourg. »

Je me tournai vers le jeune binoclard en secouant la tête.

« Dites-moi, vous avez vraiment voté pour cet ectoplasme pseudo-démocrate ? »

Le jeune homme fit un vague mouvement de la tête.

« La solution la moins mauvaise, non ? »

Il haussa les épaules. Je me levai, résigné.

« Partons, dis-je, amer. Rien d'étonnant à ce que ce parti ne répande pas la terreur.

— Et Zwickau ? demanda Bronner.

— Quel rapport avec Zwickau ? Quel rapport avec la terreur ? À l'époque, nous avons répandu la terreur dans la rue ! C'est ainsi que nous avons remporté notre immense succès en 1933. Mais cela s'explique : la SA a sillonné le pays dans des camions, elle a brisé des os et agité des drapeaux. Des drapeaux, vous entendez ? » hurlai-je en direction de cette pauvre pomme d'Apfel qui eut un mouvement de recul.

« Les drapeaux ! C'est ça le plus important ! Quand un imbécile de bolchevique les regarde passer depuis sa chaise roulante, il doit savoir qui l'a bastonné et pourquoi ! Or que fait ce trio de demeurés à Zwickau ? Ils tuent des étrangers à tire-larigot – mais sans drapeau. Aussitôt les autres croient que c'est dû au hasard ou à la mafia. De quoi avoir peur ? On n'a remarqué l'existence de ces trois abrutis qu'à partir du moment où deux d'entre eux se sont suicidés. » Je levai les mains vers le ciel, impuissant : « Si j'avais pu mettre à temps la main sur ces types, je leur aurais concocté un programme spécial d'euthanasie ! »

Je me tournai alors vers l'autre pomme, furieux : « Ou je les aurais mis dans un camp de redressement jusqu'à ce qu'ils aient appris à travailler correctement. Avez-vous au moins apporté votre aide à ces trois débiles ?

— Je n'avais rien à voir avec tout ça, dit Apfel avec hésitation.

— Et en plus, vous en êtes fier ! » hurlai-je.

S'il avait eu des épaulettes, je les lui aurais arrachées devant la caméra. Scandalisé par tant d'incurie, je me dirigeai vers la porte et sortis.

Dehors, je me retrouvai devant une forêt de micros.

« De quoi avez-vous parlé ?

— Allez-vous vous porter candidat pour le NPD ?

— Êtes-vous membre du NPD ?

— Juste une bande de mauviettes. Je vous le dis tout net : un Allemand digne de ce nom n'a rien à faire ici ! »

24

« C'est de l'or en barre ! » avait dit Mme Bellini après que je lui avais montré, attristé, à côté d'autres reportages, celui sur ces fameux « nationaux-démocrates ».

« C'est une spéciale, lança-t-elle, toute frétillante, il n'y a presque rien à couper. Ça va être la prochaine étape vers la marque Hitler ! On va diffuser ça pour le Nouvel An ! Ou pour les Rois, oui, quand tout le monde sera à la maison et aura envie de voir autre chose que *Die Hard 64* ou la centième rediffusion de *Star Wars*. » Nous tenions notre dernière réunion avant ce qu'on appelle la « trêve des confiseurs ». Il n'y avait plus rien de prévu, il fallait attendre le planning des diffusions, la parution des interviews – attendre que passe toute cette vague de spiritualité.

Je n'ai jamais été un grand partisan de Noël. C'était une chose que, déjà autrefois, les Bavarois ne comprenaient guère, eux qui avaient l'habitude de s'y prendre des semaines à l'avance. Si cela n'avait tenu qu'à moi, on aurait tout laissé tomber, y compris l'Avent et la Saint-Nicolas. Je ne suis pas non plus friand des oies rôties, ni pour la Saint-Martin, ni pour Noël. À l'époque, lors de mon premier gouvernement, je n'avais de toute façon pas de temps à perdre avec ce genre de choses, trop occupé que j'étais par la préparation du combat final. J'aurais même boycotté complètement Noël si Goebbels ne m'en avait pas toujours empêché. Selon lui, il fallait faire attention aux besoins du peuple. Du moins le temps que les mentalités évoluent.

Il faut dire que Goebbels était un homme attaché à la famille. Et il n'est pas mauvais qu'au moins quelqu'un dans le Parti soit capable de sonder l'âme du peuple, car il ne faut pas ignorer ce genre d'aspirations. Après coup, je me demande quand même si cette idée de croix gammée en or pour décorer les sapins de Noël, ce n'était pas aller un peu trop loin. Revisiter une vieille idée, c'est vraiment très difficile à faire – il vaut mieux inventer quelque chose de totalement nouveau. Je ne m'en suis jamais vraiment informé, mais je crois que même Goebbels n'a pas utilisé ces boules de Noël avec des croix gammées, peut-être une tout au plus, par correction et courtoisie. Chez les Himmler, cela devait être différent.

En revanche, j'ai toujours beaucoup apprécié les jours qui suivent Noël. Ce que j'ai pu dévorer comme livres ! Ce que j'ai pu faire comme croquis ! La moitié de Germania est née durant ces journées. Voilà pourquoi cela ne me gênait pas du tout de passer le Nouvel An seul dans une chambre d'hôtel. La direction m'avait fait monter une bouteille de vin et quelques chocolats – elle ne pouvait pas savoir que je n'appréciais pas l'alcool.

La seule chose désagréable durant cette période de Noël, c'était qu'elle me faisait sentir que je n'avais pas vraiment de famille. Réorganiser tout un empire, imprégner un peuple d'idées nationalistes, imposer l'ordre de ne céder aucun pouce de terrain sur le front de l'Est, tout cela ne s'accorde pas avec l'éducation des enfants, ni même avec la présence d'une femme.

C'était déjà difficile avec Eva, il fallait toujours faire un peu attention à ses désirs, mais, à la fin, j'étais tellement pris par le Parti, la politique, le Reich qu'on ne pouvait pas exclure qu'elle tente une fois de plus, dans sa chambre, de mettre fin à...

Je concède malgré tout que, les jours où en principe j'avais relativement peu à faire, la présence d'Eva était agréable. Elle irradiait quelque chose de joyeux. Mais bon, l'homme fort est au sommet de sa puissance quand il est seul. Et cela vaut aussi pour Noël.

Je jetai un coup d'œil sur la bouteille offerte par l'hôtel. J'aurais préféré un vin blanc doux, du genre beerenauslese.

Ces derniers temps, j'avais pris l'habitude d'aller me promener près de la cour de récréation d'une école maternelle ; ce joyeux chahut, les cris des petites filles et des petits garçons me faisaient du bien et me changeaient les idées. J'avais constaté que depuis quelques jours l'école maternelle était fermée pour la période de Noël. Il n'y a rien de plus triste qu'une cour d'école déserte.

Alors j'avais dessiné. Impossible de savoir quand l'occasion se représenterait. Je développai un projet autoroutier et un système ferroviaire qui serait construit de l'autre côté de l'Oural, quelques gares principales et un pont vers l'Angleterre. Ils ont creusé un tunnel, mais je dois dire que je préfère nettement la solution à ciel ouvert, sans doute à cause de tout ce temps passé dans les bunkers. Je n'étais pas très satisfait de mes dessins. J'esquissai alors deux projets d'opéra pour Berlin, de cent cinquante mille places chacun, mais sans grand entrain, plutôt par devoir. Qui serait capable de le faire, si je ne prenais pas les choses en main ? Et finalement je fus très content lorsque, début janvier, l'activité reprit dans la société de production.

25

Il serait faux de dire que je m'attendais à autre chose. En fait, j'étais presque satisfait, d'autant que, cette fois, ils avaient laissé Mlle Krömeier tranquille. Mais ce n'était pas ce que l'on pouvait qualifier de bonne presse. Je considère d'ailleurs que la formule « bonne presse » est une contradiction en soi. Je m'attendais néanmoins à ce que ma bonne volonté fût mieux récompensée que par ces quelques lignes :

Le Hitler fou de YouTube soumis à l'interrogatoire du BILD :

« Je suis un nazi »

Il porte un simple costume de ville et se fait passer pour un brave citoyen. Voilà comment se présente le « comique » nazi qui se fait appeler « Adolf Hitler » et tait toujours son nom. Toute l'Allemagne s'intéresse à cet « histrion » qui se cache derrière le visage d'un monstre. Nous avons rencontré ce xénophobe à l'hôtel Adlon pour une interview exclusive.

BILD : Quel est votre vrai nom ?
— *Adolf Hitler.*
BILD : Pourquoi cachez-vous votre vrai nom aux Allemands ?
— *Je m'appelle comme ça.* (Il arbore un sourire satisfait.)
BILD : Montrez-nous votre passeport.
— *Non.*
BILD : Êtes-vous un nazi ?
— *Évidemment !* (Il boit un verre d'eau plate, non sans cynisme. Nous ne lâchons pas prise et lui

arrachons sa plus grande infamie.)

BILD : Condamnez-vous les crimes des nazis ?

— *Non, pourquoi ? J'en suis responsable.*

BILD : Responsable aussi de l'assassinat de six millions de juifs ?

— *Eux justement.*

BILD vous le déclare : ce n'est plus une satire, c'est de la provocation. Arrachez enfin le masque du visage de cet irréductible !

Quand la justice va-t-elle enfin entamer une procédure ?

« Vous êtes fou ? » Sensenbrink plaqua d'un geste vif le journal sur la table de conférence. « Si on continue comme ça, on va se retrouver illico presto devant un juge ! Mme Bellini vous a dit ici, en notre présence, que les juifs n'étaient pas un sujet de plaisanterie.

— C'est bien ce qu'il leur a dit, objecta Sawatzki. Mot pour mot. Mais ils se sont abstenus de l'écrire.

— Restons calme, dit Mme Bellini. J'ai écouté la bande. M. Hitler a dit ce qu'il a dit en tant qu'Adolf Hitler.

— Ce que je fais toujours », ajoutai-je pour souligner le caractère ridicule de ces propos. Mme Bellini me dévisagea un instant en fronçant les sourcils puis elle poursuivit :

« Oui, exactement. D'un point de vue juridique, nous sommes inattaquables. Je voudrais souligner encore une fois ici que vous devriez être très prudent sur le sujet des juifs. Mais je ne vois pas ce qu'on pourrait nous reprocher : n'a-t-on pas dit que Hitler était responsable de la mort de six millions de juifs ? Qui d'autre sinon lui ?

— N'allez pas dire ça à Himmler », lançai-je avec un petit sourire gourmand.

On aurait presque pu voir les cheveux se dresser sur la tête de ce pisse-vinaigre de Sensenbrink, sans que j'en comprenne la raison. Je me demandai alors ce qui se passerait si Himmler se réveillait lui aussi sur un terrain vague. Sensenbrink lui proposerait-il de faire une émission ? Mais c'était bien sûr absurde. Himmler n'était pas télégénique. Jamais Himmler n'avait reçu de lettre d'admiratrice, du moins pas à ma connaissance. Un administrateur toujours présent quand on avait besoin de lui, mais il y avait quelque chose de fourbe dans son visage, un traître à lunettes, ce qu'il se révéla être plus tard. Personne ne souhaite voir ce genre d'individu à la télévision. Même Mme Bellini parut quelque peu contrariée, mais bien vite les traits de son visage reprirent une expression plus sereine. « Je n'aime pas dire ces choses-là, mais je trouve que vous vous en tirez très bien. D'autres ont besoin de six mois d'apprentissage avant d'arriver à ce résultat.

— Oui, super ! pesta Sensenbrink. Mais ce n'est pas seulement une question juridique. S'ils se mettent tous à nous canarder comme ça, on peut dire adieu à notre Audimat. Ils auraient tort de s'en priver !

— Ils pourraient, mais ils ne le feront pas, dis-je.

— Bien sûr que si, ils vont le faire ! cria Sensenbrink. C'est le groupe Axel Springer ! Vous avez déjà lu leur charte ? Paragraphe deux : "Réconciliation entre juifs et Allemands ; il faut soutenir les droits vitaux du peuple israélien." Ce ne sont pas des paroles en l'air, ça vient du vieux Springer lui-même, c'est leur Bible, chacun la reçoit en entrant dans ce journal et la veuve Springer en personne veille à ce qu'elle soit respectée !

— Et c'est maintenant que vous me dites ça ? lançai-je, abrupt.

— Ce n'est pas forcément un mal, s'ils ne lâchent pas prise, enchaîna Sawatzki. Nous avons besoin de l'attention qu'ils nous portent.

— Très juste, acquiesça Mme Bellini. Mais je ne veux pas que ça se retourne contre nous. Il faut mettre les points sur les *i* et que les téléspectateurs comprennent qui est le méchant dans cette histoire.

— Et qui est le méchant ? demanda Sensenbrink dans un soupir : Himmler ?

— Le *Bild*, dirent en chœur Mme Bellini et Sawatzki.

— Je vais clarifier la situation dans ma prochaine allocution. Promis ! Il est grand temps que les parasites du peuple soient désignés par leurs vrais noms.

— Vous êtes obligé de les traiter de parasites ? demanda Sensenbrink.

— En plus, on pourrait sous-entendre qu'ils tiennent un double langage, dit Sawatzki. Avez-vous jeté un œil au portable de Hitler ?

— Bien sûr, c'est là qu'est enregistrée l'interview, répondit Mme Bellini.

— Pas seulement ça », dit Sawatzki. Il se pencha en avant, prit mon téléphone et le frotta plusieurs fois avec son index. Puis il posa l'appareil devant nous pour que nous puissions regarder l'écran.

Il y avait une photo.

Pour la première fois, je n'avais pas à déplorer l'absence du génial Goebbels.

26

Avoir un certain âge a aussi ses avantages. Je suis content d'être entré en politique vers trente ans, un âge où l'homme arrive à une forme d'apaisement physique et sexuel et peut ainsi se consacrer entièrement à la réalisation de ses objectifs, sans que l'amour physique occupe son temps et ronge ses sens. Du reste, il est aussi exact que l'âge détermine les exigences que l'environnement impose : si le peuple élit un Führer d'une vingtaine d'années et si ce Führer ne montre aucun intérêt pour les femmes, évidemment les gens jaseront. C'est quoi ce drôle de Führer, dira-t-on, pourquoi n'a-t-il pas de femme ? Il ne veut pas ? Il ne peut pas ? Mais, à quarante-quatre ans, comme c'est mon cas, si le Führer ne se cherche pas de compagne, le peuple se dira simplement : « Ma foi, ce n'est pas une obligation. En plus, il a peut-être déjà quelqu'un. » Ou encore : « C'est vraiment bien qu'il nous fasse passer d'abord. » Et ainsi de suite, dans le même registre. Plus on prend de l'âge, plus on accède au rôle de sage – même si on ne fait absolument rien pour ça, soit dit en passant. Prenez par exemple le vieux Schmidt, Helmut de son prénom, l'ancien « chancelier fédéral ». Cet homme jouit d'une liberté totale et il peut dire toutes les bêtises qu'il veut sans aucun problème. On le met dans sa chaise roulante où il grille cigarette sur cigarette, et c'est parti pour un concert de platitudes toutes aussi ineptes les unes que les autres. Cet homme n'a rien compris à rien, et si on se penche sur ce qu'il a fait on se rend compte que sa popularité ne repose en fait que sur deux choses : une fois, il a fait intervenir l'armée pour porter secours à la population lors de grandes inondations dans la région de Hambourg – pas besoin d'être un génie pour prendre ce genre de décision qui tombe sous le sens ; et, la seconde fois, il a abandonné aux mains de terroristes communistes qui l'avaient enlevé un certain Schleyer, un grand industriel – le Schleyer en question ayant servi plusieurs années dans ma SS, il était, conséquemment, une pierre dans le jardin de notre social-démocrate de Schmidt. Quoi qu'il en soit, quarante ans plus tard, on promène partout dans le pays ce petit oracle à roulettes, comme si c'était Dieu en personne descendu de Son nuage.

Et pour rester sur ce sujet : on n'attend pas de ce volcan éteint qu'il nous délivre des histoires de femmes.

L'avantage d'avoir un peu plus de cent vingt ans est surtout un avantage tactique : l'adversaire politique ne s'y attend pas et il est vite bousculé. Il s'attend à une autre apparence, à une autre attitude physique, en général il y a un véritable déni de réalité parce que ne peut exister ce qui n'a pas le droit d'exister. Cela a des conséquences très « désagréables » : ainsi par exemple, peu après la guerre, on a déclaré que tout ce qui avait été réalisé par le gouvernement national-socialiste était criminel. Totalement stupide ! Ce gouvernement avait pourtant été légalement élu. Et l'on a décrété qu'il n'y aurait jamais prescription pour ces « crimes », ce qui convient parfaitement à ces bien-pensants de parlementaires à la petite semaine et au cœur tendre, même si j'aimerais bien savoir si, dans trois cents ans, quelqu'un se souviendra de ces petites crapules qui nous gouvernent aujourd'hui. Toujours est-il que la société Flashlight ne tarda pas à recevoir une convocation en justice initiée par quelques imbéciles et justifiée après réception de diverses dénonciations à propos de ces prétendus crimes. Mais la procédure avait été naturellement tout de suite abandonnée, vu que je ne pouvais être celui que je suis, et en tant qu'artiste j'avais évidemment une tout autre latitude et une tout autre marge de liberté.

Une fois de plus il apparaît que les gens du barreau, même les plus modestes intellectuellement, comprennent beaucoup mieux l'art que ces soi-disant professeurs de l'Académie des beaux-arts de Vienne. Si les magistrats restent, aujourd'hui comme hier, des idiots confinés dans leur domaine d'activité, ils savent au moins reconnaître un artiste quand ils en voient un.

Mlle Krömeier me fit part de cette nouvelle lorsque j'arrivai dans mon bureau, en fin de matinée, et je la pris comme un signe qui augurait bien de la journée, et que je serais bientôt libéré une fois pour toutes de cette querelle avec le *Bild Zeitung*.

J'avais dû en référer à Mme Bellini pour mon prochain discours, ce qui m'insupportait, d'autant plus que Mme Bellini était arrivée avec le juriste de la maison, et tout le monde sait à quoi s'en tenir avec les juristes. À mon grand étonnement, le jaspineur n'avait eu que peu de choses à redire et le peu qu'il avait fait remarquer fut balayé par Mme Bellini d'un énergique : « On le fera quand même ! »

J'avais encore un peu de temps et je retournai dans mon bureau d'où sortait justement Sawatzki. Il me cherchait et m'avait laissé quelques spécimens d'objets ayant un rapport avec moi, se réjouissant de voir arriver le dénouement de cette affaire et d'autres choses du même genre qui me parurent totalement insignifiantes. D'autant plus que j'avais vu tous ces objets, la veille : des tasses, des autocollants, des tricots de corps que l'on appelait maintenant, selon l'usage américain, des tee-shirts. Néanmoins, l'enthousiasme de Sawatzki était toujours aussi loyal et intègre.

« À partir de 22 h 57, nous allons riposter », dit-il, tout émoustillé.

Je me tus, curieux d'entendre la suite.

Et effectivement, il s'empressa d'ajouter : « À partir de maintenant, ce sera mot pour mot ! »

J'esquissai un sourire satisfait et entrai dans mon bureau où Mlle Krömeier était en train de faire des essais d'une nouvelle typographie pour mon discours. Je me demandai, l'espace d'un instant, si je ne devais pas en inventer une moi-même. J'avais déjà créé de nouveaux modèles de décorations et même celui de la croix gammée blanche sur fond rouge pour le NSDAP. J'étais donc le mieux placé pour inventer le logo idéal du mouvement national. Mais la simple idée que, dans peu de temps, des graphistes se mettent à discuter pour savoir s'il fallait mettre le texte en « hitler gras ou extragras » me poussa à abandonner mon projet.

« Il y a du nouveau avec les objets proposés ? demandai-je incidemment.

— Quels modèles, mon Füreur ?

— Ceux que M. Sawatzki vient de déposer ?

— Ah oui, évidemment… Non, il n'y a que deux tasses. » Et là-dessus elle sortit son mouchoir d'un geste vif et se moucha longuement. Quand elle eut fini, je vis que son visage était tout rouge. Pas rougi par les larmes, mais plutôt par l'émotion. Et je ne suis pas né de la dernière pluie.

« Dites-moi, mademoiselle Krömeier, est-il possible que, ces derniers temps, vous ayez fait un peu mieux connaissance avec M. Sawatzki… ? »

Elle sourit, ne sachant visiblement comment me présenter la chose. « Ce serait grave ?

— Ça ne me concerne pas…

— Non, vous m'avez posé une question et je vous en pose une à mon tour : comment trouvez-vous M. Sawatzki, mon Füreur ?

— Toujours prêt à s'engager, toujours enthousiaste…

— Non, vous savez bien… Ces derniers temps il est vraiment très aimable, il passe souvent dans le bureau, et, ce que je veux dire, c'est comment vous le trouvez… comme homme ? Vous diriez que c'est quelqu'un pour moi ?

— Eh bien… » Un instant, je repensai à Mme Junge. « Ce ne serait pas la première fois que deux cœurs se rencontrent dans mon antichambre. Vous et M. Sawatzki ? Je crois que vous avez tous les deux de nombreuses raisons de rire ensemble…

— C'est juste. » Mlle Krömeier rayonnait. « Il est vraiment mignon ! Mais surtout ne lui dites pas que je vous ai dit ça ! »

Je l'assurai de mon entière discrétion.

« Et vous, me demanda-t-elle, un peu inquiète. Vous vous sentez nerveux ?

— Pourquoi devrais-je me sentir nerveux ?

— C'est incroyable ! Vous êtes vraiment trop ! J'ai déjà côtoyé pas mal de gens de la télé, mais vous êtes vraiment le plus cool de tous.

— Dans notre métier, il faut avoir de l'eau glacée dans les veines.

— Allez, montrez-leur !

— Vous regarderez ?

— Je serai dans les coulisses, dit-elle avec fierté. D'ailleurs j'ai déjà un de vos tee-shirts, mon Füreur. » Et avant que j'aie pu dire quoi que ce soit, elle descendit la fermeture à glissière de sa petite veste noire et me montra fièrement le tricot.

« Je vous en prie ! » dis-je un peu sèchement. Elle s'empressa de remonter la fermeture et j'ajoutai alors sur un ton plus doux : « Le fait que vous portiez quelque chose qui n'est pas noir…

— Tout ça, rien que pour vous, mon Füreur ! »

Je me mis en route et me fis conduire jusqu'au studio où Jenny m'attendait déjà. Elle me salua d'un sonore « Hello, Ralfi ! » J'avais entre-temps renoncé à la corriger car j'étais quasiment sûr qu'elle le faisait exprès et y prenait un malin plaisir. Au cours des dernières semaines, on m'avait donné du Ulfi, Golfi, Schilfi et même Torfi. Je ne savais pas si je pouvais vraiment compter sur elle si la situation devenait difficile, mais il était sûr que, à long terme, son insouciance ne pourrait que saper le moral des troupes – par-devers moi, j'avais donc déjà fait une croix dessus. Si ce genre de comportement ne changeait pas après la première vague de purge, elle serait obligatoirement dans la deuxième. Pour l'instant, je n'en laissais rien voir et je me fis conduire jusqu'au studio de maquillage où m'attendait Mme Elke.

« Cachez la poudre, M. Hitler arrive, dit-elle en riant. Alors ? J'ai entendu dire que c'était aujourd'hui le grand jour ?

— Ça dépend pour qui, répondis-je en prenant place sur le fauteuil.

— Nous vous faisons confiance.

— "Notre dernier espoir – Hitler", murmurai-je, un peu rêveur. Comme autrefois sur les affiches…

— Il n'est peut-être pas utile d'en remettre une couche, dit-elle.

— Alors n'en remettez pas ! dis-je d'un ton inquiet. Je ne veux pas ressembler à un clown.

— Non, je voulais dire – ah, peu importe ! Avec vous, on n'a pas besoin d'en mettre beaucoup. Vous avez une peau de rêve. Allez-y et montrez-leur qui vous êtes. »

Je me rendis derrière la coulisse pour attendre le moment où Wizgür allait m'annoncer. Il le faisait toujours à contrecœur, mais il fallait bien reconnaître que le commun des mortels ne s'en apercevait pas.

« Mesdames et messieurs, dans l'optique d'un équilibre multiculturel, regardez maintenant l'Allemagne du point de vue d'un Allemand – Adolf Hitler ! »

Des applaudissements enthousiastes saluèrent mon entrée sur le plateau. Ça devenait plus simple à chaque fois. On assistait à une sorte de rituel, comme autrefois au Palais des Sports. Une liesse débordante que je transformais peu à peu, avec une sombre gravité, sans dire le moindre mot pendant quelques minutes, en un silence absolu. C'était seulement au moment où cette tension entre l'attente inouïe de la foule et la volonté de fer d'un seul homme était à son acmé que je prononçais les premiers mots :

« Au cours des derniers jours…

j'ai plusieurs fois…

lu dans le journal…

des choses…

à mon sujet.

J'ai l'habitude

des mensonges de la presse libérale.

Mais dernièrement j'en ai lu aussi dans un journal
qui, il n'y a pas très longtemps,
a écrit des choses très pertinentes
sur les Grecs
ou sur certains Turcs.
Et aussi sur ceux qui se la coulent douce.
Or j'ai été critiqué dans ce fameux journal
pour des propos qui...
allaient dans le même sens.
Des questions ont été posées,
savoir par exemple qui j'étais,
pour ne citer que la plus idiote.
Il n'en fallut pas plus pour que je commence
à me demander :
mais quel est donc ce journal ?
Quelle est cette gazette ?
J'ai interrogé mes collaborateurs.
Mes collaborateurs la connaissent
mais ils ne la lisent pas.
J'ai interrogé des gens dans la rue.
Connaissez-vous cette gazette ?
Ils la connaissent,
mais ils ne la lisent pas.
Personne ne lit cette gazette.
Mais des millions de gens l'achètent.
Personne ne le sait mieux que moi :
il n'y a pas plus grand compliment fait à un journal.
On connaît bien ce principe.
Que l'on pense au *Völkischer Beobachter*. »
À ce moment, il y eut une immense vague d'appro-
bation. Compréhensif, je laissai le public s'expri-
mer, avant de faire un signe grave pour demander à
nouveau le silence.
« Cela dit, le *Völkischer Beobachter* avait un chef
qui était un homme, un vrai.

Un sous-lieutenant.
Un pilote de chasse
qui avait perdu une jambe
pour sa patrie.
Or qui dirige cette gazette appelée *Bild* ?
Un sous-lieutenant également
et même un lieutenant.
Ça alors !
Mais quel est donc le problème avec cet homme ?
Il manque peut-être d'idéologie dans sa façon de diriger.
Au *Völkischer Beobachter*, le sous-lieutenant me demandait,
en cas de doute,
ce que j'en pensais.
Or personne dans cette gazette ne m'a jamais posé la moindre question pour avoir mon avis.
Au début, je me suis dit que cet homme était sans doute l'un de ces fanatiques qui se tiennent à l'écart de toute politique.
Puis j'ai constaté qu'il ne dédaignait pas prendre son téléphone quand il avait besoin d'un soutien intellectuel.
Sauf qu'il téléphonait ailleurs.
À M. Kohl.
Helmut aussi de son prénom.
Un autre homme politique.
Pour autant qu'on puisse l'appeler ainsi.
Ce M. Kohl qui fut témoin à son mariage.
Je suis allé poser la question à quelqu'un qui travaille dans le groupe de presse de cet ancien lieutenant.
Cette personne m'a dit :
"C'est tout ce qu'il y a de plus normal. Rien à voir avec l'organe nazi que fut le *Völkischer Beobachter*."

L'homme politique en question fut quand même le premier chancelier de l'Allemagne unifiée.

Or c'est justement ça
qui me laisse sans voix.
Car le vrai chancelier de l'Allemagne unifiée,
c'est quand même moi.
Je doute que l'Allemagne unifiée de ce fameux M. Kohl
soit aussi unifiée que la mienne l'était.
Le compte en effet n'y est pas.
Il manque :
l'Alsace,
la Lorraine,
l'Autriche,
le pays des Sudètes,
Poznań,
la Prusse-Occidentale,
Danzig,
la Haute-Silésie orientale,
le territoire de Memel.
Je ne veux pas entrer ici dans les détails,
je me disais seulement :
si M. le rédacteur en chef a besoin d'avis compétents,
il ne doit pas aller chercher chez les Helmut ! »

Une fois de plus, une vague d'approbation déferla. Je fis un signe de tête pour remercier l'assistance avant de continuer.

« Mais il est possible
que ce rédacteur ne soit pas en quête d'avis compétents.
Je suis donc allé faire des recherches
et je l'ai
– comme on dit joliment aujourd'hui –
googleisé.

J'ai trouvé une photo de lui.

Et là j'ai tout de suite compris.

C'est l'avantage quand on dispose de bonnes connaissances en matière de races.

Il suffit d'un simple regard.

Ce rédacteur en chef

s'appelle Diekmann,

ce n'est bien évidemment pas un vrai rédacteur.

C'est juste une girouette sous une couche de graisse. »

Une nouvelle éruption de liesse me prouva que j'avais touché la bonne personne avec le rédacteur Diekmann. Cette fois, je laissai moins de temps au public, pour mettre à profit la tension qui électrisait la salle.

« Mais en fin de compte c'est l'action

qui décide de la vérité

et du mensonge.

Le mensonge est le suivant : ce journal tente de convaincre ses lecteurs qu'il est un opposant impitoyable.

Or, la vérité, vous la voyez ici. »

Il avait fallu recourir à toute l'adresse des techniciens graphiques pour bien faire ressortir les détails sur la photo prise par mon téléphone, mais les faits restaient inchangés, simplement améliorés par un peu plus de lumière et un agrandissement. On voyait nettement sur la photo Mme Kassler payer l'addition à l'hôtel Adlon. Aussitôt après, le commentaire concocté par Sawatzki s'inscrivit en incrustation :

« Le *Bild* a financé le Führer. »

Je dois dire une chose : un tel tonnerre d'applaudissements, la dernière fois que j'en ai entendu un, c'était en 1938, au moment de l'Anschluss, le fameux rattachement de l'Autriche à l'Allemagne. Là le véritable soutien me fut apporté par le nombre de personnes qui étaient allées voir mon intervention sur Internet. À plusieurs reprises, pourtant, il avait été impossible de visionner mon discours, un sabotage sans nom. Autrefois, pour une chose pareille, j'aurais collé Sensenbrink devant un peloton. Ce qui poussait à la clémence, c'était que le slogan de Sawatzki permettait d'écouler de grandes quantités de tricots, de tasses, de porte-clefs et autres choses du même genre, tous ces objets portant la phrase : « Le *Bild* a financé le Führer. » Et le nombre de points de vente était exceptionnellement élevé.

Cela me réconciliait *in punctum* avec Sensenbrink.

27

Il ne fallut pas plus de trois jours avant qu'ils capitulent.

Un premier jour pour voir capoter leur demande de procédure judiciaire. Le tribunal la refusa en arguant de façon brillante que le *Bild Zeitung* n'existait pas à l'époque du Führer et que, de ce fait, il ne pouvait y avoir de rapport qu'avec le Führer de la télévision. Or impossible de nier que ce journal avait effectivement financé ce dernier. La particularité du slogan énoncé ressortissait en outre d'un moyen stylistique fréquemment utilisé par le journal lui-même, qui devait donc l'accepter quand ce procédé se retournait contre lui.

Ils eurent besoin d'une deuxième journée pour constater que tout appel était voué à l'échec. Ils eurent également vent du nombre d'objets vendus portant le slogan en question, qu'il s'agisse des tricots, des autocollants ou des tasses. Quelques jeunes Allemands intègres allèrent jusqu'à organiser une protestation silencieuse devant le bâtiment du groupe de presse, même si l'ambiance était bien plus bon enfant que ce que sous-tendait, à mon sens, le terme de « protestation ».

Entre-temps je ne pouvais plus me plaindre d'un manque d'écho dans le reste de la presse. Au début, cette querelle m'avait relégué dans la rubrique des faits divers et des potins, mais je commençais à investir les pages culturelles. Il y a encore soixante ans, je n'aurais pas accordé le moindre crédit au fait d'être chroniqué au milieu de toutes ces élucubrations sans intérêt qui passent pour être de la « culture ». Mais les choses avaient changé et presque tout pouvait passer pour de la culture ou être élevé au rang de culture. De ce point de vue, paraître dans ces pages était considéré comme une étape dans un processus de métamorphose qui, au-delà de la simple variété télévisée, me décernait un diplôme de sérieux politique. Le charabia sentencieux des textes n'avait certes guère changé au cours des soixante dernières années et l'on pouvait manifestement considérer que, même aujourd'hui, le lectorat ne considérait comme d'un bon niveau d'exigence que ce qui lui était le plus incompréhensible, cherchant à en tirer la substantifique moelle par quelques supputations faites à partir d'une orientation de base toujours assez floue.

Or on ne pouvait douter ici du caractère positif de l'orientation de base. Le journal *Süddeutsche Zeitung* faisait l'éloge de la « rétrospective carrément potemkinesque » qui, derrière le « reflet trompeur de monostructures néofascistes », laissait percevoir « la véhémence d'un plaidoyer passionné en faveur de variantes pluralistes renouant même avec la base de la démocratie ». Le *Frankfurter Allgemeine Zeitung* saluait la « stupéfiante dénonciation de paradoxes immanents au système sous couvert d'idéaux nationaux-socialistes ». Quant au journal en ligne du *Spiegel*, selon lui je faisais « effectivement Fureur », ce qui était plutôt bienveillant, à n'en pas douter.

Le troisième jour – je l'appris plus tard –, la veuve du fondateur du *Bild* téléphona au rédacteur en chef dudit journal. Le contenu de la conversation visait en fait à demander à ce rédacteur s'il pensait devoir ainsi salir encore longtemps la mémoire du défunt fondateur. Pour sa part, elle trouvait que la coupe était pleine et le priait de mettre dès le lendemain un terme à cette gaudriole infamante.

On ne sait comment il prit la chose.

Lorsque j'arrivai dans mon bureau en début d'après-midi, je vis de loin Sawatzki faisant des bonds de cabri dans le couloir. Il n'arrêtait pas de serrer le poing dans un geste quelque peu pubertaire tout en criant : « Yes ! Yes ! Yes ! » Je trouvai cette forme de réaction un peu puérile, mais, en même temps, je comprenais son enthousiasme. C'était pratiquement une capitulation sans conditions. Les négociations que Mme Bellini avait menées personnellement, négociations dont elle me tint constamment au courant, eurent pour premier résultat l'instauration d'une trêve de plusieurs jours dans la publication des articles ; néanmoins j'apparus deux fois à la une, sous des prétextes quelconques, en étant présenté comme l'« homme qui monte » ou le « champion » du jour. En contrepartie, et à chaque avancée, nous retirions du marché un article, qui était déclaré comme « non disponible ».

Le jour même de l'émission suivante, le journal mandata son meilleur gratte-papier, un lèche-bottes répondant au nom de Robert ou Herbert Körzdör-fer, qui accomplit néanmoins sa mission de façon irréprochable en déclarant que j'étais l'Allemand le plus futé depuis M. Loriot. Il écrivait que, derrière le masque du nazi et du Führer, j'exprimais des idées très sensées et que j'étais un vrai représentant du peuple. Vu les bonds répétés de M. Sawatzki qui ne cessait de gambader dans les couloirs, je compris que le score était en notre faveur.

Mais le nec plus ultra, c'est que je chargeai le journal de me rendre un petit service et de faire jouer certains de ses contacts. Cette idée venait – fait exceptionnel – de Sensenbrink qui avait pourtant montré ses limites peu auparavant. Quinze jours plus tard parut une histoire à faire pleurer dans les chaumières dans laquelle on pouvait lire qu'un destin cruel avait fait disparaître tous mes papiers dans un immense incendie – et, quinze autres jours plus tard, j'avais mon passeport. J'ignore par quels canaux légaux ou illégaux l'affaire avait été conclue, toujours est-il que j'étais désormais légalement un citoyen allemand domicilié à Berlin. La seule chose que je dus changer fut ma date de naissance. Mon anniversaire officiel était maintenant le 30 avril 1954, ce qui montre que le destin est une fois de plus intervenu : j'avais, comme de juste, indiqué 1945, mais l'inversion des deux derniers chiffres correspondait bien mieux à mon âge.

Ma seule concession fut de renoncer à ma visite à la rédaction du journal. J'avais demandé que toute l'équipe, y compris M. Lèche-bottes, m'accueille en faisant le salut nazi et entonne le *Horst-Wessel-Lied.*

Mais bon, on ne peut pas tout avoir…

Pour le reste, tout se passait à merveille. Le nombre de visiteurs de la page Internet « Quartier général du Führer » exigeait de plus en plus de techniciens pour l'alimenter. Les demandes d'interview se multipliaient et, sur la recommandation de Sensenbrink et de Mme Bellini, la visite chez les nullités « nationales-démocrates » avait été montée comme une édition spéciale destinée à répondre directement à l'énorme demande.

À la fin de la journée, j'étais en effet disposé à trinquer encore une fois avec M. Sawatzki ; peut-être pourrait-il même me procurer un verre de cet admirable Bellini. Mais, malheureusement – bien qu'il n'ait pas pu encore quitter le bureau –, il me fut impossible de le trouver. Tout comme Mlle Krömeier qui n'était pas non plus derrière son ordinateur.

Je décidai de ne pas partir à leur recherche. Cette heure était celle des vainqueurs et M. Sawatzki en faisait évidemment partie, vu la part non négligeable qu'il avait prise dans ce triomphe. Et personne ne sait mieux que moi quelle aura peut avoir le guerrier vainqueur, ni quelle influence celle-ci peut exercer sur une jeune femme. En Norvège, en France, en Autriche, nos soldats ont vu des cœurs se donner à eux, littéralement. Je suis sûr que, dans les semaines qui ont suivi les invasions des différents pays, le nombre de procréations a augmenté de l'équivalent d'au moins quatre à six divisions – du sang de première classe ! Combien de bons soldats aurions-nous eus si l'ancienne génération, qui n'était pas entièrement de sang pur, avait résisté à l'ennemi encore dix ou quinze petites années !

La jeunesse est notre avenir. C'est la raison pour laquelle je me consolai avec Mme Bellini et un verre de mousseux, une fois de plus beaucoup trop acide.

28

Je n'avais jamais vu Sensenbrink aussi pâle.
Certes notre homme n'avait jamais été un héros,
mais son faciès avait pris une couleur qui rappelait vraiment celle des visages dans les tranchées,
à l'automne 1917, quand des morceaux de jambes
et de bras dépassaient partout de la boue. Cela était
peut-être dû à cette dépense physique inhabituelle
chez lui car, au lieu de m'appeler comme il le
faisait chaque fois, il s'était déplacé personnellement
jusqu'à mon bureau pour me prier de me rendre
aussitôt que possible dans la salle de réunion. D'un
autre côté, il paraissait suffisamment robuste pour
supporter cet effort.

« C'est incroyable, ne cessait-il de répéter,
c'est incroyable, on n'a encore jamais vu ça ici. »
Puis il saisit la poignée de la porte pour sortir du
bureau, se retourna encore une fois et me dit : « Si
j'avais su ça, la première fois que je vous ai vu
devant le kiosque à journaux ! » Mais il manqua
la porte et son crâne vint heurter brutalement le
chambranle.

Aussitôt, Mlle Krömeier bondit de sa chaise et se
précipita vers lui, mais Sensenbrink se contenta de
porter la main à son front endolori, sans cesser de

répéter : « C'est bon, c'est bon ! Incroyable ! C'est incroyable ! C'est bon ! Incroyable ! Jamais vu ça ! » Puis il sortit. Mlle Krömeier me regarda, perplexe, comme si le Russe était déjà sur les hauteurs de Seelow. Je lui fis un signe de tête pour la rassurer. Non pas que les dernières semaines et les derniers mois m'aient appris à ne pas prendre particulièrement au sérieux les craintes de M. Sensenbrink ; mais il ne s'agissait sans doute que d'une énième lettre de protestation envoyée à un juge par un bureaucrate inquiet ou un démocrate scandalisé. Ce genre d'incident survenait sans cesse et chaque fois la procédure était stoppée à peine engagée. Mais même si, cette fois, un magistrat venait en personne jusqu'ici, il n'y aurait malgré tout pas de quoi fouetter un chat. Sans compter que j'étais prêt à retourner en prison pour défendre mes idées.

Néanmoins, je dois avouer qu'une certaine curiosité m'habitait tandis que je me dirigeais vers la salle de réunion. Cela venait peut-être du fait que non seulement M. Sawatzki et Mme Bellini s'y rendraient aussi, mais qu'il régnait une sorte de fébrilité générale dans tous les couloirs. Des gens avaient quitté leurs bureaux et formaient de petits groupes dans les embrasures des portes, ils discutaient à voix basse et me lançaient des regards à la dérobée, à la fois interrogateurs et incertains. Je décidai de faire un petit crochet par la cafétéria pour acheter des bonbons aux fruits. Je ne savais pas à quoi je devais m'attendre dans cette salle de réunion, et mieux valait assurer ma position en faisant un peu lanterner tous ces messieurs-dames.

« Eh bien vous, vous avez des nerfs d'acier, me dit Mme Schmackes qui servait à la cafétéria.

— Je sais, dis-je sur un ton aimable, c'est pour ça que je fus le seul à oser occuper la Rhénanie.

— Il ne faut pas exagérer quand même, moi aussi j'ai été en Rhénanie. Mais j'avoue que je n'aime pas trop tous ces gens de Cologne. Vous désirez ?

— Un petit paquet de bonbons aux fruits, s'il vous plaît.

— Ça fera quatre-vingts cents, dit-elle avant de se pencher vers moi avec un air de conspiratrice. Vous savez que Kärrner est venu spécialement aujourd'hui ? Il est déjà là, il est déjà en salle de réunion, on me l'a dit.

— Haha ! fis-je tout en payant. Et qui est-ce ?

— C'est le grand chef. On ne s'en rend pas compte parce que, d'habitude, c'est Mme Bellini qui mène la boutique, et, si vous voulez mon avis, elle s'y connaît mieux que lui. Mais quand il y a de grandes catastrophes, Kärrner débarque en personne. » Elle me rendit vingt cents. « Et pour les très bonnes nouvelles, aussi. Mais il faut que ce soit vraiment de très bonnes nouvelles. De toute façon, la boîte ne va pas trop mal… »

J'enlevai l'emballage d'un bonbon, que je mis dans ma bouche.

« Vous ne devriez pas penser à y aller ?

— C'est ce que tout le monde me disait durant l'hiver 1941 », rétorquai-je avec un geste de dénégation, mais je me mis malgré tout en route, à pas comptés. Il ne fallait pas non plus donner l'impression que j'avais peur de cette réunion et que je cherchais par tous les moyens à retarder le moment de m'y rendre.

Les couloirs s'étaient remplis de personnel, presque comme une haie de collaborateurs que j'aurais passés en revue. J'adressai un sourire aimable à quelques jeunes femmes, levai de temps en temps l'avant-bras, parfois j'entendais un petit rire, mais aussi des : « Vous allez y arriver ! »

Naturellement. Il s'agissait juste de savoir à quoi.

La porte de la salle de réunion était encore ouverte, Sawatzki se tenait dans l'embrasure. Il me vit de loin et me fit des signes de la main qui signifiaient sans équivoque que je devais me dépêcher. À l'évidence, il ne m'adressait pas un reproche – son visage plein de confiance signalait au contraire qu'il avait terriblement envie d'apprendre quel était l'objet de cette réunion. Je ralentis encore un peu l'allure et fis un vague compliment à une jeune femme sur la très jolie robe d'été qu'elle portait. Ma vitesse me rappelait un peu le paradoxe d'Achille et de la tortue, que celui-ci ne peut rattraper.

« Bonjour, monsieur Sawatzki, dis-je sur un ton calme. Nous sommes-nous déjà vus, aujourd'hui ?

— Allez vite, entrez ! dit Sawatzki à voix basse. Allez, allez, sinon, je vais en mourir de curiosité.

— Ah, le voilà enfin ! » dit Sensenbrink.

Autour de la table de conférence étaient assis un certain nombre de messieurs. Plus que la première fois. Et tout à côté de Mme Bellini se trouvait un homme – le fameux M. Kärrner, de toute évidence –, un individu d'une quarantaine d'années, un peu replet, qui avait dû faire du sport autrefois.

« Vous connaissez évidemment tous M. Hitler », dit Sensenbrink. Si ce dernier était encore pâle comme un linge, au moins il ne transpirait plus. « Inversement, ce n'est peut-être pas le cas de M. Hitler pour les personnes ici présentes, bien qu'il travaille chez nous depuis déjà un certain temps. Et comme sont réunis aujourd'hui autour de cette table tous les grands responsables – si j'ose m'exprimer ainsi –

de notre société, je vais me permettre de vous les présenter brièvement, monsieur Hitler. »

Là-dessus Sensenbrink se mit à débiter toute une suite de noms et de fonctions, une kyrielle de *seniors*, de *vice account managing executives* et autres dénominations du même genre. Les titres et les visages étaient interchangeables, tous autant qu'ils étaient, si bien que le seul nom valant la peine d'être retenu était effectivement celui de M. Kärrner, le seul d'ailleurs à qui j'adressai un mouvement de tête.

« Très bien, attaqua Kärrner, maintenant que nous savons tous qui nous sommes, nous pourrions peut-être passer à la surprise du jour ? J'ai une réunion tout de suite après.

— Bien sûr », dit Sensenbrink. Je me rendis compte alors qu'aucune place ne m'avait été attribuée. On ne m'avait pas non plus préparé d'estrade, comme lors de ma première apparition dans la société de production. J'avais tout lieu de croire que l'on n'attendait pas que je fasse la démonstration de mon art et que ma position au sein du groupe n'était pas mise en cause. Je jetai un coup d'œil à Sawatzki. Il avait serré son poing droit qu'il tenait devant sa bouche en bougeant les phalanges comme s'il pétrissait une boule.

« Ce n'est pas encore officiel, dit Sensenbrink, mais je le tiens d'une source absolument sûre. Plus exactement : je le tiens de deux sources absolument sûres. C'est en relation avec l'émission spéciale sur le NPD. Celle que nous avons diffusée immédiatement après le coup que nous avons fait avec le *Bild Zeitung*.

— Et alors ? demanda Kärrner, impatient.

— M. Hitler a obtenu le prix Grimme ! »

Un silence de mort se fit dans la salle de réunion.

Puis Kärrner prit la parole :

« C'est sûr ?

— Sûr et certain, répondit Sensenbrink en se tournant vers moi. Je pensais que la date de candidature avait expiré, mais quelqu'un vous a ajouté après coup. Je me suis laissé dire que vous avez pris tout le monde par surprise. On a même parlé d'un véritable tsunami.

— Une guerre éclair, lança Sawatzki tout excité.

— Nous faisons maintenant partie de la culture ? » entendis-je marmonner derrière moi l'un des hauts responsables.

Le reste de ses paroles se perdit dans les applaudissements frénétiques. Kärrner se leva, aussitôt suivi par Mme Bellini, puis tout le monde les imita. La porte vitrée s'ouvrit et deux femmes entrèrent, précédées par la secrétaire particulière de Sensenbrink, Hella Lauterbach. Elles apportaient plusieurs bouteilles de ce mousseux acide. Je n'eus pas besoin de vérifier pour savoir que Sawatzki avait déjà fait le nécessaire pour que l'on apporte aussi une bouteille de ce fameux Bellini. Plusieurs autres personnes pénétrèrent dans la salle de réunion, des secrétaires, des assistants, des stagiaires, des femmes de service... On entendait de partout les mêmes mots répétés à l'envi : « Le prix Grimme ! — Vraiment ? — Génial ! » Je vis Kärrner se frayer un chemin jusqu'à moi, main tendue, une expression étrange sur le visage.

« Je le savais, je le savais, dit-il en s'adressant à la fois à moi et à Sensenbrink. On peut faire beaucoup plus que de la simple comédie trash. On peut faire beaucoup plus !

— Du top niveau ! rétorqua Sensenbrink en s'étranglant presque, ce qui ne l'empêcha pas de

297

répéter plus fort encore : Du top niveau ! » J'en déduisis qu'il devait s'agir d'un trophée prestigieux dans l'univers télévisuel.

« Vous êtes tout simplement bon », chuchota une douce voix de femme, tout près. Je me retournai. À côté de moi, dos tourné, se trouvait Mme Bellini en grande conversation avec d'autres personnes.

« Je ne peux que vous renvoyer le compliment.

— Vous avez déjà pensé au cinéma ? demanda-t-elle d'une voix doucereuse.

— Plus depuis longtemps, répondis-je par-dessus mon épaule. Quand on a travaillé avec Leni Riefenstahl...

— Un discours ! Un discours ! scandaient maintenant les gens qui avaient rempli la salle.

— Il faut que vous déclariez quelque chose ! » me murmura Sensenbrink.

Et même si, normalement, je n'aime pas trop prendre la parole dans des occasions pareilles, je ne pouvais en effet y échapper. La foule s'écarta un peu et le silence se fit. Seul Sawatzki parvint à se frayer un passage jusqu'à moi pour me tendre un verre de ce fameux Bellini. Je le pris avec reconnaissance et portai mon regard à la ronde. Je n'avais bien sûr rien préparé et il me fallait puiser dans mes réserves, celles qui avaient fait leurs preuves.

« Camarades !
Je m'adresse à vous
pour,
en cette heure victorieuse,
vous dire deux choses :
ce triomphe est sans conteste très réjouissant,
il est mérité,
mérité depuis longtemps.
Nous avons réussi à faire des productions

plus grandes,
plus chères
et même de niveau international !
Mais cette victoire
n'est qu'une étape
sur le chemin
de la victoire finale.
Cette victoire, nous la devons
à votre travail acharné,
à votre soutien inconditionnel et fanatique.
Mais en cette heure de liesse,
nous avons aussi une pensée
pour les victimes
qui ont versé leur sang pour notre cause…

— Pardon, dit soudain Kärrner, mais je n'étais pas au courant de ça. »

Je m'aperçus que j'étais peut-être allé un peu trop loin et que j'avais malgré moi glissé dans le sillage de mes premiers discours, après les victoires de la Blitzkrieg. C'était sans doute un peu déplacé. Devais-je m'excuser ou faire quelque chose dans ce genre ? Une voix m'en empêcha :

« Que vous pensiez aussi en ce moment à…, commença une collaboratrice que je ne connaissais pas, avec une expression émue. Mme Klement est effectivement décédée, la semaine dernière… ! C'est tellement… » Et elle sortit son mouchoir qu'elle pressa contre son nez.

« Mme Klement ! Bien sûr ! Comment ai-je pu oublier… ? enchaîna Kärrner, le visage un peu rouge. Je suis désolé. Continuez. Cela m'est très pénible. »

Je remerciai Kärrner d'un bref mouvement de la tête avant de reprendre le fil de mon discours impro-visé.

« Je suis moi-même bouleversé à l'idée
que la Providence m'ait choisi
pour redonner à la société Flashlight
sa liberté et son honneur.
Ce jour de honte, il y a vingt-deux ans, dans la forêt de Compiègne
a été effacé exactement au même endroit...
Non, désolé : a été effacé à Berlin.
Je voudrais terminer en évoquant
tous ces anonymes qui n'en ont pas moins
fait leur devoir,
ces millions de gens qui se sont engagés corps et âme
et qui, à chaque heure du jour et de la nuit,
que ce soit comme soldats ou comme officiers... »
Il me fallut faire ici une légère correction à cause de quelques regards consternés :
« ... comme réalisateurs, assistants, cameramen,
éclairagistes ou maquilleuses,
se sont montrés prêts à l'ultime sacrifice,
celui que peut faire un assistant réalisateur ou un éclairagiste.
Nombre d'entre eux sont maintenant allongés
près de leurs pères qui, durant la grande...,
qui, au cours de grandes productions télévisées...
Vous êtes tous les témoins de l'héroïsme discret de ceux qui... »
Cela devenait un peu compliqué.
« Ceux qui, comme Mme Klement de la comptabilité,
se sont engagés pour la liberté et l'avenir
et pour l'éternelle grandeur de la grande...
de la grande société allemande de production Flashlight ! Sieg – »

Et comme à la grande époque au Reichstag, j'enten-
dis alors que l'on me répondait en écho :
« Heil !
— Sieg –
— Heil !
— Sieg –
— Heil !!! »

29

J'étais parti très tôt. J'avais l'intention de savourer cette journée. Il y a en effet quelque chose de grand et de particulier à jouir de la tranquillité d'un endroit après un triomphe écrasant, que ce soit dans un bureau avant que ne commence l'intense activité de la journée, un immense stade vidé de son public mais où souffle encore le vent de la victoire – ou Paris conquis, à cinq heures du matin.

Je marchais, je voulais la ville pour moi tout seul. Le soleil éclairait déjà la matinée printanière, l'air était d'une fraîcheur agréable et paraissait plus pur qu'à l'heure de midi. Dans les espaces verts, quelques Berlinois habillés de façon fort négligée promenaient déjà leurs chiens, première sortie de la journée. Quelques folles ramassaient les déjections de leurs compagnons, geste qui m'était devenu familier, même s'il ne cessait de m'étonner. Une femme encore mal réveillée porta le petit sachet en plastique à ses lèvres avant de diriger sa cigarette vers les crottes de son minuscule animal. Puis elle secoua la tête, se frotta les yeux et corrigea son erreur.

Les oiseaux entonnaient leur chant matinal et je songeai à quel point une ville peut être calme quand elle ne retentit pas du fracas des canons antiaériens. Partout régnait une atmosphère de paix, la température était très agréable à cette heure. Je fis un petit détour pour passer devant le kiosque à journaux, mais là aussi tout était calme. Je pris une profonde respiration et me dirigeai vers l'immeuble de la société de production. Quand j'ouvris la porte, j'eus la satisfaction de constater que même le portier n'était pas encore là. La veille, avant de partir, il avait recouvert son téléphone d'une petite housse en tissu afin de le protéger, signe indéniable de son esprit consciencieux. De grosses piles de journaux étaient entassées devant sa loge ; il les distribuerait juste après son arrivée. Bormann n'aurait pas vu ça d'un très bon œil, mais je ne fais tout simplement pas partie de ces gens qui, même pour des détails, tiennent à respecter le protocole à la lettre et je n'eus donc aucun scrupule à m'emparer moi-même de ma lecture du matin. Je pris le stylo fixé au comptoir de la loge par une chaînette et je notai sur le borde-reau : « J'ai déjà pris mes journaux. Merci. » Et je signai : « A. Hitler ». Je constatai avec satisfaction que le *Bild Zeitung* m'avait encore désigné comme le vainqueur du jour. La mise au pas de la presse semblait devenir moins urgente.

Mes journaux sous le bras, je m'engageai dans les couloirs, un peu rêveur. La lumière du matin commençait à envahir les bureaux, les coques des téléphones brillaient, sans que l'on n'entende encore aucun bruit. Les chaises étaient disposées en ordre devant les tables, comme à la parade. Je bifurquai dans le couloir qui menait à mon bureau lorsque j'aperçus une tache de lumière devant la porte. Je m'approchai, hésitant.

La porte était ouverte et je découvris Mlle Krömeier assise à son bureau en train de taper sur son clavier.

« Bonjour, dis-je.

— Il faut que je vous dise quelque chose, mon F..., déclara-t-elle, un peu raide. Je ne peux plus vous saluer comme avant et je ne peux pas continuer à travailler non plus. Je ne peux plus rester ici. »

Elle renifla tout en se penchant pour prendre son petit sac à dos qu'elle posa sur ses genoux. Elle ouvrit la fermeture à glissière puis la referma sans avoir rien retiré de son sac. Elle se leva, ouvrit un tiroir du bureau, regarda à l'intérieur, referma le tiroir, s'assit à nouveau et continua à écrire.

« Mademoiselle Krömeier, je...

— Je suis désolée aussi, mais je ne peux pas continuer, dit-elle en pianotant. Quelle connerie, tout ça ! Pourquoi vous ne pouvez pas faire les choses comme les autres ? Comme celui qui fait le postier ? Ou le Bavarois de service ? Pourquoi vous ne pouvez pas vous contenter de vous agiter sur scène ? Vous pouvez parler en dialecte, si ça vous chante ! J'aimais bien être ici ! Vraiment, j'ai beaucoup aimé ! »

Je regardai fixement Mlle Krömeier et lui demandai de façon un peu gauche : « M'agiter... !?

— Oui. Ou simplement vous en prendre aux gens ! Pas besoin que ce soit drôle, d'ailleurs ! Mais pourquoi vous voulez absolument être Hitler ?

— On ne choisit pas toujours. La Providence nous assigne une mission et ensuite on fait son devoir ! »

Elle secoua la tête. « Je suis en train de rédiger une annonce de candidature interne, dit-elle en reniflant. Comme ça, vous aurez vite une remplaçante. C'est rapide, vous verrez, il y a tout un tas de gens, je vous le garantis, qui vont vouloir sauter sur ce job. »

Je baissai la voix et dis doucement, mais fermement : « Vous allez maintenant arrêter de taper sur votre clavier et vous allez me dire ce qui se passe. Tout de suite !

— Eh bien, je ne peux plus travailler ici, dit-elle, têtue.

— Ah bon ! Vous ne pouvez plus ! Et pourquoi donc ?

— Parce que j'étais chez ma grand-mère hier.

— Et comment je dois comprendre ça ?

— J'aime beaucoup ma grand-mère. J'ai vécu chez elle pendant presque un an, quand ma mère était très malade. Et hier, je suis allée la voir. Et elle m'a demandé ce que je faisais et je lui ai dit que je travaillais pour une vraie star. J'étais drôlement fière. Alors elle m'a demandé qui c'était et je lui ai fait deviner, mais elle n'a pas trouvé. Je lui ai raconté que je travaillais pour vous. Alors elle s'est mise dans tous ses états et elle est devenue folle tout d'un coup. Et après elle a commencé à pleurer et elle a dit que ce n'était pas drôle du tout ce que vous faisiez, que ça ne faisait rire personne. Qu'un type comme vous ne pouvait pas se promener comme ça dans la nature. Alors je lui ai dit que tout ça c'était une satire. Que vous faisiez ça pour que ça n'arrive plus. Pour elle, ce n'était pas une satire. Elle a dit que vous disiez exactement ce que disait Hitler à son époque. Et que les gens à l'époque, ils avaient ri aussi. Et moi j'étais là et je me disais : "C'est une vieille dame, elle exagère, c'est tout. Elle n'a jamais beaucoup parlé de la guerre, elle est simplement en colère parce qu'elle a vu pas mal de trucs." Mais elle est allée à son petit bureau, elle a pris une enveloppe et en a sorti une photo. »

Mlle Krömeier fit une petite pause et me regarda fixement : « Vous auriez dû voir comment elle a sorti la photo. Comme si elle valait des millions. Comme si c'était la dernière photo du monde. J'en ai fait une photocopie. Il a fallu que j'insiste pendant plus d'une heure pour qu'elle me donne la photo et que je puisse en faire une photocopie. »

Elle se pencha de nouveau vers son sac à dos et en retira un feuillet qu'elle me tendit. Je regardai la photo, qui représentait un homme, une femme et deux petits garçons à la campagne ou au bord d'un lac ; en tout cas, ils étaient assis sur une couverture ou une serviette de plage. On pouvait en déduire qu'il s'agissait des membres d'une même famille. L'homme en maillot de bain devait avoir dans les trente ans, il avait des cheveux bruns coupés court et une allure sportive. La femme était très jolie. Les enfants avaient des chapeaux en papier sur la tête, sans doute faits avec le journal du jour, et chacun tenait une épée en bois avec laquelle il paradait en riant. Ma supposition concernant le lac se révéla exacte car je vis que quelqu'un avait écrit au-dessous au stylo noir : « Wannsee, été 1943. » Tout semblait indiquer qu'il s'agissait d'une famille sans problème.

« Et alors ? dis-je.

— C'est la famille de ma grand-mère. Son père, sa mère et ses deux frères. »

Je n'ai pas fait la guerre pendant six ans sans prendre conscience des tragédies qu'elle occasionnait, des blessures que la mort imprime au fond des âmes.

« Qui est mort ? demandai-je.

— Tous. Ils sont tous morts. Six semaines après. »

Je regardai encore l'homme, la femme, les deux petits garçons, surtout les deux petits garçons, et je me raclai la gorge. On peut exiger du Führer qu'il soit d'une dureté impitoyable envers lui-même et envers son peuple, et je suis toujours le premier à l'accepter pour moi-même. Je me serais aussi sans doute montré inflexible s'il s'était agi d'un cliché plus récent, par exemple celui d'un soldat de cette nouvelle Wehrmacht, même s'il avait été sacrifié sur l'autel de l'incurie durant la guerre menée en Afghanistan. Mais cette photo qui remontait à une période qui m'était malgré tout toujours très proche, cette photo me touchait au plus profond de moi-même.

On ne peut certainement pas me reprocher de ne pas avoir été prêt, tant sur le front de l'Est que sur le front de l'Ouest, à sacrifier sans hésiter des centaines de milliers de vies pour en sauver des millions. Envoyer à la mort des hommes qui avaient pris les armes en se fiant au fait que j'engageais leur vie pour le bien du peuple allemand et la sacrifierais en cas de nécessité. L'homme de la photo avait sans doute fait partie de ces troupes, et il était ce jour-là en permission. Mais la femme. Les enfants. Et d'une façon générale, la population civile... Je restais taraudé par l'idée de n'avoir pas su mieux protéger le peuple dans ses foyers. Par le fait que cet ivrogne de Churchill n'ait pas eu honte de transformer des innocents en torches humaines et de les faire périr sous un déluge de feu.

Toute la colère et toute la fureur de ces années bouillaient de nouveau en moi et, me tournant vers Mlle Krömeier, je lui dis, les yeux humides :

« Je suis vraiment désolé. Je vais tout faire, je vous le promets, je vais tout faire pour que plus jamais un bombardier anglais n'ose s'approcher de nos frontières et de nos cités. Rien ne sera oublié, et, un jour, chaque bombe envoyée sera payée d'une riposte mille fois plus forte...

— S'il vous plaît, me dit Mlle Krömeier, s'il vous plaît, arrêtez tout ça un moment. Juste un moment. Vous ne savez pas de quoi vous parlez. »

Je manquais encore d'habitude. Cela faisait longtemps que je n'avais pas été blâmé de cette façon, surtout à tort. Normalement, le Führer est beaucoup trop haut dans la hiérarchie pour qu'on ose lui adresser le moindre reproche. Il ne convient pas que l'on blâme le Führer, on doit lui faire confiance, et dans cette mesure tout reproche vis-à-vis d'un supérieur est illégitime et vis-à-vis de moi en particulier ; mais Mlle Krömeier me semblait bouleversée et j'encaissai ce commentaire lâché sans doute sous l'effet de la colère. Toute objection aurait été totalement stupide. Personne ne peut être plus au courant que moi de ce genre de situation.

Je me tus donc un instant.

« Si vous avez envie de prendre votre journée, dis-je, vous pouvez. Je me rends compte que la situation est très difficile pour vous. Simplement, je voudrais que vous sachiez que j'apprécie beaucoup votre travail. Et si madame votre grand-mère n'est pas satisfaite, cela pourra peut-être faciliter les choses de lui dire que sa colère ne vise pas la bonne personne. Les bombardements, c'était une idée de Churchill…

— Sa colère ne vise pas à côté, c'est bien ça le pire ! cria Mlle Krömeier. Qui est-ce qui parle ici de bombardements ? Ces gens-là ne sont pas morts dans un bombardement. On les a gazés ! »

Je me figeai et regardai encore une fois la photo. L'homme, la femme, les petits garçons… ils n'avaient l'air ni de criminels ni de gitans, et ils n'avaient absolument rien de juif. Même si, dans leurs traits, quand on y regardait de plus près – mais non, mon imagination me jouait encore un tour.

« Où est votre grand-mère sur la photo ? » demandai-je. Mais je pouvais déjà imaginer la réponse.

« C'est elle qui l'a prise, dit Mlle Krömeier d'une voix un peu rauque, en fixant le mur en face d'elle. C'est la seule photo qu'elle a de sa famille. Et elle n'est même pas dessus avec les siens. » Et une larme teintée de mascara coula sur la joue de Mlle Krömeier.

Je lui tendis un mouchoir. Elle resta un instant immobile avant de le prendre et de s'essuyer la joue.

« C'était peut-être une erreur ? déclarai-je. Je veux dire : ces gens ne ressemblent pas du tout à des…

— C'est quoi cet argument ? demanda Mlle Krömeier d'un ton froid. Et s'ils ont été tués par erreur, ça veut dire que ce n'est pas grave ? Un type s'est dit un jour qu'il fallait tuer les juifs, la voilà, l'erreur ! Et les gitans ! Et les homosexuels ! Et tous ceux qui ne lui convenaient pas. Je vais vous dire une chose assez simple : si on ne tue pas, on ne risque pas de se tromper de personnes ! C'est simple comme bonjour ! »

Je me sentais un peu désemparé, surpris par ce déferlement d'affects, même si je savais par expérience que la femme a une tendance aux débordements sentimentaux.

« Il s'agissait donc d'une erreur… », répliquai-je fermement, mais je ne pus continuer parce que Mlle Krömeier avait bondi de sa chaise et hurlait : « Non ! Ce n'était pas une erreur. C'étaient des juifs. Ils ont été gazés en toute légalité ! Simplement parce qu'ils ne portaient pas l'étoile. Ils se sont cachés, ils ont plongé dans la clandestinité et ont enlevé leur étoile, espérant qu'on ne les reconnaîtrait pas. Malheureusement quelqu'un les a balancés à la police. Car non seulement ils étaient juifs, mais en plus ils étaient en situation irrégulière. Vous êtes tranquillisé maintenant ? »

Je l'étais, en effet. Chose étonnante, jamais je n'aurais soupçonné que ces gens-là puissent être juifs, ils semblaient si allemands. Il faudrait que j'exprime encore toute ma reconnaissance à Himmler pour son travail en profondeur. Pour l'instant, cependant, il ne me semblait pas opportun d'exprimer directement mes pensées.

« Excusez-moi, dit-elle soudain, brisant ainsi le silence qui s'était établi. Vous n'y êtes pour rien. Peu importe d'ailleurs. Je refuse de faire ça à ma grand-mère, je ne peux pas continuer à travailler pour vous. Elle ne s'en remettrait pas. Mais simplement une chose – vous ne pourriez pas dire une fois, juste une fois : "Ça me fait de la peine pour la famille de votre grand-mère, c'était une terrible erreur à l'époque" ? Comme le ferait n'importe quel être humain ? Ou bien faire en sorte que les gens qui ont fait ça se rendent compte à quel point ils ont été des salauds. Que nous fassions tous en sorte, vous, moi et tous les gens ici, que pareille chose ne se reproduise pas. » Et elle ajouta sur un ton presque implorant : « C'est bien ce que nous faisons ici, n'est-ce pas ? Dites-le-moi ! Dites-le pour moi ! »

Je repensai aux jeux Olympiques de 1936. Ce n'était peut-être pas complètement un hasard, car la femme blonde sur la photo me rappelait l'escrimeuse juive, Helene Mayer. Accueillir les jeux Olympiques dans son pays, c'est une occasion en or pour faire de la propagande. On peut impressionner l'étranger de façon positive et en outre cela permet de gagner du temps pour le réarmement si l'on se sent encore un peu faible. Mais, en ce cas, une question se pose : doit-on en même temps continuer à persécuter les juifs, au risque de réduire à néant tous ces bénéfices ? On établit donc des priorités et on laisse participer une Helene Mayer, même si elle ne fait que récolter la médaille d'argent. On se dit également : « D'accord, pendant quinze jours, je ne persécute plus les juifs. Ou même trois semaines. » Comme à cette époque, il s'agissait maintenant de gagner du temps. Certes je commençais à avoir l'aval du peuple, j'avais déjà remporté un certain succès. Mais avais-je pour autant tout un mouvement derrière moi ? J'avais besoin de Mlle Krömeier et en plus je l'aimais bien. Et si Mlle Krömeier avait un peu de sang juif dans les veines, il me faudrait faire avec.

Cela ne me dérangeait pas outre mesure. Si le reste du matériau génétique est suffisamment bon, le corps peut encaisser une certaine dose de gènes juifs sans que cela nuise au caractère ou aux caractéristiques raciales. Chaque fois que Himmler s'emportait, je citais le nom de mon brave Emil Maurice. Avoir un grand-père juif ne l'avait pas empêché d'être mon meilleur homme dans les combats de rue, toujours fidèle à mes côtés, en première ligne contre l'infâme engeance bolchevique. Je suis même intervenu pour qu'il puisse rester dans la SS – car la conviction fanatique, solide comme du granit, est capable de tout, elle peut même influencer le patrimoine biologique. J'ai vu d'ailleurs de mes propres yeux comment Maurice, avec le temps et à force de volonté, a peu à peu éliminé tout ce qu'il y avait de juif en lui. Un exemple phénoménal de redressement personnel. Mais la fidèle et jeune Mlle Krömeier n'en était pas encore là. La conscience de cette petite partie juive d'elle-même la faisait encore hésiter et sapait son esprit de décision. Il s'agissait d'y mettre un terme. Et pas seulement à cause de son influence sur M. Sawatzki – et réciproquement. Les jeux Olympiques de 36 !

Oui, comme à l'époque, il allait me falloir dissimuler mes vrais objectifs.

La critique de Mlle Krömeier remettait en cause l'œuvre de toute une vie. Du moins l'œuvre de la première partie de ma vie. Je décidai donc de prendre le plus court chemin, celui de la vérité pure et éternelle – le droit chemin qu'emprunte toujours le vrai Allemand. De toute façon, nous autres Allemands, nous ne savons pas mentir. Ou alors pas très bien.

« De quels salauds parlez-vous ? lui demandai-je calmement.

— Des nazis, pardi !

— Mademoiselle Krömeier, c'est une chose que vous aurez du mal à entendre, mais vous vous trompez sur bien des points. Ce n'est pas votre faute, mais c'est néanmoins faux. De nos jours, on aime faire comme si, à l'époque, quelques nationaux-socialistes convaincus et prêts à tout avaient floué un peuple entier. Ce n'est pas entièrement faux. Ils ont effectivement essayé. En 1924, à Munich. La tentative a échoué et a fait de nombreuses victimes. La suite fut différente et elle a pris un autre cours. En 1933, le peuple n'a pas été bousculé par des actions de propagande. Un Führer a été élu selon un mode qui, aujourd'hui encore, passe pour absolument démocratique. Un Führer a été élu, alors qu'il n'avait jamais fait mystère de ses objectifs, toujours exposés avec une grande clarté. Les Allemands l'ont élu. Même les juifs. Et peut-être même les parents de madame votre grand-mère. À l'époque, le Parti avait déjà quatre millions d'adhérents. Et il aurait pu en compter beaucoup plus si l'on n'avait pas bloqué les adhésions à partir de 1933. Sinon, il y aurait eu huit, dix, douze millions d'adhérents en 1934. Et je ne crois pas qu'un parti puisse se targuer en 2011 de rassembler autant de monde.

— Et où vous voulez en venir, avec ça ?

— Soit il y avait tout un peuple de salauds. Soit ce qui est arrivé n'était pas une saloperie, mais correspondait à la volonté de tout un peuple. »

Mlle Krömeier me dévisagea avec de grands yeux incrédules : « Mais... Mais vous ne pouvez pas dire une chose pareille ! Ce n'était pas la volonté des gens de tuer la famille de ma grand-mère ! C'était l'idée de types qui ont été accusés et condamnés pour ça. À... je ne sais plus dans quelle ville... à Nuremberg, je crois !

— Mademoiselle Krömeier, je vous en prie ! Ce qui a été organisé à Nuremberg n'était qu'une mascarade pour rouler le peuple. Si vous cherchez des responsables, vous n'avez que deux possibilités, pas une de plus. Soit vous suivez la ligne du NSDAP, selon laquelle celui qui porte la responsabilité dans un État dirigé par un Führer est le Führer lui-même, à l'exclusion de toute autre personne. Soit vous condamnez tous ceux qui ont démocratiquement élu ce Führer et ne l'ont jamais démis. Or ce sont des gens tout à fait normaux qui ont décidé d'élire un homme hors norme et de lui confier le destin de leur pays. Voulez-vous interdire les élections, mademoiselle Krömeier ? »

Elle me regarda, désemparée : « Peut-être ne suis-je pas capable de comprendre tout ça. Vous avez sûrement fait des études, vous avez lu beaucoup de livres... Mais... vous ne trouvez quand même pas ça terrible ? Tout ce qui s'est passé ! Vous êtes quand même d'accord pour empêcher que ça se reproduise, non... ?

— Vous êtes une femme, répondis-je avec indulgence, et les femmes sont souvent très impulsives quand il est question de sentiments. C'est ce qu'a souhaité la nature et c'est bien ainsi. Les hommes, eux, sont plus objectifs. Nous ne pensons pas selon les catégories de bien ou de mal. Pour nous, l'essentiel est d'accomplir notre mission, de bien reconnaître nos objectifs et de les poursuivre. Or ces questions ne tolèrent aucune part de sentimentalisme ! Ce sont les questions les plus importantes pour notre avenir. Cela peut vous paraître dur, mais nous n'avons pas le droit de regarder le passé en gémissant, nous devons considérer le passé pour mieux apprendre. Ce qui est arrivé est arrivé. On ne doit pas regretter nos erreurs, on doit éviter de les commettre une seconde fois. Après un incendie, je ne vais pas me répandre en jérémiades pendant des semaines et des mois ! Non ! Je vais construire une autre maison. Plus solide, plus belle ! Mais, dans cette entreprise, je n'ai qu'un petit rôle, celui que la Providence m'a attribué. Je ne suis qu'un simple architecte. Car le maître d'ouvrage, Mlle Krömeier, le maître d'ouvrage, c'est le peuple, le peuple allemand et ce sera toujours le peuple allemand.

— Et il ne doit pas oublier…, dit Mlle Krömeier avec une expression de mise en garde.

— Vous avez tout à fait raison ! Jamais il ne doit oublier la force qui sommeille en lui, ni de quelles possibilités il dispose ! Le peuple allemand peut changer le monde !

— Oui, murmura-t-elle. Mais seulement pour le bien ! Il ne faut plus jamais que le peuple allemand fasse des choses qui ne soient pas bien ! »

À ce moment-là, je me suis rendu compte à quel point j'appréciais Mlle Krömeier. Il est en effet toujours étonnant de voir comment, après avoir pris des chemins tortueux, un certain nombre de femmes finissent par se trouver au bon endroit. Mlle Krömeier avait pris conscience que l'histoire est écrite par les vainqueurs. Et que d'une appréciation positive des actions allemandes découle naturellement des victoires allemandes.

« Tel est exactement notre but, lui dis-je en guise de compliment. Et nous y arriverons : si le peuple allemand s'impose victorieusement, dans cent, deux cents ou trois cents ans, nous ne trouverons que des louanges dans les livres d'histoire ! »

Un petit sourire éclaira son visage : « Dans deux cents ans, ce n'est pas nous qui lirons ça. Vous et moi, on sera morts.

— On peut effectivement le supposer, dis-je, songeur.

— Je suis désolée », ajouta-t-elle en appuyant sur une touche de son clavier. Je connaissais maintenant parfaitement ce petit bruit. C'était celui qui annonçait que Mlle Krömeier tirait un document sur l'imprimante commune située dans le couloir. « J'aurais vraiment aimé continuer à travailler ici.

— Et si vous ne disiez rien à madame votre grand-mère ? »

Sa réponse me réjouit autant qu'elle me chagrina : « Non ! Je ne peux pas lui mentir ! »

L'espace d'un instant, je songeai à lui réserver un traitement spécial. Hélas, si l'on considère la situation de façon réaliste, on ne peut réserver de traitement spécial à personne sans Gestapo. Et sans un Heinrich Müller à disposition.

« Je vous en prie, ne vous précipitez pas ! dis-je. Je comprends parfaitement votre situation, mais je vous demande aussi d'admettre que l'on ne trouve pas une aussi bonne collaboratrice que vous sous le sabot d'un cheval. Si vous n'y voyez aucun inconvénient, j'interviendrai personnellement auprès de madame votre grand-mère pour que vous puissiez rester à mon service dans ce bureau. »

Elle me regarda, stupéfaite : « Je ne sais pas...

— Vous verrez. Je vais faire fondre tous les scrupules de cette vieille dame », lui dis-je sur un ton confiant.

On pouvait lire le soulagement sur le visage de Mlle Krömeier.

Beaucoup de gens m'auraient sans doute conseillé de ne pas entreprendre cette démarche. Personnellement, je n'avais jamais douté de ma capacité de persuasion, surtout auprès des femmes. J'étais au courant des rumeurs qui circulaient dans mon dos, selon lesquelles chaque fois que Mme Goebbels se trouvait à côté de moi, on entendait carillonner ses ovaires, ou bourdonner, ou... quel que soit le verbe choisi par le simple soldat de service. Non, ce genre de plaisanterie ne dépasse pas le niveau de la ceinture. Ici, il s'agissait d'autre chose. Il s'agissait de l'aura du vainqueur, de celui qui, justement, ne doute pas. Cela marche aussi bien chez les jeunes femmes que chez les moins jeunes. Les juives ne font pas exception, au contraire ; en regard de leur désir d'assimilation et de normalité, elles sont même particulièrement réceptives. Helene Mayer, notre escrimeuse olympique, a même reçu sa médaille en faisant le salut nazi. Je pense aussi aux dizaines de milliers d'individus persuadés qu'ils pouvaient se sentir allemands simplement parce qu'ils avaient joué les tire-au-flanc sur le front lors de la dernière guerre, certains poussant la malhonnêteté jusqu'à se voir décerner la Croix de fer.

De tels individus donc, capables de se comporter ainsi alors que leurs camarades de race sont molestés, que leurs commerces sont boycottés et détruits, peuvent être arnaqués, soixante ans après, surtout – et je le dis sans fausse vanité, parce que cela n'est que la pure vérité – par un grand connaisseur des forces et des faiblesses de cette race.

Et je suis malheureusement obligé de décevoir tous ces romantiques et ces crédules, convaincus de l'habileté exceptionnelle de ces parasites rusés, de leur intelligence soi-disant supérieure. À l'époque, faire passer une chambre à gaz pour une douche ne relevait déjà pas de la plus grande subtilité. Et dans le cas de la grand-mère de Mlle Krömeier, il a suffi d'une dose ordinaire d'attention polie associée à toutes sortes de compliments sur le travail extraordinaire effectué par sa petite-fille, une personne remarquablement douée. Je lui dis donc en substance quel travail formidable et indispensable Mlle Krömeier effectuait pour moi et rien qu'à voir l'éclat dans les yeux de la vieille dame, je sus que je n'avais plus à me faire de souci. Pour le reste – à savoir d'éventuels scrupules idéologiques –, la vieille dame ne m'écoutait déjà plus et n'entendait que ce qu'elle voulait bien entendre.

Il fut néanmoins décisif que je ne fisse pas cette visite en uniforme.

30

J'étais nerveux, mais pas trop. Je trouve cet état de douce fébrilité apaisant, il me révèle que je suis concentré. Nous avions travaillé quatre mois et demi dans ce sens : tout comme autrefois j'avais dépassé la Hofbräukeller, j'avais maintenant dépassé l'émission de Wizgür, et tout comme j'avais eu accès aux installations du cirque Krone, j'avais désormais un nouveau studio entièrement dédié à ma propre émission. Les recettes issues de la publicité pour l'industrie allemande atteignaient déjà un niveau comparable à celui des subsides recueillis peu avant ma prise de pouvoir en 1933. Je me réjouissais des événements à venir, mais je restais malgré tout très concentré. Je vérifiai encore une fois mon reflet dans le miroir. Impeccable.

Ils firent défiler le générique sur l'écran du studio. Celui-ci était vraiment très bien – décidément, j'appréciais de plus en plus Sawatzki. Cela commençait par une simple ligne de basse issue du thème principal, tandis que l'on me voyait sur des images d'archives en train de passer en revue la SA à Nuremberg. Puis venaient quelques images tirées du film de Leni Riefenstahl *Le Triomphe de la volonté*, accompagnées d'une voix absolument charmante qui chantait :

« Il est de retour, il est de nouveau là. »

Des images de la campagne de Pologne venaient ensuite. Des stukas en piqué au-dessus de Varsovie. Des tirs d'artillerie. Les panzers de Guderian fonçant à toute allure. Puis quelques beaux cadrages de moi en train d'inspecter les troupes sur le front.

« Il est de retour, continuait de chanter la belle voix de femme, c'est ce qu'on m'a dit. »

Ensuite, des images récentes me montraient en train de me promener dans Berlin, de traverser la nouvelle Potsdamer Platz. On me voyait aussi acheter des petits pains à une boulangère et, surtout – j'aimais bien ces photos –, on me voyait caresser les cheveux de deux jeunes enfants dans un parc, un petit garçon et une petite fille. La jeunesse est tout simplement notre avenir.

« Il n'est pas encore venu me voir, disait la voix sur un mode plaintif qui était parfaitement explicable, je ne comprends pas – et je me demande ce qui est arrivé. »

J'avais déjà trouvé ça très émouvant, la première fois que j'avais écouté cette chanson – c'était au cours de la réunion où l'on devait discuter de la mélodie du générique. Je ne saurais trop dire pourquoi, d'ailleurs. Les images me montraient assis à l'arrière d'une Maybach noire, en route pour le lieu de tournage, un cinéma désaffecté. Et au moment où j'arrivais et pénétrais dans le cinéma, la caméra basculait vers le haut et s'arrêtait sur le grand panneau d'annonce où l'on pouvait lire le titre de l'émission – « LE FÜHRER VOUS PARLE » – tandis que la femme chantait les derniers couplets de cette chanson fort bien arrangée :

« Il est de retour – iiiiilll est de nouveau làààààà. »

Je ne me lassais jamais de regarder ce générique, mais il me fallait, aussitôt après la scène chez la boulangère, rejoindre les coulisses pour m'asseoir derrière mon bureau et recueillir les premiers applaudissements. C'était plus détendu qu'au Palais des Sports mais quand même très solennel à cause de toute cette introduction.

On m'avait construit un beau studio, rien de comparable à la simple estrade que j'avais chez Wizgür. C'était inspiré de la Tanière du loup. Un compromis. J'avais déjà proposé la maison de l'Obersalzberg, mais Mme Bellini avait trouvé cela trop gentil et trop charmant. Je proposai alors le bunker de Berlin – finalement nous nous mîmes d'accord sur la Tanière du loup. Je m'y suis même rendu avec une équipe de production, plus par curiosité il est vrai, car j'aurais pu leur décrire de mémoire et en détail tous les blockhaus, l'intérieur, l'extérieur ainsi que la position de chaque garde. Mais Mme Bellini avait insisté avec raison pour que l'équipe de production puisse se faire une idée sur place.

J'avais supposé que les Russes avaient rasé tout ce qui, dans leur zone, pouvait rappeler notre passé, mais ils n'avaient évidemment rien pu faire contre le béton armé de l'organisation Todt. On avait même dû laisser en place les tours de défense aérienne construites à Vienne, impossibles à faire sauter. Bien sûr, on aurait pu les bourrer de TNT, mais, par un coup de génie, ce diable de Tamms les avait fait bâtir en pleine agglomération. Et elles sont toujours là, impressionnantes et austères, témoins inébranlables de l'art militaire allemand en matière de fortifications.

Les Polonais ont transformé la Tanière du loup en une sorte de parc d'attractions. Ça fait presque mal au cœur de voir tous ces imbéciles passer devant sans y prêter la moindre attention et en totale ignorance de ce que ces lieux représentent au regard de l'histoire. Il leur manque la gravité nécessaire et finalement je préfère même ces centres de documentation qu'ils font pousser à présent un peu partout. Certes on n'arrête pas d'ennuyer le peuple avec ça, mais d'une façon générale le sérieux de mon mouvement est bien rendu ainsi que ses objectifs, de même que la problématique juive. Leur documentation est naturellement un peu teintée de leur idéologie bien-pensante, mais celle-ci n'est de toute évidence pas si claire car – par sécurité – ils se sont sentis obligés de préciser un peu partout à quel point notre politique était « marquée par "le mépris de l'humanité" ». Goebbels leur aurait vite remonté les bretelles : « Si vous êtes obligés d'insister sur ce détail, c'est que votre texte est lamentablement écrit. Un bon texte, c'est un texte d'où il ressort d'emblée et sans l'ombre d'un doute qu'il y a effectivement là du "mépris pour l'humanité". Si cette condition est remplie, celui qui lit le texte pense être parvenu tout seul à cette conclusion ! »

Ce bon Goebbels. J'aimais beaucoup ses enfants, leur présence me réjouissait.

La Tanière du loup. Ils en ont fait un hôtel et la cantine propose tous les jours des spécialités de Masurie. Juste à côté se trouve un stand de tir où l'on utilise des carabines à air comprimé. Désolant ! Si l'on m'avait laissé diriger ce centre, j'aurais réintroduit nos armes de l'époque : le bon vieux fusil Walther G43, le pistolet 35, le Luger, le Walther P38 et même le PPK – quoique peut-être pas… Non, pas le PPK, parce que, chaque fois que j'y pense, j'ai un furieux mal de tête. Il faudrait peut-être que j'aille voir un médecin, mais cela est un peu compliqué, ces derniers temps. C'était pratique à l'époque d'avoir Theo Morell à disposition en permanence. Göring ne l'aimait pas, mais Göring n'a pas toujours été une lumière.

J'attendis que tous les applaudissements cessent, ce qui engendrait chaque fois une véritable guerre des nerfs entre la régie, le public et moi, car j'exigeais le silence absolu. Et je suis toujours parvenu à imposer le silence au public.

« Camarades du peuple,
hommes et femmes !
Nous
le savons :
une nation vit de son sol.
Son sol
est
son espace vital.
Or dans quel
état
se trouve
ce sol
aujourd'hui ?
La
"chancelière"
dit :
"Excellent."
Ah bon !
Autrefois
le plus grand
compliment
que l'on pouvait faire dans ce pays
était de dire : "Ici
on pourrait manger par terre."
Où, et je le demande

à cette
"chancelière",
aimeriez-vous manger par terre ?
J'attends toujours la réponse à cette question,
car même la "chancelière" sait très bien
que le sol allemand est pollué
par le poison du grand capital,
par le poison de la haute finance internationale !
Le sol allemand est rempli de déchets
et l'enfant allemand a besoin d'une chaise haute
s'il veut s'asseoir sans mettre sa vie en danger.
L'homme allemand, la femme allemande,
la famille allemande fuient le plus haut possible
dans les immeubles,
le petit chien allemand,
qu'il s'appelle Struppi
ou Spitzl,
marche sur une vilaine capsule de bière
avec sa petite patte sensible,
ou lèche
de la dioxine
et meurt
dans d'atroces tourments !
Le pauvre
petit Struppi.
Et c'est là le sol
où notre
"chancelière"
voudrait que l'on mange par terre.
Eh bien, bon appétit !
Notre invité aujourd'hui
est une spécialiste du sol
allemand.
La représentante
des Verts :

Renate Künast. »

Une ordonnance SS la fit entrer sur le plateau. Il était grand, blond, répondait au nom de Werner et avait des manières exquises. Et si la dame en question manifestait quelque réticence à la vue de son uniforme, on pouvait en même temps déceler dans sa mimique qu'elle n'était pas insensible aux atouts physiques de notre homme. Une femme reste une femme.

La présence de Werner était aussi à mettre au crédit de Sawatzki. On soutenait chez Flashlight que j'avais besoin d'un assistant.

« C'est important, avait dit Sensenbrink à l'époque. Cela vous donne la possibilité de vous adresser à un tiers. Si l'invité est un peu mou du genou, si une remarque ne fait pas mouche, vous ne vous retrouvez pas seul face du public.

— Je pourrais par exemple renvoyer la responsabilité sur l'autre ?

— Pour ainsi dire.

— Jamais ! Le Führer délègue des tâches mais jamais sa responsabilité.

— Mais le Führer ne va pas non plus ouvrir lui-même la porte quand ça sonne, avait répliqué Mme Bellini. Et des invités, vous en avez à la pelle… ! »

Cette remarque était tout à fait juste.

« À l'époque, vous aviez bien aussi quelqu'un qui vous servait plus ou moins d'assistant ? Qui vous ouvrait la porte ? »

Elle fit une courte pause avant d'ajouter : « Je veux dire – pas à vous, mais à Hitler.

— C'est bon, c'est bon, dis-je. La porte ? C'était sûrement le mari de Traudl Junge ? Ou l'un des hommes de Schädle…

— Oh ! là, là ! avait soupiré Sensenbrink, personne ne connaît ces types !

— Qu'est-ce que vous croyiez ? Que Himmler en personne venait tous les matins me repasser mon uniforme ?

— Mais lui au moins on le connaît !

— Ne compliquons pas les choses, avait dit Mme Bellini, pour détendre l'atmosphère. Vous venez de citer le nom de quelqu'un. Ce n'était pas un simple petit SS… Schäuble, vous avez dit ?

— Schädle.

— Voilà. Il suffit de monter un cran plus haut. De toute façon, tout ça est symbolique.

— Bon. J'imagine qu'on peut prendre Bormann.

— Qui ? demanda Sensenbrink.

— Bormann, Martin ! Reichsleiter.

— Jamais entendu parler ! »

J'étais sur le point de le remettre vertement à sa place lorsque Mme Bellini me tomba littéralement dans les bras.

« Votre savoir est impressionnant. Vous connaissez les moindres détails. Personne ne peut rivaliser avec vous ! minauda-t-elle. Mais si nous voulons toucher la masse, faire exploser l'Audimat… » – et elle ménagea, non sans habileté, une petite pause – « … il nous faut recruter votre assistant dans un petit cercle de personnes connues. Pour être réalistes, nous avons le choix entre Goebbels, Göring, Himmler, peut-être Hess…

— Non, pas Hess ! lança Sensenbrinck. Il y a toujours un petit facteur de compassion avec lui. Le pauvre vieil homme, enfermé *ad vitam æternam* à cause des Russes…

— Vous avez raison, concéda Mme Bellini. Mais ce sont les seuls candidats potentiels. Sinon, tous les téléspectateurs vont se demander au bout de trente secondes qui est ce drôle de type à côté du Führer. Semer le doute n'est pas la meilleure tactique. Vous êtes déjà suffisamment intrigant comme ça.

— Jamais Goebbels n'irait ouvrir la porte », dis-je de façon un peu butée, même si j'étais d'accord avec elle, finalement. Et évidemment que Goebbels serait allé ouvrir la porte… Goebbels aurait tout fait pour moi. Un peu comme mon petit chien Foxl, autre-fois, dans les tranchées. Mais ce dont j'étais encore plus certain, c'était qu'il ne fallait pas que ce soit Goebbels qui ouvre cette porte. On en aurait vite fait un Quasimodo, comme Fritz le bossu dans l'adapta-tion à l'écran de *Frankenstein* avec Boris Karloff. Ils en auraient fait un personnage grotesque exposé aux quolibets chaque fois qu'il aurait traversé la scène en traînant la patte. Goebbels n'avait pas mérité ça. En revanche, Göring ou Himmler… Ils avaient certes eu leurs mérites mais je sentais toujours bouillir en moi la colère quand je repensais à leur trahison. Cela dit, ils auraient détourné l'attention, or celle-ci devait se focaliser sur moi. J'étais bien placé pour savoir ce qui s'était passé avec Wizgür.

« Et si nous prenions le soldat inconnu ? proposa Sawatzki.

— Qu'entendez-vous par là ? » demanda Mme Bellini.

Sawatzki se redressa sur sa chaise. « Un grand type superblond, genre SS.

— Pas mal, dit Mme Bellini.

— Göring serait plus drôle, estima Sensenbrink.

— Nous ne voulons pas de comique troupier », dis-je de conserve avec Mme Bellini.

Nous nous regardâmes. Décidément, nous nous plaisions de plus en plus.

« Je suis heureux de vous accueillir », dis-je à Mme Künast en lui offrant un siège. Elle prit place, sûre d'elle, comme quelqu'un qui est habitué aux caméras.

« Oui, je suis contente aussi, répondit-elle sur un ton moqueur, d'une certaine façon.

— Vous vous demandez sans doute pourquoi je vous ai invitée ?

— Parce que personne d'autre n'a accepté… ?

— Oh, non ! Nous aurions très bien pu avoir votre collègue, Mme Roth. Mais j'ai une idée : pourriez-vous me rendre un service ?

— Ça dépend lequel.

— S'il vous plaît, virez cette femme de votre parti. Comment coopérer avec un parti qui héberge quelque chose d'aussi horrible ?

— Eh bien, jusqu'à présent, ça n'a pas empêché le SPD ni la CDU de…

— N'est-ce pas ? Ce fait vous a interpellée vous aussi ? »

Elle resta un moment déconcertée.

« Je voudrais répéter encore une fois ici que Claudia Roth fait vraiment du très bon travail et que…

— Vous avez raison, peut-être suffit-il de la tenir loin des caméras, dans une cave sans fenêtre avec une bonne isolation phonique – mais nous voilà arrivés à notre sujet : si je vous ai invitée, c'est que je dois planifier l'avenir et, si j'ai bien compris, toute prise de pouvoir nécessite une majorité parlementaire…

— Une majorité parlementaire… ?

— Oui, bien sûr, comme en 1933 où j'avais encore besoin du DNVP. Il se pourrait qu'il en soit de nouveau ainsi dans un avenir assez proche. Malheureusement, le DNVP n'existe plus et je me suis dit qu'il fallait que j'examine avec qui il serait possible de constituer un nouveau Front de Harzburg...

— Et vous envisagez les Verts comme remplaçants possibles ?

— Pourquoi pas ?

— Cela ne me semble guère réaliste, dit-elle en fronçant les sourcils.

— Votre retenue vous honore, mais ne péchez pas par excès de modestie. Votre parti s'y prête davantage que vous ne le croyez !

— Je suis curieuse d'entendre vos arguments !

— Je suppose qu'il y a une convergence de vues entre nous pour ce qui est de l'avenir. Dévoilez-moi, s'il vous plaît, comment vous voyez l'Allemagne dans cinq siècles.

— Dans cinq siècles... !

— Ou disons trois siècles.

— Je ne suis pas prophète et je m'en tiens aux réalités du moment.

— Mais vous devez quand même bien avoir une vision de l'Allemagne ?

— Oui, mais pas pour dans trois siècles. Personne ne sait à quoi ressemblera le monde dans trois siècles.

— Moi si !

— Ah bon ! Et il ressemblera à quoi dans trois siècles ?

— Tiens, voilà que les Verts cherchent conseil auprès du Führer pour élaborer leur conception de l'avenir... je vous le disais : une coopération entre nous est tout à fait envisageable...

— Gardez vos conceptions pour vous, maugréa-t-elle dans un rapide rétropédalage. Les Verts s'en sortent très bien sans vous...

— Parfait. Jusqu'où va votre vision de l'avenir ? Un siècle ?

— C'est n'importe quoi !

— Cinquante ans ? Quarante ? Trente ? Vous savez quoi : je vais faire un compte à rebours et vous me direz stop !

— Aucune personne sérieuse ne peut faire une quelconque prévision à plus de dix ans.

— Dix ?

— … Peut-être quinze.

— Bon. Comment voyez-vous l'Allemagne dans un quart d'heure ? »

Mme Künast poussa un profond soupir.

« Si vous tenez absolument à le savoir, je vois l'Allemagne comme un pays de haute technologie, surtout en ce qui concerne la technique environnementale, attentif à la préservation de la nature, équipé en énergie durable, inscrit dans une Europe pacifique au sein de l'UE et de l'ONU…

— Vous avez bien noté tout ça, Werner ? dis-je en me tournant vers mon ordonnance.

— "Inscrit dans une Europe pacifique au sein de l'UE et de l'ONU", répéta Werner en continuant d'écrire avec application.

— Vous êtes sûre que l'UE existera encore ? demandai-je.

— Évidemment.

— Et il y aura encore les Grecs ? Les Espagnols ? Les Italiens ? Les Irlandais ? Les Portugais ? »

Mme Künast poussa un autre soupir.

« Qui peut le dire aujourd'hui ?

— Mais vous pouvez faire des prévisions pour ce qui est de la politique énergétique. Et vous allez exactement dans mon sens ! Très peu d'importations, quasiment nulles même, autarcie complète grâce aux matières premières renouvelables, en utilisant l'eau, le vent, voilà une sécurité énergétique assurée pour un siècle, deux siècles, mille ans. Vous voyez que vous pouvez prévoir un peu l'avenir. Et... comment dire ?... c'est tout ce que je vous avais demandé...

— Minute ! Vos motivations étaient totalement fallacieuses !

— Quel est le rapport entre les motivations et les énergies renouvelables ? Il existerait de bonnes éoliennes et de mauvaises éoliennes ? »

Elle me lança un regard mauvais.

« Si je vous comprends bien, continuai-je, on a le droit d'utiliser la bonne et saine énergie solaire pour la protection des dauphins, mais si on envoie des paysans-soldats coloniser les terres d'Ukraine, ils n'auront que du courant issu du lignite ? Ou de l'énergie atomique ?

— Non, protesta Mme Künast. On colonise les fermes d'Ukraine avec des Ukrainiens, pour autant qu'on les colonise !

— Et les Ukrainiens auront alors le droit d'utiliser l'énergie éolienne ? Ou vous avez pour eux des projets différents ? Vous avez un registre qui recense les différentes sortes d'énergie et leur utilisation correcte ? »

Elle se renversa sur son siège. « Vous savez pertinemment que ce n'est pas ce que je voulais dire. Avec votre façon d'argumenter, vous pourriez tout de suite demander s'il aurait été plus écologique d'assassiner des millions de juifs en recourant à l'énergie solaire...

— C'est intéressant, mais les juifs ne sont pas un sujet de plaisanterie. »

Pendant un instant, ce fut le silence total dans le studio.

« Le silence à la télévision est toujours un gaspillage de précieuses fréquences populaires, dis-je. Nous allons passer une page de publicité. »

La régie tamisa un peu la lumière. Des maquilleuses vinrent faire quelques raccords. Mme Künast posa sa main sur son micro et me dit à voix basse :

« C'est vraiment limite ce que vous faites là !

— Naturellement, je connais les différentes sensibilités de votre parti, mais vous devez admettre que ce n'est pas moi qui ai parlé des juifs le premier. »

Elle réfléchit un instant. La lumière revint. J'attendis la fin des applaudissements puis je lui demandai : « Vous voulez bien m'accompagner jusqu'à la table des cartes ? »

Nous avions reconstitué dans le studio, dans le coin à droite, la vieille table des cartes qui se trouvait dans la Tanière du loup. J'avais commandé une belle et grande carte en relief représentant le monde. « Pourquoi, demandai-je, tandis que nous nous dirigions à pas lents vers la table, votre parti renonce-t-il depuis quelque temps à l'expérience et aux connaissances d'un homme tel que Fischer, l'ancien ministre de la Guerre ?

— Joschka Fischer n'a jamais été ministre de la Défense, répondit Mme Künast sur un ton brusque.

— Vous avez raison, lui accordais-je, je ne l'ai d'ailleurs jamais vu comme ministre de la Défense. On ne peut défendre que des territoires du Reich et l'on ne peut pas dire que le Kosovo en fasse vraiment partie. Une annexion n'aurait d'ailleurs eu aucun sens vu l'isolement géographique – ou bien voyez-vous les choses autrement ?

— Il n'a jamais été question d'une annexion du Kosovo ! Il s'agissait de nettoyage ethnique... Je ne vais quand même pas vous expliquer les raisons de notre intervention au Kosovo. On ne pouvait pas fermer les yeux sur ce qui se passait là-bas !

— Personne ne le comprend mieux que moi, dis-je avec gravité. Vous avez absolument raison, il n'y avait pas d'alternative, je connais ça depuis 1941. Et que fait M. Fischer depuis ? »

On voyait à son regard qu'elle hésitait entre la position actuelle de M. Fischer et une observation comparée de la politique dans les Balkans au cours des soixante-dix dernières années. Elle opta pour la première solution.

« Ce qui est important, c'est que les Verts ne soient pas obligés de se faire du souci pour le renouvellement de leurs propres rangs. Joschka Fischer était et est toujours une personnalité importante dans notre mouvement, mais on peut aussi laisser la place à la relève.

— Comme vous, par exemple ?

— Comme moi parmi beaucoup d'autres. »

Nous étions arrivés entre-temps à la table des cartes. J'avais fait marquer avec de petits drapeaux les endroits où intervenait la « Bundeswehr ».

« Puis-je vous demander comment les Verts aimeraient voir se terminer victorieusement l'intervention en Afghanistan ?

— Que voulez-vous dire par "se terminer victorieusement" ? Il faut mettre aussi vite que possible un terme à cette intervention militaire. Cela ne fait qu'entraîner davantage de violence...

— Nous n'avons rien à gagner en Afghanistan, je partage totalement votre point de vue. Pourquoi sommes-nous là-bas ?

— Un moment, il faut quand même...

— Vous n'allez pas encore me dire que mes motivations sont fallacieuses ? Vous n'allez pas encore me dire que vous êtes la seule à avoir le droit de demander notre retrait d'Afghanistan !

— Je ne suis pas sûre d'avoir encore quelque chose à dire », déclara-t-elle en laissant errer son regard dans le studio, avant de le fixer sur un point situé juste sous la table des cartes.

« Il y a une serviette en cuir sous la table, reprit-elle d'un air suffisant. C'est normal ?

— Sans doute quelqu'un l'a-t-il oubliée, dis-je d'un air absent. Où est Stauffenberg ? »

Cette histoire de serviette posée sous la table était une autre de mes idées. En revoyant la Tanière du loup, tout ce qui s'y était passé m'était revenu en mémoire. J'avais alors proposé que l'on intègre cette serviette dans l'émission, comme une sorte de repère. J'avais proposé que l'on cache chaque fois la serviette à un endroit différent, selon les invités.

« Puisque nous sommes d'accord sur le retrait des troupes d'Afghanistan, dis-je, penché au-dessus de la table, éclairez-moi encore sur une chose avant de rendre l'antenne, voulez-vous. Si les Verts accèdent au pouvoir, quel pays annexeront-ils en premier ?

— La serviette fait tic-tac », dit Mme Künast, désemparée.

C'était l'idée de Sensenbrink. Il m'avait précédé de peu sur ce coup-là.

« Ne soyez pas sotte, dis-je sur un ton de remontrance. Une serviette ne fait pas tic-tac. Une serviette n'est pas un réveil. Donc, vous me disiez… ? Quel pays… ?

— Il va en sortir des confettis ? De la farine ? De la suie ? Peut-être de la peinture… ?

— Mon Dieu, vérifiez par vous-même !

— Ça vous ferait plaisir, n'est-ce pas ? Je ne suis pas folle !

— Alors vous ne le saurez jamais. Nous, en revanche, nous avons appris un certain nombre de choses intéressantes sur votre très sympathique parti. Je vous remercie d'avoir accepté notre invitation, madame Renate Künast. »

Je jetai un regard en coulisses pendant que fusaient les applaudissements. Je vis Sensenbrink et Mme Bellini debout en train d'applaudir eux aussi et tendant chacun leurs poings en avant, pouces redressés.

La sensation était délicieuse.

31

La chose la plus importante que j'ai apprise au cours de ma carrière d'homme politique, c'est qu'il faut apprécier à leur juste valeur les devoirs de représentation. En fait, j'ai toujours éprouvé beaucoup de mépris pour cette forme de soumission aux mécènes. Pourtant, l'homme politique est souvent obligé, afin d'assurer l'avenir de son pays, de se faire violence à ce sujet. Serrer des mains en public, faire des courbettes devant les grands capitalistes a sans doute quelque attrait pour la caste des pantins de la politique, pour tous ces gens qui confondent la vie en public avec la vie pour le public, pour le peuple, pour la nation, pour l'homme de la rue qui est obligé de se serrer la ceinture. Regarder pendant un quart d'heure les informations à la télévision suffit pour voir à coup sûr débarquer au moins une demi-douzaine de courtisans obséquieux prêts à ramper devant des personnalités plus ou moins importantes. Ce genre d'attitude m'a toujours dégoûté et toutes les visites de courtoisie que j'ai rendues, je ne les ai pas faites de gaieté de cœur et chaque fois je visais le bien de notre cause, le bien du Parti, le bien du peuple, le maintien de la pureté de la race. Ou une nouvelle Mercedes.

Ainsi que l'appartement de quatre cents mètres carrés sur la Prinzregentenplatz.

Ainsi que, finalement, la maison dans l'Obersalzberg.

Mais ces acquisitions entretenaient l'aura du Führer et celle du Parti, et donc l'attractivité globale du mouvement. Quand je pense à l'afflux de visiteurs au Berghof, personne ne peut prétendre qu'il s'agissait pour moi d'une sinécure. Et la visite de Mussolini ? Une horreur ! Un Führer n'a tout simplement pas le droit de se retirer de la vie publique, ou alors pour de très courtes périodes. Quand sa capitale est en ruine, il peut passer un certain temps dans son bunker. Pour le reste, le Führer appartient à son peuple. Raison pour laquelle je me réjouissais de l'invitation à Munich.

Dès la fin du mois d'août, un grand groupe de presse m'avait proposé de les rejoindre sur le stand d'un de ses magazines à l'occasion de la grande fête populaire qui avait de nouveau repris son ancien nom : « Oktoberfest », communément appelée Fête de la bière. Chez Flashlight, tout le monde me poussait à y aller, mais j'étais hésitant. Je n'y avais jamais participé durant la première partie de ma vie, même si je devais admettre que les temps avaient changé, ainsi que la signification de cette manifestation. On me l'avait plusieurs fois confirmé : cette fameuse Oktoberfest était devenue entre-temps une fête populaire qui n'était malgré tout que très peu fréquentée par le vrai peuple. Si l'on voulait avoir une place dans l'une des grandes tentes et pouvoir consommer, il fallait s'y prendre des mois, voire des années à l'avance. Qu'alors on pouvait programmer sa visite dans la journée, à un moment où aucun Allemand digne de ce nom ne s'y serait montré.

Or, évidemment, aucun individu sain de corps et d'esprit n'aurait réservé des mois ou des années à l'avance pour une chose aussi commune qu'une kermesse. Par conséquent, et c'est ce que j'appris, la fête était fréquentée, le matin et en début d'après-midi, presque exclusivement par des Allemands fort peu convenables et des étrangers ou des touristes attirés par la réputation sulfureuse de cette fameuse fête, tous s'efforçant de faire comme si cette heure de midi avait le charme d'une soirée. Mme Bellini et Sensenbrink me conseillèrent fortement de ne pas faire d'apparition à cette heure de la journée, car c'était le signe d'une personnalité insignifiante dont on pouvait parfaitement oublier la présence. En revanche, les soirées étaient devenues la chasse gardée des grandes sociétés de l'industrie allemande. Pratiquement toutes les entreprises ayant pignon sur rue se sentaient obligées de réserver des places pour leurs clients ou pour la presse, même si quelques journaux, peu satisfaits de ce qui était organisé par les grandes entreprises ou par la faune qu'on y rencontrait, s'étaient mis à organiser des manifestations et à réserver des places pour leur propre compte, ce que je trouvais très intelligent et digne d'un Goebbels. Certaines de ces sauteries pouvaient tout à fait concurrencer en importance les ballets de l'opéra. Et parmi ces manifestations très appréciées se trouvait celle organisée par le magazine qui m'avait invité. L'accord que je donnai se révéla très efficace du point de vue de la propagande, dans la mesure où je n'y étais jamais allé. Cela permit en effet à plusieurs journaux à sensation d'écrire sur leur une : « Hitler pour la première fois à la Fête de la bière ! » Tout marchait à merveille avec la presse et la publication d'un nouveau *Völkischer*

Beobachter me semblait de moins en moins nécessaire et urgente.

J'étais arrivé à Munich vers midi et j'avais mis à profit le temps qui me restait pour me rendre en différents endroits qui m'étaient chers. Je m'arrêtai un moment près de la Feldherrnhalle et me recueillis en pensant au sang versé ici par de fidèles camarades ; je passai avec émotion devant la Hofbräukeller avant d'aller, non sans une certaine appréhension, à la Königsplatz. Mais quelle ne fut pas ma joie de constater, en y arrivant, que presque tous les magnifiques bâtiments qui l'ornaient étaient encore intacts. Les Propylées ! La Glyptothèque ! La Collection des antiquités ! Et – chose que j'avais pourtant à peine osé espérer – le Führerbau et le Bâtiment administratif étaient non seulement encore debout mais toujours utilisés. Même les censeurs à la solde de l'idéologie démocratique avaient dû se résoudre à accepter l'évidence : la Königsplatz n'était véritablement achevée que grâce à ces bâtiments bénis des dieux. Le cœur léger, je me promenai un peu dans le quartier de Schwabing et mes pas me conduisirent comme par automatisme dans la Schellingstrasse – où je revis une chose à laquelle je ne me serais pas attendu. On ne peut imaginer en effet ma joie quand je me retrouvai soudain face à l'enseigne de l'Osteria Italiana – derrière laquelle se cachait en fait la brasserie que j'avais l'habitude de fréquenter : l'Osteria Bavaria. J'aurais bien aimé y entrer pour y prendre un petit quelque chose, ne serait-ce qu'un verre d'eau minérale bien fraîche – mais l'heure était déjà bien avancée et il était temps de retourner à l'hôtel où m'attendait, en début de soirée, une voiture de louage.

Je fus plutôt déçu en arrivant sur la Theresienwiese. La police avait dressé une sorte de gigantesque cordon

338

sanitaire, sans pour autant veiller à l'ordre ou à la sécurité. J'étais à peine descendu de la voiture que deux individus déjà fortement imbibés passèrent devant moi pour aller s'affaler sur la banquette arrière.

« Brrralleeiiiischrasse ! » bafouilla l'un des deux, pendant que l'autre semblait déjà avoir sombré dans le sommeil. Le chauffeur, un homme musclé, extirpa aussitôt manu militari les deux énergumènes en disant : « Dehors ! Cette voiture n'est pas un taxi ! » avant de m'accompagner jusqu'au lieu de rendez-vous. « Excusez-moi, dit-il, c'est toujours comme ça avec cette putain de fête à la con ! »

Nous traversâmes la rue et arrivâmes sur le terrain de la gigantesque kermesse. Comment quelqu'un avait-il eu l'idée d'organiser ici une fête de cette importance ? Voilà ce que j'avais du mal à comprendre. Partout dans les espaces alentour, des ivrognes étaient en train d'uriner contre les barrières. Ils étaient souvent accompagnés par des femmes qui auraient visiblement bien eu envie de se soulager aussi mais n'osaient le faire, conservant ainsi un reste de décence. Un couple tentait d'échanger des baisers, appuyé contre une colonne publicitaire. L'homme essayait d'enfoncer sa langue dans la bouche de la femme, mais il n'y arrivait pas parce qu'elle glissait de côté – et il se contenta de lui lécher le nez. Quant à la femme, désireuse de répondre à ses avances, elle ne cessait de lui tendre sa langue qui remuait dans le vide. Puis tous deux commencèrent à glisser le long de la colonne avant de s'affaler par terre. Elle se mit à rire et essaya de dire quelque chose sans pouvoir rien articuler de compréhensible, faute de consonnes distinctes. L'homme se retrouva sous la femme, et voulut se dégager, s'assit et plongea sa main dans le décolleté de sa compagne. Il n'était pas certain qu'elle s'en soit aperçue, à la différence de trois Italiens postés à proximité, désireux de suivre de plus près ces ébats. Toutefois, cette dégradante exhibition tourna court avant d'attirer l'attention de la police occupée à ramasser les nombreux soûlards qui avaient déjà perdu connaissance.

La Theresienwiese qui, d'après son nom, aurait dû être une grande prairie, n'offre que très peu de verdure, sauf près des arbres qui l'entourent. Au fond, les choses n'avaient guère changé depuis la dernière fois que j'étais venu ici. Chacun de ces petits coins de verdure était occupé par des soiffards venus s'y affaler ou y vomir. « C'est toujours comme ça ? demandai-je au chauffeur.

— Le vendredi, c'est encore pire. Putain de kermesse à la con ! »

Sans trop savoir comment, je compris d'un coup la raison de toute cette débâcle humaine. Cela me rappelait une décision prise par le NSDAP en 1933 et dont le but était de se faire bien voir du peuple – on avait donc réglementé le prix de la bière. Il était évident qu'aujourd'hui d'autres partis avaient repris l'idée.

« Ça leur ressemble bien à ces idiots, dis-je tout à trac. Ils n'ont toujours pas augmenté le prix de la bière ? Quatre-vingt-dix pfennigs pour un litre, c'est ridicule de nos jours.

— Quatre-vingt-dix pfennigs ? demanda le chauffeur. Une chope d'un litre, ça vaut neuf euros. Et dix avec le pourboire. »

Je regardai, en passant, le nombre incroyable d'épaves allongées par terre. Les partis au pouvoir, en dépit de leurs erreurs, avaient donc quand même réussi à établir une certaine forme de prospérité. Évidemment, faire l'économie de dépenses de guerre permettait de redistribuer l'argent rendu disponible ici ou là. Pourtant, quand on voyait l'état de ce peuple, même le plus aveugle devait bien reconnaître que les Allemands de 1942 ou 1943, accablés par les bombardements, avaient plus fière allure que ces Ostrogoths en ce début de troisième millénaire.

En apparence du moins.

Tout en hochant la tête, je suivis le chauffeur qui m'escorta jusqu'à l'entrée de l'une des grandes tentes où il me confia à une jeune femme blonde avant de retourner à son véhicule. Elle avait un câble derrière la tête et un micro devant la bouche. Elle me dit avec un grand sourire : « Hello, je suis Tschill… Et vous ?

— Schmul Rosenzweig », répondis-je, de nouveau énervé. Était-il donc si difficile de me reconnaître ?

« Merci. Rosenzweig… Rosenzweig… Nous n'avons pas de Rosenzweig sur la liste…

— Nom de Dieu ! Est-ce que j'ai une tête à m'appeler Rosenzweig ? – Hitler ! – Adolf !

— Ah, il fallait le dire tout de suite ! s'exclamat-elle sur un ton tellement bouleversé que je m'en voulus d'être monté sur mes grands chevaux. Si vous saviez tous les gens qui viennent ici – je ne peux pas connaître tout le monde. Alors si en plus quelqu'un me donne un faux nom… L'autre jour j'ai confondu la femme de Becker avec sa dernière copine. Il en a fait tout un plat… »

Je sais exprimer des regrets. Un véritable Führer mesure la sensibilité de chacun de ses compatriotes comme s'il s'agissait de son propre enfant. Mais la pitié n'a jamais servi à rien.

« Et maintenant, redressez-vous, dis-je d'un ton abrupt. Vous êtes ici parce que votre officier supérieur a confiance en vous ! Faites de votre mieux et il saura vous soutenir, quoi qu'il arrive ! »

Elle me regarda, un peu décontenancée, mais se ressaisit vite grâce, justement, à la brusquerie de mes propos et – comme c'était souvent le cas dans les tranchées – elle reprit courage, fit un signe de tête et me conduisit à l'intérieur, au premier étage de la tente où je rencontrai tout de suite la rédactrice en chef. C'était une femme d'âge mûr, blonde, habillée d'un dirndl. Elle avait des yeux bleus et pétillants, et j'aurais facilement pu l'imaginer en directrice de section du Parti. Je ne lui aurais pas forcément confié la direction d'une revue, quoiqu'un magazine féminin avec des recettes, des conseils de santé et des modèles de tricots… En plus, elle semblait très accorte et désireuse de parler, comme une femme qui, après avoir élevé quatre ou cinq enfants, se retrouve soudain seule à la maison.

« Ah ! s'écria-t-elle, rayonnante. Monsieur Hitler ! » Et elle se mit à papillonner des yeux, comme si elle venait de faire une bonne plaisanterie.

« C'est exact, dis-je.

— Je suis vraiment contente de vous voir.

— Je le suis aussi, chère madame. »

Et avant que j'aie pu en dire davantage, son visage resplendit davantage et elle se tourna un peu, ce qui me fit supposer que c'était le moment de la photo d'usage. Je regardai l'objectif, l'air grave. Il y eut un éclair. L'audience était terminée. Je fis rapidement dans ma tête un projet sur quatre ans dans lequel, l'an prochain, la rédactrice en chef passerait obligatoirement au moins cinq minutes à bavarder avec moi et vingt minutes l'année suivante – naturellement tout cela était théorique car j'avais la ferme intention de ne plus répondre positivement à ce genre d'invitation. Elle devrait se contenter d'échanger des amabilités avec le gros Göring.

« Nous nous verrons sûrement un peu plus tard, minauda la rédactrice en chef, j'espère que vous aurez un peu de temps pour nous. » Là-dessus, une jeune femme, elle aussi en costume folklorique bavarois, me conduisit vers un groupe de femmes toutes habillées en dirndl.

C'était l'une des pires conventions vestimentaires qu'il m'ait été donné de voir : non seulement la rédactrice en chef et la jeune femme qui m'accompagnait, mais toutes les femmes ici se sentaient obligées de comprimer leurs formes dans ce costume hérité du monde paysan ; costume qui se révélait au premier coup d'œil une déplorable imitation. Certes, nous avions fait la même chose au sein de l'Association des jeunes filles allemandes, si ce n'est que, comme le nom l'indique, il s'agissait d'une association de jeunes filles. Or la plupart des femmes ici présentes ne pouvaient plus prétendre à l'état de jeune fille depuis une bonne dizaine d'années, voire plus. Je fus conduit à une table où étaient déjà assises d'autres personnes.

« Et pour vous, ce sera ? me demanda une serveuse dont le dirndl correspondait au moins à sa fonction. Une Mass ?

— Une eau plate, s'il vous plaît. »

Elle fit un signe de tête et disparut.

« Ho ho, un professionnel ! » dit un homme de couleur à l'autre bout de la table. Il était gras et assis à côté d'une blonde décolorée. « Mais tu devrais commander une grande chope, une Mass ! C'est mieux pour les photos. Tu peux me croire, c'est ce que je fais depuis cinquante ans. » Et il afficha un large sourire qui découvrit une impressionnante double rangée de dents. « À quoi ça ressemble, la Fête de la bière avec un verre d'eau ?

— Ah, les eaux tranquilles sont parfois profondes »,
dit une dame en face de moi. Elle semblait un peu
usée par la vie, portait elle aussi un dirndl et gagnait
sa vie – comme je l'appris plus tard – en jouant
dans des séries télévisées, quand elle ne participait
pas à une émission où on se retrouvait au fin fond
de la jungle avec d'autres participants pour essayer
de survivre en pataugeant au milieu des pires choses
de la terre.

« Vous faites des choses drôles, je vous ai déjà
vu plusieurs fois, reprit-elle en buvant une gorgée
de bière et en se penchant vers moi pour permettre
à mon regard de plonger dans son décolleté.

— Enchanté, dis-je. Vous aussi, je vous ai vue
deux ou trois fois.

— Je vous connais ? demanda un jeune homme
blond assis presque en face de moi.

— Mais bien sûr, dit le nègre amateur de grosses
chopes, tout en signant une photo avec un gros feutre
pour un autre jeune garçon. C'est le Hitler de Wizgür.
Le vendredi sur myTV ! Mais non ! Il a maintenant sa
propre émission. Il faut que tu regardes, c'est génial.

— Mais même si c'est totalement différent, c'est
quand même politique, dit la femme au décolleté
fripé.

— Désolé, j'ai du mal avec ce genre de trucs, dit
le blondinet en se tournant vers moi. *Sorry*, ne le
prenez pas pour vous, mais, la politique, ça ne sert
à rien. Les partis politiques et tout le tralala, c'est
bonnet blanc et blanc bonnet.

— Vous m'enlevez les mots de la bouche », dis-je,
tandis que la serveuse posait mon eau minérale devant
moi. Je bus une gorgée et regardai la grande salle
pour voir si les gens se balançaient en se prenant par
les bras, comme ça se fait par ici. Mais personne ne

se comportait ainsi. Tout le monde était monté sur les tables et les bancs, à l'exception de ceux qui étaient déjà tombés de ces mêmes tables et bancs et gisaient déjà dans la sciure. Les gens criaient et appelaient un certain Anton. J'essayai de me rappeler si Göring, qui aimait bien les festivités, avait jamais fait état dans ses rapports d'une telle dépravation, hélas, je ne trouvai aucun souvenir dans ma mémoire.

« Vous venez d'où ? me demanda la dame au décolleté fripé. L'Allemagne du Sud, pas vrai ? » Et elle me tendit une fois de plus son décolleté comme on tend une sébile.

« Autriche !

— Comme le vrai ! »

Je fis un petit signe de tête et étudiai la salle. On entendit des piaillements, puis quelques femmes en costumes ridicules essayèrent aussi de monter sur les bancs, incitant d'autres à faire de même. Voir ces femmes brailler, gesticuler et se forcer à la bonne humeur avait quelque chose de pathétique. Qui sait, peut-être les apparences étaient-elles trompeuses car les lèvres gonflées de ces dames leur donnait à toutes un air boudeur ou vexé en dépit de leurs efforts pour singer la bonne humeur. Je jetai un coup d'œil aux lèvres de la femme au décolleté fripé en face de moi. Elles avaient l'air normal.

« Je n'aime pas non plus ces formes retroussées, dit-elle.

— Pardon ?

— Vous venez bien de regarder ma bouche, n'est-ce pas ? »

Elle but une gorgée de bière. « Je ne la confie pas aux chirurgiens. Même si parfois je me dis que ça serait plus simple. On ne rajeunit pas.

— Un chirurgien ? Êtes-vous souffrante ?

— Que vous êtes mignon ! » s'exclama-t-elle en se penchant tellement sur la table qu'on aurait eu envie d'avancer la main. Elle me saisit par l'épaule et se tourna de telle façon que nos regards étaient dirigés dans la même direction. Elle sentait la bière mais pas dans des proportions désagréables. Elle se mit alors à désigner les femmes en face de nous, les unes après les autres, l'index levé, en commençant par la gauche : « Mang. Gubisch. Encore Mang. Prague. Je ne sais pas. Mang. Mühlbauer, mais ça fait déjà longtemps. Je ne sais pas. Je ne sais pas non plus. Mühlbauer. Tchéquie. Mang. Un boucher quelconque. Mang payé par RTL2, ProSieben ou la société de production. » Puis, se tournant de nouveau vers moi : « Vous vous êtes aussi fait faire quelque chose, non ?

— Pardon ?

— Allons, cette ressemblance ! Tout le monde dans le milieu se demande qui a pu faire ça. Même si… » – et elle s'interrompit pour prendre une grande gorgée de bière – « … on devrait faire un procès à ce type.

— Chère madame, je ne sais absolument pas de quoi vous parlez.

— Des opérations, déclara-t-elle, agacée. Ne faites pas comme s'il n'y avait jamais eu d'opérations, ce serait stupide.

— Bien sûr qu'il y a eu des opérations », dis-je, un peu déconcerté. Elle ne m'était pas antipathique, au fond. « L'opération Seelöwe, l'opération Barbarossa, l'opération Zitadelle…

— Connais pas ! Vous en êtes content ? »

En bas dans la grande salle, on jouait *Flieger, grüß mir die Sonne*. Ce grand classique de 1932 me rendit nostalgique. Je poussai un soupir. « Au début tout s'est bien passé, mais ensuite il y a eu des complications. Non pas que les Anglais aient été meilleurs. Ou les Russes… Mais quand même. »

Elle m'observa avec attention. « En tout cas, on ne voit aucune cicatrice, dit-elle d'un ton d'expert.

— Je ne me plains pas. Les blessures les plus profondes infligées par le destin sont celles du cœur.

— Là, vous avez bien raison », me dit-elle avec un sourire en tendant sa chope vers moi. Je répondis en faisant de même avec mon verre d'eau minérale. Puis je repris mon étude de la foule. D'une façon générale, la moyenne d'âge était assez élevée, mais tous faisaient comme s'ils avaient vingt ans. Voilà sans doute qui expliquait cet étalage de décolletés, et également le comportement de certaines personnes. C'était étrange. Et cette impression ne me lâchait pas. Rien que des hommes incapables de supporter virilement l'outrage des ans et de le compenser par un travail intellectuel ou du moins une certaine maturité. Rien que des femmes qui, au lieu de se retirer de la scène après avoir élevé leurs enfants, se démenaient comme si c'était pour elles la dernière occasion de récupérer leur jeunesse fanée, même si ce n'était que pour quelques heures seulement. J'avais envie de prendre par le collet chacun de ces pantins et de lui crier : « Reprenez-vous ! Vous êtes une honte, autant pour vous que pour la patrie ! » Tel était le fond de ma pensée lorsque quelqu'un s'approcha de notre table et frappa dessus avec ses phalanges.

« Bonsoir », dit l'homme avec cette inflexion dans la voix qui me rappelait Augsbourg, la merveilleuse ville bavaroise où était né Streicher. Il avait des cheveux longs et bruns, il pouvait avoir la quarantaine et était visiblement accompagnée de sa fille.

« Lothar ! s'exclama la femme au décolleté fripé en se poussant un peu sur le banc. Viens t'asseoir là !

— Non, je ne fais que passer », répondit le Lothar en question. Puis s'adressant à moi : « Je voulais te dire, c'est bien ce que tu fais, c'est vraiment bien. J'ai vu ton émission de vendredi dernier, c'était très drôle mais en même temps très vrai. Ce truc avec l'Europe et tout le tintouin ! Et aussi tes émissions sur la social-démocratie.

— Les sociaux-parasites.

— Exactement ! Ça et le truc avec les enfants... Comme quoi les enfants sont vraiment notre avenir... Tu mets bien chaque fois l'accent là où il faut. Voilà, je voulais te le dire.

— Merci. Ça me fait plaisir. Notre mouvement a besoin de tous les appuis. Cela me ferait plaisir de vous compter parmi nos soutiens, ainsi que votre fille. »

Il eut soudain l'air furieux avant d'éclater de rire en se tournant vers sa fille. « C'est tout lui. Et toujours sans prendre de gants. Toujours appuyer là où ça fait mal. » De nouveau il tapa sur la table avec ses phalanges : « Allez, ciao ! À plus !

— Vous savez quand même que ce n'est pas sa fille ? me demanda la femme au décolleté fripé, une fois Lothar parti.

— Je l'ai évidemment supposé. On voit bien que ce n'est pas possible d'un point de vue biologique, ne serait-ce qu'au niveau de la race. Il l'a adoptée, non ? J'ai toujours encouragé ce geste. C'est beaucoup mieux que de laisser une pauvre créature dans un orphelinat... »

La femme au décolleté se mit à rouler de grands yeux.

« Vous ne pouvez pas dire les choses normalement ? murmura-t-elle dans un soupir. Bon, il faut que j'aille me repoudrer le nez. Mais ne partez pas.

Vous êtes peut-être terrible mais au moins, avec vous, on ne s'ennuie pas. »

Je bus une gorgée d'eau minérale et m'interrogeai sur ce que je devais penser de cette soirée lorsque je sentis une grande agitation derrière moi. Une femme était entourée par toute une cohorte de journalistes. Cette dame semblait être l'attraction de la soirée car elle ne cessait d'être mitraillée par les photographes et suivie par les caméras. Son teint méridional faisait un étrange contraste avec son dirndl, lequel accentuait de façon grotesque l'opulence de sa poitrine. Si l'ensemble était malgré tout supportable au regard et convenable d'un point de vue moral, cette impression disparaissait dès qu'elle ouvrait la bouche. Sa voix était plus aiguë qu'une craie crissant sur un tableau. Cette particularité ne se voyant pas sur les photos, les photographes s'en moquaient. Elle était en train de claironner quelque chose devant une caméra lorsqu'un photographe m'aperçut et, ni une ni deux, poussa la dame jusque vers moi, dans l'intention de faire une photo de nous deux. La dame parut trouver l'idée désagréable.

Je connais bien ce genre de visages. On pouvait voir, derrière ses yeux apparemment rieurs, comme une machine à calculer se mettre froidement à fonctionner, évaluant quel avantage ou désavantage elle pouvait retirer de ce cliché. De mon côté, je faisais le même calcul mais nettement plus vite qu'elle – et le résultat fut négatif. Elle n'était toujours pas parvenue à une conclusion et l'on sentait son indécision. Les conséquences lui semblaient incertaines et elle aurait bien aimé se soustraire à cette séance photo en usant d'un bon mot. Mais la repartie vint d'un photographe qui lança à la volée : « La belle et la bête. » Impossible alors de contenir la meute des journalistes. La femme opta donc pour la fuite en avant et se précipita vers moi en riant jusqu'à nous en crever les tympans.

Rien de bien nouveau. Ce genre de femme existait déjà il y a soixante ans, même s'il n'était pas autant mis en avant. Ces femmes ont un immense besoin de se faire valoir mais doutent terriblement d'elles-mêmes, sentiment qu'elles cherchent à compenser en se dépêchant de cacher tous leurs supposés défauts. Pour des raisons obscures, elles ont recours à une méthode qu'elles considèrent comme la seule appropriée : tout tourner en ridicule. Le genre de femmes dont l'homme politique doit se méfier comme de la peste.

« Oh ! là, là ! mais c'est super ce qui nous arrive, minauda-t-elle. Je peux t'appeler Dolfi ?

— Vous pouvez m'appeler monsieur Hitler », dis-je, sans nuance.

Une remarque pareille suffit, en général, à remettre les gens à leur place. Mais pas cette fois-ci, car elle s'assit directement sur mes genoux. « Dis donc, c'est génial, monsieur Hitler ! Qu'est-ce qu'on va faire maintenant pour tous ces joyeux photographes ? Hein… ? »

Dans une situation semblable, on a tout à perdre et rien à gagner. Quatre-vingt-dix-neuf pour cent des hommes auraient craqué et battu en retraite en invoquant n'importe quel prétexte. J'ai souvent observé cette réaction sur le front russe durant l'hiver 1941, avec des températures de moins trente voire moins cinquante, qui paralysaient mes soldats. À l'époque aussi, il ne manquait pas de voix pour dire : « On bat en retraite ! On bat en retraite ! » Je fus le seul à ne pas perdre pied et j'ai simplement dit : « On ne recule pas d'un mètre ! Celui qui se replie sera fusillé. » Napoléon n'a pas tenu mais moi si, et j'étais le seul à y croire ; une fois le printemps revenu, on a tiré comme des lapins tous ces Russes aux jambes arquées. On les a boutés jusqu'au-delà du Don, jusqu'à Rostov, jusqu'à Stalingrad et ainsi de suite – mais ce n'est ni le lieu ni le moment d'entrer dans les détails.

Quoi qu'il en soit, il n'était pas question de repli à l'époque et il n'en était pas non plus question aujourd'hui sous cette tente de la Fête de la bière. La situation n'est jamais sans issue quand on a la volonté fanatique de vaincre. Prenez le miracle de la maison de Brandebourg en 1762. La tsarine Élisabeth meurt, son fils Pierre III de Russie signe un traité de paix avec Frédéric II qui est sauvé. Si Frédéric avait capitulé avant, il n'y aurait pas eu de miracle, pas de royaume de Prusse, rien, juste le décès d'une tsarine. Beaucoup prétendent qu'on ne peut pas compter sur les miracles. Moi j'affirme que si ! Il faut simplement se cramponner sur ses positions en attendant leur apparition. Une heure, une année, une décennie.

« Voyez-vous, chère madame, dis-je pour gagner du temps, je suis tellement content d'être de nouveau ici, dans cette belle ville de Munich, celle qui fut à l'origine de mon mouvement – le saviez-vous ?

— Non, comme c'est intéressant », couina-t-elle, un peu désemparée, tout en levant déjà les bras pour passer ses mains dans mes cheveux. Pour ce genre de bonne femme, rien n'est plus facile que de rabaisser l'autorité en tentant d'esquinter l'aspect extérieur. Si la Providence prévoyait un miracle, c'était le moment.

Soudain, un photographe se précipita vers moi avec un gros feutre noir qu'il me mit carrément sous le nez.

« Faites un autographe sur son dirndl !

— Sur son dirndl ?

— Mais oui !

— Oui ! Super ! » C'étaient ses collègues qui avaient poussé cette exclamation.

Les plus bas instincts de l'homme sont ses plus sûrs alliés, surtout quand on n'en a pas. Évidemment, la jeune couineuse ne voyait pas l'intérêt qu'il y aurait à avoir un paraphe sur son costume. Mais les photographes insistaient, y voyant une variante de l'inévitable photo de décolleté. Et il était difficile de lutter contre tant d'enthousiasme. Qui combat par l'épée mourra par l'épée, même si ici l'épée n'est qu'un simple appareil photo. La dame ne put faire autrement que de couiner « Super ! » à son tour. Pour ma part, je songeai que ce serait en tout cas une possibilité de contenir l'ennemi et peut-être même de gagner quelques nouvelles recrues.

« Vous permettez, chère madame ?

— Mais juste sur le tissu, couina-t-elle derechef. Et pas trop gros.

— Certainement », dis-je en me mettant à l'ouvrage.

Chaque seconde gagnée valait double et je complétai ma signature par quelques fioritures. Je me sentais idiot et je mis finalement un terme à cet exercice pour ne pas avoir l'air d'une gamine en train de coller des images dans un album de poésie.

« Voilà, c'est fini », dis-je avec une once de regret.

Un photographe s'approcha et lança : « Wouaaa-hhh ! »

La dame suivit son regard et ouvrit de grands yeux effarés.

« Je suis désolé, dis-je, les angles manquent un peu de précision. Cela aurait été mieux sur une feuille de papier normale. Savez-vous que j'ai été peintre à un certain moment de ma vie… ?

— Vous êtes marteau ou quoi ? » glapit-elle en se relevant d'un bond.

J'avais du mal à le croire, mais le miracle s'était bel et bien accompli.

« Excusez-moi, très chère, je ne comprends pas très bien.

— Je ne peux quand même pas me promener avec une croix gammée sur la poitrine !

— Bien sûr que si, vous pouvez ! Nous ne sommes plus en 1924. Il n'y a peut-être pas de gouvernement raisonnable dans ce pays mais, en dépit de tous ces bavards de parlementaires, la liberté d'opinion est encore... »

Elle n'écoutait déjà plus et frottait si frénétiquement son décolleté que ça en devenait suggestif. Et même si je ne comprenais pas vraiment son désespoir, j'étais satisfait de ce dénouement salvateur. Sur les photos, c'était elle qui ferait triste figure. Les reportages télévisés étaient encore mieux, on pouvait parfaitement voir comment elle bondissait soudain avec une vilaine expression sur le visage tout en se répandant en invectives qui n'étaient pas du meilleur effet. La plupart des reportages se terminaient d'ailleurs par la femme s'engouffrant dans un taxi, indignée et lançant à la ronde d'étonnants propos.

Je le concède, j'aurais préféré quelque chose de plus digne pour ma première apparition à cette kermesse. Quoi qu'il en soit, et vu les circonstances, le résultat était plus qu'acceptable et les pertes étaient plus importantes du côté adverse. Le peuple préfère toujours le vainqueur qui sait se battre et se défendre, et qui sait se débarrasser de ce genre de personne comme on chasse une mouche importune.

Je voulais commander une autre bouteille d'eau minérale lorsque, justement, on en posa une sur la table. « Avec les compliments de ce monsieur », me dit la serveuse en tendant le bras. Au milieu de la foule attablée, je parvins finalement à distinguer une silhouette aux cheveux blonds avec un teint de poulet rôti. Les rides de son visage lui donnaient un air de vieux Luis Trenker, le faciès buriné par le vent de la montagne, mais figé par un drôle de rictus. Quand il croisa mon regard, il leva le bras, poing tendu et pouce en l'air, et essaya d'élargir un peu plus son rictus figé.

Je me frottai les yeux et décidai de partir aussitôt que possible. Il était légitime de craindre que les boissons qu'on servait ici ne contiennent quelque adjuvant hallucinogène. En effet, à côté du faux guide de montagne se trouvait l'exacte réplique de la femme sur la poitrine de laquelle j'avais dessiné une croix gammée.

32

Voir quels chemins emprunte la Providence pour arriver à ses fins demeure étonnant. C'est elle qui fait qu'un soldat tombe dans la tranchée, alors que le camarade qui le côtoie a la vie sauve. Elle conduit les pas d'un simple adjudant jusqu'à une session de parti politique qui, d'abord minuscule, va enregistrer ensuite des millions d'adhésions. Elle fait en sorte qu'une personne promise à une haute destinée soit condamnée à un an de réclusion pour qu'elle trouve enfin le temps nécessaire d'écrire un livre fondamental. Et même qu'un indispensable Führer débarque dans l'émission d'un Turc à la gomme et finisse par tellement le surpasser qu'on lui offre sa propre émission. C'est aussi pourquoi je suis sûr que la Providence a fait en sorte que Mlle Krömeier n'y connaisse rien en lames de rasoir.

Car, une fois de plus, il s'agissait de faire une pause. J'avais certes toujours cru que mon retour avait un sens, mais dans la bourrasque des événements qui se succédaient, la découverte de ce sens profond était passé à l'arrière-plan. Et il ne semblait pas y avoir urgence non plus dans la mesure où le peuple semblait à l'abri des misères et des humiliations les plus grossières. Or c'est alors que le destin décida, comme autrefois à Vienne, de m'ouvrir une seconde fois les yeux.

Jusqu'à présent je n'avais guère été en prise avec le quotidien, dans la mesure où Mlle Krömeier m'avait déchargé de toutes les menues tâches. Et ce n'est que peu à peu, en faisant quelques emplettes, que je me suis rendu compte à quel point le monde avait changé. Ces dernier temps, mon bon vieux rasoir m'avait beaucoup manqué. J'avais jusque-là pallié ce manque en utilisant un instrument en plastique dont l'avantage supposé consistait en la présence de lames aussi multiples qu'insuffisantes qui vous raclaient la peau de façon répétée et désagréable. À en croire le texte imprimé sur le paquet, le progrès était phéno-ménal par rapport aux anciens modèles qui avaient moins de lames. Or, pour moi, il n'y a rien de tel qu'une seule vraie lame qui fait son office. J'avais bien essayé de décrire à Mlle Krömeier à quoi ressem-blait un bon vrai rasoir et comment il fonctionnait. En vain. Je me suis donc mis à la recherche d'un rasoir digne de ce nom et avec une seule lame.

La dernière fois que j'avais vraiment fait des courses, ce devait être en 1924 ou 1925. À l'époque, on allait dans une mercerie ou chez un marchand de savon. Aujourd'hui, il me fallait aller dans la droguerie que Mlle Krömeier m'avait indiquée. Une fois sur place, je me suis aperçu que les drogueries n'étaient plus ce qu'elles étaient. Autrefois il y avait un comptoir avec les marchandises sur des rayon-nages situés derrière. À présent, une sorte de comptoir était placé tout près de la sortie. Et derrière il n'y avait rien, si ce n'est l'envers des produits exposés en vitrine. Les autres produits étaient disposés dans des rayonnages sans fin où chacun pouvait se servir comme il voulait. Au début je me suis dit que les hommes et les femmes que je voyais là étaient des vendeurs sans uniforme ni blouse. Mais force me fut bientôt de reconnaître que c'étaient des clients. Ici, le client prenait lui-même ce dont il avait besoin et filait ensuite à la caisse. Je trouvais cela très déroutant. Je m'étais rarement senti traité avec aussi peu de courtoisie, comme si quelqu'un à l'entrée m'avait fait comprendre que j'étais prié de chercher moi-même mes lames de rasoir et que M. le droguiste avait autre chose de plus important à faire.

Je découvris progressivement les tenants et les aboutissants de ce dispositif : d'un point de vue économique, cela avait plusieurs avantages. Le droguiste pouvait d'abord présenter un plus large éventail de produits car il disposait d'une surface de vente plus grande. En outre, des centaines de clients pouvaient se servir plus rapidement seuls que s'ils avaient été tributaires de dix voire de vingt vendeurs. Et enfin, on économisait les salaires desdits vendeurs. L'avantage était évident : si on introduisait ce principe partout – je fis rapidement le calcul de tête –, on arrivait au chiffre de cent mille à deux cent mille personnes que l'on pouvait libérer de leur tâche de vendeur pour les envoyer directement au front. C'était si impressionnant que, sur le coup, j'eus envie d'aller féliciter le droguiste. Je me précipitai vers le comptoir et demandai à voir M. Rossmann.

« Quel M. Rossmann ?

— Eh bien ! celui à qui appartient le magasin.

— Il n'est pas là. »

Dommage… Même si je n'avais pas tant de raisons de le féliciter puisque que ce très avisé M. Rossmann n'avait pas les lames de rasoir que je cherchais. On m'indiqua un autre magasin qui appartenait à un certain M. Müller.

Pour résumer : M. Müller avait déjà mis en pratique l'idée géniale de M. Rossmann. Mais lui non plus ne vendait pas mes lames de rasoir, ni même M. Schlecker dont le magasin donnait vraiment l'impression d'avoir été laissé à l'abandon : il n'y avait personne à la caisse. Cela ne me gêna guère puisque je n'y trouvai pas mes lames. Finalement, j'en arrivai à la conclusion qu'en Allemagne de moins en moins de commerces proposaient à leurs clients les lames de rasoir que j'avais l'habitude d'utiliser. Pas de quoi se réjouir mais, au moins, la méthode de vente était efficace.

Perplexe, je continuai ma promenade le long des rues commerçantes. Une fois de plus je me dis que j'avais bien fait de mettre un simple costume de ville, c'était la meilleure façon de prendre le pouls de la population, de sentir ses angoisses, ses soucis et la pénurie de lames de rasoir. Et maintenant, je m'aperçus que les droguistes n'étaient pas les seuls à s'être organisés de la sorte – toute la société était bâtie sur ce modèle. Les magasins de vêtements, les librairies, les marchands de chaussures, les grands magasins et même les commerces d'alimentation et les restaurants, pratiquement tout fonctionnait sans aucun personnel. Il s'avérait aussi que l'argent ne provenait plus des banques mais de distributeurs automatiques. Même chose pour les tickets de transport en commun, les timbres – on en arrivait même à démanteler complètement le réseau de la poste. Les paquets étaient glissés dans des automates où le destinataire était prié de venir le chercher. Vu cette situation, la Wehrmacht aurait dû pouvoir disposer d'au moins un million d'hommes. Or les effectifs de cette Wehrmacht n'arrivaient pas au double de l'effectif imposé par le honteux traité de Versailles. C'était une véritable énigme.

Où étaient passés tous ces gens ?

Au début, je m'étais imaginé qu'ils devaient être en train de construire des autoroutes, d'assécher des marais et autres travaux du même ordre. Mais il n'en était rien. Il n'y avait pratiquement plus de marais, car on préférait les remplir plutôt que les assécher. Quant aux autoroutes, c'étaient des immigrés polonais, russes blancs, ukrainiens et autres qui les construisaient, à des salaires plus rentables pour le Reich que n'importe quelle guerre. Si j'avais su à l'époque combien le Polonais pouvait être bon marché, j'aurais fait l'impasse sur ce pays.

On n'en finit jamais d'apprendre.

Je fus un instant traversé par l'idée que le peuple allemand pouvait à ce point avoir diminué que les gens dont on avait fait l'économie n'existaient en fait plus du tout. Mais, d'après les statistiques, il y avait encore quatre-vingt-un millions d'Allemands. On va sans doute s'étonner que je n'aie pas pensé plus tôt aux chômeurs. Il faut dire que le chômeur a laissé chez moi un souvenir très différent de ce qu'il est aujourd'hui.

Le chômeur d'autrefois portait un panneau autour du cou, où était écrit : « CHERCHE N'IMPORTE QUEL TRAVAIL », et il se promenait avec dans la rue. Quand il s'était suffisamment promené, il mettait le panneau de côté, prenait un drapeau rouge que lui avait fourgué un bolchevique et descendait dans la rue, le drapeau à la main. Une armée de un million de chômeurs était la condition idéale pour tout parti extrémiste, et le plus extrémiste de tous, c'était évidemment, et par chance, le mien. Mais, aujourd'hui, je ne voyais aucun chômeur dans les rues. Ici, personne ne protestait. Et l'hypothèse que tous ces gens aient pu être regroupés dans des camps de travail se révéla erronée. À la place, on avait choisi la solution originale d'un certain M. Hartz.

Ce monsieur avait estimé qu'il était possible de s'attirer les faveurs de la classe ouvrière non seulement par des salaires plus élevés mais en donnant de l'argent à ses représentants et en leur procurant des maîtresses brésiliennes. Cette découverte avait été mise à profit par le biais d'un certain nombre de lois concernant les gens sans emploi, bien qu'à un niveau moindre. Les millions avaient été remplacés par une somme plus modeste, et les vraies Brésiliennes par des photos de belles Hongroises ou Roumaines sur Internet – ce qui supposait que tout chômeur disposait d'au moins un ordinateur. Et c'est ainsi que MM. Rossmann et Müller pouvaient continuer à se remplir les poches avec leurs commerces où il n'y avait ni vendeurs ni lames de rasoir, sans avoir à redouter qu'un chômeur ne vienne briser les vitrines de son magasin. Le tout payé par les impôts du petit contribuable qui travaillait dans une usine de shrapnells. Et tout national-socialiste ayant un peu d'expérience voyait naturellement là le signe d'une conspiration du grand capital et de la finance juive : grâce à l'argent des pauvres, ceux qui étaient encore plus pauvres se trouvaient amadoués pour le plus grand bien des riches qui pouvaient continuer à appliquer en toute tranquillité leur agiotage et faire leurs affaires en profitant de la crise. Des hommes politiques de gauche ne cessaient de dénoncer cet état de fait mais, bien sûr, sans jamais mentionner la composante juive de ces malversations.

L'explication était en effet un peu trop simpliste. Il ne faisait aucun doute que la juiverie financière n'était pas seule en cause, il fallait aussi y voir la main de la juiverie internationale – et c'est alors seulement qu'apparaissait toute la rouerie des comploteurs. Et d'un coup je sus pourquoi la Providence m'avait choisi. J'étais le seul qui pouvait découvrir et dénoncer la vérité dans ce monde de faux-semblants aux allures libérales-bourgeoises.

Car, en apparence, on aurait vraiment pu créditer M. Hartz et ses acolytes sociaux-démocrates du succès de ses prétendus objectifs. Un ordinateur et une Russe blanche virtuelle, un appartement chauffé et salubre, suffisamment de nourriture, tout cela n'était-il pas au fond une forme de répartition des richesses au sens socialiste du terme ?

Non, la vérité ne pouvait venir que de celui qui connaissait bien le juif, celui qui savait qu'il n'y avait là ni droite ni gauche, que les deux camps continuaient à travailler main dans la main, en se cachant, certes, mais indéniablement. Et seul un individu lucide et capable d'arracher tous les voiles était en mesure de démontrer que le but avéré était toujours d'éliminer la race aryenne. La lutte finale pour s'emparer des ressources qui allaient manquer viendrait peut-être plus tard que je ne l'avais prophétisé, mais elle viendrait. Et l'objectif était tellement évident que seul un fou aurait pu le nier : les hordes juives projetaient, aujourd'hui comme hier, d'envahir le Reich de leurs masses hideuses. Elles avaient simplement tiré les leçons de la dernière guerre. Connaissant désormais leur infériorité face au fantassin allemand, les juifs avaient décidé de saper, d'affaiblir, de détruire la capacité de résistance du peuple. Tant et si bien que, le jour fatidique, les millions d'Asiatiques prêts à déferler se retrouveront face à des chômeurs ramollis qui agiteront désespérément leurs souris et leurs consoles vidéo.

Je fus glacé d'effroi, sachant en quoi consistait ma mission.

Il s'agissait d'avancer résolument sur cette voie. En premier lieu, je décidai de chercher une nouvelle base. Il fallait que je quitte l'hôtel pour m'établir chez moi – j'avais besoin d'une vraie maison.

33

J'avais imaginé un endroit qui aurait ressemblé à ce que j'avais autrefois à Munich sur la Prinz-regentenplatz. Un appartement suffisamment grand pour moi, mes invités et le personnel, si possible sur tout un étage de préférence à une maison individuelle. Pour l'adversaire politique, une villa avec jardin, même entourée d'épais fourrés, aurait été trop facile à surveiller et aussi trop facile à prendre d'assaut. Non, un immeuble dans un quartier animé et pas loin du centre, cela ne manquait pas d'avantages. Et si, en plus, il pouvait y avoir un théâtre à proximité, je n'aurais pas dit non.

« Vous ne vous plaisez plus chez nous ? » m'avait demandé la réceptionniste de mon hôtel qui, entre-temps, ne se gênait plus pour faire le salut nazi en me disant bonjour. Malgré son petit ton moqueur, on sentait bien que ses regrets étaient sincères.

« J'ai pensé à vous emmener avec moi, répondis-je. Avant, c'était ma sœur qui se chargeait des tâches ménagères, malheureusement elle est décédée. Si je pouvais payer les gages que vous recevez dans cet hôtel, je vous aurais volontiers proposé ce poste.

— Merci, j'aime bien le changement qu'il y a ici. Mais c'est quand même dommage. »

Autrefois, quelqu'un se serait chargé de me chercher un appartement, maintenant il fallait que je prenne les choses en main moi-même. D'un côté, c'était intéressant parce que cela me mettait encore plus étroitement en contact avec la réalité. D'un autre côté, il fallait composer avec la racaille des agences immobilières.

Je me rendis rapidement compte qu'il était impossible de trouver seul, sans l'aide d'un professionnel, l'appartement de quatre cents à quatre cent cinquante mètres carrés qui aurait une vraie valeur de représentation. Je me rendis un peu moins rapidement compte à quel point la vermine immobilière était plus que douteuse. Il était consternant de voir à quel point ces suppôts de l'enfer immobilier connaissaient mal leurs produits. Même après soixante-six ans d'absence, j'étais encore en mesure de trouver le compteur électrique trois fois plus vite que le soi-disant « spécialiste ». Au bout de la troisième visite, je demandai avec insistance à avoir affaire à des personnes expérimentées et non pas à de jeunes types perdus dans des costumes trop grands pour eux. Ces pauvres gamins donnaient l'impression d'avoir quitté la veille les bancs de l'école pour se retrouver plongés dans ce malstrom de la gestion immobilière.

Lors de la quatrième visite on me proposa enfin un bien qui répondait à mes attentes, dans le nord de Schöneberg. Il me suffisait de marcher un peu pour me retrouver dans le quartier des ministères et des ambassades, ce qui était un point positif supplémentaire – on ne pouvait pas savoir de combien de temps on disposerait pour y aller, le moment venu.

« J'ai l'impression de vous connaître, me dit l'agent immobilier, un homme d'un certain âge, tout en me montrant la chambre de bonne attenante à la cuisine.

— Hitler, Adolf, répondis-je simplement en jetant un regard d'expert sur les placards vides.

— Exact ! Maintenant que vous le dites ! Sans uniforme – il faut m'excuser. En outre, j'avais toujours pensé que vous enlèveriez votre moustache.

— Pour quelle raison ?

— Ma foi, juste comme ça. En rentrant chez moi, la première chose que je fais, c'est d'enlever mes chaussures.

— Et moi je devrais retirer ma moustache ?

— Je me disais ça, oui…

— Ha ha ! Y a-t-il une salle de sport ici ?

— Une salle de fitness ? Les derniers locataires n'en avaient pas, mais, avant eux, l'appartement était loué par quelqu'un qui travaillait dans une agence de casting et il utilisait la pièce qui est de l'autre côté.

— Y a-t-il certaines particularités que je devrais savoir ?

— Par exemple ?

— Des voisins bolcheviques ?

— Il y en avait peut-être dans les années trente. Mais ensuite il y a eu… enfin, vous avez… comment dire ?

— Je vois, oui. Et à part ça ?

— Ma foi, à part ça… »

J'eus une pensée mélancolique pour Geli.

« Je ne veux plus d'appartement où il y a eu un suicide, dis-je d'un ton ferme.

— Depuis que nous gérons ce bien, personne ne s'est donné la mort. Et avant non plus, s'empressa d'ajouter l'agent immobilier. Du moins, à ma connaissance.

— L'appartement est bien, dis-je sèchement, mais le montant du loyer est exorbitant. Vous le descendez de trois cents euros et nous serons en mesure de faire affaire. »

Puis je tournai les talons, prêt à partir. Il était bientôt sept heures et demie et Mme Bellini nous avait acheté des places pour l'opéra après le succès de ma première émission. On y donnait *Les Maîtres chanteurs* et elle avait tout de suite pensé à moi. Elle m'avait même promis d'assister à cette représentation avec moi, pour me faire plaisir, car de façon générale elle n'aimait pas trop Wagner.

L'agent immobilier me promit qu'il me tiendrait au courant. « En général, les prix sont fermes, ajouta-t-il, non sans scepticisme.

— C'est une chose sur laquelle on peut toujours revenir quand on a la possibilité de compter Hitler parmi ses clients », dis-je d'un ton confiant avant de partir.

Le temps était inhabituellement doux pour un mois de novembre. Le ciel s'était assombri depuis longtemps et j'entendais autour de moi la rumeur de la ville. Pendant un instant, je fus de nouveau saisi par cette vieille angoisse, la peur des hordes venues d'Asie, le désir pressant d'augmenter le budget militaire. Puis cette inquiétude se dissipa, laissant la place à l'idée rassurante que cette catastrophe ne s'était jamais produite au cours des soixante-six dernières années, que la Providence avait sans doute choisi d'une main sûre le bon moment pour m'appeler et qu'elle avait vraisemblablement prévu de m'accorder un peu de temps, au milieu de tout ça, pour que je puisse me rendre à l'opéra et écouter Wagner.

J'ouvris mon manteau et marchai d'un pas détendu à travers les rues. Certains magasins se faisaient livrer de grandes quantités de branches de sapin et d'épicéa. Lorsque le tumulte me paraissait insupportable, je bifurquais dans l'une des ruelles adjacentes. Je réfléchissais à la façon d'améliorer encore mon émission. Je passai devant une salle de sport éclairée. Une grande partie du peuple était dans une forme physique excellente – même si c'était plus vrai pour les femmes que pour les hommes. Certes un corps bien entraîné facilite la naissance, il augmente la force de résistance et la santé de la mère, mais, en fin de compte, l'enjeu n'est pas d'élever des centaines de milliers de femmes qui porteront la culotte. Il faudrait veiller à augmenter le nombre d'hommes inscrits dans des clubs de sport. J'étais ainsi perdu dans mes pensées lorsque deux hommes se mirent en travers de mon chemin.

« Cochon de juif ! s'écria l'un.

— Tu crois qu'on va te laisser taper sur l'Allemagne sans rien faire ? » dit l'autre.

Lentement j'ôtai mon chapeau pour mettre mon visage dans la lumière d'un réverbère.

« Retournez dans le rang, petits salopards, dis-je sans me démonter, ou vous finirez comme Röhm ! »

Pendant un moment, le silence se fit de part et d'autre. Avant que le second reprenne la parole et siffle entre ses dents : « Faut vraiment que tu sois un porc bien malade ! D'abord tu te fais opérer pour prendre cette tête et ensuite tu attaques l'Allemagne par-derrière !

— Un cochon malade qui ne mérite pas de vivre », renchérit le premier.

Quelque chose brilla dans sa main. Avec une vitesse étonnante, son poing se précipita sur mon visage. Je tentai de garder mon équilibre et ma contenance mais je ne pus éviter le coup.

Cela ressemblait à l'impact d'une balle. Pas de douleur, juste la vitesse, la force du choc. Puis le mur de l'immeuble s'abattit sur moi dans un fracas muet. Je cherchai à me retenir, tandis que ma tête heurtait quelque chose de dur. L'immeuble s'inclina sur moi, je plongeai la main dans la poche de mon manteau à la recherche des billets pour *Les Maîtres chanteurs* et les sortis pendant qu'une pluie de coups s'abattait sur moi. Les Anglais avaient sûrement trouvé de nouveaux projectiles, un déluge de feu meurtrier, tout était si sombre, comment pouvaient-ils viser avec autant de précision, notre tranchée, comme la fin du monde ; je ne savais même plus où était mon casque et mon petit chien, mon cher petit chien, Foxl, mon Foxl, mon petit Foxl...

34

La première chose que je vis, ce fut l'éclat blanc d'un néon. La première chose que je me dis, ce fut : « J'espère que quelqu'un s'est occupé de l'armée de Wenck. » Je regardai la pièce autour de moi et m'aperçus que l'état de l'armée de Wenck n'était pas la plus urgente des priorités.

À côté de moi se trouvait une sorte de porteman-teau auquel étaient accrochées plusieurs poches en plastique. Leur contenu était guidé par un système de goutte-à-goutte vers mon bras qui n'était pas pris dans un plâtre. Il fut compliqué de m'en rendre compte car je ne pouvais pas ouvrir l'œil qui se trouvait à l'opposé du bras plâtré. La situation m'étonnait beaucoup car, si tout cela laissait supposer des douleurs, je n'en ressentais justement aucune, sauf un continuel vrombissement dans le crâne. Je tournai la tête sur le côté pour mieux voir puis je la levai délicatement, ce qui provoqua un soudain et violent accès de douleur au thorax.

J'entendis une porte s'ouvrir du côté opposé où je regardais. Je décidai de ne pas changer tout de suite de position. La tête d'une infirmière apparut à l'aplomb de mon nez.

« Vous êtes réveillé ? »

J'aurais voulu demander quel jour on était, mais ma gorge n'émit que des raclements et des chuintements.

« C'est bien, ne vous rendormez pas, je vais chercher le médecin.

— ... ! » Telle fut ma réponse. Mais je pouvais déjà conclure qu'il n'y avait pas de dommages durables à ce niveau, juste un certain grippage de la musculature de la gorge, suite à un repos qui, manifestement, avait été long. Je fis rouler mon œil valide et j'aperçus dans mon champ de vision une petite table sur laquelle étaient posés un téléphone et un bouquet de fleurs. Ainsi qu'un appareil qui devait servir à surveiller mon pouls. J'essayai de bouger les jambes mais j'y renonçai dès que je sentis les douleurs. Je passai donc à quelques exercices oratoires car il était vraisemblable que j'aurais des questions à poser au médecin qui s'occupait de moi.

Mais pendant un assez long moment, il ne se passa rien du tout. J'avais oublié comment on était traité habituellement dans les hôpitaux quand on n'est pas le Führer et le chancelier du Reich. En principe, le patient est là pour se reposer ; dans la pratique, il est là pour attendre. Il attend les infirmières, son traitement, les médecins. Tout va arriver prétendument « bientôt » ou « tout de suite », mais en fait « tout de suite » veut dire « dans une demi-heure, trois quarts d'heure » et « bientôt » signifie « dans une heure ou même davantage ».

Je fus saisi d'un besoin pressant et je sentis aussitôt que je n'avais pas de souci à me faire à ce sujet. J'aurais bien aimé regarder la télévision mais je ne comprenais pas comment elle marchait, et, de toute façon, impossible de saisir la télécommande. Je me mis donc à fixer le mur en face de moi, sans bouger, essayant de me remémorer les derniers événements. Je me souvins d'avoir été transporté en ambulance, je me souvins de Mlle Krömeier qui criait, et les mêmes images défilaient dans ma tête de façon déconcertante : c'était lors de la capitulation de la France et je me mettais à sautiller et à danser de joie. Bizarrement, je ne portais pas d'uniforme mais un petit tutu de danseuse de couleur turquoise. Puis Göring se dirigeait vers moi, tenant par la bride deux rennes qui avaient une selle sur le dos, et me disait : « Mon Führer, une fois que vous serez en Pologne, j'aimerais bien que vous rapportiez de la crème fraîche épaisse, comme ça je pourrai nous faire quelque bon petit plat, ce soir. » Je baissais les yeux pour examiner mon costume, je le regardais ensuite, perplexe, et je disais : « Göring, espèce de débile. Vous voyez bien que je n'ai pas de poches ! » Göring se mettait alors à fondre en larmes et quelqu'un me secouait par l'épaule.

« Monsieur Hitler ? Monsieur Hitler ? »

Je tressaillis aussi fort que me le permirent les bandages.

« Le médecin responsable du service est là. »

Un jeune homme en blouse blanche me tendit une main que je serrai tant bien que mal.

« Ma foi, ça ne va pas mal. Je suis le Dr Radulescu.

— Avec un tel nom, vous parlez drôlement bien l'allemand ! Pas le moindre accent ! articulai-je péniblement.

— Vous êtes bien bavard pour quelqu'un dans votre état, dit le docteur d'importation. Vous savez comment j'ai fait pour l'accent ? »

Je secouai la tête, sans conviction.

« Treize ans d'école, neuf semestres de médecine, deux années de stage à l'étranger, puis j'ai connu ma future femme, nous nous sommes mariés et j'ai pris son nom. »

Je fis un petit signe de tête. Puis je me mis à tousser. Cela faisait si mal que je tentai aussitôt de réprimer cette toux, tout en essayant de faire preuve d'une certaine force et d'un certain esprit de décision : résultat, je rejetai par le nez quelques petits morceaux de je ne sais quoi. D'une façon générale, je me sentais moche.

« Une chose d'abord : vous allez beaucoup mieux que vous n'en avez l'air. Vous n'avez rien qui ne soit pas réparable et tout va se rétablir à plus ou moins long terme…

— Et ma… voix… ? dis-je dans un croassement. Je suis orateur.

— Votre voix n'a rien, elle manque simplement d'exercice et en plus vous avez la gorge sèche. Dans tous les cas, il faut boire, boire, boire. D'après ce que je vois, dit-il en jetant un coup d'œil sur le bord de mon lit, vous n'avez pas à vous inquiéter pour l'évacuation. Bon, quoi d'autre ? Vous avez une vilaine fracture de la pommette, une sévère commotion cérébrale, vous avez plusieurs ecchymoses à la mâchoire mais elle n'est pas cassée, ce qui est quand même très étonnant. Les collègues des urgences ont tout de suite pensé à un poing américain. Si tel est le cas, vous pouvez remercier le bon Dieu. L'œil tuméfié n'est pas très beau à voir mais il va bientôt dégonfler et fonctionner à nouveau. Ensuite nous avons une clavicule cassée, un bras cassé – une fracture très nette, c'est idéal –, quatre côtes fracturées et nous avons dû aussi vous ouvrir pour soigner une fissure au foie. À ce propos je dois avouer que vous avez l'un des plus jolis foies que nous ayons jamais vus. Je suppose que vous ne buvez pas ? »

J'acquiesçai faiblement : « Et… suis végétarien.

— Les constantes sont bonnes. Avec ça vous pouvez vivre jusqu'à cent vingt ans.

— Ça ne suffira pas, dis-je, l'air absent.

— Allez, allez ! fit-il en riant. Vous avez encore beaucoup de choses à faire. Il n'y a aucun empêchement, il vous suffit d'attendre un peu.

— Vous devriez porter plainte, hasarda l'infirmière.

— Ça les arrangerait bien ! »

Qu'aurait donné Röhm pour que je le mette en accusation… !

« Je ne suis pas votre avocat, dit le médecin pseudo-roumain, mais vu les blessures…

— Je répliquerai à ma façon, répondis-je dans un toussotement, tout en rappelant que j'avais rarement proféré des menaces en l'air. Dites-moi plutôt combien de temps vous comptez me garder ici.

— Une ou deux semaines, s'il n'y a pas de complications, peut-être un peu plus. Votre convalescence peut parfaitement se faire chez vous, à la maison. Le mieux, maintenant, c'est de dormir encore un peu. Et réfléchissez à cette histoire de plainte, l'infirmière a tout à fait raison. Certes, il faut parfois tendre l'autre joue, mais ce n'est pas une raison pour frapper quelqu'un avec cette force.

— Et réfléchissez aussi au menu, dit l'infirmière en me tendant une tablette. Faites-nous savoir ce que vous aimeriez manger pendant votre séjour. »

Je repoussai sa tablette. « Pas de traitement de faveur. Juste le rata du soldat. Pas de viande. Comme les Grecs de l'Antiquité. »

Elle me regarda, poussa un soupir avant de faire une dizaine de petites croix sur la feuille fixée sur la tablette, qu'elle me tendit encore une fois. « Il faut que vous signiez. »

J'apposai une signature hésitante avec ma main valide, avant de perdre à nouveau connaissance.

J'étais à un arrêt d'autobus en Ukraine et je portais un énorme saladier plein de crème fraîche.

Göring n'était pas là et je me souviens encore à quel point ça m'agaçait.

35

L'idée de porter plainte m'avait effectivement effleuré l'esprit mais je l'avais rejetée d'une façon aussi résolue qu'irrévocable. Cela était contraire à tous mes principes. Le Führer ne peut endosser le rôle de la victime. Il ne peut dépendre de la sollicitude et de l'intervention de personnages aussi pitoyables que des avocats ou des officiers de police, et ne cherche pas à se cacher derrière eux car il s'empare lui-même du droit. Ou plutôt il le dépose dans les mains ardentes de la SS qui l'applique dans toute sa rigueur. Si j'avais eu la SS à ma disposition, j'aurais veillé à ce que cette obscure « centrale de parti » parte en fumée dès la nuit suivante et à ce que ses membres, des lâches tous autant qu'ils étaient, puissent réfléchir dans le bain de leur propre sang aux véritables principes de la pensée populiste-faciale. Mais à qui pouvais-je demander ça dans cette époque pacifique où les gens avaient perdu l'habitude d'user de la violence la plus élémentaire ? Sawatzki avait du mordant mais ne savait pas vraiment mordre ; il travaillait avec sa tête et non avec ses poings. Il me fallait donc reporter la résolution du problème à plus tard et veiller à ce que, pendant mes allées et venues ou mes déplacements à l'intérieur des bâtiments de l'hôpital, aucun photo-reporter ne puisse s'approcher de moi et faire des clichés qui n'auraient pas été à mon avantage. Mais il ne fut pas possible de passer l'incident sous silence et, à peine quelques jours plus tard, les journaux se ridiculisaient, une fois encore, et démontraient toute leur bêtise et leur incompétence en qualifiant de façon outrageusement imméritée d'« extrémistes de droite » les pantins qui m'avaient agressé. Enfin, à toute chose malheur est bon. En l'espace de quelques jours, de quelques heures presque, j'eus de surprenantes conversations téléphoniques avec des personnes à qui Mlle Krömeier, à l'instigation et avec la bénédiction de M. Sawatzki, avait donné mon numéro de téléphone portable.

Outre des vœux de prompt rétablissement de la part de collègues de la société de production, je reçus un appel de Mme Künast qui me souhaitait de tout cœur une bonne convalescence, se renseignait sur mon état de santé et voulait savoir si j'étais membre d'un quelconque parti.

« Bien sûr. De mon propre parti ! »

Mme Künast se mit à rire et dit que le NSDAP était, du moins momentanément, dans une sorte de phase d'assoupissement ou de repos. En attendant qu'il se réveille, je devais peut-être réfléchir, moi qui, en tant qu'artiste, luttais corps et âme contre la violence de droite, au fait que le parti des Verts pouvait m'offrir une terre d'accueil, « du moins pour un certain temps », comme elle le répéta en riant.

Ce coup de fil me laissa dubitatif et je l'aurais vite rangé au rayon des accessoires des fantasmagories démocratico-parlementaires si, dès le lendemain, je n'avais pas reçu un autre coup de téléphone qui ressemblait étrangement au premier. D'un homme, cette fois. Pour autant que je m'en souvienne, un jeunot qui s'était essayé à être ministre de la Santé. J'eus beau me creuser la tête après coup, je n'ai jamais retrouvé son nom ; de toute façon, j'avais définitivement abandonné l'espoir d'avoir une vue d'ensemble claire de son parti. On raconte souvent sur les plateaux de télévision spécialisés que le seul personnage ayant un peu de bouteille dans cette corporation partisane était un homme d'un certain âge qui buvait comme un trou. Je crois que l'on fait tort à cet homme, il est en effet pratiquement impossible de rester une heure dans cette ronde frénétique et désordonnée où défile toutes sortes de gens sans se faire passer pour un poivrot.

L'apprenti ministre de la Santé me confia à quel point il était désolé de cette agression ; un homme comme moi, qui rompait une lance pour la plus grande liberté de pensée et de parole possible, avait justement besoin de tous les appuis dans cette période difficile. Je n'eus pas le temps de lui dire que c'est quand il est seul que le fort est le plus fort, car notre individu prétendait maintenant tout faire pour que je revienne aussi vite que possible sur les écrans. Pendant un instant j'eus peur qu'il ne veuille me soigner lui-même, tant son incompétence était notoire. Au lieu de quoi, il me demanda, comme incidemment, à quel parti j'appartenais et je lui répondis selon les canons de la vérité.

L'apprenti ministre éclata d'un rire de gamin. Puis il dit que j'étais vraiment savoureux, et comme le NSDAP gisait en ce moment dans le cimetière de l'histoire, il pouvait parfaitement imaginer que le FDP puisse devenir une nouvelle terre d'accueil pour moi. Je lui rétorquai que lui et ses collègues devaient arrêter d'insulter mon parti et que je n'avais aucune envie de me joindre à leur bande d'asticots libéraux.

L'apprenti rit encore une fois, dit que je lui plaisais vraiment quand j'étais comme ça, que j'avais vite retrouvé du poil de la bête, et sans que je lui aie rien demandé il me promit de me faire parvenir un formulaire d'adhésion. En cet instant je me fis la réflexion que le téléphone n'est vraiment pas fait pour qui n'a pas d'oreille. À peine avais-je raccroché qu'il se remit à sonner.

Il s'avérait que l'apprenti ministre de la Santé et la verte Künast étaient loin d'être les seuls à avoir voulu interpréter dans le sens qui leur convenait le tribut que j'avais payé de mon sang. Plusieurs personnes issues de différents partis m'appelaient pour me féliciter de mon intervention en faveur de la non-violence, attestée par mon refus évident et presque revendicatif de me défendre. Parmi elles se trouvait le seul groupuscule pour qui j'éprouvais une forme de sympathie : j'eus en effet une conversation très agréable avec un responsable de la SPA qui, au cours de la discussion, ne manqua pas d'attirer mon attention sur le sort cruel réservé aux chiens errants en Roumanie. Je décidai de porter une attention particulière à ces procédés révoltants dans un avenir proche.

Quoi qu'il en soit, les derniers événements étaient interprétés de façon totalement différente par les professionnels de la politique. Le « Mouvement pour les droits civiques » déclara que j'étais un compagnon d'infortune d'un certain Larouche, homme politique persécuté pour avoir fondé un parti ; un étrange parti des étrangers répondant au nom de BIG m'assura que, dans un pays où l'on n'avait pas le droit de rosser les étrangers, les Allemands ne devaient donc bien entendu pas être rossés non plus – ce à quoi je répondis aussitôt avec véhémence que je ne voulais pas vivre dans un pays où l'on n'aurait pas le droit de rosser les étrangers. De nouveau résonna un grand rire incompréhensible à l'autre bout du fil. Pour d'autres encore, je ne passais pas pour un symbole de la liberté d'opinion mais pour un opposant à toutes les fausses opinions. Je n'étais pas vu seulement comme un champion de la non-violence mais aussi comme un champion de la violence (CSU, associations de chasseurs, un fabricant d'armes à feu) et une fois comme la victime de la violence faite aux seniors (parti de la Famille). Le coup de fil du parti des Pirates révéla beaucoup de dilettantisme, mon interlocuteur déclarait avoir reconnu dans mon comportement, et en particulier dans mon refus de porter plainte, une protestation contre l'État policier et une certaine distance vis-à-vis de l'État ainsi qu'une « totale concordance de vues » avec les Pirates ! Ceux qui étaient les plus proches de la vérité appartenaient à un groupuscule bizarrement appelé « Les Violets », qui voulait voir en moi le témoin d'un monde qui tournait le dos au tout-matérialisme, qui aurait « placé son retour sous le signe du pacifisme total et se serait exposé avec une grande abnégation aux plus terribles épreuves ». Je fus pris d'un tel fou rire que je dus demander des analgésiques tant mes côtes me faisaient souffrir.

Mlle Krömeier m'apporta le courrier qui m'avait été envoyé au bureau. Elle avait été elle aussi sollicitée plusieurs fois par téléphone ; il s'agissait pour l'essentiel de personnes différentes appartenant aux mêmes partis ou groupes qui m'avaient contacté. La seule nouveauté était l'appel de diverses associations communistes ; je ne me souviens plus de leurs arguments, mais finalement ils ne devaient pas être très éloignés de ceux invoqués par Staline pour son pacte en 1939. Ce qu'il y avait en tout cas de commun à tous ces appels, c'était la volonté de me convaincre d'adhérer à leur groupe. En fait, seuls deux partis ne s'étaient pas manifestés. Des naïfs auraient cru à un manque d'intérêt pour ma personne, mais j'avais bien vu de quoi il retournait. Raison pour laquelle, lorsque, au bout d'une demi-journée de coups de fil incessants, le téléphone sonna encore une fois en affichant un numéro inconnu à Berlin, je criai dans le combiné :

« Allô ? C'est le SPD ?

— Euh, oui – je parle bien avec monsieur Hitler ? dit une voix à l'autre bout de la ligne.

— Mais bien sûr, je vous attendais !

— Moi ?

— Pas vous spécialement. Mais quelqu'un du SPD. Qui est à l'appareil ?

— Gabriel, président fédéral du parti, Sigmar Gabriel. C'est merveilleux que vous puissiez de nouveau téléphoner. J'ai entendu et lu les pires choses à votre sujet. Vous avez l'air d'aller vraiment mieux.

— C'est grâce à votre appel.

— Oh ! Cela vous réjouit tant que ça ?

— Non, parce qu'il arrive bien tard. De nos jours, le temps qu'une idée vienne aux sociaux-démocrates allemands, on peut guérir de deux tuberculoses infectieuses successives.

— Ha ha ! fit Gabriel avec le plus grand naturel. Vous n'avez pas tort parfois. Vous voyez, et c'est d'ailleurs pour ça que je vous appelle…

— Je sais. Parce que mon parti est au point mort.

— Quel parti ?

— Vous me décevez, Gabriel. Comment s'appelle mon parti ?

— Euh…

— Alors ?

— Il faut m'excuser, je crois que j'ai un trou de mémoire…

— NSDA… ?

— P ?

— P ! Bravo. Il est au point mort en ce moment et vous voulez savoir si, par hasard, je ne chercherais pas une nouvelle terre d'accueil. Dans votre parti !

— Effectivement, j'avais l'intention de…

— Vous n'avez qu'à faire parvenir vos formulaires à mon bureau, dis-je sur un ton léger.

— Dites-moi, vous venez de prendre des antalgiques ? Ou des somnifères ?

— Non », répliquai-je et j'étais déjà sur le point de lui dire qu'après toutes les conversations que je venais d'avoir je n'aurais certainement pas besoin de somnifères, lorsque l'idée m'effleura que Gabriel avait sans doute raison. On ne peut jamais savoir ce que les médecins prescrivent de mettre dans ces poches en plastique. Et je me dit également que ce parti, sous sa forme actuelle, n'était vraiment plus un parti dont il aurait fallu enfermer les membres dans un camp de concentration. En dépit de toute la maladresse dont il était capable, il pouvait encore servir. Je prétextai donc une prise de médicaments et raccrochai de façon fort aimable.

Je me renversai sur mon oreiller en me demandant qui serait le prochain à me téléphoner. Il ne manquait plus qu'un appel du comité de soutien de la chancelière. Qui chargerait-on de cette mission ? Aucune chance que ce soit la grosse matrone en chef. Mais un appel de la ministre du Travail ne m'aurait pas déplu. J'aurais bien aimé savoir pourquoi elle avait arrêté de se reproduire, à un enfant près de l'obtention de la Croix d'honneur

des mères allemandes, en or de surcroît. Guttenberg aurait aussi été une personnalité intéressante,
un homme qui – bien qu'issu du marais centenaire
de l'inceste artistocratique – était capable de pensées
de grande envergure et ne se laissait pas constamment arrêter par de mesquines objections de petits
professeurs. Mais il semblait avoir fait son temps
dans le monde de la politique. Qui restait-il alors ?
Le gamin à lunettes du groupe des écologistes ? La
bille du chef de fraction ? Le Souabe des Finances
qui s'efforçait d'avoir l'air bon enfant dans son
fauteuil roulant ?

À ce moment, le galop des Walkyries se fit
entendre. Le numéro m'était inconnu, mais il venait
de Berlin. Je pariai pour un brasseur de vent professionnel.

« Bonjour, cher monsieur Pofalla, dis-je.

— Pardon ? » Pas de doute, c'était la voix d'une
femme. Elle devait frôler la cinquantaine.

« Pardon. Qui est à l'appareil ?

— Golz, Beate Golz. » Elle ajouta qu'elle travaillait pour une maison d'édition. Je reconnus le nom.
Bien allemand, avec pignon sur rue. « Et à qui ai-je
l'honneur ?

— Hitler, dis-je en me raclant la gorge. Excusez-
moi, je pensais avoir affaire à une autre personne.

— J'appelle au mauvais moment ? Votre bureau
m'a dit que je pouvais vous téléphoner à n'importe
quelle heure, l'après-midi…

— Non, non. C'est parfait. Mais, s'il vous plaît,
pas de questions sur mon état de santé.

— Vous n'allez toujours pas trop bien ?

— Non, mais quand même – j'ai l'impression
d'être un vieux disque rayé qui rabâche toujours la
même chose.

— Monsieur Hitler… je vous appelle parce que je voudrais vous demander si vous n'auriez pas envie d'écrire un livre.

— J'en ai déjà écrit un. Deux même !

— Je sais. Plus de dix millions d'exemplaires vendus. Nous sommes très impressionnés. Mais un homme avec un tel potentiel ne peut pas faire une pause de quatre-vingts ans.

— C'est-à-dire que ce n'est pas vraiment de mon fait…

— Vous avez raison, bien sûr, je comprends qu'il soit difficile d'écrire quand les Russes déboulent dans votre bunker.

— Tout à fait », répondis-je.

Moi-même je n'aurais pas pu mieux l'exprimer. J'étais agréablement surpris par la franche empathie de cette Mme Golz.

« Mais maintenant, le Russe est reparti. Et même si nous savourons toutes les semaines votre émission à la télévision, je pense que le moment est venu pour le Führer de présenter un nouveau récit exhaustif de sa vision du monde. À moins – avant de passer pour une complète idiote – que vous n'ayez d'autres obligations ?

— Disons que j'ai l'habitude de publier aux éditions Franz Eher, dis-je, mais je pensai au même instant qu'elles devaient elles aussi se trouver au point mort.

— Je suppose que ça fait longtemps que vous n'avez plus entendu parler de votre maison d'édition, n'est-ce pas ?

— C'est exact. Et je me demande qui touche en ce moment mes droits d'auteur.

— Le Land de Bavière, pour autant que je sache.

— Quelle impudence !

— Vous pouvez naturellement entamer une procédure, mais vous savez, avec les tribunaux…

— À qui le dites-vous !

— Je serais vraiment très heureuse si vous preniez plutôt le chemin le plus simple et le plus direct.

— Et qui serait… ?

— D'écrire un nouveau livre. Sur un monde nouveau. Nous nous ferions une joie de le publier. Et comme nous parlons ici entre professionnels, voici mon offre. »

Et après avoir évoqué différentes actions promotionnelles d'envergure, elle me proposa une avance qui, même exprimée dans une monnaie aussi douteuse que l'euro, m'arracha un mouvement de grande reconnaissance – que je gardai naturellement pour moi dans un premier temps. En outre, il m'était permis de choisir mes collaborateurs, dont les honoraires seraient également pris en charge par la maison d'édition.

« Notre seule condition : il faut que ce soit la vérité. »

J'ouvris de grands yeux. « Vous voulez sans doute savoir aussi comment je m'appelle.

— Non, non, vous vous appelez bien évidemment Adolf Hitler. Quel autre nom pourrions-nous publier sur la couverture, Moïse Halbwachs ? »

Je ris. « Ou Schmul Rosenzweig. Vous, vous me plaisez.

— Ce que je veux dire, c'est que nous ne voulons pas de comédie. Je suppose que cela va aussi dans votre sens. Le Führer n'est pas un plaisantin, n'est-ce pas ? »

Il était étonnant de voir comme tout était simple avec cette dame. Elle savait de quoi elle parlait. Et avec qui.

« Vous voulez bien y réfléchir ? demanda-t-elle.

— Laissez-moi un peu de temps. Je vous rappellerai. »

J'attendis exactement cinq minutes. Puis je la rappelai. Je demandai une somme plus élevée. Après coup, je me dis qu'elle avait sans doute dû s'y attendre.

« Eh bien alors : Sieg Heil ! dit-elle.

— Dois-je le comprendre comme une acceptation ?

— Vous pouvez.

— Vous aussi ! » répondis-je.

36

C'est étonnant, pour la première fois depuis longtemps la neige ne me fait aucun effet, même si elle arrive très tôt. De gros flocons tombent devant ma fenêtre. En 1943, cela m'aurait encore mis hors de moi. Maintenant que je sais que tout cela a un sens profond, que la Providence n'attend pas de moi que je gagne une guerre mondiale dès la première ou la deuxième tentative, qu'elle m'accorde du temps et me fait confiance, oui, maintenant, après tant d'années difficiles, je peux enfin savourer cette tranquille et douce période d'avant Noël. Et je la savoure presque comme autrefois, lorsque j'étais enfant et que je me réfugiais dans un coin de la pièce pour lire Homère et l'histoire de la guerre de Troie. Ce qui me gêne encore un peu, ce sont les douleurs au thorax mais, chose encourageante, elles diminuent peu à peu.

La maison d'édition m'a procuré un dictaphone. Sawatzki voulait que je me serve de mon téléphone mobile mais un dictaphone est quand même beaucoup plus simple à utiliser. Une pression sur un bouton et il enregistre, une pression sur un bouton et il s'arrête. Et personne n'appelle en même temps. Je suis un adversaire résolu des appareils multitâches. La radio doit aussi diffuser ces petits disques argentés, le rasoir doit fonctionner sur une peau humide *et* sèche, le pompiste devient épicier, le téléphone doit faire office de téléphone mais aussi de calendrier et d'appareil photo. C'est une dangereuse ineptie et, résultat, notre jeunesse a les yeux constamment fixés sur son téléphone et elle se fait écraser comme des mouches. Ce sera l'une de mes premières mesures : interdire ce genre de téléphone ou du moins ne l'autoriser que pour les éléments de race inférieure qui subsistent encore et peut-être même leur faire obligation d'en avoir un. Ils finiront tous sur les grands axes berlinois, aplatis comme des hérissons écrasés. Voilà encore un avantage bien pratique. Mais sinon, tout cela n'est que bêtise ! Il serait naturellement avantageux pour les finances de l'État que l'armée de l'air puisse se charger aussi du ramassage des ordures, mais elle aurait l'air de quoi, notre armée de l'air multitâche !

Une bonne idée. Je vais tout de suite l'enregistrer.

En bas dans l'entrée, on a mis de grandes décorations de Noël. Des étoiles, des branches de sapin et d'autres accessoires du même genre. À chaque dimanche de l'Avent, il y a du vin chaud. Il existe aussi maintenant une version sans alcool, même si je nourris quelques doutes quant à son succès au sein de nos troupes. Ma foi, un fantassin reste un fantassin. Mais, d'une façon générale, on ne peut pas dire que les décorations de Noël aient beaucoup changé et soient de meilleur goût. Ce marché s'est industrialisé. Je ne parle pas de kitsch, car ce dernier reflète une part de la sensibilité de l'homme simple et il subsiste donc toujours la possibilité d'une évolution vers l'art vrai, le grand art. Non, ce qui me gêne vraiment, c'est que le père Noël a beaucoup gagné en importance, sans doute à cause de l'infiltration culturelle anglo-américaine. En revanche, les bougies ont perdu une grande partie de la place qu'elles avaient dans cette fête.

Peut-être cela vient-il du fait que les bougies sont interdites ici, à l'hôpital, pour des raisons de sécurité. Je n'ai pas souvenir que, quand j'étais au pouvoir, beaucoup de bâtiments soient partis en fumée en dépit de l'utilisation libre et massive de bougies. Et je faisais alors très attention à la préservation des biens du peuple. Bon, j'imagine que, à partir de 1943, les statistiques manquèrent de fiabilité sur ce sujet, vu la disparition croissante de bâtiments. Et pourtant, en dépit de tous ces inconvénients, Noël a gardé son charme propre. Libéré du fardeau de la responsabilité gouvernementale – inévitable à long terme –, il faut en profiter aussi longtemps que cela dure.

Le personnel s'occupe très bien de moi. Je parle beaucoup avec les gens, de leurs conditions de travail, du service de santé en général qui – comme je m'en rends compte de plus en plus – est dans un tel état de délabrement que l'on peut s'étonner que des malades puissent encore être soignés. Souvent, je reçois aussi des médecins. Ils ont quitté leur blouse et viennent me parler des mesures éhontées prises par l'inepte individu en charge du ministère de la Santé. D'après eux, le précédent n'était pas mieux et son successeur sera certainement aussi mauvais. Ils me demandent d'en faire part dans mon émission, de dire clairement que les choses doivent changer. Absolument. Je leur promets d'y investir toutes mes forces. Lorsque je leur dis que ça ne serait pas plus mal s'il y avait ici moins d'étrangers à soigner, ils se mettent à rire et rétorquent que l'on peut en effet voir les choses ainsi, avant d'ajouter : « Mais, blague à part... » et de continuer à me raconter des histoires à faire se dresser les cheveux sur la tête. Et il semblerait que ça ne manque pas.

Il y a aussi une ravissante infirmière, une personne pleine de vie, fringante et joyeuse. Elle s'appelle Irmgard. Mais je ne dois pas dilapider mes forces. Si j'avais vingt ans de moins, peut-être…

M. Sawatzki est venu me voir, il y a peu, en compagnie de Mlle Krömeier, enfin de l'ancienne Mlle Krömeier. J'ai toujours un peu de mal à m'y faire : avec Mme Sawatzki donc ! Son ventre s'est bien arrondi entre-temps, dans l'attente d'un heureux événement. Elle dit que sa grossesse est supportable, mais qu'elle commence à lui peser. Elle a pris un peu de couleurs – ou mis moins de couleurs, cela dépend du point de vue où l'on se place. Mais je dois dire une chose : tous les deux sont magnifiquement assortis, et, quand je les regarde, je sais que dans dix-neuf ou vingt ans, il y aura quelques fiers grenadiers de plus dans nos rangs, du matériel génétique de première qualité pour la Waffen-SS et plus tard pour le Parti. Ils m'ont demandé où j'allais passer Noël et m'ont proposé de venir chez eux, ce qui m'a fait chaud au cœur, mais je ne veux pas les encombrer. Noël est une fête de famille.

« Mais vous faites pratiquement partie de la famille ! m'a dit Mlle – enfin, Mme Sawatzki.

— Pour le moment, ai-je répondu parce que l'infirmière Irmgard venait d'entrer dans la chambre, ma famille c'est Mlle Irmgard. »

Elle a ri et m'a dit : « Ce sera pour plus tard. Pour l'instant, je viens juste voir si tout est en ordre.

— C'est bien de cela qu'il s'agit, ai-je déclaré avec un petit sourire, et ça l'a fait tellement rire que, sur le moment, j'ai presque pensé mettre un peu en veilleuse la suite de ma carrière politique.

— Mme Bellini et M. Sensenbrink vous transmettent leur bonjour, m'a dit Sawatzki. Mme Bellini viendra demain ou après-demain avec les résultats des discussions à propos du nouveau lieu d'enregistrement, du nouveau studio…

— Vous l'avez déjà vu. Vous en pensez quoi ?

— Vous ne serez pas déçu. Ils ont vraiment mis le paquet ! Et le budget est loin d'être épuisé. On a encore de la marge.

— Bon, maintenant, il faut y aller, dit Mme Sawatzki. On doit acheter une poussette avant que je ne puisse plus bouger du tout.

— C'est bon ! a répondu Sawatzki. Mais réfléchissez encore à ma proposition. »

Puis ils sont partis. Et je pourrais jurer l'avoir entendu lui glisser à l'oreille, au moment où ils sortaient : « Tu lui as dit comment on allait appeler le petit ? » Mais je peux me tromper.

Oui, une proposition. Il a tout à fait raison, l'étape est absolument logique. Quand toute une kyrielle de partis vous demandent si vous avez envie d'adhérer, il est conseillé de ne pas dilapider la valeur de sa personne à des fins qui ne sont pas les siennes propres. En 1919, j'aurais pu disparaître dans la masse d'un autre parti. Au lieu de cela, j'ai pris la direction d'un tout petit parti alors insignifiant et je l'ai transformé selon mon désir. Ce qui s'est révélé plus efficace. Dans ce cas, je pourrais profiter de l'élan de mon nouveau livre et de la nouvelle émission pour me lancer dans une offensive de propagande et fonder un mouvement. Sawatzki m'a d'ailleurs envoyé quelques projets d'affiches sur mon téléphone mobile. Ça me plaît beaucoup, vraiment beaucoup.

Il s'agit d'un portrait de moi et ces nouvelles affiches sont tout à fait dans l'esprit des anciennes.

« Ça ressort mieux qu'avec des caractères modernes »,
m'a dit Sawatzki, et il a raison. Je devrais l'écouter,
il possède un don pour ce genre de choses. Il a déjà
une idée de slogan pour la campagne. Celui-ci figure
au-dessous des affiches, élément incontournable. Il
résume à la fois les anciens mérites, les anciens doutes
avec, en plus, une composante réconciliatrice qui ne
manque pas d'un certain humour, ce qui permettrait
d'attirer l'électorat des Pirates et autres petits partis
de la jeunesse. Le slogan dit ceci :

« Tout n'était pas mauvais. »

Ça permet d'avancer.

Glossaire

Abwehr : ce terme signifiant « défense » désigne le service de renseignements de l'état-major allemand qui opéra de 1921 à 1944.

Adenauer, Konrad : homme politique de droite, chrétien-démocrate, premier chancelier de la République fédérale d'Allemagne de 1949 à 1963.

Adlon : construit en 1907 à deux pas de la porte de Brandebourg, cet établissement de prestige était l'un des plus grands hôtels de Berlin avant la guerre. Situé dans la partie est de la ville à l'époque de la RDA, il a été entièrement restauré après la réunification.

Antonescu, Ion Victor : homme politique roumain d'extrême droite, chef du gouvernement puis chef de l'État roumain de 1940 à 1944. Il a engagé son pays aux côtés de l'Allemagne nazie durant la Seconde Guerre mondiale. Condamné à mort pour crimes de guerre, il a été exécuté en 1946.

Arminius : ce chef de guerre de la tribu germanique des Chérusques (appelé aussi Hermann) anéantit trois légions romaines au cours de la bataille de Teutoburg (an 9 après J.-C.), l'une des plus cuisantes défaites jamais infligées aux Romains.

Barbarossa : l'opération Barbarossa (en référence à l'empereur Frédéric Barberousse) est le nom de code désignant l'invasion de l'URSS par la Wehrmacht à partir de juin 1941.

Barth, Mario : humoriste contemporain allemand.

Berghof : résidence secondaire de Hitler située dans l'Obersalzberg, montagne des Alpes bavaroises près de Berchtesgaden. À ne pas confondre avec le Nid d'aigle situé un peu plus loin et construit seulement en 1937.

Berliner Zeitung **:** créé en 1945 à Berlin-Est, ce journal est subordonné au SED, parti dominant de la RDA. Depuis la réunification, il se définit comme un journal « de l'Est et de l'Ouest, moderne et dynamique » avec des ambitions sur l'ensemble du territoire allemand.

Bethmann-Hollweg, Theobald von : homme politique allemand devenu chancelier impérial de 1909 à 1917. De tendance libérale, il a tenté de gouverner au-dessus des partis en menant une politique de conciliation.

BIG : parti politique allemand fondé en 2010 à Cologne par des musulmans (*Bündnis für Integration und Gerechtigkeit* = Alliance pour l'intégration et la justice).

Bild **ou** *Bild Zeitung* **:** journal à sensation créé à Berlin en 1952, qui, avec plus de 3,5 millions d'exemplaires par jour, a l'un des plus forts tirages en Europe. L'actuel rédacteur en chef est Kai Diekmann, nom plusieurs fois cité dans le roman, mais sans prénom.

Bormann, Martin : secrétaire particulier de Hitler, considéré comme l'éminence grise du Führer.

Brauchitsch, Walther von : nommé *Generalfeldmarschall* en 1940, il devint un élément clef dans la guerre éclair de Hitler contre l'Ouest. Pendant la guerre contre l'URSS, il ne parvint pas à s'emparer de Moscou, ce qui lui valut l'hostilité de Hitler qui le releva de ses fonctions et prit sa place.

Braun, Eva : compagne puis épouse d'Adolf Hitler.

Braun, Wernher von : ingénieur allemand naturalisé américain en 1955, qui a joué un rôle majeur dans le développement des fusées.

Busch, Wilhelm : célèbre dessinateur allemand du XIXᵉ siècle, l'un des premiers auteurs de bande dessinée.

CDU : le plus grand parti actuel de droite en Allemagne (*Christlich-demokratische Union*, Union chrétienne démocrate).

Ce diable de garçon : comédie culte de 1944 (titre allemand : *Feuerzangenbowle*) avec Heinz Rühmann.

DNVP : le Parti national du peuple allemand (*Deutschnationale Volkspartei*, abrégé en DNVP) était un parti politique allemand de tendance nationale-conservatrice à l'époque de la République de Weimar (1919-1933).

Dönitz, Karl : amiral que Hitler désigna par testament comme son successeur à la tête du IIIᵉ Reich.

Duc de Friedland : Albrecht Wenzel Eusebius von Wallenstein fut un homme de guerre de la noblesse tchèque, qui a été le plus fameux soutien du Saint-Empire romain germanique pendant la guerre de Trente Ans (1618-1648).

Engelbart, Douglas : ingénieur américain, pionnier de l'informatique, célèbre pour avoir inventé la souris mais aussi pour avoir développé le système hypertexte, les réseaux informatiques et les premières interfaces graphiques.

Erhard, Ludwig : homme politique de droite, chrétien-démocrate, ministre de l'Économie sous Adenauer puis chancelier de 1963 à 1966. Il est considéré comme le père du « miracle économique » allemand de l'après-guerre.

Fischer, Joschka : homme politique allemand, membre de l'Alliance 90 / les Verts. De 1998 à 2005, il fut vice-chancelier et ministre des Affaires étrangères. Pendant cette période, il a amené les Verts allemands à rompre avec le pacifisme pour soutenir l'intervention militaire dans les Balkans, en Afghanistan et au Kosovo, entraînant ainsi l'Allemagne dans sa première guerre depuis 1945.

Focus : grand magazine hebdomadaire allemand devenu en quelques années un concurrent du *Spiegel*.

Foxl : diminutif du fox-terrier blanc de Hitler dont la perte, en 1921, plongea ce dernier dans un profond abattement.

Frankfurter Allgemeine Zeitung : l'un des trois plus grands quotidiens allemands. Indépendant de tout parti politique, il est de tendance libérale.

Front de Harzburg (*Harzburger Front*) : brève alliance politique de droite formée en 1931 sous la République de Weimar afin d'unifier l'opposition au gouvernement du chancelier Brüning. Cette coalition comprenait notamment le Parti national du peuple allemand (DNVP), le Parti national-socialiste des travailleurs allemands (NSDAP) d'Adolf Hitler, et certains groupes paramilitaires.

Führerbau : bâtiment où ont été signés les accords de Munich.

Funk, Walther : journaliste, homme politique et haut fonctionnaire du IIIe Reich.

Gabriel, Sigmar : actuel président fédéral du SPD, le Parti social-démocrate allemand.

Geli : Geli Raubal, nièce du Führer ; celui-ci aurait entretenu avec elle des relations si troubles qu'elle se suicida à l'âge de vingt-trois ans, en septembre 1931.

Gestapo : police secrète d'État.

Goebbels, Joseph : le plus virulent propagandiste du national-socialisme, nommé ministre de l'Information et de la Propagande en mars 1933.

Göring, Hermann : militaire et homme politique de premier plan sous le IIIe Reich, commandant en chef de la Luftwaffe et ministre de l'Air.

Graf, Ulrich : l'un des membres fondateurs de la SA et du parti nazi, il fut l'un des premiers gardes du corps de Hitler. C'est à ce titre qu'il prit part au putsch de la Brasserie du 9 novembre 1923, au cours duquel il fut grièvement blessé en protégeant Hitler, et dont il est considéré comme le sauveur.

Grimme (prix) : prix allemand qui récompense tous les ans un film télévisé.

Guderian, Heinz : général ayant appliqué la stratégie de la guerre éclair (*Blitzkrieg*) pour les chars d'assaut (*Panzer*) lors de la bataille de France et de l'invasion de l'URSS.

Guttenberg, Karl-Theodor : homme politique allemand, descendant d'une famille de la noblesse bavaroise, membre de la CSU, principal parti de droite en Bavière, il est élu député en 2002.

Hanfstaengl, Ernst : soutien financier de Hitler aux débuts du NSDAP, il devint vite le chef du département de la presse étrangère, où il resta jusqu'en 1937.

Hess, Rudolf Walter Richard : personnalité majeure du IIIe Reich, compagnon influent de Hitler à ses débuts politiques, il en devint le représentant officiel auprès du parti nazi et participa activement à la rédaction des lois de Nuremberg en 1935.

Himmler, Heinrich : haut dignitaire nazi proche de Hitler depuis 1923, chef de la police, puis ministre de l'intérieur, il mit en place les organes de la répression, organisant les SS, le Gestapo et les camps de concentration et d'extermination.

Hofbräuhaus : la plus grande brasserie de Munich. Elle existe depuis 1589 et peut contenir jusqu'à cinq mille personnes. C'est là qu'eut lieu le premier meeting important du Parti ouvrier allemand, le 24 février 1920, où Hitler fit adopter le Programme en 25 points du futur NSDAP.

Hoffmann, Heinrich : photographe personnel de Hitler.

Honecker, Erich : dernier dirigeant de la République démocratique allemande, de 1976 à 1989.

Horst-Wessel-Lied **:** hymne officiel de la SA, puis du NSDAP. Le texte a été écrit par le jeune SA Horst Wessel, abattu en 1930 dans un échange de coups de feu avec des communistes.

Horthy, Miklós : régent du royaume de Hongrie de 1920 à 1944, soutenu par le régime nazi.

IG Farben : société allemande, fondée en 1925, fabriquant de nombreux produits chimiques. Durant la guerre, IG Farben soutint le gouvernement nazi.

Insigne des blessés : en allemand : *Verwundetenabzeichen*. Décoration militaire créée en 1918 pour distinguer les soldats blessés de la Première Guerre mondiale puis de la Wehrmacht.

Jeunesse hitlérienne: organisation paramilitaire pour les jeunes gens de 14 à 18 ans.

Jodl, Alfred : officier de l'armée allemande et chef de l'état-major de la Wehrmacht.

Junge, Traudl : secrétaire particulière d'Adolf Hitler de 1942 à 1945.

KdF : *Kraft durch Freude* (en français : la force par la joie), vaste organisation de loisirs contrôlée par l'État nazi.

Keitel, Wilhelm : maréchal et commandant suprême des forces armées allemandes pendant la Seconde Guerre mondiale.

Kempka, Erich : chauffeur personnel d'Adolf Hitler de 1934 à 1945. C'est lui qui procura l'essence utilisée pour brûler le corps de Hitler et celui d'Eva Braun après leur suicide.

Kiesinger, Kurt Georg : membre de la CDU, il fut chancelier de 1966 à 1969. Il avait adhéré au parti nazi en 1933, tout en s'opposant aux lois antisémites. Il fut interné pendant trois ans, après la guerre.

Köpenick : quartier de Berlin situé dans le sud-est de la ville.

Ley, Robert : membre du NSDAP, il devient chef du Deutsche Arbeitsfront après la dissolution des syndicats.

Löbe, Paul : homme politique de gauche, deux fois président du Reichstag (de 1920 à 1924 et de 1925 à 1932). Président de l'Union paneuropéenne d'Allemagne.

Loriot : humoriste allemand devenu très célèbre grâce à ses sketchs télévisés à partir de 1976.

Maison Brune : ancien hôtel particulier situé à Munich, ce grand édifice de pierre (*Braunes Haus*) fut le quartier général du parti nazi à partir de 1930. Il a été entièrement détruit par les bombardements en 1945.

Mass (une) : chope de un litre.

Maurice, Emil : un des premiers membres du parti nazi, connu pour sa brutalité lors des combats de rue dans les années 1920. Selon certains historiens, Himmler suspectait Maurice d'être d'origine juive. Himmler fit pression pour l'éviction de Maurice de la SS, mais Hitler s'y opposa toujours.

Morell, Theodor : médecin personnel de Hitler, souvent considéré comme un charlatan par l'entourage du Führer.

Müller, Heinrich : surnommé « Gestapo Müller », il fut le chef du département IV (*Amt IV*) de l'Office central de la sécurité du Reich, qui regroupait la Gestapo et la police des frontières. Il joua un rôle majeur dans la mise en œuvre de la Shoah.

NPD : le Parti national-démocrate d'Allemagne (*Nationaldemokratische Partei Deutschlands*) est un parti d'extrême droite fondé en 1964. Souvent présenté comme néonazi, il soutient des idées racistes, antisémites et révisionnistes.

NSDAP : Parti national-socialiste des travailleurs allemands (*Nationalsozialistische Deutsche Arbeiterpartei*) souvent simplement appelé parti nazi.

Othon : premier empereur (962-973) du Saint-Empire romain germanique.

Palais des Sports : le Palais des Sports de Berlin est une grande halle couverte où Hitler a prononcé un important discours le 10 février 1933, après une introduction faite par Goebbels.

Panzerbär : journal qui a paru brièvement en avril 1945. Journal de propagande du parti nazi.

Paulus, Friedrich Wilhelm Ernst : maréchal qui mena la 6e armée allemande jusqu'à Stalingrad où il fut encerclé et battu. Fait prisonnier, il devint très critique à l'égard du régime nazi et fut un témoin à charge lors des procès de Nuremberg.

Paysan-soldat (*Wehrbauer*) : jeunes agriculteurs envoyés coloniser l'Est au-delà de frontières du Reich et y exerçant une action expansionniste afin de « repousser toujours plus loin les frontières de la germanité ».

Pimpfe : organisation de Jeunesse hitlérienne pour les dix-quatorze ans.

Pofalla, Ronald : homme politique allemand de droite, membre de la CDU.

Potsdamer Platz : nouveau centre du Berlin réunifié.

PPK : le Walther PPK (*Polizeipistole Kriminal*) est un pistolet allemand mis en production par la société Carl Walther. Pendant la Seconde Guerre mondiale, il fut utilisé par la police, la Luftwaffe ainsi que par les officiels du parti nazi. On dit que Hitler se serait suicidé avec son PPK dans son bunker à Berlin.

Programme en 25 points : nom donné au programme politique du Parti ouvrier allemand (DAP), proclamé le 24 février 1920 à Munich par Hitler. Le DAP devient, le 8 août de la même année, le NSDAP et conserve ce programme.

ProSieben : chaîne de télévision généraliste privée allemande.

Reichsführer : grade le plus élevé dans le corps des officiers généraux SS.

Reichsleiter : ce terme pouvant se traduire par « gouverneur du Reich » désignait le deuxième grade politique le plus élevé après celui de Führer. Les Reichsleiter ne rendaient de comptes qu'à Hitler et ne recevaient d'ordres que de lui.

Reinhard : il s'agit de Reinhard Heydrich, dignitaire nazi tué par la résistance tchèque lors d'un attentat à Prague en 1942.

Riefenstahl, Leni : photographe et cinéaste allemande. Malgré une œuvre importante réalisée avant 1936, elle est surtout considérée comme une artiste pronazie, réalisatrice du film *Le Triomphe de la volonté* à la gloire de Hitler.

Röhm, Ernst : chef de la SA, assassiné sur l'ordre de Hitler en 1934.

Roth, Claudia : femme politique allemande, membre du parti écologiste.

Rühmann, Heinz : l'un des acteurs allemands les plus connus du XXe siècle (1902-1994).

Rust, Bernhard : ministre prussien de la Culture qui adhéra ensuite au parti nazi.

SA (*Sturmabteilung*, section d'assaut) : appelée également « Chemises brunes », cette formation paramilitaire du Parti national-socialiste a été créée par Hitler en 1921. D'abord commandée par Göring, elle compte 6 000 hommes en 1922. En 1930, Röhm prend la tête de la SA et, en deux ans, il en fait une milice de 400 000 hommes. La puissance que représente la SA et la méfiance que Röhm inspire à Hitler amènent l'élimination des chefs SA, le 30 juin 1934, au cours de la « Nuit des longs couteaux ».

Schacht, Hjalmar : financier allemand, plusieurs fois président de la Reichsbank et ministre de l'Économie du IIIᵉ Reich (1934-1937).

Schädle, Franz : officier SS qui commandait l'unité de garde de la *Leibstandarte* à la Chancellerie.

Scharnhorst : grand croiseur de guerre allemand lancé le 3 octobre 1936.

Scheubner-Richter, Ludwig Maximilian Erwin von : l'une des principales figures des débuts du NSDAP. En 1923, il participe au putsch de la Brasserie durant lequel il est mortellement blessé, alors qu'il se tient aux côtés de Hitler, recevant la balle qui aurait pu frapper le futur Führer.

Schleyer, Hanns Martin : représentant du patronat allemand, enlevé le 5 septembre 1977 par la Fraction armée rouge. Le 19 octobre, un communiqué annonçait qu'il avait été exécuté. Schleyer était entré dans la SS en 1933 et avait un passé très marqué par le national-socialisme.

Semperoper : le grand opéra de Dresde.

Speer, Albert : architecte en chef du parti nazi avant de prendre la fonction de ministre des Armements et de la Production de guerre.

SS (*Schutz-Staffel*, escadrille de protection) : formation militaire du parti nazi créée en 1925. Jusqu'en 1934, la SS dépend de la SA avant de devenir le principal instrument de répression du régime.

Stauffenberg, Claus Schenk Graf von : officier de la Wehrmacht qui a déposé la serviette contenant la bombe qui devait tuer Hitler le 20 juillet 1944.

Steiner, Felix : l'un des principaux généraux de la Waffen-SS. Le 22 avril 1945, pendant la bataille de Berlin, il refuse d'obéir à un ordre direct de Hitler lui enjoignant de lancer une contre-offensive, alors que le rapport des forces est de dix contre un en faveur de l'Armée rouge et que les unités allemandes sont à bout de forces.

Stolzing-Cerny, Josef : collaborateur au *Völkischer Beobachter*, organe du NSDAP.

Streicher, Julius : homme politique allemand, membre du NSDAP, Gauleiter de Franconie, éditeur de l'hebdomadaire *Stürmer*.

Stromberg : série culte dont le héros, Bernd Stromberg (joué par Christoph Maria Herbst), est un chef de bureau insupportable, raciste et misogyne. Cette série fut parodiée par Switch Reloaded : un Adolf Hitler de pacotille (joué par Michael Kessler) tente de résoudre les problèmes du Troisième Reich, enfermé dans son bureau comme le Stromberg de la série initiale, dont il prend d'ailleurs l'apparence pour fuir à la fin de la série.

Stuka : abréviation de *Sturzkampfflugzeug*, composé de trois mots : *Sturz* (chute), *Kampf* (combat) et *Flugzeug* (avion), soit en français : « avion de combat en piqué ». L'avion en piqué le plus répandu de la Luftwaffe était le Junker Ju 87, si bien que le terme stuka est depuis souvent utilisé pour désigner cet appareil.

Sturmbannführer : grade d'officier introduit en 1928 dans la SS.

Stürmer : hebdomadaire nazi violemment antisémite publié par Julius Streicher de 1923 à 1945.

Tamms, Friedrich : ingénieur de l'organisation Todt à qui Speer avait confié la réalisation d'énormes tours de défense antiaérienne.

Tanière du loup : *Wolfsschanze* en allemand. Ensemble des bunkers de Hitler et de son état-major en Prusse-Orientale.

Todt (organisation) : groupe de génie civil et militaire du IIIe Reich portant le nom de son fondateur et dirigeant jusqu'à sa mort en 1942 : Fritz Todt. Il construisit, entre autres, les fortifications du mur de l'Atlantique.

Trenker, Luis : alpiniste, acteur, réalisateur, scénariste et producteur italo-autrichien, dont la carrière débuta dans les dernières années du cinéma muet et se poursuivit pendant plus d'un demi-siècle.

Triomphe de la volonté (Le) : slogan du congrès du parti nazi de 1934, devenu le titre d'un film de Leni Riefenstahl à la gloire de Hitler et du national-socialisme.

Troost, Paul : architecte allemand opposé au *Jugendstil* et à l'ornementation. Son goût pour l'épure et un style spartiate lui valut les faveurs de Hitler qui le chargea de la construction de nombreux bâtiments administratifs dans tout le pays.

Völkischer Beobachter : organe de presse officiel du parti nazi, dirigé de 1933 à 1945 par Wilhelm Weiss.

Volksgenosse : la traduction littérale est « camarade du peuple » ou « compatriote », mais le mot *Volk*, chez les nazis, ne désigne pas simplement le peuple mais aussi la race, ce qui donne aussi à ce mot composé le sens de : « personne de race allemande ».

Volkssturm : milice créée par Hitler le 25 septembre 1944 et recrutant tous les hommes non encore incorporés de 16 à 60 puis 65 ans pour « la défense du sol de la patrie ».

Wannsee : lac dans la banlieue de Berlin.

Wels, Otto : député du SPD de 1912 à 1933, il fut le seul orateur à s'opposer, malgré les menaces, à l'adoption de la loi des pleins pouvoirs voulue par les nazis, lors de la séance du Reichstag du 23 mars 1933. Il fut déclaré apatride trois mois après la dissolution du SPD par les nazis en juin 1933 et dut s'exiler.

Wenck, Walther : il fut le plus jeune général de l'armée allemande pendant la Seconde Guerre mondiale. Lors de la bataille de Berlin en 1945, il fit une percée victorieuse contre les troupes russes, ce qui redonna un moment de l'espoir à Hitler.

Werwölfe : combattants des unités de la Werwolf (loup-garou) créées par Himmler à la fin de la Seconde Guerre mondiale pour mener le combat derrière les lignes ennemies.

Zeitzler, Kurt : officier dans la Reichswehr puis dans la Wehrmacht. Chef d'état-major de l'armée de terre allemande de septembre 1942 à 1944.

Zuse, Konrad : ingénieur allemand, pionnier du calcul programmable qui préfigure l'informatique.

10/18, une marque d'Univers Poche,
est un éditeur qui s'engage pour
la préservation de son environnement
et qui utilise du papier fabriqué à partir
de bois provenant de forêts gérées
de manière responsable.

Imprimé en France par **CPI**

N° d'impression : 3012399
Dépôt légal : octobre 2015
X06651/01